AF398332

Volker Dützer, geboren 1964, lebt und arbeitet im Westerwald. Die Bandbreite seiner Romane reicht vom lupenreinen Kriminalroman über Science-Thriller bis zur Horror-Kurzgeschichte.

VOLKER DÜTZER

KALTE GISCHT

DER KÜSTENKRIMI VOLLER
DUNKLER GEHEINISSE DER VERGANGENHEIT

Erstausgabe September 2024

Copyright © 2024 dp Verlag, ein Imprint der
dp DIGITAL PUBLISHERS GmbH
Made in Stuttgart with ♥
Alle Rechte vorbehalten

Kalte Gischt

ISBN 978-3-98998-250-5
E-Book-ISBN 978-3-98998-244-4

Covergestaltung: Anne Gebhardt
Umschlaggestaltung: ArtC.ore Design

Unter Verwendung von Abbildungen von
shutterstock.com: © Resul Muslu, © Paul Nash, © Sergey Nivens,
© Andrey Yurlov
stock.adobe.com: © forcdan, © Janis Smits
elements.envato.com: © ghostlypixels
Lektorat: Birgit Förster
Satz: dp DIGITAL PUBLISHERS GmbH
Druck und Bindung: Books on Demand GmbH, Norderstedt

Vorwort

„Kalte Gischt" ist die Neuauflage meines Romans „Sturmtod", den ich 2020 geschrieben habe, und der im Jahr darauf erschien. Ich freue mich sehr, dass die Geschichte in neuer Verpackung nochmals an den Start gehen darf. Als der dp Verlag mich bat, ein Vorwort für die Neuerscheinung zu schreiben, durchforstete ich meine alten Notizen und Entwürfe nach einem Thema. Dabei wurde mir wieder einmal bewusst, auf welch verworrenen Pfaden meine Romane entstehen. Schlägt der geneigte Leser das druckfrische Buch auf, scheint es, als wäre die Geschichte schon immer da gewesen; und so geht es mir ebenfalls. Es kommt mir dann vor, als hätte ich die Figuren nur in Schweiß treibender Arbeit aus dem Marmor befreien müssen, in dem sie eingeschlossen waren. Wenn es nur so einfach wäre.

Es macht Spaß, sich nach längerer Zeit mit der Entstehung älterer Romane zu beschäftigen (und es ruft mir in Erinnerung, dass früher nicht alles besser und einfacher war), und so habe ich die Irrwege und verworfenen Anläufe zum Ziel einmal gezählt: Auf meiner Festplatte ruhen vier verschiedene Versionen von „Sturmtod" mit unterschiedlichen Showdowns, darunter auch eine erste Version, die gut fünfzig Seiten länger ist. Die ersten Kapitel spielen in Berlin, beinhalten einen Überfall auf die Hauptfigur Jennifer in der U-Bahn und einen Anschlag, bei dem sie schwer verletzt wird und die Brandnarben zurückbehält. Die Vorgeschichte zur eigentlichen Handlung in Cornwall erschien meiner Agentin damals zu langatmig, und sie hatte (wie immer) recht. Also kürzte ich und erfand den Brand in der Berghütte, von der es ebenfalls mehrere Varianten gibt. Dann existiert noch eine Version, bei der der Plottwist am Ende des Romans komplett fehlt, und Vieles mehr: Handschriftliche Notizen und Kritzeleien, Stammbäume und Zeitpläne. Jennifer hieß ursprünglich Nika, und auch Travis durchlief eine lange Entwicklung. In einem ersten Entwurf war er es, der durch Narben entstellt ist und als unheimlicher Außenseiter in Pennack lebt. Jennifer stellt ihn als Hausmeister ein und Travis stößt im Keller des alten Hauses auf Maughams Geheimnis. In dieser Version hieß sie übrigens Ellen.

Man sieht, Schreiben ist keine gut geteerte Straße, die schnurgerade auf das Ziel hinter dem Horizont zusteuert, sondern vielmehr ein mit Schlaglöchern gepflasterter Schotterweg, auf dem man ständig aufpassen muss, dass die Achse nicht bricht. Bin ich erst einmal angekommen, erscheint mir der Weg bei Weitem nicht mehr so beschwerlich, wie er es tatsächlich war. Darum antwortete ich in Interviews auf die Frage, ob mir Schreiben immer noch Spaß macht: „Ich liebe es, geschrieben zu haben.“

1

29. April 2016, Pennack, Cornwall

Sie holten ihn ab, bevor die Sonne hoch genug am Himmel stand, um den Nebel über den Klippen von Land's End zu vertreiben. Holz splitterte krachend, als sie die Tür des Bootsschuppens aufbrachen. Travis Sayer erwachte quälend langsam aus einem bleiernen Rausch. Fremde Stimmen drangen in seinen vom Alkohol benebelten Kopf, ein greller Lichtstrahl bohrte sich in seine Augen. Bevor er begriff, was mit ihm geschah, wälzten sie ihn auf den Bauch und drückten ihn auf die Ladefläche des Pick-ups. Jemand faselte etwas von Rechten und dass alles, was er von nun an sagte, gegen ihn verwendet werden könnte.

Aus dem Halbdunkel tauchte das gerötete Gesicht von Jenkins auf, des einzigen Polizisten von Pennack und Liebhabers von Küchenweisheiten und Sprichwörtern.

„Der Apfel fällt nicht weit vom Stamm, Sayer. Du bist genauso verdorben wie dein Vater", sagte er. „Besser, wir entfernen dich aus Pennack, bevor du den ganzen Ort vergiftest."

Teilnahmslos sah Jenkins zu, wie seine Kollegen Travis auf die Beine stellten. Sie fesselten ihn mit Handschellen und brachten ihn nach Exeter. Über der erwachenden Stadt lag eine Glocke aus milchigem Dunst, aus der nur die Spitzen der ehrwürdigen St.-Peter-Kathedrale ragten wie zwei mahnende Zeigefinger. Travis sah sie nicht, denn er war damit beschäftigt, den Inhalt seines Magens im Fond des Streifenwagens zu verteilen.

Das Nächste, woran er sich später erinnern sollte, war der harte Plastikstuhl unter seinem Hintern und der dumpfe, pochende Schmerz in seinen Schläfen. Jemand stellte einen Becher mit schwarzem Kaffee und ein Wasserglas vor ihn hin, in dem sich sprudelnd eine Tablette auflöste.

Ein Polizeibeamter setzte sich ihm gegenüber an den Tisch. Er trug keine Uniform, sondern Jeans und ein weißes Hemd. Das bedeutete, dass Travis es nicht mit der County-Polizei zu tun hatte. Der Mann mit den kohlschwarzen Augen und der Nase in Form eines Messerrückens war Kriminalbeamter. Es ging nicht darum, dass Travis betrunken randaliert hatte, es ging um … Susan.

„Trinken Sie das aus", sagte der Polizist.

Travis bekam nach zwei Versuchen das Glas zu fassen. Seine Hand zitterte so heftig, dass Wasser über den Rand schwappte. Er trank es in einem Zug aus. Der saure Geschmack in seinem Mund verschwand, und auch die Watte in seinem Kopf löste sich so weit auf, dass er ein Gefühl tiefer Scham empfand.

Er mied den Alkohol, nur selten ließ er sich in Bills Pub zu einem Guinness einladen. Doch der gestrige Abend war nicht nach dem üblichen Muster verlaufen. Er wusste noch, dass er Steve Perkins auf dem Weg zum Bootsschuppen getroffen hatte. Steve hatte ihn überredet, eine Runde durch die Kneipen am Hafen zu drehen. Alles, was dann geschehen war, war weggewischt wie Kreide von einer Schultafel. Hatte Travis einmal mit dem Trinken angefangen, konnte er nicht mehr aufhören. Das war das furchtbare Erbe der Sayers. Wenn man von einem Erzeuger abstammte, in dessen Adern mehr Gin als Blut floss, ließ man besser die Finger vom Alkohol. Dass er es trotzdem getan hatte, gab den Spöttern recht, die ihm die gleiche Schussfahrt in die Trinkerhölle prophezeiten, auf der ihm sein Vater schon ein gutes Stück voraus war.

Travis versuchte angestrengt, die vergangenen Stunden zu rekonstruieren. Er sah sich selbst auf der Ladefläche des Pick-ups liegen und durch das Oberlicht des Bootsschuppens in den Himmel blicken. In dem kleinen Rechteck funkelten Sterne wie Quecksilbertropfen auf schwarzem Samt.

Im vergangenen Sommer hatte er sich mit Susan oft in dem verbotenen Garten getroffen. Dort oben über den Klippen von Pennack hatten sie im Gras gelegen, in die gewaltige dunkle Kuppel der Nacht hinaufgeblickt und Stecknadelköpfe aus Licht gezählt. Susan hatte diese Nächte ebenso geliebt wie Travis, doch mit dem Anbruch des Herbstes waren ihre heimlichen Ausflüge immer seltener geworden und hatten schließlich ganz aufgehört. Susan hatte erklärt, sie brauche Zeit, um eine Entscheidung zu treffen.

Der Polizist stellte ein Aufnahmegerät auf den Tisch und drückte eine Taste. Er sah auf seine Armbanduhr.

„Heute ist der 29. April 2016. Es ist jetzt 8:12 Uhr." Er warf Travis einen abschätzenden Blick zu. „Fühlst du dich in der Lage, dem Verhör geistig zu folgen?"

Travis wollte antworten, aber er brachte nur ein Krächzen hervor. Stattdessen nickte er und nippte an dem heißen Kaffee, um den bitteren Geschmack des Aspirins zu vertreiben. Es gelang ihm, sich so weit zu konzentrieren, dass er seine Umgebung bewusst wahrnahm. Sein Blick begegnete dem des Ermittlers. In dessen Augen lag eine triumphierende Gewissheit, die Travis an einen Angler denken ließ, an dessen Haken ein fetter Fisch zappelte.

„Warum bin ich hier?", fragte er. „Wer sind Sie?"

„Ich bin Detective Chief Inspector Paul Tremaine, Territorial police force Devon & Cornwall, Abteilung für Gewaltverbrechen. Ab jetzt stelle ich die Fragen. Dein Name?"

„Travis Sayer."

„Adresse?"

„TR 18, Pennack. Harbour St."

„Wie alt bist du?"

„Dreiundzwanzig."

„Du sieht jünger aus. Ist es okay, wenn ich dich duze?"

„Kein Problem."

Tremaine trug die Angaben in ein Formular ein.

„Ich mache dich darauf aufmerksam, dass du das Recht hast, einen Anwalt hinzuziehen."

„Ich brauche keinen, weil ich nichts Unrechtes getan habe."

„Wie du willst."

Ein zweiter Polizist trat ein und lehnte sich mit vor der Brust verschränkten Armen an die Wand.

„Ich denke, da irrst du dich, mein Junge", sagte er.

„Bemerkung für das Protokoll", sagte Tremaine, „Detective Sergeant Collins wird dem Verhör beiwohnen."

„Was wollen Sie von mir?", fragte Travis noch einmal.

„Erzähl uns mal, in welchem Verhältnis du zu Susan Prescott stehst", sagte Collins.

„Sie ist ... wir sind befreundet."

„*Nur* befreundet?", fragte Tremaine.

„Nein. Mehr als das."

„Zwischen dir und Susan läuft also etwas."

„Ja ... nein ... Susan ... ist sich nicht sicher, wie es mit uns weitergehen sollte."

War es falsch, das zu erwähnen? Wenn er nur nicht so viel getrunken hätte. Er spürte instinktiv, dass jedes Wort wichtig sein könnte und darüber entschied, was mit ihm geschehen würde.

„Und Garreth Wyne?", fragte Tremaine.

„Wir *waren* mal Freunde, aber das ist lange her. Den Grund dafür kennt jeder in Pennack. Was unsere Väter angezettelt haben, müssen wir ausbaden. Aber ..."

Collins schnitt ihm das Wort ab. „Ziemlich miese Nummer, dem besten Kumpel das Mädchen auszuspannen."

„Ich hab doch gesagt, wir sind nicht mehr befreundet. Und es war nicht meine Absicht. Es ist eben passiert ... außerdem ist Garreth selbst schuld daran."

„Du hast dich also regelmäßig mit Susan Prescott getroffen", sagte Tremaine. „Auch gestern Abend?"

Travis dachte an den verwilderten Garten, an die warmen Nächte, in denen man das Meer unterhalb der Klippen rauschen hörte, und an den geheimnisvollen alten Grabstein, der Susan so faszinierte.

„Sie kam zu den Docks, das war so gegen sechs", antwortete er. „Susan war ziemlich durcheinander und wollte unbedingt mit mir reden, aber nicht vor all den

Leuten. Pennack ist ein Nest, in dem jeder über jeden Bescheid weiß. Es gibt schnell Gerede. Also verabredeten wir uns.“

„Hat sie gesagt, was es so Dringendes gab?“

„Nein. Vermutlich ging es um Garreth.“ Immer ging es um Garreth und seine verfluchte Eifersucht.

„Und weiter?“

„Ich hab dann von sieben bis kurz vor acht auf sie gewartet, aber sie kam nicht.“

„Wo wolltet ihr euch treffen?“

Travis zögerte. Plötzlich glaubte er zu wissen, was geschehen war. Wenn Garreth herausgefunden hatte, dass Susan ihn ausgerechnet mit ihm betrog, musste das seiner Eitelkeit einen ungeheuren Schlag versetzt haben. War er ihr gefolgt und hatte sie auf dem Weg zum Maugham-Garten abgefangen? Aber was war dann geschehen? Eine schreckliche Ahnung beschlich Travis. Wenn Garreth nicht bekam, was er wollte, konnte er schnell aufbrausend und jähzornig reagieren.

„Sagen Sie mir erst, was passiert ist.“

„Genau das wollen wir von dir wissen“, sagte Collins. „Also noch mal: Wo wolltet ihr euch treffen?“

„Ich sage nichts mehr, bevor ich nicht weiß, warum Sie mich mit einer ganzen Armee aus dem Bootshaus geholt haben.“

„Spiel hier keine Spielchen mit uns“, sagte Tremaine. „Wir haben genug gegen dich in der Hand, um dich für die nächsten fünfzehn Jahre aus dem Verkehr zu ziehen. Du solltest besser mit uns zusammenarbeiten. Das kann sich strafmildernd auswirken.“

„Ich habe nichts Unrechtes getan", wiederholte Travis.

Collins grinste. „Das hat dein Alter auch immer behauptet."

„Mein Vater ist kein Mörder! Niemand weiß, was damals an Bord der *Eloise* passiert ist."

„Natürlich nicht. Dein Alter war zu betrunken, um sich daran erinnern zu können, dass er deine Mutter über Bord gestoßen hat."

Travis sprang auf und ballte die Fäuste. „Nur weil die Leute eine Lüge dauernd wiederholen, wird sie nicht wahr."

„Schluss jetzt", rief Tremaine. „Collins, halten Sie sich zurück. Setz dich wieder hin, Travis."

Kraftlos sank er auf den Stuhl, alles drehte sich um ihn. Allmählich wurde ihm klar, dass er in größeren Schwierigkeiten steckte, als er befürchtet hatte. Sie hatten ihn nicht zum Spaß hochgenommen wie einen Schwerverbrecher. Kalte Furcht kroch in sein Herz. Würde Garreth so weit gehen, ihm die Schuld für eine Tat in die Schuhe zu schieben, die er selbst begangen hatte? Wenn es so war, standen Travis' Chancen schlecht. Schließlich war er der Sohn eines stadtbekannten Säufers, von dem die Leute behaupteten, er habe seine Frau ermordet. Ein Rumtreiber, der sich auf dem vergammelten Kutter seines Vaters die Finger blutig schuftete, damit der Alte sich Gin kaufen konnte. Dessen schlechter Ruf färbte unwillkürlich auf Travis ab. Die Leute machten da keinen Unterschied. Er war der Sohn eines Versagers, und nun stand sein Wort gegen das von Garreth Wyne, der in Exeter studierte und bald die Leitung des Hotels seines Vaters übernehmen würde – einem angesehenen Bürger Pennacks, der im Stadtrat saß, Macht und Einfluss hatte und die Taschen voller Geld. Die Wynes konnten sich Anwälte leisten, die jede Spur eines Verdachts vom Tisch wischen würden. Und was hatte er vorzuweisen? Den Ruf eines faulen Apfels, der das ganze Fass anzustecken drohte, hätte Jenkins gesagt.

Travis spürte, dass etwas Schreckliches geschehen war. Er hatte Angst, Angst um Susan. Was um Gottes willen hatte Garreth getan?

„Wir wollten uns hinter dem Maugham-Haus treffen, im alten Garten oberhalb der Klippen", sagte er. „Dort waren wir oft zusammen."

„Aber Susan kam nicht?"

„Nein."

Collins schüttelte den Kopf und lachte.

„Was hast du dann gemacht?", fragte Tremaine.

„Ich hab bis Viertel vor acht gewartet, dann bin ich runter zum Bootshaus. Ich hab den Pick-up geholt und bin herumgefahren, um Susan zu suchen."

„Du hast nicht versucht, sie anzurufen?"

„Doch, natürlich. Aber sie hat sich nicht gemeldet."

„Wir checken gerade sein Handy", sagte Collins.

Tremaine nickte. „Und dann?"

„Unterwegs hab ich Steve Perkins getroffen. Er hat mich überredet, mit ihm ein, zwei Bier zu trinken."

„Und du bist einfach mitgegangen? Du sorgst dich um deine Freundin und fährst durch die Nacht, um sie zu suchen, aber dann beschließt du plötzlich, durch die Pubs zu ziehen?"

Travis brauchte nicht lange darüber nachzudenken, warum er Steves Einladung gefolgt war. Er hatte

Vergessen gesucht, weil die Wirklichkeit zu schmerzhaft war, um sie ertragen zu können. Er hatte es wegen Susan getan. Wegen Garreth und seinem verfluchten Jähzorn. Wegen des Alten, der ihn mit dem Bootshaken jagte, weil er ihn im Delirium für den Leibhaftigen hielt, der gekommen war, um ihn in die Hölle mitzunehmen. Er hatte getrunken, weil er wenigstens eine Zeit lang vergessen wollte, dass er dieses öde Kaff und seine einfältigen und starrsinnigen Bewohner niemals hinter sich lassen konnte, bevor er seine Schulden abbezahlt hatte. Seine einzige Chance war Susan gewesen. Als sie nicht kam, war ihm klar geworden, was das bedeutete. Er war raus aus dem Spiel und Garreth drin. Erst nachdem er den Garten verlassen hatte und mit düsteren Gedanken beladen nach Pennack hinunterging, war in ihm der Verdacht gekeimt, Garreth könnte das Treffen gewaltsam verhindert haben.

„Ich war vorher in der Wache und habe Susan als vermisst gemeldet", sagte er. „Aber Jenkins hat mich nicht ernst genommen. Er weigerte sich, etwas zu unternehmen."

„Verständlich", sagte Collins. „Warum sollte er eine Suchaktion einleiten, nur weil Susan nicht zu eurer Verabredung erschienen ist?"

„Weil ich ihm sagte, ich hätte Grund anzunehmen, dass Garreth ihr etwas angetan hat. Es wäre nicht das erste Mal, dass er gewalttätig wird. Ich habe Susan nie zuvor so ängstlich erlebt. Es musste etwas Schlimmes passiert sein, sonst wäre sie nicht derartig in Panik geraten."

„Du glaubtest also, Garreth sei dahintergekommen, dass du ein Verhältnis mit ihr hast?", fragte Collins.

„Ja, es gab keine andere Erklärung.“

„Wann bist du auf der Wache gewesen?“, fragte Tremaine.

„Hab ich doch gesagt. So gegen acht.“

Collins verließ den Raum. Travis sah durch die gläserne Trennscheibe, dass er telefonierte. Wahrscheinlich würden sie jetzt den Maugham-Garten absuchen und mit Jenkins reden, um die Angaben zu überprüfen.

„Weiter“, sagte Tremaine.

„Ich hab den Wagen im Bootshaus abgestellt. Kurz darauf lief mir Steve über den Weg. Ich wusste nicht, was ich tun sollte, und brauchte jemanden zum Reden. Steve lud mich zu einem Bier ein, aber dann …“, er senkte beschämt den Kopf, „… hab ich die Kontrolle verloren. Wie ich in den Schuppen zurückgekommen bin, weiß ich nicht mehr.“

Er beugte sich vor und barg das Gesicht in den Händen. Der verfluchte Alkohol! Warum nur hatte er Steves Drängen nachgegeben? Er wusste doch, wie es endete, wenn er in einen Pub ging.

„Sagen Sie mir jetzt endlich, was passiert ist.“

Tremaine lehnte sich zurück. „Ich werde dir mal erklären, wie ich die Sache sehe. Du fängst ein Techtelmechtel mit der Freundin deines ehemals besten Kumpels an, aber sie bekommt Gewissensbisse. Sie muss sich zwischen euch entscheiden, und das tat sie gestern Abend. Sie bestellt dich in den Maugham-Garten und macht dir klar, dass es aus ist. Ihr streitet euch, und du verlierst die Beherrschung. Du willst nicht wahrhaben, dass sie sich für Garreth entschieden hat. Ausgerechnet für ihn, der es zu etwas gebracht hat, während du ihr nichts zu bieten hast außer einem schrottreifen Fischkutter und einen Haufen Schulden."

„Das ist nicht wahr."

Travis ballte die Fäuste und grub die Fingernägel in die Handflächen, bis der Schmerz unerträglich wurde. Tremaine stieß ihm ein Messer ins Herz und drehte es in der Wunde herum.

„Nein, nein, nein", sagte er, „so war das nicht."

„Dann sag mir, was passiert ist."

„Ich kann mich an nichts erinnern."

„Okay, Travis. Vielleicht war es keine Absicht, sondern ein Unfall. Du hast Susan gestoßen, und sie ist unglücklich gestürzt. Plötzlich liegt sie da und rührt sich nicht mehr. Überall ist Blut. Du gerätst in Panik und handelst kopflos."

„Nein. Das stimmt nicht. Mir ist übel."

„Kotz uns bloß nicht das Büro voll!", sagte Tremaine.

Er klopfte an die Scheibe. Zwei uniformierte Beamte kamen und begleiteten Travis zu den Toiletten. Er stolperte in eine der Kabinen und erbrach sich in die Toilettenschüssel, bis sich sein leerer Magen krampfhaft zusammenzog. Erst jetzt wurde ihm die Bedeutung dessen, was Tremaine sich zusammenreimte, klar. Er war davon überzeugt, dass Susan einem Verbrechen zum Opfer gefallen war, und hielt ihn für den Täter. Aber … irgendetwas stimmte nicht an dem, was er sagte. Etwas Wichtiges fehlte.

„Komm jetzt! Weiter geht's."

Die Beamten zogen ihn hoch. Travis steckte den Kopf ins Waschbecken und spülte sich den Mund aus. Dann brachten sie ihn zurück in den Verhörraum und drückten ihn auf den Stuhl.

„Okay", sagte Tremaine, „hast du ein bisschen nachgedacht?"

„In der Kloschüssel? Ich kam gerade nicht dazu."

„Dann muss ich das für dich machen. Du warst in Panik. Die Leiche musste verschwinden, denn du wusstest genau, dass wir dir den Mord sonst leicht nachweisen würden. Also hast du sie mit deinem Wagen zum Bootsschuppen gebracht. Aber da konnte sie nicht bleiben. Du schaffst sie fort und triffst kurz darauf deinen Kumpel Steve. Obwohl du normalerweise keinen Tropfen anrührst, ziehst du sofort mit ihm los und betrinkst dich bis zur Besinnungslosigkeit. Warum hast du das getan? Ich werd's dir sagen: um dein Gewissen zum Schweigen zu bringen. Die verdammte Stimme in deinem Kopf, die nicht aufhören wollte, dich anzuklagen. Wie konntest du so etwas Böses tun, Travis? Was hast du dir dabei gedacht? Warum ausgerechnet Susan, die du doch geliebt hast? Du hast sie totgeschlagen und verbuddelt wie einen Hundekadaver."

„Hören Sie auf."

„Nein, Travis. Ich fange gerade erst an. Also?"

„Also was?"

„Wo hast du die Leiche versteckt?"

„Leiche?"

Die Erkenntnis traf ihn mit der Wucht einer stumpfen Axt. Susan war tot. Alles, was Tremaine vermutete, entsprach der Wahrheit – mit einem Unterschied. Nicht er, Travis, hatte Susan umgebracht, sondern Garreth. Er kämpfte gegen die schwarze Woge der Trauer an, die über ihm zusammenschlug. Die quälende Vorstellung, dass es Susan nicht mehr geben sollte, brachte ihn fast um den Verstand.

„Sie könnte noch leben, wenn Jenkins etwas unternommen hätte!", schrie Travis unter Tränen.

Collins kehrte zurück, er hatte die letzten Worte offenbar gehört.

„Demnach ist Susan Prescott tot?", fragte er.

„Das habe ich nicht behauptet. *Sie* haben von einer Leiche geredet."

Travis biss sich auf die Unterlippe. Er war nicht ausgekocht genug, um es mit zwei erfahrenen Mordermittlern aufnehmen zu können, die ihm jedes Wort im Mund herumdrehten. Schon gar nicht in seinem Zustand. Es war ohnehin sinnlos. Sie hatten einen Schuldigen gefunden, einen Kerl aus den Docks, der sich an die Tochter eines der reichsten Bürger Pennacks herangemacht hatte, um Zutritt zu einer Welt zu erlangen, die ihm auf anderem Weg verschlossen war.

Collins legte zwei durchsichtige Plastikbeutel auf den Tisch. Travis wurde schlagartig nüchtern. In dem ersten Beutel steckte ein Bootshaken. Es war keiner der modernen aus Aluminium oder Kunststoff, sondern ein schwerer, eiserner Haken mit einer konischen Tülle, in die man eine Holzstange stecken konnte. Es war einer von denen, wie sein Vater sie benutzte. Im Bootshaus und auf der *Eloise* gab es mehrere davon. An diesem klebten Blut und Haare.

Der zweite Beutel enthielt ein zerfetztes, orangefarbenes T-Shirt mit dem Aufdruck *Sunny seaside*.

„Kommt dir bekannt vor, oder?", fragte Tremaine.

Travis nickte. Leugnen machte keinen Sinn. Es war das T-Shirt, das Susan gestern Abend getragen hatte.

„Okay. Wo ist sie?"

„Ich weiß es nicht."

Tremaine seufzte. „Begreifst du nicht, dass wir dir gerade eine Brücke bauen? Wenn du gestehst, kommst du mit Totschlag im Affekt davon und bist nach ein paar Jahren wieder draußen. Für einen Mord wanderst du für den Rest deines Lebens ins Gefängnis. Denk darüber nach."

„Ich schwöre bei Gott, ich habe ihr nichts getan." Travis wollte nicht weinen, aber er tat es doch. Nicht um seinetwillen, sondern um Susan.

„Es war Garreth", sagte er, „er hat sie umgebracht."

„Wir haben heute Morgen mit ihm gesprochen. Er hat für die Tatzeit ein Alibi", sagte Collins. „Er ging mit seinem Vater zusammen Abrechnungen durch. Eine Angestellte des Hotels hat das bestätigt."

Travis schüttelte den Kopf und lachte. „Na klar, was sonst? Haben Sie sie auch gefragt, wie viel der Alte ihr für die Aussage bezahlt hat?"

Tremaine faltete die Hände auf dem Tisch. „Wir wollen dir helfen, Travis. Aber dazu musst du uns die Wahrheit sagen. Wo ist Susan Prescott?"

„ICH WEIß ES NICHT!"

Collins begann, auf und ab zu laufen. „Fassen wir mal zusammen. Du hattest ein Motiv, die Gelegenheit und das passende Mordwerkzeug zur Hand."

„Wozu hätte ich denn einen Bootshaken in den Maugham-Garten mitnehmen sollen?"

„Vielleicht lag er ja auf der Ladefläche des Pick-ups. Dein Vater und du, ihr benutzt den Wagen doch zum Fischtransport, oder?"

„Warum hast du ihr das Shirt ausgezogen?", fragte Tremaine. „Wolltest du ein Andenken?"

„Sie sind ja krank!"

„Okay, wir machen eine Pause.“

Sie steckten ihn in eine Zelle, in der nur ein Eimer und eine schmale Pritsche standen. Nach einer Stunde holten sie ihn wieder ab und begannen von vorn. Sie stellten ihm die gleichen Fragen, und er gab die gleichen Antworten. Das Spiel wiederholte sich bis zum Abend des folgenden Tages.

Travis brach zusammen, aber er sagte ihnen nicht, wo Susan war. Er wusste es nicht. Sie analysierten die Blutspuren am Bootshaken und auf dem T-Shirt und verglichen die DNA mit Haaren, die sie einer Bürste entnahmen, die Susan Prescott gehört hatte. Das Ergebnis war eindeutig. Auf der Tatwaffe identifizierten sie Travis‘ Fingerabdrücke. Das war nicht weiter verwunderlich, denn auf der *Eloise* hantierte er ständig damit. Doch das interessierte niemanden.

Achtundvierzig Stunden später wurde er dem Haftrichter vorgeführt. Er konnte sich keinen Anwalt leisten, also stellte man ihm einen Pflichtverteidiger. Victor Penrose war kaum älter als Travis, es war zudem sein erster Mordfall. Er kannte die Verfahrensabläufe, gab sich aber keine Mühe, ihn ernsthaft zu verteidigen. Die Beweislast war erdrückend.

Die Hauptverhandlung endete mit einem klaren Schuldspruch. Der Richter verurteilte Travis wegen Totschlags zu fünfzehn Jahren Haft. Sie brachten ihn nach Exeter zurück. Wieder lag die Stadt im Nebel. Die Tore der Haftanstalt schlossen sich hinter Travis. Susan Prescotts Leiche wurde nie gefunden.

2

*Fünf Jahre später, **Deutschland***

Jennifer Nowak schlug die Augen auf und begriff augenblicklich, dass sie in tödlicher Gefahr schwebte. Die Berghütte, in der sie das Wochenende verbringen wollte, brannte wie eine Pechfackel.

„Miro!"

Ein qualvolles Husten erstickte ihren Schrei. Sie versuchte sich aufzurichten, sank aber kraftlos auf das Bett zurück. Etwas hielt sie fest und bemühte sich, ihren Überlebenswillen zu brechen. Die Stimme flüsterte ihr ein, dass es sinnlos wäre, sich zu wehren, und so viel leichter, sich der Dunkelheit hinzugeben. Dort war es kühl und friedlich, und es gab keine Schmerzen mehr.

Verzweifelt kämpfte sie gegen die drohende Ohnmacht an. Wenn sie das Bewusstsein verlor, würde sie nie wieder aufwachen. In der schrecklichen Erkenntnis, dass ihr nur Sekunden blieben, um sich zu retten, versuchte sie zu verstehen, was geschehen war. Beißender Qualm sammelte sich unter dem Hüttendach und nahm ihr die Sicht. In der fremden Umgebung verloren Dimensionen ihre Bedeutung, oben und unten, nah und fern tauschten ihre Plätze. Jennifer tastete orientierungslos auf der Bettdecke umher, bis ihr klar wurde, dass der Platz neben ihr leer war. Miro war nicht da, wo er sein sollte.

„Miro! Wo bist du?"

Jeder Atemzug wurde zur Qual, Panik überflutete sie wie eine heiße, schwarze Woge. Jennifer kroch aus dem Bett, legte sich bäuchlings auf den Fußboden und atmete so flach wie möglich. Die Dielen unter ihr waren so heiß, dass jede Berührung schmerzte. Sie zog die karierte Daunendecke vom Bett und schlang sie über Kopf und Oberkörper. Immerhin bot sie ihr einen gewissen Schutz vor den giftigen Rauchgasen, die sich unter dem Hüttendach sammelten. Vielleicht gerade lange genug, um die Panik niederzuringen und einen klaren Gedanken zu fassen. Sie musste einen Weg aus diesem Inferno finden, bevor sie wieder die Besinnung verlor, doch die Kraft, die ihr noch blieb, wehte der Feuersturm davon wie Ascheflocken. In der sauerstoffarmen, rauchgeschwängerten Luft wurde ihr schwindelig, alles drehte sich um sie.

„Miro!"

Es sollte ein kraftvoller Ruf nach Hilfe werden, doch ihrer Kehle entrang sich nur ein staubtrockenes Krächzen. Miro antwortete nicht. Selbst wenn er sich in unmittelbarer Nähe aufhielt, würde er sie dennoch nicht hören können. Das Prasseln und Knistern brennender Balken übertönte jedes andere Geräusch.

Die Hütte bestand aus einem einzigen, großen Raum im Erdgeschoss. Eine steile Stiege führte zu einem Schlafzimmer hinauf, dessen vorderer Teil in einer offenen Empore mündete. Hier hatten sie sich noch vor Kurzem mit einer Hingabe und Leidenschaft geliebt, die Jennifer überrascht hatte. Niemals zuvor hatte sie sich einem Mann so bedingungslos und offen hingegeben wie Miro.

Sie wusste nicht, wie viel Zeit seitdem vergangen war und was in der Zwischenzeit geschehen war. Sie konnte sich nicht einmal daran erinnern, wann sie eingeschlafen war. In der wohligen Entspanntheit ihres Liebesnests hatte sie in seinen Armen gelegen, geredet und gelacht, Zärtlichkeiten ausgetauscht und dann ... sie wusste es nicht mehr. Und sie würde auch keine Gelegenheit mehr bekommen, sich zu erinnern, wenn sie nicht sehr schnell einen Fluchtweg fand.

Sie kroch auf die Empore zu, tastete sich am Geländer entlang und stieß auf die oberste Treppenstufe. Ein Blick hinab reichte aus, um ihr jede Hoffnung zu nehmen. Sie hätte ebenso gut in einen brodelnden Vulkan springen können. Die Flammen leckten an den Holzwänden empor und würden in wenigen Minuten die Empore erfassen. Die Höllenglut, die ihr entgegenschlug, versengte ihre Haare und brannte wie ätzende Lauge in ihren Lungen.

Jennifer schlang die Decke fester um die Schultern und kroch ins Schlafzimmer zurück. In der hinteren Giebelwand befand sich ein Fenster, gerade groß genug, um sich hindurchwinden zu können. Wahrscheinlich würde sie den Brand zusätzlich anheizen, wenn frischer Sauerstoff hineinströmte, aber ihr blieb keine Wahl. Sie öffnete das Fenster, streckte den Kopf ins Freie und sog gierig die kalte Luft in die Lungen. Jeder Atemzug schmerzte wie ein Messerstich, aber allmählich klarte sich ihr Verstand.

Der Boden lag etwa fünf Meter unter ihr, ein schmaler Streifen Wiese mündete in einen steil abfallenden, mit Fichten bewachsenen Hang. Die Bäume standen zu weit entfernt, um sie erreichen zu können. Aus der Wiese ragten Felsbrocken, die in der Dunkelheit kaum auszumachen waren. Wenn sie sprang, würde sie sich vermutlich mehr als nur die Beine brechen. Doch selbst diese Aussicht erschien ihr verlockender, als bei lebendigem Leib zu verbrennen.

Die Berghütte war in Blockbauweise erstellt worden und ruhte auf einem Sockel aus Bruchsteinen. In regelmäßigen Abständen ragten die Enden kräftiger Stämme aus der Außenwand, auf denen sie Halt finden würde. Zwar bedeutete der Abstieg eine lebensgefährliche Kletterei, aber hinter ihr lauerte der Tod.

Ein dumpfer Knall aus dem Innern der Hütte schreckte sie auf und bestätigte ihre schlimmsten Befürchtungen. In einer Kammer hinter dem offenen Küchenbereich lagerten Propangasflaschen, mit denen der Kochherd betrieben wurde. Wenn die Hitze eine kritische Schwelle überschritt, würde die Hütte in die Luft fliegen wie eine Streichholzschachtel, die man mit Benzin übergossen und angezündet hatte.

Jennifer streifte die Decke ab und schwang ein Bein über die Fensterbrüstung. Es gelang ihr, den Oberkörper durch die Öffnung zu zwängen, sich am Rahmen abzustützen und das andere Bein nachzuziehen. Sie tastete mit den nackten Füßen nach Halt und schöpfte Hoffnung. Ihr Schutzengel hatte sie bestimmt nicht aufgeweckt, nur um sie jetzt im Stich zu lassen. Aber wo war Miro? War er mitten in der Nacht aufgestanden, um zur Toilette zu gehen? Warum hatte er das Feuer nicht bemerkt? Oder hatte er die Besinnung verloren und war längst zu Asche verbrannt? Jennifers

Herz krampfte sich schmerzhaft zusammen bei der Vorstellung, ihn zu verlieren. Sie kannte ihn erst seit drei Monaten, aber sie liebte ihn mit jeder Faser ihres Herzens. Endlich war sie sicher gewesen, dass das Schicksal sie nach den Pleiten und Enttäuschungen der vergangenen Jahre in die richtige Bahn lenkte. Sie klammerte sich verzweifelt an die Hoffnung, dass er die Hütte rechtzeitig hatte verlassen können.

Jennifer umklammerte das Fensterbrett und ließ sich langsam in die Tiefe herab. Erschrocken stellte sie fest, wie schwach sie war. Sie rutschte mit den Zehen von einem nassen Balkenvorsprung ab und hing ein, zwei Sekunden nur an einer Hand, bevor sie wieder Halt fand. Sie grub ihre Finger in das nasse Holz und kletterte nach unten, bis sich ihr Kopf auf Höhe des vergitterten Fensters der Vorratskammer befand. In diesem Augenblick explodierten die Gasflaschen. Ein kochend heißer Sturm aus Feuer und Glassplittern traf sie im Gesicht und fegte sie davon wie eine Stoffpuppe. Mit einem erstickten Schrei auf den Lippen stürzte sie der Dunkelheit entgegen. Gegen diese Gewalt war auch ihr Schutzengel machtlos.

3

Fremde Stimmen und Wortfetzen hallten geisterhaft verzerrt durch Jennifers Kopf, ohne einen Sinn zu ergeben. Jemand fragte sie nach ihrem Namen. Sie versuchte sich zu erinnern, aber dann flog der Gedanke davon, ohne dass sie ihn festhalten konnte. Es kam ihr vor, als wäre sie Zuschauer eines Films, in dem die meisten Einzelbilder fehlten. Übrig blieben grelle Fetzen, die sich schemenhaft wie die Sequenzen eines Albtraums aneinanderreihten. Vergangenheit und Gegenwart vermischten sich bis zur Unkenntlichkeit, dazwischen lauerten Bereiche tiefer Bewusstlosigkeit.

Miro, die Hütte, das Feuer.

Plötzlich wurde sie emporgehoben und schien zu schweben. Ohne Vorwarnung explodierte ein furchtbarer Schmerz in ihrem Kopf wie eine grellrote Blume. Jennifer schrie und schlug um sich. Ihr Herzschlag hämmerte und stolperte wie ein aus dem Takt geratenes Pendel gegen ihre Rippen.

„Sie kollabiert!", rief jemand.

Er redete auf sie ein, beruhigend diesmal und tröstend. Dann tat er etwas, was ein kurzes Stechen in ihrer Armbeuge hervorrief. Angesichts der Schmerzwelle, die durch ihren Körper raste, nur wie ein Mückenstich. Er versprach, dass sie gleich einschlafen und dass alles gut werden würde. Sie wusste, dass er log, aber nicht, warum. Dann senkte sich erneut das Vergessen über sie.

Als sie wieder erwachte, war aller Schmerz verschwunden. Es war kühl und still. Aus einer Maske auf Mund und Nase strömte frische Luft mit einem metallischen Beigeschmack in ihre Lungen.

„Sie ist aufgewacht."

Stoff raschelte, ein Vorhang wurde zurückgezogen. Jemand nahm ihr die Maske ab. Ein fremdes, bärtiges Gesicht tauchte in ihrem Blickfeld auf.

„Wie fühlen Sie sich?"

Jennifer versuchte zu antworten, aber ihre Kehle schmerzte, als hätte sie flüssiges Blei getrunken. Heraus kam nur ein heiseres Flüstern, das einen heftigen Hustenreiz auslöste. Jemand schob eine Hand unter ihren Hinterkopf und gab ihr zu trinken. Sie schluckte gierig.

„Langsam."

Sie ließ sich zurücksinken. Nun fühlte sie sich besser, der Schleier vor ihren Augen löste sich auf.

„Wo bin ich?" Sie erschrak, als sie ihre eigene Stimme hörte - brüchig und trocken wie uraltes Pergament.

„Im Universitätsklinikum in Freiburg. Ich bin Dr. Schenk. Können Sie sich daran erinnern, was passiert ist?"

„Wir wollten das Wochenende zusammen verbringen. Miro hatte eine Blockhütte oberhalb des Schluchsees gemietet. Es sollte eine Überraschung sein. Ich bin ...", sie versuchte angestrengt, sich zu entsinnen, stieß aber auf einen blinden Fleck in ihrem Kopf, der sich leer und fremd anfühlte. „Ich weiß nicht mehr ... ich muss eingeschlafen sein. Etwas hat mich geweckt, sonst wäre ich wohl tot. Als ich aufwachte, war die Hütte voller Rauch, es brannte."

Der Arzt leuchtete mit einer kleinen Lampe in ihre Augen und schien zufrieden zu sein.

„Wie steht es um mich?", fragte Jennifer.

Es war eine einfache, naheliegende Frage, aber sie fürchtete sich vor der Antwort. Ihre Arme und Hände steckten in dicken Verbänden. Da war etwas in ihrem Gesicht, das nicht dorthin gehörte, ein heißes Päckchen bedeckte ihre linke Wange. Sie tastete danach, was dem Doktor nicht zu gefallen schien.

„Sie haben bei dem Sturz Prellungen und Hautabschürfungen davongetragen, aber keine Frakturen. Dazu Verbrennungen ersten Grades an Armen und Beinen und eine schwere Rauchvergiftung. Alles in allem haben Sie großes Glück gehabt."

„Was ist da in meinem Gesicht?"

Er runzelte die Stirn und sah sie schweigend an. Überlegte er, ob sie bereit war, die Wahrheit zu verkraften?

„Bitte, ich muss wissen, was mit meinem Gesicht passiert ist."

„Sie haben sich bei der durch den Brand ausgelösten Explosion Schnittverletzungen zugezogen", sagte der Arzt.

„Wie schlimm?"

„Wir müssen abwarten. Es zu früh, um eine Prognose zu wagen. Ruhen Sie sich aus, Sie werden Ihre Kraft brauchen."

„Wie geht es Miro? Kann ich ihn sehen?"

„Haben Sie Geduld."

„Bitte! Ich will zu Miro."

Jennifer versuchte, sich aufzurichten. Entsetzt stellte sie fest, dass diese kleine Bewegung sie alle Kraft kostete, die noch in ihr steckte. Ohne auf ihre Forderung einzugehen, drückte der Arzt sie sanft auf das Kissen zurück.

„Ich schaue später noch einmal nach Ihnen", sagte er. „Versuchen Sie zu schlafen."

Jennifer blieb allein zurück. Eine nagende Unruhe erfasste sie. Sie verschwiegen ihr etwas. Hatte es mit ihr zu tun ... oder mit Miro? Durften sie ihr nichts über seinen Zustand sagen, weil sie nicht verheiratet oder verwandt waren? Wieder tastete sie nach dem Verband in ihrem Gesicht. Die flüchtige Berührung löste eine Schmerzwelle aus, die ihren Kiefer, die Augenpartie und schließlich den ganzen Kopf erfasste. Sie suchte den Notrufknopf und drückte ihn. Sofort kam die Krankenschwester.

„Würden Sie mir etwas gegen die Schmerzen geben?", fragte Jennifer.

„Sie bekommen bereits starke Schmerzmittel. Ich muss den Arzt fragen, ob wir die Dosis erhöhen können. Ihr Kreislauf ist noch sehr labil."

„Wie lange ... wie lange war ich eigentlich bewusstlos?"

Sie versuchte, die Frage möglichst beiläufig zu stellen, hatte aber zugleich Angst vor der Wahrheit.

Die Krankenschwester zögerte. „Zwei Tage", sagte sie dann.

Die Antwort war ein Schock. Zwei Tage!

„Wir mussten sie vorübergehend in ein künstliches Koma versetzen", sagte die Schwester, „ihre Lungen drohten zu kollabieren. Sie werden eine Weile brauchen, um wieder zu Kräften zu kommen."

„Können Sie mir sagen, wie es meinem Freund geht? Ist er hier in der Klinik? Sein Name ist Miro Arendt. Bitte, ich muss wissen, ob er lebt."

„Besprechen Sie das mit Dr. Schenk. Ich darf Ihnen leider keine Auskunft geben. Da wäre noch etwas. Wir haben versucht, Ihre Angehörigen ausfindig zu machen. Gibt es jemanden, den wir benachrichtigen sollen?"

Jennifer wurde schmerzlich bewusst, dass es außer Miro niemanden gab, der sie vermissen würde. Lou vielleicht, ihre einzige Freundin. Eine Familie hatte sie nicht, ihre Mutter war vor zwei Jahren an Krebs gestorben, und ihren Vater hatte sie nie kennengelernt.

„Nein, nur Miro", antwortete sie.

„Dann brauche ich noch Ihre Krankenkassendaten. Außerdem sollten wir Ihren Arbeitgeber informieren, sofern es einen gibt."

Jennifer nannte ihr die Namen und Adressen. Sie hielt sich mit gleich drei Aushilfsjobs über Wasser, um ihr Studium zu finanzieren. Die konnte sie jetzt wahrscheinlich abschreiben, und das Studium noch dazu.

„Können Sie mir einen Spiegel bringen?", fragte sie.

„Später. Sie brauchen jetzt vor allem Ruhe."

„Bitte, ich muss wissen, was mit meinem Gesicht passiert ist."

Die Schwester hantierte an dem durchsichtigen Schlauch, der in Jennifers Handrücken steckte. Das Zimmer verschwamm vor ihren Augen, ihre Bitten blieben ungehört. Die Dunkelheit kehrte zurück.

Als sie wieder erwachte, war die Infusionsnadel verschwunden, ebenso die Verbände an ihren Unterarmen. Bis auf ein dumpfes Pochen in ihrer Wange hatte sie keine Schmerzen. Offenbar hatte man sie in der Zwischenzeit von der Intensivstation auf ein Krankenzimmer verlegt. Es gab zwei weitere Betten, die mit durchsichtigen Plastikplanen abgedeckt waren. Es war heller Tag, Regen trommelte leise gegen die Fensterscheibe. Die Tür wurde geöffnet, eine Krankenschwester schob einen Tablettwagen herein, maß Jennifers Temperatur und kontrollierte den Verband in ihrem Gesicht.

„Ich habe Hunger", sagte Jennifer.

„So gefallen Sie mir schon besser. Ich bringe Ihnen gleich das Frühstück."

Als der Duft von Kaffee in ihre Nase stieg, aß sie mit mehr Appetit, als sie sich hatte vorstellen können. Doch jede Bewegung ihrer Kaumuskeln schmerzte. Es dauerte lange, bis sie das Frühstück in kleinen Bissen verzehrt hatte. Satt, aber erschöpft sank sie danach auf das Kissen zurück. Die Schwester räumte das Tablett ab.

„Fühlen Sie sich in der Lage, Besuch zu empfangen?", fragte sie.

Augenblicklich war sie hellwach. Miro! Endlich würde sie ihn sehen.

„Ein Polizeibeamter möchte Sie zu dem Unglück befragen", fuhr die Schwester fort, „wenn Sie wollen, kann ich ihn fortschicken und auf morgen vertrösten."

„Nein, bitten Sie ihn herein", antwortete sie enttäuscht. Vielleicht erfuhr sie auf diese Weise wenigstens, wie es zu dem Brand gekommen war.

Die Krankenschwester verließ das Zimmer. Kurz darauf trat ein etwa fünfzigjähriger Mann ein. Er trug Zivilkleidung und stellte sich als Kriminalhauptkommissar Uwe Kamps vor. Beiläufig erkundigte er sich nach Jennifers Befinden.

„Es geht mir den Umständen entsprechend gut", sagte sie ungeduldig.

„Fühlen Sie sich in der Lage, mir einige Fragen zu beantworten?"

„Ich habe mindestens genauso so viele Fragen an Sie", entgegnete sie, „niemand hier gibt mir Auskunft über Miro Arendt."

Kamps warf seinen grauen Regenmantel über einen Stuhl und lehnte sich gegen das Fensterbrett.

„In welcher Beziehung stehen Sie zu ihm?", fragte er.

„Wir kennen uns seit drei Monaten. Er wollte mich mit dem Wochenende in der Hütte überraschen. Es sollte ein besonderer Abend werden – nur für uns beide."

Kamps begann sich Notizen zu machen.

„Und war es das?"

„Ja. Es war wunderbar. Ein gutes Essen, eine Flasche Wein, ein Kaminfeuer. Miro hatte alles perfekt vorbereitet, das ist so seine Art. Nach dem Essen saßen wir zusammen und ..." Sie runzelte besorgt die Stirn. Jedes Mal, wenn sie sich in ihrer Erinnerung einem bestimmten Zeitpunkt näherte, stieß sie auf eine Grenze, die sich nicht überwinden ließ.

„Sie hatten keinen Streit?", fragte Kamps.

„Nein. Warum fragen Sie?"

„Reine Routine."

„Wir gingen nach oben – unter dem Dach der Hütte gab es ein Schlafzimmer. Irgendwann … muss ich eingeschlafen sein. In der Nacht bin ich plötzlich wach geworden. Die Hütte stand in Flammen. Der einzige Weg nach draußen war das kleine Fenster im Schlafzimmer." Jennifer schloss die Augen und spürte wieder die Wucht der Explosion. „Ich bin an der Außenwand hinabgeklettert und gestürzt, von da an weiß ich nichts mehr."

„Sie haben einen Riesendusel gehabt, dass Sie sich nicht den Hals gebrochen haben", sagte Kamps, „hinter der Hütte ist das Gelände felsig und fällt steil ab.

„Ich hatte keine Wahl. Wie bin ich hierhergekommen?"

„Urlauber, die eine der anderen Hütten gemietet hatten, kamen erst spät in der Nacht an. Ihre Ankunft hatte sich durch einen Stau verzögert, und das war Ihr Glück. Sie bemerkten den Brand und alarmierten die Feuerwehr."

Kamps Kugelschreiber schabte über seinen Schreibblock.

„Sie kamen etwa gegen 18 Uhr an. Ist das richtig?"

„Miro hielt in dem kleinen Ort unterhalb des Sees. Er tat sehr geheimnisvoll und verschwand in einem Gasthaus. Aber fragen Sie ihn doch selbst."

„Wir haben mit der Wirtin gesprochen. Herr Arendt holte wie vereinbart den Schlüssel für die Berghütte, außerdem einige Vorräte."

Jennifer lächelte. „Er hat sich große Mühe gegeben, den Abend unvergesslich zu machen."

„Sie sind dann zur Hütte hinaufgefahren?"

„Nachdem er den Wagen oberhalb des Sees abgestellt hatte, sind wir das letzte Stück hinaufgewandert. Bis zur Hütte haben wir etwa zwanzig Minuten gebraucht."

Sie stützte sich auf die Ellenbogen. Kamps Fragerei machte sie immer besorgter. „Warum antwortet mir niemand? Warum lässt man Miro nicht zu mir? Wie kam es überhaupt zu dem Feuer?"

Kamps klappte seinen Notizblock zu.

„Nach allem, was unsere Experten herausgefunden haben, wurde der Brand durch ein nachlässig angeschlossenes Ofenrohr ausgelöst. Durch die fehlende Isolierung erhitzte sich die Holzwand, bis sie zu schwelen begann und schließlich Feuer fing."

„Und warum interessiert sich die Kriminalpolizei dafür?"

„Wir ermitteln die Brandursache. Das ist ein normaler Vorgang. Darüber hinaus gibt es da einige merkwürdige Details, auf die wir Antworten suchen."

„Die werden sie von mir nicht bekommen, solange ich nicht weiß, wo Miro ist."

Kamps presste die Lippen zusammen und schwieg. Schließlich sagte er: „Es tut mir leid, Ihnen mitteilen zu müssen, dass Ihr Lebensgefährte tot ist, Frau Nowak."

Sie hatte es geahnt, vielleicht die ganze Zeit über gewusst. Das beredte Schweigen der Ärzte und Schwestern, Kamps ausweichende Antworten … und doch traf die Wahrheit sie völlig unvorbereitet. Der Tod kam immer unerwartet und so plötzlich, dass der Verstand ihn nicht zu erfassen vermochte. Es konnte, durfte nicht sein. Nicht Miro.

„Aber er lag nicht neben mir, als ich aufwachte." Sie
klammerte sich an eine letzte, irrationale Hoffnung. Sie
musste hier raus, etwas tun, nur nicht daliegen und
nachdenken.

„Wir müssen ihn suchen. Vielleicht liegt er verletzt irgendwo im Wald."

Mit einer hastigen Bewegung schlug Jennifer die Decke zurück und setzte sich auf. Sie spürte, wie ihr der
Schweiß auf die Stirn trat, ihre Wange pochte vor
Schmerz, sie holte rasselnd Luft wie eine Asthma-
kranke. Ihr wurde klar, wie lächerlich der Gedanke
war, den Wald rings um die Hütte abzusuchen. In ihrem geschwächten Zustand würde sie nirgendwohin
gehen.

„Beruhigen Sie sich bitte, Frau Nowak."

Sie hockte zitternd auf der Bettkante.

„Ich werde besser den Arzt rufen", sagte Kamps.

„Nein. Ich … ich bin okay."

„Sicher?"

Sie nickte krampfhaft. „Wie ist Miro gestorben?"

„Das versuchen wir herauszufinden. Waldarbeiter
haben ihn in der Schlucht unterhalb der Hütte gefunden. Er starb an den Verletzungen eines Sturzes aus
großer Höhe. Die gerichtsmedizinische Untersuchung
ergab, dass sein Todeszeitpunkt ungefähr mit dem Ausbruch des Feuers zusammenfällt."

„Wollen Sie damit andeuten, er hätte den Brand gelegt?"

„Bis jetzt gehen wir nicht davon aus."

„Aber warum verließ er mitten in der Nacht die
Hütte?"

„Er arbeitete als Unfallarzt. Ist das richtig?“, fragte Kamps.

„In einer Stuttgarter Klinik, ja.“

„Die Wirtin des Gasthauses hat ausgesagt, dass sie ihn gegen Mitternacht angerufen hat.“

„Aber warum? Woher kannte sie seine Telefonnummer?“

„Als er die Berghütte gebucht hat, erwähnte er wohl seinen Beruf. In dem Dorf unterhalb des Sees gibt es keinen Arzt, das nächste Krankenhaus liegt eine halbe Autostunde entfernt. Gegen 23:45 Uhr informierte ein Gast den Nachtportier, dass er gesundheitliche Beschwerden hatte, er vermutete einen Herzinfarkt. Die Wirtin erinnerte sich an das Gespräch mit dem Arzt aus Stuttgart, der telefonisch eine der Berghütten gemietet hatte. Dabei hinterließ er auch seine Handynummer. Der Zustand des Gastes schien tatsächlich ernst zu sein, also rief sie Herrn Arendt an und bat ihn um Hilfe. Ein Notarztwagen aus Freiburg hätte mindestens eine halbe Stunde gebraucht. Wir vermuten, dass Ihr Lebensgefährte sich nach dem Anruf auf den Weg zu seinem Wagen machte. Leider kam er dort nicht an.“

„Warum hat er mich nicht geweckt?“

Kamps zuckte mit den Schultern. „Vielleicht wollte er Sie nicht beunruhigen. Ich hoffte, Sie könnten es mir erklären.“

Jennifer schüttelte den Kopf. „Leider nicht. Ich kann mich ja nicht mal erinnern.“

„Im Augenblick gehen wir davon aus, dass er auf dem schmalen Pfad oberhalb der Schlucht in der Dunkelheit vom Weg abkam und tödlich verunglückte“, fuhr Kamps fort. „Das Feuer brach vermutlich kurze Zeit später aus. Das würde erklären, warum er die Hütte unversehrt verlassen konnte. Allerdings ist da eine Sache, die mir Kopfzerbrechen bereitet. Sie sagen, Sie wären sehr plötzlich eingeschlafen und können sich an nichts erinnern?“

Jennifer nickte widerstrebend.

„Leiden Sie unter Schlafproblemen?“, fragte Kamps.

„Nein. Warum fragen Sie?“

Er zog einen durchsichtigen Plastikbeutel aus einer Manteltasche. „Das hier könnte eine Erklärung für Ihre Gedächtnislücke liefern.“

„Was ist das?“

„Wir fanden dieses Medikament bei Herrn Arendt. Es ist ein starkes Schlafmittel und enthält Gammahydroxybutyrat – ein Wirkstoff, der auch als K-o.-Tropfen bekannt ist.“

„Sie meinen ... Miro hat mir das Zeug in den Wein gemischt?“

„Wir wissen es nicht. Das Mittel ist nur begrenzte Zeit im Körper nachweisbar. Es bestand keine Veranlassung, Sie darauf zu testen, darum werden wir es nie erfahren. Ich frage mich, warum er es bei sich trug.“

„Ich weiß es nicht. Miro ... hätte das niemals getan. Wir liebten uns ... wollten heiraten.“

„Ich muss Sie das fragen“, sagte Kamps, „hatten Sie Geschlechtsverkehr in jener Nacht?“

„Ja. Aber warum hätte Miro mich betäuben sollen, um sich zu nehmen, was er ohnehin freiwillig von mir bekam? Er hatte überhaupt keinen Grund dazu.“

„Litt er selbst unter Schlafstörungen? Neigte er zu Stimmungsschwankungen oder war er gar depressiv?“

„Nein, nichts von alledem. Das heißt ...“

„Ja?"

„An eine seltsame Begebenheit erinnere ich mich doch. Der Weg zur Hütte führt an einer tiefen Schlucht vorbei. Es gibt dort einen kleinen Felsvorsprung, einen Aussichtspunkt, von dem aus man den Wasserfall und die Stromschnellen sehen kann."

Kamps nickte. „Der Teufelssitz. Unterhalb dieses Felsens haben wir ihn gefunden."

„Wir legten dort eine kurze Rast ein", sagte Jennifer. „Miro versank in einer düsteren Stimmung, die ich vorher nie an ihm bemerkt hatte. Es dauerte höchstens ein oder zwei Minuten, und ich maß dem keine große Bedeutung zu. Doch jetzt fällt es mir wieder ein. Er sagte: ‚Es ist nur ein kleiner Schritt zwischen Leben und Tod.‘ Als ich ihn fragte, was er damit meinte, besann er sich, lächelte und bezog es auf seine Arbeit als Unfallarzt. Es kam mir dennoch merkwürdig vor. Ich habe ihn nie zuvor so etwas sagen hören. Ist das wichtig?"

„Das kann ich noch nicht sagen. Aber es ist gut, dass Sie es mir erzählt haben."

„Was geschieht jetzt?"

„Vorerst nichts weiter. Ich sehe keine Möglichkeit, Licht in diese sonderbare Geschichte zu bringen. Vielleicht stand er selbst noch unter dem Einfluss des Schlafmittels und verunglückte deshalb. Da wir Herrn Arendt nicht mehr befragen können, bleibt nur Ihre Aussage – die uns allerdings auch nicht weiterhilft."

Kamps griff nach seinem Regenmantel und legte eine Visitenkarte auf den Tisch. „Rufen Sie mich an, wenn Ihnen noch etwas einfällt." Er ging zur Tür.

„Was ist eigentlich aus dem Gast geworden?", fragte Jennifer.

„Ach, der. Er erholte sich überraschend schnell. Es war wohl nichts Ernstes. Er ist wieder nach England abgereist. Ich wünsche Ihnen alles Gute, Frau Nowak."

Kamps schloss die Tür hinter sich. Jennifer blieb allein zurück. Langsam wurde ihr klar, was Miros Tod bedeutete. Nach mehreren gescheiterten Beziehungen hatte sie sich an ihn geklammert wie eine Ertrinkende an ein Stück Treibholz. Nun trieb sie ohne ihn in einem Ozean aus Einsamkeit.

Am meisten quälte sie die Ungewissheit, die Kamps in ihr geweckt hatte. War Miro überhaupt der Mann gewesen, für den sie ihn gehalten hatte? Was hatte es mit dem Medikament auf sich, das die Polizei bei ihm gefunden hatte? Drei wundervolle Monate war sie mit Miro zusammen gewesen, und doch wusste sie eigentlich nichts über ihn. Lou hatte sie vor ihm gewarnt, aber Jennifer hatte ihre Schwarzseherei nicht ernst genommen. Schließlich vermutete ihre Freundin hinter jedem harmlosen Mann einen Serienkiller; mindestens einen Stalker, den man nicht mehr loswurde. Ein abgebrochener Fingernagel oder ein verpasster Bus bedeuteten für Lou ein Trauma, das sie unweigerlich für den Rest ihres Lebens belasten würde. Vor acht Wochen hatte sie einem Medium tausend Euro bezahlt, damit die schrill gekleidete Frau Lous Wohnung exorzierte. Lou hatte zufällig erfahren, dass der Vormieter sich in ihrem Schlafzimmer erhängt hatte. Sie war felsenfest davon überzeugt, dass er nun darin spukte. Die nächtlichen Geräusche hatten sich dann allerdings als Defekt der altersschwachen Heizungsanlage herausgestellt.

Hatte Lou Miro ausnahmsweise richtig eingeschätzt? Warum hielt der Polizist eine depressive Erkrankung für möglich? Hatte Miro einen erweiterten Suizid geplant, der nur zufällig gescheitert war, weil die Dosis des Schlafmittels zu niedrig gewesen war? Ein Assistenzarzt sollte eigentlich wissen, wie er ein Medikament dosieren musste. Wahrscheinlich würde sie nie die Wahrheit erfahren.

Vorsichtig strich sie mit den Fingerspitzen über den Verband in ihrem Gesicht. Miros Tod war ein furchtbarer Schlag, aber Jennifer ahnte, dass noch weitere Prüfungen auf sie warteten.

Seit ihrer Einlieferung verweigerten die Ärzte und Krankenschwestern ihr einen Spiegel. Sie hatten sie über Miro belogen, und Jennifer fürchtete, dass sie ihr auch über die Schwere ihrer Verletzungen nicht die Wahrheit sagten. Das Päckchen auf ihrer Wange glühte und pochte wie ein Skorpion, der seinen giftigen Stachel in ihr Gesicht bohrte.

Der Infusionsschlauch behinderte sie nun nicht mehr, und niemand hatte ihr verboten, aufzustehen. Sie biss die Zähne zusammen, stützte sich auf dem Bett ab und stellte sich vorsichtig auf die Füße. Die Prellungen und Hautabschürfungen, die sie sich bei dem Sturz zugezogen hatte, schmerzten. Mit jedem Atemzug schien sie Ruß und Ascheflocken auszuatmen.

Mit unsicheren Schritten durchquerte sie das Zimmer und öffnete die Tür zur Toilette. Sie schaltete das Licht ein und näherte sich langsam dem Waschbecken. Aus dem Spiegel glotzte ihr ein hohlwangiges Gespenst mit Sonnenbrand entgegen. Nase und Kinn waren mit verschorften Schnitten übersät, die allmählich heilten.

Das Feuer hatte die rechte Augenbraue abgesengt. Ein dicker Verband bedeckte die linke Gesichtshälfte und einen Teil des Kopfes. Sie musste wissen, was darunter war.

Ihre Finger zitterten so stark, dass sie dreimal vergeblich versuchte, den Anfang der Mullbinde zu ertasten. Schließlich schaffte sie es, ein Ende zu lösen, und wickelte den Verband ab.

Als das letzte Stück zu Boden fiel, schrie sie vor Entsetzen. Jennifer hörte nicht auf zu schreien, bis zwei Krankenschwestern sie mit sanfter Gewalt ins Bett zurückbrachten und der Arzt ihr ein Beruhigungsmittel gab, das sie in einen tiefen, traumlosen Schlaf fallen ließ.

4

Exeter, Cornwall

Travis wartete angespannt auf Nachricht von Charlie O'Sullivan, der vor drei Monaten neue Hoffnung in ihm geweckt hatte. Zwischen Zuversicht und Verzweiflung schwankend, lief er in seiner Zelle auf und ab und zählte die Schritte von Wand zu Wand. Plötzlich hielt er inne und blickte auf das winzige Stück Himmel, das er von hier aus sehen konnte. Er dachte an jenen Morgen zurück, an dem der ehrgeizige junge Anwalt ihn zum ersten Mal aufgesucht hatte.

Travis liebte den Geruch von frischem Holz. Er mochte das sanfte Zischen, das der Hobel erzeugte, wenn er an der Maserung entlangglitt, und das Gefühl, den Formen nachzuspüren, die unter der noch rohen Oberfläche darauf warteten, ans Licht geholt zu werden. Das Holz lebte und sprach zu ihm. Doch anders als die Menschen log es nicht, verstellte sich nicht und zeigte ihm sofort, wenn es schlecht behandelt wurde.

Über seinen Wunsch, eine Ausbildung zum Schreiner oder Bootsbauer zu beginnen, hatte sein Vater stets nur gelacht. Travis hatte trotzdem versucht, eine Lehrstelle zu finden, und dafür die schlimmste Tracht Prügel seines Lebens bezogen. Der Alte brauchte ihn auf der

Eloise, wenn er hinausfuhr. Bevor sie die reichen Fischgründe in dem kalten Wasser vor Land's End erreicht hatten, war Jack Sayer allerdings meistens zu betrunken gewesen, um die Netze auszubringen. Travis war nichts anderes übrig geblieben, als die harte Arbeit allein zu erledigen. Das wenige Geld, das sie mit dem Fischfang verdienten, trug der Alte anschließend in die Pubs.

In den vergangenen fünf Jahren hatte Travis nachgeholt, was ihm verwehrt worden war. In der Gefängnisschreinerei in Exeter hatte er das Tischlerhandwerk erlernt und anschließend die Meisterprüfung mit Auszeichnung bestanden. Die Arbeit hielt ihn am Leben. Das Hobeln, Sägen und Schleifen erforderte seine ganze Aufmerksamkeit. Wenn er sich auf die Bewegungen seiner Hände konzentrierte, konnte er nicht gleichzeitig über seine aussichtslose Lage nachdenken. Für eine Weile verstummte dann auch die Stimme in seinem Kopf, die nach Rache für das Unrecht schrie, das sie ihm angetan hatten.

Er nahm einen weiteren Span von dem Werkstück ab, an dem er arbeitete, und beobachtete befriedigt, wie sich der hauchdünne Holzstreifen im Hobel zu einer Spirale formte.

„He, Sayer. Mach mal Pause."

Travis wandte sich um. Der baumlange Jones – einer der Vollzugsbeamten, mit denen er gut auskam, winkte ihn zu sich heran.

„Besuch für dich."

„Kann nicht sein", antwortete Travis. „Niemand besucht mich."

„Diesmal schon."

Travis legte den Hobel behutsam auf die Werkbank, wischte sich die Hände an der Hosennaht ab und folgte Jones in einen der Besuchsräume. An einem Tisch saß ein Mann, der kaum älter als Travis war. Sein jungenhaftes Gesicht war rund und rosig wie ein Apfel, das dunkle Haar lichtete sich bereits an Stirn und Schläfen. Er trug einen gut geschnittenen, anthrazitfarbenen Anzug mit passender Krawatte und ein blütenweißes Hemd. Neben seinen auf Hochglanz polierten Schuhen stand ein Aktenkoffer, was sein Auftreten irgendwie offiziell erscheinen ließ. Er stand auf, als Travis eintrat, rückte eine randlose Brille mit starken Gläsern zurecht und streckte die Hand aus.

„Mein Name ist Charlie O'Sullivan. Ich bin Rechtsanwalt."

Travis ignorierte die dargebotene Hand. „Wozu sollte ich einen Anwalt brauchen? Ich habe mich nicht übers Essen beschwert."

„Das nicht, aber ich bin sicher, dass wir beide von einer Zusammenarbeit profitieren könnten."

Travis musterte ihn misstrauisch. „Einem Typ wie Ihnen habe ich zu verdanken, dass ich hier drin bin. Was wollen Sie von mir?"

„Ihnen helfen." O'Sullivan deutete auf den freien Stuhl an dem kleinen Besuchertisch. „Geben Sie mir ein paar Minuten, um meine Absichten zu erklären, Sie werden es nicht bereuen."

Jones setzte sich neben die Tür und faltete eine Zeitung auseinander. „Mach schon, Sayer. Du hast eine Viertelstunde. Verpass die Chance nicht."

Travis nahm gegenüber dem Anwalt Platz, der geschäftig Schriftstücke aus seinem Koffer nahm und penibel auf dem Tisch ordnete.

„Ich habe mir Ihre Ermittlungsakten besorgt", sagte er, „und ich stimme Ihnen zu, dass mein Vorgänger miserable Arbeit geleistet hat."

„Ich kann mich nicht erinnern, Sie engagiert zu haben. *Wer hat Ihnen Einsicht in meinen Fall gewährt?*"

O'Sullivan lächelte und kniff die Augen hinter den dicken Brillengläsern zusammen, was ihm einen listigen Ausdruck verlieh.

„Dass es mir gelungen ist, Akteneinsicht zu bekommen, spricht für mich, finden Sie nicht? Lassen Sie es mich in kurze Worte fassen: Ich bin jung und ehrgeizig und will mir einen Namen machen. Aussichtslose Fälle zu gewinnen ist die beste Werbung fürs Geschäft. Glauben Sie mir, ich bin aus ganz eigennützigen Gründen hier."

„Und was habe ich damit zu tun?"

„Ihre Verurteilung ist nach meiner Einschätzung eine krasse Fehlentscheidung. Mit anderen Worten: Ich will Sie hier rausholen."

Travis lachte. „An Ehrgeiz fehlt es Ihnen tatsächlich nicht, eine Spur Größenwahn scheint mir auch dabei zu sein."

O'Sullivan schüttelte den Kopf. „Sie irren sich. Es geht um nüchterne Fakten. In Ihrem Fall wurde schlampig und einseitig ermittelt, Beweismittel wurden nicht ausreichend ausgewertet und entlastende Aussagen ignoriert. Ich glaube, dass Sie unschuldig sind."

„Und wie wollen Sie das Wunder vollbringen, einen Richter davon zu überzeugen, Mr O'Sullivan?"

„Ganz einfach. Wir werden den Fall neu aufrollen, nach Beweisen für Ihre Unschuld suchen und darlegen, dass Polizei und Justiz eklatante Fehler begangen haben. Dann streben wir ein Wiederaufnahmeverfahren an."

Travis schwieg und dachte nach. Dieser kurzsichtige Kerl schien seiner Sache ziemlich sicher zu sein. Inzwischen beschlich ihn das Gefühl, dass er O'Sullivan besser nicht unterschätzen sollte. Er war offenbar cleverer, als er aussah.

„Sie kommen doch nicht mit leeren Händen. Ich wette, Sie haben bereits in Pennack herumgestochert."

„Allerdings. Was dabei herauskam, dürfte Sie interessieren."

„Es spielt keine Rolle. Ich kann Sie nicht bezahlen", sagte Travis.

„Machen Sie sich über Geld keine Gedanken. Die Presse wird sich um die Geschichte des unschuldigen jungen Mannes reißen, der aufgrund eines Justizirrtums um die besten Jahre seines Lebens gebracht wurde. Wir verkaufen Ihre Story an den Meistbietenden, dann können Sie sich auch mein Honorar leisten."

„Sie sind erstaunlich geschäftstüchtig. Ich frage mich, ob Sie auch als Anwalt etwas taugen."

„Worauf Sie sich verlassen können." O'Sullivan streckte seine Hand aus. „Was ist? Schlagen Sie ein?"

„Sie werden sich die Zähne ausbeißen."

„Das ist mein Spezialgebiet."

Travis zögerte. Er hatte nichts zu verlieren, aber eine Menge zu gewinnen. Schließlich schüttelte er die dargebotene Hand. „In Ordnung."

„Fein. Ich fange sofort mit der Arbeit an."

Travis schob seinen Stuhl zurück. „Wie viele aussichtslose Fälle haben Sie denn schon gewonnen?"

O'Sullivan grinste wie ein Schuljunge, der einen Streich ausheckt. „Noch gar keinen."

Travis kehrte in die Gegenwart zurück. O'Sullivan hatte sich drei Wochen lang nicht gemeldet. Gestern hatte er ihm eine Nachricht zukommen lassen, dass er ihn heute in Exeter aufsuchen wollte. Ob es ihm wirklich gelingen würde, das Blatt zu wenden? Travis hörte, wie die Zellentür entriegelt wurde.

„Dein Anwalt ist da, Sayer."

Jones führte ihn in den Besuchsraum. O'Sullivan war damit beschäftigt, seine Unterlagen auf dem kleinen Tisch zu sortieren. Seine Hamsterbacken glühten vor Eifer.

„Hallo Mr Sayer. Ich habe gute Nachrichten für Sie."

Travis setzte sich. Der kleine Anwalt tupfte sich mit einem karierten Taschentuch den Schweiß von der Stirn.

„Meine Güte, ist das heiß heute. Finden Sie nicht?", fragte er.

„In meiner Zelle scheint keine Sonne."

O'Sullivan faltete umständlich das Taschentuch zusammen und steckte es in seine Hosentasche.

„Äh ja, das werden wir ändern", sagte er, „Sie sollten sich vorsichtshalber mit Sonnencreme eindecken."

„Sie haben Neuigkeiten?"

Der Anwalt nickte heftig, seine Brillengläser funkelten im Licht der Neonröhre.

„Es wurden so viele Ermittlungs- und Verfahrensfehler begangen, dass ich mich wundere, wie eine

Verurteilung überhaupt möglich war. Dieser Pflichtverteidiger ...“

„Penrose“, sagte Travis.

„... richtig, Penrose. Nur er war ...“

„... eine Pfeife.“

„Ich wollte es nicht ganz so drastisch ausdrücken.
Kommen wir zum Wesentlichen. Sie wurden in einem
Indizienprozess verurteilt, denn es konnte nicht bewie-
sen werden, dass Susan Prescott tatsächlich ermordet
wurde. Ihre Leiche wurde ja nie gefunden. Niemand
kann sagen, ob sie überhaupt tot ist.“

Travis nickte. „Das weiß ich alles.“

„Punkt 1: Man fand ein T-Shirt mit dem Blut des Op-
fers und die Tatwaffe mit Ihren Fingerabdrücken im
Bootshaus Ihres Vaters. Man konstruierte ein Motiv
und unterstellte Ihnen die Gelegenheit zur Tat. Hier
wurden bereits die ersten Fehler begangen. Jeder hätte
den Schuppen betreten können, um die Beweisstücke
dort zu deponieren. Es wurden aber keine Anstrengungen unternommen, nach anderen Verdächtigen zu suchen.

Punkt 2: Ich fand in den Polizeiakten einen Vermerk,
dass frische Einbruchsspuren an einem der Fenster
entdeckt wurden. Es ist also sehr wohl möglich, dass jemand das Bootshaus betrat, während Sie alkoholisiert
waren.“

„Davon war im Prozess keine Rede“, sagte Travis.

„Darauf will ich hinaus. Diese Spur wurde nicht weiter verfolgt. Das allein reicht noch nicht für ein Wiederaufnahmeverfahren, aber ich habe noch mehr Mate-
rial. Die ermittelnden Beamten grenzten den Zeitpunkt
von Susan Precotts vermeintlichem Tod ziemlich

genau ein. Sie gingen davon aus, dass sie am 29. April 2015 zwischen 19:30 Uhr und 20 Uhr getötet wurde.“

„Zu der Zeit, in der ich im Maugham-Garten wartete.“

„Korrekt. Das Protokoll des diensthabenden Constables in Pennack belegt, dass Sie Susan Prescott um 19:56 Uhr als vermisst meldeten.“

„Weiter.“

„Was würde wohl der Staatsanwalt sagen, wenn wir beweisen könnten, dass das Opfer zu diesem Zeitpunkt noch gelebt hat?“

„Dann ... kann ich gar nicht der Mörder gewesen sein.“

„So ist es. Es ist mir gelungen, eine Zeugin aufzutreiben, die gesehen hat, wie Susan Prescott um kurz vor acht in einen Wagen gestiegen ist. Kennen Sie den Kiosk in der King’s Road?“

„Die alte McGornick!“, rief Travis.

„Der Kiosk liegt auf halber Strecke vom Hafen hinauf zum Maugham-Haus. Die Besitzerin schließt immer um acht. Sie war gerade damit beschäftigt, ihren Laden zu verriegeln, als sie beobachtete, wie Susan Prescott in einen Lieferwagen stieg. Sie beharrt außerdem darauf, dass es zuvor zu einem Streit zwischen Susan und dem Fahrer gekommen war.“

„Warum hat sie das damals nicht ausgesagt?“

„Das wollte sie zunächst, als sie von Susans Verschwinden hörte. Aber am nächsten Tag las sie in der Zeitung, dass der Mörder gefasst worden war, nämlich Sie. Daher hielt sie es für überflüssig, sich bei der Polizei zu melden. Ich musste sie ein bisschen bearbeiten, aber jetzt ist sie bereit, eine Aussage zu machen.“

„Garreth Wyne setzt sie unter Druck, nicht wahr?“, sagte Travis.

„Nun ja, die Wynes verfügen über Macht und Geld. Ich bin sicher, dass sein Vater die Ermittlungen damals beeinflusst hat. Schließlich war das Mordopfer seine zukünftige Schwiegertochter. Außerdem wollte er jeden Verdacht von seinem Sohn ablenken und unternahm alles, um ihn zu schützen. Da kam ihm ein Taugenichts aus den Docks gerade recht als Bauernopfer. Entschuldigen Sie meine Wortwahl, ich gebe hier nur Wynes Sichtweise wieder. Ein Mord ist zudem schlecht fürs Geschäft. Pennack lebt vom Tourismus, und Wyne ist der größte Arbeitgeber des Ortes. Ich muss Ihnen nicht erklären, dass Cornwall eine der ärmsten Gegenden Großbritanniens ist. Mit Sicherheit war jeder in Pennack bestrebt, mitzuhelfen, das Verbrechen so schnell wie möglich aufzuklären. Alle waren erleichtert, als die Polizei einen Täter präsentierte."

„Wenn Susan noch gelebt hat, als ich bei Jenkins war, müssen sie mich freilassen." In Travis glomm Hoffnung auf. „Das müssen sie doch, oder?"

„Nur Geduld. Ich arbeite daran. Nach allem, was ich herausgefunden habe, sitzen Sie eine Haftstrafe ab für eine Tat, die Sie nicht begangen haben. Ich bin sicher, dass wir in einem neuen Verfahren Erfolg haben werden."

„Eine Frage noch. Konnte die alte McGornick den Lieferwagen beschreiben?"

„Ja. Es war ein blauer Kastenwagen. Ich weiß, was Sie jetzt denken."

„Die Wyne-Hotels benutzen solche blauen Wagen."

„Aber bei diesem fehlte die Werbeaufschrift. Es könnte ein x-beliebiger Lieferwagen gewesen sein. Seien Sie vorsichtig mit Verdächtigungen, die Sie nicht beweisen können. Garreth Wyne hat ein wasserdichtes Alibi für die Tatzeit. Unser Ziel ist es, Sie hier rauszuholen, Travis. Die Tätersuche ist Sache der Polizei."

„Was passiert nun?"

„Ich werde ein Wiederaufnahmeverfahren beantragen."

„Wann komme ich hier raus?"

„Wenn alles klappt, in drei oder vier Monaten, vielleicht auch früher. Wir werden natürlich Haftentschädigung verlangen."

Ein Vollzugsbeamter brachte Travis in seine Zelle zurück. Er lag in dieser Nacht lange wach und betrachtete das winzige Rechteck des schwarzen Himmels. In ihm funkelten dieselben Sterne, die er vor fünf Jahren im Maugham-Garten bewundert hatte.

5

Seit zwei Wochen fieberte Jennifer ihrer Entlassung entgegen. Nun, wo der Tag gekommen war, fürchtete sie sich vor dem, was sie erwartete. Sie würde in eine Welt zurückkehren, in der sie sich wie eine Aussätzige vorkam. Als ein bedauernswertes Opfer, dem man peinlich berührt aus dem Weg ging und das nicht mehr als eine flüchtige Zeitungsmeldung wert war. Die relativ harmlosen Brandverletzungen an Armen und Beinen waren fast vollständig verheilt. Ihre Lungen erholten sich im gleichen Tempo, doch die Narben auf ihrer Wange blieben für immer.

Vor drei Tagen hatte die Krankenschwester den Verband entfernt, danach hatte sich Jennifer in die Cafeteria des Krankenhauses gewagt. Die Reaktion der Besucher und Patienten war drastisch genug gewesen, um sie von jedem weiteren Versuch abzubringen, sich unter Menschen zu wagen. Sie verkroch sich auf ihr Zimmer und mied fortan das Licht wie ein Vampir den Tagesanbruch.

Die explodierende Fensterscheibe hatte ihre linke Wange von der Nasenmitte bis zum Ohr *verwüstet*, Jennifer fand kein anderes Wort dafür. Eine einzige Nacht – die nebenbei die schönste ihres jungen Lebens hatte werden sollen, hatte ihre Zukunft zerstört. Zwei ihrer drei Aushilfsjobs hatte sie bereits verloren, lediglich der Leiter des Supermarkts, in dem sie zu unterschiedlichen Zeiten an der Kasse saß, zeigte Verständnis. Hilflos musste sie mit ansehen, wie sich all ihre Zukunftspläne zerschlugen. Niemand wollte in einem Bistro oder einem Café von einem Monstrum bedient werden. Doch mit nur einem Minijob konnte sie das Anglistikstudium, das sie begonnen hatte, nicht beenden. Vielleicht finde ich ja eine Anstellung als Glöckner in einer Kirche, dachte sie frustriert.

Jennifer hatte beschlossen, ihr Haar wachsen lassen. Sie frisierte es nach vorn, sodass eine dunkle Strähne über die Narben fiel, so gut es eben ging. Doch die Maskerade hielt nur einer oberflächlichen Betrachtung stand. Dr. Schenk versuchte, ihr Mut zu machen.

„Die plastische Chirurgie hat große Fortschritte erzielt", erklärte er, „Wunder können wir allerdings keine vollbringen."

Er sprach von Laserbehandlung und neuen Methoden der Narbenreduktion, aber als Jennifer ihn nach den Kosten der Behandlung fragte, wurde ihr klar, dass sie für den Rest ihres Lebens gezeichnet sein würde. Die neuen Verfahren, von denen Schenk sprach, würde ihre Krankenkasse seiner Meinung nach nicht bezahlen.

„Sie müssen Geduld haben", sagte er, „das Gewebe braucht Zeit, um sich zu regenerieren."

Er mochte ein guter Chirurg sein, war aber ein schlechter Lügner. Jennifer durchschaute schnell seine Bemühungen, sie aufzumuntern. Schließlich verabschiedete er sich und wünschte ihr alles Gute.

Sie blieb allein zurück und hing ihren Gedanken nach. Lou hatte versprochen, sie abzuholen. Während der vergangenen beiden Wochen hatte sie Jennifer nur ein einziges Mal besucht und ihr einige dringend benötigte Sachen aus ihrer Wohnung gebracht. Natürlich war sie *krass traumatisiert*, als sie erfuhr, was ihre Freundin durchgemacht hatte. Normalerweise kokettierte Lou mit ihrem Lieblingswort und nahm ihm damit seine bedrückende Last. Vielleicht, um gewappnet zu sein, falls ihr etwas wirklich Traumatisches widerfahren sollte. Doch diesmal hatte Jennifer ihr nur in die Augen blicken müssen, um zu erkennen, dass Lou tatsächlich schockiert war.

Dass sie seitdem nicht wiedergekommen war, konnte nur bedeuten, dass sie nicht wusste, wie sie mit Jennifers verändertem Aussehen umgehen sollte. Wenn schon ihre beste Freundin vor ihrer Entstellung zurückschreckte, wie würde der Rest der Welt dort draußen reagieren?

Es klopfte an der Tür. Jennifer griff nach ihrer gepackten Tasche, doch der Besucher war nicht Lou. Den Mann, der nun im Zimmer stand, hatte sie noch nie gesehen. Sie schätzte ihn auf Ende dreißig. Er war mittelgroß und schlank, sein dunkelblondes Haar war streng gescheitelt. Mit der Linken presste er einen Aktenkoffer an die Brust, als hätte er Angst, bestohlen zu werden. Von der Spitze seines Regenschirms tropfte Wasser auf den Linoleumboden.

„Frau Nowak?", fragte er.

„Die bin ich. Wenn Sie mir eine Unfallversicherung verkaufen wollen, kommen Sie zu spät."

Er schloss die Tür hinter sich und hängte den tropfnassen Schirm über eine Stuhllehne.

„Entschuldigen Sie, dass ich so hereinplatze. Hauptkommissar Kamps versicherte mir, dass ich Sie hier antreffen kann. Wenn ich ungelegen erscheine, komme ich später noch einmal.“

„Wenn Sie nicht gerade von der Lottogesellschaft sind, ist dieser Moment so unpassend wie jeder andere.“

Fast behutsam setzte er einen Fuß vor den anderen und reichte ihr eine Visitenkarte. Seine Reaktion fiel verhaltener aus als die der meisten Menschen, die sie in ihrem Zustand zu sehen bekamen. Dennoch bemerkte Jennifer sofort, dass er sich bemühte, seine Erschütterung zu verbergen.

„Mein Name ist Bernd Neubauer. Ich komme im Auftrag der Kanzlei Jung & Meyering.“

„Hat Sie der Besitzer der Hütte geschickt? Falls er Schadensersatz verlangt, muss ich Sie enttäuschen. Ich bin so blank wie mein Nervenkostüm.“

„Ich ... äh ... bin nicht gekommen, um eventuelle Forderungen einzutreiben. Unsere Kanzlei hat sich bemüht, Sie telefonisch zu erreichen. Nachdem auch unsere Schreiben ohne Antwort blieben, waren wir gezwungen, Nachforschungen über Ihren Aufenthaltsort anzustellen.“

„Ehrlich gesagt, habe ich lange nicht mehr meinen Briefkasten geleert.“

„Ich möchte Ihnen mein ehrliches Mitgefühl ausdrücken, Frau Nowak. Es tut mir sehr leid, was Ihnen zugestoßen ist.“

„Kommen Sie doch einfach zur Sache.“

Er nickte bedächtig, legte umständlich seinen Regenmantel ab und hängte ihn an einen Haken neben der Tür.

„Ich kann Ihr Unglück natürlich nicht ungeschehen machen, aber ich darf Sie davon in Kenntnis setzen, dass zumindest Ihre finanziellen Nöte in Kürze der Vergangenheit angehören werden. Diese Nachricht wird sie vielleicht ein wenig trösten."

Jennifer blickte überrascht auf. „Was meinen Sie damit?"

„Wenn ich erklären dürfte?" Er legte seinen Aktenkoffer auf den Tisch, ließ die Schlösser aufschnappen und zog eine dünne Plastikmappe mit einem Klarsichtdeckel hervor.

„Sie sind Jennifer Nowak, geboren am 15. Juni 1997 in Bremen?"

„Ja."

„Können Sie sich ausweisen?"

„Nein. Meine Papiere sind bei dem Unglück verbrannt. Mir einen neuen Pass zu besorgen, stand nicht gerade ganz oben auf meiner To-do-Liste. Aber wenn die Polizei Sie hierhergeschickt hat, sollte das doch eigentlich als Nachweis meiner Identität genügen, oder nicht?"

„Nun … ja, im Prinzip schon. Es ist eine Formalität, die wir auch später noch erledigen können."

„Würden Sie mir nun endlich verraten, weshalb Sie hier sind?"

„Aber gern. Ich darf Ihnen mitteilen, dass Sie die Alleinerbin eines beträchtlichen Vermögens sind."

Jennifer starrte ihn an, als hätte er den Verstand verloren. Dann lachte sie schallend und zuckte vor

Schmerz zusammen, als sich die halb vernarbte Haut auf ihrer Wange spannte. Das war der beste Witz, den sie seit Langem gehört hatte. Steckte etwa Dr. Schenk hinter dem Besuch dieses Clowns? Vielleicht war das einer seiner Versuche, sie ein bisschen aufzuheitern.

„Das muss ein Irrtum sein", antwortete sie, „meine Mutter starb vor zwei Jahren. Meinen Vater habe ich nie kennengelernt und bin auch nicht scharf darauf. Das Wenige, was ich über ihn weiß, reicht, um mir auszumalen, dass er nicht gerade der Typ ist, der im Handumdrehen eine Million macht. Von Geschwistern oder anderer Verwandtschaft ist mir nichts bekannt. Wie sollte ich also erben?"

„Alles hat seine Richtigkeit, Frau Nowak. Der Erblasser ist nicht Ihr Vater. Bedauerlicherweise ist er vor fünf Jahren bei einem Autounfall ums Leben gekommen. Es tut mir leid, Ihnen dies mitteilen zu müssen. Ich war davon ausgegangen, dass Ihnen sein Ableben bekannt ist."

„Nein, ich habe ihn überhaupt nicht gekannt. Ich weiß nicht einmal, wie er hieß."

„Unsere Kanzlei wurde von einem Rechtsanwalt in Falmouth, Cornwall, beauftragt, eine Erbschaftsangelegenheit zu regeln, die Sie betrifft", fuhr Neubauer fort, „ein Irrtum ist ausgeschlossen. Sie müssen wissen, das Erbschaftsrecht in England ist …"

Ein kaltes Prickeln kroch ihre Wirbelsäule herauf und stach mit tausend winzigen Nadeln in ihren Nacken. Alles, was sie wusste, war, dass ihr Erzeuger sich nach England abgesetzt hatte, als ihre Mutter mit ihr schwanger war. Stimmte diese verrückte Geschichte etwa doch?

„Sie meinen das wirklich ernst“, unterbrach sie Neubauer.

„Aber selbstverständlich. Ich hätte nicht den weiten Weg aus Hamburg auf mich genommen, wenn wir uns nicht sicher wären.“

Wie viel?“, unterbrach sie ihn.

Neubauer blätterte in dem Plastikordner. „Einen Moment, das sind etwa …“

6

„Ah, hier ist ja die Aufstellung." Neubauer befeuchtete den Zeigefinger mit der Zungenspitze und blätterte in dem Plastikordner. „Das Vermögen beläuft sich auf exakt vier Millionen Pfund, was in etwa 4,5 Millionen Euro entspricht."

Jennifer glotzte den Mann, der aussah wie das Abziehbild eines verschrobenen Buchhalters, mit offenem Mund an. Sie klappte ihn zu und ließ ihre Blicke misstrauisch umherschweifen.

„Okay, wo haben Sie die Kamera versteckt?"

„Oh, ich kann Ihnen versichern, dass ich keinesfalls scherze, Frau Nowak. Wir reden hier über ein existierendes Testament und eine reale Summe – abzüglich natürlich der anfallenden Steuern und Gebühren."

„Natürlich", wiederholte sie lahm.

Das Ganze war ein Witz, es konnte nicht anders sein. Das Schicksal schien sich einen Mordsspaß daraus zu machen, sie herumzuwirbeln wie ein welkes Blatt in einem Herbststurm. Allerdings ... wenn dieser Neubauer wirklich ein echter Anwalt war und von einer richtigen Erbschaft redete, dann bedeutete das ihre Rettung. Vor ein paar Minuten hatte sie noch nicht einmal gewusst, wie sie das Taxi bezahlen sollte, und jetzt tauchte dieser komische Kauz auf und verschenkte mal so eben vier Millionen Pfund. Hastig überschlug sie, was man damit

alles anfangen konnte. Eine ganze Menge. Es war viel …
sehr viel Geld, ein riesiger Haufen, um genau zu sein.
Enorme Klumpen von Geld. Damit könnte sie die besten plastischen Chirurgen bezahlen, die es auf diesem
Planeten gab. Vielleicht würde sie ein hässliches Entlein bleiben, aber wenigstens nicht wie das Phantom
der Oper herumlaufen müssen.

„Wow“, sagte sie leise.

Neubauer begann, über Formalitäten und die Beson-
derheiten des englischen Erbrechts zu dozieren. Jennifer gaffte auf seinen kleinen rosa Mund, der sich öffnete und schloss wie das Maul eines Karpfens, der auf
dem Trockenen nach Luft schnappt. Sie hatte das Gefühl, als ob die Zeit stehen geblieben wäre. Alles um sie
herum schien langsam und merkwürdig verzerrt abzulaufen.

„Frau Nowak?“

Sie spürte plötzlich eine Hand auf ihrem Unterarm.

„Fühlen Sie sich nicht wohl?“

Sie blickte in die wässrigen Augen des Anwalts.
Wahrscheinlich überlegte er, den Arzt zu alarmieren.
Da war tatsächlich ein seltsames Rauschen und Po-
chen, und es kam aus ihrem Kopf. Es war ihr eigener
Puls, der stolperte und raste wie eine verrückt gewor-
dene Kuckucksuhr. Aber wenn man vier Millionen
Pfund erbte, war das völlig normal, oder? Was hatte er
noch mal gefragt?

„Alles in Ordnung?“

Sie nickte in Zeitlupe. Oh ja, alles war in Ordnung.
Das war großartig, oder? Sie fing an zu kichern und
fühlte sich plötzlich so federleicht, als hätte sie

Champagner getrunken. Einen Moment lang vergaß sie sogar die Narben in ihrem Gesicht.

Doch dann hörte sie Lous Stimme, die sie grob aus ihren Träumen riss: „Jenny, du bist eine wandelnde Katastrophe, die mit einer rosa Brille auf der Nase durchs Leben stolpert. Was du auch anfängst, geht schief. Wie stellst du das bloß an? Wenn ich du wäre, ich wäre völlig traumatisiert. Hat dich wer verhext? Das kann nur ein Fluch sein."

Die Stimme wurde lauter, begleitet von vielfachem Gelächter. Das alles passierte nicht wirklich. Diese verrückten Anwälte, von denen sie noch nie gehört hatte, würden die Sache nochmals überprüfen und feststellen, dass ihnen ein Fehler unterlaufen war. Oder die Masche war eine perfide Abzocke, irgendeine neue Art von Enkeltrick. Ja, es musste der *„Ich bin die dämliche Jennifer, und ich falle auf alles rein"-Trick* sein.

Neubauer würde ihr einen Kugelschreiber vor die Nase halten und sagen: „Unterschreiben Sie hier!", und dann würden sie mit ihrem Einverständnis ihr Bankkonto leer räumen.

Jennifers Kichern mündete in einen Lachanfall. Sie hatte ihr Konto bereits vor Wochen bis zur Schmerzgrenze überzogen. Wer immer sich die Mühe machte, sie übers Ohr zu hauen, würde eine herbe Enttäuschung erleben.

Neubauers Mundwinkel zuckten irritiert. „Äh, nehmen Sie sich Zeit, sich an die Vorstellung zu gewöhnen", sagte er. „Sie werden nun verstehen, warum ich Sie persönlich aufgesucht habe. Ich erinnere mich da an einen Fall, bei dem der Erbe bei der Benachrichtigung einen Herzinfarkt erlitt. Wie hieß er doch gleich?"

Irgendwo in dem Schneegestöber aus sich widerstreitenden Gefühlen tauchte ein vernünftiger Gedanke auf, den sie nun endlich zu fassen bekam.

„Aber wenn mein Vater mir nichts hinterlassen hat, wie kann ich dann erben?", fragte sie.

Neubauer blätterte in seinen Unterlagen.

„Ähm, das Vermächtnis, von dem wir sprechen, geht ursprünglich auf Ihre Ahnin Margareth Clayton zurück. Sie verdanken es Ihrem Großvater Lloyd Chapman, zuletzt wohnhaft in Plymouth in Südengland. Er verstarb vor vierzehn Tagen und hinterließ ein Testament, in dem Sie als Alleinerbin aufgeführt sind."

„Meine Mutter hat nie mit mir über meinen Vater gesprochen", sagte Jennifer. „Kurz nach meiner Geburt gab sie mich zur Adoption frei. Sie war erst achtzehn und mit einem Kind völlig überfordert. Ich bin in einem Heim aufgewachsen. Von meiner Familie weiß ich so gut wie nichts."

Es könnte tatsächlich stimmen, überlegte sie. Was wusste sie schon von ihrem Vater? Sie hatte bis eben nicht einmal seinen Namen gekannt. Natürlich musste er in England Verwandte haben, Eltern, eine Familie.

„Warum ich?", fragte sie. „Hatte mein Großvater denn keine anderen Enkel ... oder Kinder?"

„Über seine Beweggründe kann ich Ihnen nichts verraten, denn ich kenne sie nicht", antwortete Neubauer. „Meine Kanzlei ist lediglich für die korrekte Abwicklung der Erbschaft zuständig. Selbstverständlich stehen wir Ihnen in allen Rechtsfragen zur Seite, wenn Sie es wünschen."

„Ihre Unterstützung kann ich sicher gut gebrauchen. Was muss ich denn jetzt unternehmen?"

„Nichts. Wir kümmern uns um alles. Lloyd Chapman hat in seinem Testament eine Kanzlei in Falmouth als *Personal Representative* bestimmt. Damit geht das Vermögen zunächst in deren Besitz über, wodurch die Kanzlei als *Executor* die Pflicht hat, die Erben ausfindig zu machen und von der Erbschaft in Kenntnis zu setzen. Da sie deutsche Staatsbürgerin sind, wurden wir von Stanley & Fitch damit beauftragt, Sie zu suchen und zu informieren. Sie müssen nichts weiter tun, als uns zu versichern, dass Sie das Erbe annehmen.“

„Sind denn irgendwelche Verpflichtungen damit verbunden? Ich meine ... ich erbe doch nicht etwa einen Haufen Schulden, oder?“ Noch mehr Miese waren das Letzte, was sie gebrauchen konnte.

„Nein, da kann ich Sie beruhigen.“

„Dann begleiten Sie mich jetzt nach England?“

„Das wird nicht nötig sein. Es sei denn, Sie wünschen das Haus zu behalten. In diesem Fall wäre es ratsam, sich selbst ein Bild zu machen.“

„Welches Haus?“

Neubauer runzelte die Stirn. „Oh, erwähnte ich das nicht? Sie erben nicht nur das Geld, sondern auch ein Haus in Pennack. Der kleine Ort liegt im äußersten Südwesten Großbritanniens, genauer gesagt in Cornwall.“

Jennifer sah einen blühenden Garten vor sich, Azaleen, Hyazinthen, Rosenbüsche und Palmen. Irgendwo hatte sie gelesen, dass in dem milden Klima exotische Pflanzen gediehen. Cornwall war für seine Gärten berühmt. Nein, das alles musste ein Irrtum sein. Das Leben hatte sie gelehrt, dass sich ihre Träume nicht erfüllten, auch wenn sie hart dafür arbeitete. Wie konnte es sein, dass es nun ohne ihr Zutun geschah? Ein Garten, ein eigenes Stück Land … davon hatte sie immer geträumt. Sie liebte es, in fruchtbarer Erde zu wühlen. Pflanzen zum Blühen zu bringen, war so ziemlich das einzige Talent, das sie besaß – abgesehen davon, dass sie so leicht Fremdsprachen lernte wie andere Leute Fahrradfahren. Alles Grüne wuchs und gedieh unter ihren Händen auf wundersame Weise. Selbst vernachlässigte Zimmerpflanzen, die jeder aufgegeben hatte, päppelte sie ohne Anstrengung wieder auf.

Jennifer glaubte nicht an eine höhere Macht, die in das Leben der Menschen eingriff. Trotzdem hatte sie auf einmal das Gefühl, dass das Schicksal versuchte, sich bei ihr zu entschuldigen, weil der letzte Nackenschlag zu heftig gewesen war. Diese seltsame, unverhoffte Erbschaft war die Chance, ein neues Leben zu beginnen. Und ein Zuhause wurde ihr gleich mitgeliefert.

Was für ein verrückter Tag. Das alles musste jemand anderem passiert sein. Die Angst, dass ihr Traum zerplatzen könnte wie eine Seifenblase, kehrte zurück. Sie würde nichts tun können, um ihn festzuhalten, wenn sich das launische Glück wieder von ihr abwandte. Aber solange diese Welle sie trug, würde sie sie reiten.

„Ich will dieses Haus sehen", sagte sie.

7

Nach fünf Jahren und zwölf Tagen öffneten sich die Tore der Haftanstalt in Exeter für Travis. O'Sullivan erwartete ihn mit einem spitzbübischen Grinsen. Travis umarmte den kleinen Anwalt spontan. In den vergangenen Monaten hatte sich eine leise Freundschaft zwischen ihnen entwickelt.

„Ich weiß nicht, wie ich Ihnen danken soll", sagte er.

„Ich bin es, der zu danken hat", antwortete O'Sullivan. „Das war ein Freispruch erster Klasse. Ganz wie erwartet, hat Ihr Fall für mächtigen Wirbel in der Presse gesorgt. Das Telefon in meiner Kanzlei steht nicht mehr still. Ich musste eine Anwaltsgehilfin einstellen."

„Was bin ich Ihnen schuldig?"

„Ich schicke Ihnen die Rechnung. Aber zuerst beantragen wir Haftentschädigung und besorgen Ihnen einen Job. Da kommt einiges zusammen, glauben Sie mir. Ich hörte, Sie haben sich zu einem erstklassigen Tischler gemausert?"

„Vielleicht mache ich mich selbstständig. In Pennack gibt es für Bootsbauer Arbeit genug."

„Sagen Sie nicht, dass Sie dorthin zurückwollen. Das halte ich für keine gute Idee."

„Der Ort ist so gut wie jeder andere auch."

O'Sullivan zog die Nase kraus, um sein Missfallen auszudrücken. „Was haben Sie vor?"

„Solange der Schuldige nicht gefasst ist, bleibe ich für die Leute in Pennack ein Mörder. Daran ändert auch der Freispruch nichts.“

Travis sah sie vor sich – die braven Bürger seines Heimatortes, die erleichtert gewesen waren, als die Polizei den nichtsnutzigen Sohn eines Trunkenbolds verhaftet hatte. Dass die Sayers nichts taugten, hatten sie ja schon immer gewusst.

„Und Sie wollen sie vom Gegenteil überzeugen, indem Sie selbst Jagd auf den Täter machen?“, fragte O'Sullivan. „Lassen Sie lieber die Finger davon. Das ist Sache der Kriminalpolizei.“

„Sie wissen so gut wie ich, dass niemand Lust hat, den alten Fall neu aufzurollen. Ich habe Susan geliebt, und ich bin es ihr schuldig, dass ihr Mörder gefasst wird. Doch dazu muss ihre Leiche gefunden werden.“

Der Maugham-Garten, dachte Travis. Er muss sie in dem alten Garten versteckt haben!

„Selbst wenn Sie Susans sterbliche Überreste finden, wird die Gerichtsmedizin nach all der Zeit kaum noch Beweise sichern können“, sagte O'Sullivan.

„Ich muss es versuchen. Sie soll wenigstens ein Begräbnis bekommen“, beharrte Travis.

„Damn, ich wusste, ich würde Sie nicht davon abhalten können. Melden Sie sich sofort bei mir, wenn es Schwierigkeiten gibt. Falls Garreth Wyne wirklich hinter der Tat steckt, werden Sie in Pennack auf Widerstand stoßen.“

„Damit kann ich leben. Machen Sie es gut, Charlie.“

„Kann ich Sie in meinem Wagen mitnehmen?“

„Nein. Es ist nicht weit zum Bahnhof, ich nehme den Zug nach Falmouth. Meine Beine endlich wieder zu bewegen, wird mir guttun.“

„Viel Glück“, rief ihm O’Sullivan nach.

Travis winkte zum Abschied. Glück würde er brauchen, und mehr als das.

8

Zur gleichen Zeit, in Deutschland

Jennifer stand in der Abfertigungshalle des Flughafens in Stuttgart unter einer der wie stählerne Bäume geformten Hallenstützen. Sie erhöhte die Lautstärke ihres Handys und suchte nach einer Gelegenheit, Lous Wortschwall zu unterbrechen.

„Nein … nach Cornwall … ja, in England … nein, ich habe keine Ahnung."

„Vier Millionen Pfund", kreischte Lou, „warte, warte … wie viel ist das in Euro? Das müssen mindestens … das ist ja krass. Echt traumatisch!"

Ihre Freundin erging sich in Mahnungen und düsteren Vorahnungen und witterte das nächste Unglück, in das Jennifer unweigerlich hineinstolpern würde. Jennifer sah, dass Neubauer vom Schalter der British Airways zurückkam und mit den Flugtickets winkte.

„Ich muss Schluss machen, Lou. Ich melde mich, wenn ich mehr weiß."

Jennifer steckte das brandneue Handy in ihre Jackentasche. Lou hatte sich die Adresse des Anwalts in Cornwall notiert. Wenn sie doch auf einen raffinierten Schwindel hereinfiel, wusste wenigstens jemand, wo die Polizei nach ihr suchen musste.

Die Unglücksnacht lag nun fast sechs Wochen zurück. Die Polizei hatte Miros Leiche freigegeben, die Untersuchungen waren abgeschlossen und letztlich ergebnislos verlaufen. Kamps hatte sie noch zweimal befragt. Neubauer war stets zugegen gewesen und hatte darauf geachtet, dass alle Mutmaßungen und Verdachtsmomente an ihr abprallten.

Überhaupt stand er ihr in allen Belangen zur Seite. Er kümmerte sich darum, dass sie innerhalb kürzester Zeit Ersatz für ihre verloren gegangenen Papiere erhielt, und bestand darauf, dass sie sich neu einkleidete und mit allem versorgte, was sie für die Reise brauchte. Schnell wurde ihr klar, dass sie den blassen Anwalt unterschätzt hatte. Er war ein aufmerksamer, weltgewandter Begleiter und schien offensichtlich Spaß daran zu haben, ihren Beschützer und Berater zu spielen.

Sein Angebot, sie auf Miros Beerdigung zu begleiten, hatte sie abgelehnt. Sie war dem Begräbnis ferngeblieben, weil sie die entsetzten Blicke der Trauergäste nicht ertragen hätte. Entstellt, wie sie war, wagte sie sich noch immer kaum unter Menschen.

Alles, was Neubauer dazu sagte, war: „Das müssen wir ändern.“

Er machte ein Kosmetikstudio ausfindig, in dem man sie erstklassig beriet und ihr spezielle, medizinische Abdeckcremes verkaufte. Die Narben waren noch immer deutlich zu sehen, aber wenigstens starrten die Leute sie nun nicht mehr an, als wäre ihnen ein Zombie begegnet. Neubauer zahlte und versicherte ihr, sie solle sich keine Sorgen machen.

Auf ihre ängstliche Frage, ob sie sich das alles leisten könne, antwortete er heiter: „Glauben Sie mir, Sie können es, Frau Nowak."

Dass sie plötzlich steinreich sein sollte, kam ihr noch immer völlig surreal vor. Vier Millionen Pfund! Das war mehr als ... jedenfalls irgendwie ... unvorstellbar viel Geld.

Neubauer riss sie aus ihren Gedanken. „Unser Flug geht in einer halben Stunde."

Jennifer folgte ihm zum Abfertigungsschalter. Sie fühlte sich hilflos und überfordert und befürchtete, ihn aus den Augen zu verlieren. Wieder plagten sie Zweifel. Ein solches Maß an Glück musste einen Haken haben, und zwar einen gewaltigen. Sie war sicher, dass er mit der Wucht eines Schmiedehammers auf sie niedersausen würde, wenn es so weit war. Doch da sie im Augenblick nichts daran ändern konnte, beschloss sie, sich treiben zu lassen und das Leben so lange zu genießen, wie das Schicksal es zuließ.

Das dumpfe Hintergrundrauschen riesiger Ventilatoren und die Stimmen Hunderter Fluggäste machten sie leicht schwindelig. Noch immer konnte sie nicht glauben, dass sie ein Flugzeug besteigen würde, um nach Cornwall zu fliegen. Sie wich einem älteren Mann aus, der sie anstarrte, als hätte sie zwei Köpfe. Hastig strich sie die Haarsträhne nach vorn und wandte das Gesicht ab. Neubauer schien das kleine Drama bemerkt zu haben.

„Haben Sie Geduld, es wird nicht so bleiben", sagte er. „Sie sind reich genug, um die besten Spezialisten engagieren zu können."

Sie nickte krampfhaft. Der Weg dorthin würde ein einziger Spießrutenlauf werden. In der vergangenen Nacht hatte sie kaum ein Auge zugetan. Was für Neubauer nichts weiter als eine Routineangelegenheit war, bedeutete für sie ein Abenteuer voller Gefahren mit unabsehbaren Konsequenzen. Hätte man sie aufgefordert, in einem Einbaum über den Amazonas zu paddeln, wäre sie kaum aufgeregter gewesen. Dreimal war sie aufgestanden, um ihm eine SMS zu schicken, dass sie sich anders entschieden hatte. Aber dann dachte sie an das geheimnisvolle Haus in Pennack. Sie wollte es mit eigenen Augen sehen. War es groß oder klein? Besaß es einen Garten, in dem Kamelien, Fuchsien, wilde Kräuter und Bougainvilleen blühten? War es ein verträumtes Cottage oder eine wertlose Ruine? Vielleicht wartete jenseits des Kanals alles auf sie, wovon sie geträumt hatte – oder der größte Reinfall aller Zeiten.

Sie brachten die Pass- und Gepäckkontrollen hinter sich. Ehe Jennifer richtig begriffen hatte, was mit ihr geschah, betrat sie den Flieger, plumpste auf ihren Sitz und schnallte sich an. Sie hörte, wie der Pilot die Triebwerke hochfuhr, und spürte, wie der Schub sie in das Polster presste.

Sie schloss die Augen und stellte sich vor, wie sie in der fruchtbaren Erde wühlte und alles um sich herum zum Blühen brachte, vor der heißen Julisonne geschützt durch einen Strohhut. Es waren klischeehafte, alberne Bilder, die sie heraufbeschwor, aber sie halfen ihr, die spottenden Stimmen in ihrem Kopf zurückzudrängen. Auf eine unheimliche Weise schienen die Ereignisse der vergangenen Wochen einen Sinn zu ergeben, so, als hätte dieses Haus die ganze Zeit über auf sie gewartet.

Nach knapp zwei Stunden landete die Maschine der British Airways in Newquay. Entgegen Jennifers Erwartungen herrschte kein Nebel. Neubauer lachte, als sie ihm ihre Befürchtungen mitteilte, und erklärte, dass Nebel in Cornwall um diese Jahreszeit eher selten war.

Verglichen mit Stuttgart glich der Flughafen in Newquay einem Provinzbahnhof. Er bestand aus einer einzigen Startbahn, einem Hangar und einem kleinen Abfertigungsgebäude.

Neubauer hatte einen Mietwagen reserviert, mit dem sie nach Falmouth fuhren. Zunächst folgte er der A3075, verließ bei Three Burrows die Fernstraße und fuhr auf der Landstraße nach Süden, vorbei an Moorlandschaften mit eigenartigen Felsformationen und einem Teppich aus blauen Glockenblumen.

„Die Einheimischen nennen sie Bluebells“, erklärte er auf Jennifers Frage.

„Waren Sie schon oft hier?“, fragte sie.

„Ein paarmal. Aber jedes Mal sehe ich nicht viel mehr als den Flughafen, staubige Akten und die Büros der Anwälte, die sich um Erbschaftsangelegenheiten kümmern.“

Am späten Nachmittag erreichten sie Falmouth. Jennifers Herz schlug schneller, als sie die subtropische Vegetation erblickte. In der Hafenstadt an den Carrick Roads, einer tief eingeschnittenen Bucht, in die das warme Wasser des Golfstroms floss, wuchsen Palmen, üppig blühende Rhododendren, Kamelien und Magnolien. Der Gegensatz zum regnerischen Deutschland hätte nicht größer sein können.

In der Wellington Terrace stellte Neubauer den Mietwagen vor einem zweistöckigen Haus aus ockerfarbenem Sandstein mit weißen Fensterläden ab. Auf einem polierten Messingschild stand: Stanley & Fitch, Lawyers.

„Wie gut ist Ihr Englisch?“, fragte er.

„Ich habe in meinem Leben eine Menge Pläne geschmiedet und bin jedes Mal auf die Nase gefallen“, sagte Jennifer. „Meine Freundin Lou sagt, Scheitern wäre mein zweiter Vorname. Sie hat recht, ich bin nichts Besonderes und kann nichts wirklich gut. Aber ich kenne niemanden, der Fremdsprachen so schnell lernt wie ich. Mein Englisch ist ziemlich gut. Vielleicht, weil ich zur Hälfte Engländerin bin, wie ich ja nun weiß.“

„Dann werden Sie höchstens mit dem cornischen Akzent Schwierigkeiten haben und mit Fachausdrücken des Erbrechts, die man Ihnen um die Ohren hauen wird. Scheuen Sie sich nicht zu fragen, ich werde Ihnen alles erklären.“

Ein stocksteifer Mann mit einem beeindruckenden Schnurrbart begrüßte sie und stellte sich als Malcom Fitch vor. Er trug einen braunen Tweedanzug mit Weste und dunkelblauer Krawatte. Falls er über Jennifers Verletzungen schockiert war, ließ er es sich nicht anmerken.

Er führte sie in ein dunkel getäfeltes Büro, das von einem uralten Schreibtisch beherrscht wurde, der aussah, als wäre das Haus um ihn herum gebaut worden. Fitch bat sie, sich einen Augenblick zu gedulden, da er noch einen weiteren Klienten zu der Testamentseröffnung erwartete.

Da war er also, der Hammer, mit dem das launische Schicksal ihre Träume zertrümmerte. Sie war nicht die Einzige, die erbte! Hatten sich die Anwälte geirrt und sie bekam nur einen winzigen Teil des Vermögens? Sie beugte sich zu Neubauer hinüber und flüsterte ihm ihre Bedenken ins Ohr. Er schüttelte den Kopf und lächelte. Alles sei in bester Ordnung, versicherte er.

Zehn Minuten später platzte ein atemloser Besucher herein, sprudelte eine Entschuldigung hervor und setzte sich ungefragt auf den Stuhl neben Jennifer. Gehörte er zu der Verwandtschaft, die ihre Mutter ihr verschwiegen hatte? Eine Ähnlichkeit entdeckte sie jedenfalls nicht. Er war ein, zwei Jahre älter als Jennifer und hatte dichtes, rötlich braunes Haar. Seine Wangen waren mit Sommersprossen übersät, die Augen leuchteten in einem intensiven Blau. Immerhin ... sie waren von der gleichen Farbe wie ihre eigenen. Er schien genauso nervös zu sein wie sie selbst und rutschte ungeduldig auf dem mit grünem Leder bezogenen Stuhl hin und her.

Während Fitch keine Miene verzogen hatte, als er sie begrüßte, fiel seine Reaktion deutlicher aus. Er starrte sie ein, zwei Sekunden an, als hätte er ein Gespenst gesehen, bevor er sich wieder unter Kontrolle hatte. Jennifer wandte rasch den Blick ab und schob instinktiv die Haarsträhne über ihre linke Wange.

Der steife Anwalt begann mit sonorer Stimme das Testament zu verlesen. Sie strengte sich an, seinen Ausführungen zu folgen. Das meiste verstand sie, bei den Fachbegriffen des englischen Erbrechts musste sie allerdings nachfragen. Neubauer übersetzte.

Der Erblasser Lloyd Chapman, wohnhaft in Plymouth, Salisbury Road, war im Alter von 81 Jahren einem Herzinfarkt erlegen. Nach dem Tod seines einzigen Sohnes Robert im Jahr 2015 hatte er sein Testament geändert und seine Enkelin Jennifer Nowak als Alleinerbin eingesetzt. Nun gab es keinen Zweifel mehr, dass sie eine reiche Frau war.

Fitch legte eine Pause ein und erkundigte sich, ob Jennifer bis jetzt alles verstanden habe.

„Yes", antwortete sie und verschluckte sich.

Jemand stellte ein Glas Wasser vor sie hin. Sie trank hastig und murmelte: „Sorry."

Fitch verlas weitere Einzelheiten des Testaments. Jennifer bemerkte, dass der Mann mit den Sommersprossen kreidebleich geworden war. Offenbar hatte er sich mehr erhofft und ging nun überraschend leer aus. Sie musterte ihn verstohlen und hörte aus weiter Ferne die Stimme des Anwalts.

„Meinem Enkel Garreth Wyne, der mir ein treuer Freund war und sich in meinen letzten Lebensjahren aufopferungsvoll um mich gekümmert hat, vermache ich die Summe von 20.000 Pfund und mein Cottage in Plymouth. Kommen wir nun zu den Formalitäten." Fitch sah Jennifer an. „Nehmen Sie das Erbe an?"

„Ich würde das Haus gerne sehen", sagte sie.

Fitch zog eine buschige Augenbraue hoch. Neubauer beugte sich zu Jennifer herüber und murmelte: „Der Zustand des Hauses spielt doch keine Rolle. Sie erben genug Geld, um damit zu machen, was Sie wollen. Wenn es Ihnen nicht gefällt, verkaufen Sie es eben. Ich werde Ihnen einen guten Makler empfehlen."

Bevor sie antworten konnte, sprang der Rothaarige erregt auf. „Ich werde dieses lächerliche Testament anfechten! Der Alte war nicht mehr bei klarem Verstand, als er es verfasste."

Fitch blieb gelassen. „Nun, der Klageweg steht Ihnen selbstverständlich frei, Mr Wyne. Es ändert jedoch nichts an der Rechtmäßigkeit des Vermächtnisses."

„20.000 Pfund. Das ist ... das ist ein Almosen für das, was ich geleistet habe!" Er ballte zornig die Fäuste und lief knallrot an. „Mein Großvater hat mir das Maugham-Haus versprochen. Er hat es *versprochen*, verstehen Sie?"

„Beruhigen Sie sich bitte, Mr Wyne. Wir alle haben den letzten Willen des Verstorbenen zu respektieren, und der besagt klar und deutlich, dass Vermögen und Haus Miss Nowak zufällt."

„Den Teufel werde ich tun." Wutentbrannt stürmte er aus der Kanzlei.

„Bitte entschuldigen Sie das Benehmen des jungen Herrn", sagte Fitch. „Wo waren wir stehen geblieben?"

„Wir sprachen über das Haus", antwortete Neubauer. „Wäre wohl eine Besichtigung möglich?"

„Natürlich." Er wandte sich an Jennifer. „Doch zuvor muss ich Sie noch einmal fragen, ob Sie gedenken, das Erbe anzunehmen."

Jennifer hatte plötzlich das Gefühl, als ob ihr Blut schlagartig vom Kopf in die Füße fiel. Ihre Antwort würde über ihr weiteres Leben entscheiden. Nicht morgen oder übermorgen oder irgendwann. Nein, jetzt, in diesem Augenblick. Sie kramte in ihrem Gedächtnis nach Vokabeln und englischer Grammatik. Alles, was sie gelernt hatte, schien sich in Luft aufgelöst zu haben.

„Sind mit dem Erbe Verpflichtungen verbunden?“, fragte sie. „Ich meine, darf ich das Haus vielleicht nicht verkaufen oder muss ich bestimmte Bedingungen erfüllen?“

Fitch schüttelte den Kopf. „Nein. Sie erben vier Millionen Pfund und das Anwesen in Pennack. Sie können damit machen, was Sie wollen.“

Jennifer nickte zum Zeichen, dass sie verstanden hatte. Ihr Kopf fühlte sich an, als wäre er mit Blei ausgegossen. Eigentlich sollte sie vor Glück an der Decke schweben. Wer hatte schon so viel Dusel und erbte über Nacht ein Vermögen? Das war doch die verrückteste Geschichte, die sie je gehört hatte! In ihrer Kehle steckte ein klebriger Pfropfen, der sie am Sprechen hinderte. Ihr wurde erschreckend klar, dass Lou recht hatte. Jennifer sprühte vor Energie und hochfliegenden Plänen, und sie war stets bereit, für ihre Ziele zu kämpfen. Doch wenn sie spürte, dass sie Verantwortung übernehmen sollte, nahm sie Reißaus. Wenn sie das Erbe annahm, würde sie nicht nur vier Millionen Pfund besitzen, sondern sich auch eine Menge Probleme aufhalsen. War sie wirklich bereit dazu? Sie würde mit Bankern und Anlageberatern verhandeln müssen. Bittsteller und windige Geschäftsleute würden versuchen, sie übers Ohr zu hauen. Im Grunde hatte sie überhaupt keine Ahnung, wie man mit so viel Geld umging. Was hatte sie nicht schon alles begeistert in Angriff genommen und in den Sand gesetzt? Sie sah bereits die Schlagzeile: *Millionenerbin innerhalb eines Jahres ruiniert!* Vielleicht war es besser, wenn alles so blieb, wie es war.

„Was passiert, wenn ich ablehne?“, fragte sie.

„Das Erbe fällt an den britischen Staat." Fitch räusperte sich umständlich. „Sie können mir Ihre Bedenken gerne anvertrauen."

„Es ist viel Geld und noch mehr Verantwortung."

„Wie ich schon sagte, unsere Kanzlei steht Ihnen gerne beratend zur Seite, was das Vermögen betrifft", sagte Neubauer lächelnd, „Sie können sich auch jederzeit an Mr Fitch wenden, nicht wahr?"

Der Anwalt nickte zustimmend.

Jennifer holte tief Luft. „Also gut, ich nehme an."

Die Formalitäten dauerten eine Viertelstunde, Fitch hatte bereits alles vorbereitet. Sie unterschrieb Dokumente, die sie nicht verstand, obwohl beide Anwälte sich bemühten, ihr die Details zu erklären. Fitch händigte ihr einen Bund mit Schlüsseln aus: ihre Eintrittskarte in das Haus in Pennack. Kurz darauf verließ sie als reiche Frau die Kanzlei in der Wellington Terrace. Ihr war leicht schwindelig, der Boden unter ihren Füßen schien zu schwanken wie das Deck eines schlingernden Schiffs.

Neubauers Gesicht verschwamm vor ihren Augen. Sein Handy klingelte, er entschuldigte sich und nahm das Gespräch an.

Jennifer fröstelte in einer kühlen Brise, die von den Carrick Roads heraufwehte. Es roch nach Meer, Seetang und Jakarandablüten.

„Herzlichen Glückwunsch!"

Sie fuhr herum. Vor ihr stand der Mann, der nach seinem Wutausbruch die Kanzlei verlassen hatte. Seinen Namen hatte sie schon wieder vergessen. Jennifer hatte nicht erwartet, ihn noch einmal wiederzusehen. Er wirkte nun gelassen und rauchte eine Zigarette.

„Danke, Mr …?"

„Garreth Wyne. Ich bitte um Entschuldigung für meinen Auftritt von vorhin. Sie können das nicht wissen, aber ich war in der Erwartung hierhergekommen, das Maugham-Haus zu erben."

„Und dann taucht eine unbekannte Verwandte aus Deutschland auf und schnappt Ihnen das Erbe vor der Nase weg. Das muss eine herbe Enttäuschung für Sie gewesen sein."

Garreth musterte sie neugierig. „In der Tat, das war es. Es scheint, ich bin Ihr Cousin."

„Bis vor ein paar Tagen wusste ich nicht, dass ich eine Familie in England habe", sagte Jennifer. „Mein Vater hat sich noch vor meiner Geburt aus dem Staub gemacht. Ich weiß noch nicht einmal, wie er starb."

Garreth lachte. „Das sieht Onkel Bob ähnlich. Verantwortung zu übernehmen war nie seine Stärke. Er war dem alten Lloyd zeit seines Lebens ein Dorn im Auge, weil er mit Geld um sich warf, das ihm nicht gehörte. Irgendwann drehte der Alte ihm den Geldhahn zu. Daraufhin verschwand Robert von der Bildfläche. Später hörte ich, dass er nach Deutschland gegangen war. Keine Ahnung, was er dort getrieben hat."

Er verstummte, offenbar wurde er sich bewusst, dass seine Wortwahl unglücklich gewesen war.

„Sorry, das war nicht gegen Sie gerichtet. Auf jeden Fall liebte Bob teure und schnelle Autos, was ihm ja schließlich auch zum Verhängnis wurde. Er verunglückte tödlich auf dem Weg von Plymouth hierher. Man fand seinen Wagen unterhalb der Klippen. Seine Leiche wurde nie gefunden, die Strömung hat sie wohl aufs Meer hinausgezogen."

„Und Lloyd Chapman? Wenn ich es recht verstehe, ist er unser Großvater. Was war er für ein Mensch?"

„Ein undankbarer alter Mistkerl, dem man nichts recht machen konnte. Aber ich war trotzdem für ihn da."

„Sie werden Ihre Gründe gehabt haben."

Garreth zog an seiner Zigarette. „Oh ja, die hatte ich. Sag mal ... sollten wir uns nicht duzen? Immerhin sind wir ja recht eng verwandt."

„Einverstanden. Ich heiße Jennifer."

„Garreth."

Neubauer steckte sein Handy ein und kam näher.

„Ich fürchte, ich kann nicht mit Ihnen nach Pennack fahren", sagte er, „ich muss dringend in unsere Niederlassung in London. Aber ich werde Ihnen den Leihwagen überlassen."

„Oh."

In Jennifers Kopf begann sich eine Mauer aus Schwierigkeiten aufzutürmen. Sie ärgerte sich über ihre Unsicherheit und schämte sich zugleich. Mit Geld ließ sich doch bekanntlich alles regeln, oder nicht? Und davon besaß sie nun mehr, als sie jemals würde ausgeben können.

„Ich kann dich nach Pennack mitnehmen", sagte Garreth. „Ich muss ohnehin dorthin zurück."

Neubauer nickte. „Ein guter Vorschlag. Schauen Sie sich das Haus an, danach können Sie immer noch den Rückflug heute Abend nehmen."

„Ich weiß nicht ..."

Garreth lächelte entwaffnend. „Gib mir die Chance, zu zeigen, dass ich mich anständig benehmen kann. In Falmouth kann man gut essen. Die englische Küche ist

auf dem Festland zu Unrecht verschrien. Anschließend
fahren wir nach Pennack, und ich zeige dir das Haus.
Du hättest keinen besseren Fremdenführer finden können."

9

Jennifer blickte sich unsicher nach Neubauer um, aber dann wurde ihr klar, dass sie lernen musste, ihre Entscheidungen selbst zu treffen. Wenn sie schon erwog, wegen einer solchen Kleinigkeit ihren Anwalt um Rat zu fragen, könnte sie auch gleich nach Hause fliegen. Also nahm sie die Einladung an.

Entgegen ihren Befürchtungen erwies sich Garreth als angenehmer Gesellschafter. Er schlug das Wheel House am Hafen von Falmouth vor, um sie mit der typischen cornischen Küche bekannt zu machen. Als sie zögerte, das Restaurant zu betreten, schien er instinktiv den Grund zu ahnen und führte sie zu einem Tisch auf der Seeterrasse, der etwas abseitsstand. Ein Rankgitter mit marineblauen Clematis bot zusätzlichen Sichtschutz.

Sie bestellten Meeresfrüchte, Jakobsmuscheln und eine leckere Pastete. Jennifer entspannte sich langsam und genoss die südländisch anmutende Atmosphäre. Fast hätte man glauben können, sie säßen in einem Straßencafé in Neapel oder Lissabon. Garreth verriet ihr, was er über seinen Onkel Robert Chapman – Jennifers Vater – wusste. Ihr wurde schnell klar, warum ihre Mutter bei den wenigen Treffen niemals über ihn gesprochen hatte. Wahrscheinlich hatte sie sich geschämt, auf einen Angeber, der vom Geld seines Vaters lebte, hereingefallen zu sein. Trotzdem verschlang Jennifer jedes Wort, das über Garreths Lippen kam. Sie, die in einem Heim und später bei wechselnden Pflegeeltern aufgewachsen war, hatte plötzlich eine weitläufige Verwandtschaft mit all ihren Streitigkeiten und Eifersüchteleien.

Es dämmerte bereits, als sie sich auf den Weg nach Pennack machten. Während der Fahrt hatte Jennifer Zeit, all die neuen Eindrücke zu verarbeiten. Doch je näher sie dem Ort kamen, desto düsterer färbten sich ihre Gedanken. Auch wenn nun feststand, dass sie eine Chapman war, gehörte sie nicht dazu. In Pennack würde sie eine Fremde sein, sie konnte kaum erwarten, dass man sie mit offenen Armen empfing. Möglicherweise hatten sich noch andere Familienmitglieder Hoffnungen auf das Erbe gemacht und erlebten nun eine herbe Enttäuschung. Sie traute sich nicht, Garreth danach zu fragen, aber je länger sie darüber nachdachte, desto mehr fühlte sie sich als fünftes Rad am Wagen, das niemand brauchte oder willkommen heißen würde.

Solange sie sich erinnern konnte, hatte sie sich danach gesehnt, einer Familie oder wenigstens irgendeiner Gemeinschaft anzugehören. Wohin sie auch kam, war sie die Außenseiterin, jemand, der zwischen den Stühlen saß und sich von allen anderen unterschied. Ihr Blick streifte flüchtig ihr schemenhaftes Spiegelbild in der Seitenscheibe. Nun trennte sie nicht nur die innere Mauer ihrer Empfindungen von anderen Menschen, sondern auch ganz offen diese furchtbare Narbe.

Garreths Plaudereien drangen kaum zu ihr durch. Er versicherte ihr, dass sie sich nicht um eine Unterkunft für die Nacht sorgen musste, und versprach, sich um alles zu kümmern.

„Als kleine Wiedergutmachung für meinen Wutausbruch", sagte er augenzwinkernd. „So brauchst du dich nicht abzuhetzen, um den Flug heute Abend zu erreichen. Schlaf dich aus, und entscheide morgen früh, was du mit dem Haus anfangen willst."

In ihrem Kopf begann ein unheilvoller Film abzulaufen. Wenn sie das Haus behielt, würde sie hier leben müssen, zumindest zeitweise. Sie würde tausend Entscheidungen treffen müssen und sich mit Leuten herumstreiten, die ihr fremd waren. Sicher wurde erwartet, dass sie sich in die Dorfgemeinschaft integrierte. Man würde außerdem von ihr verlangen, dass sie als wohlhabende Einwohnerin von Pennack an Wohltätigkeitsveranstaltungen teilnahm oder sich auf ähnliche Weise engagierte.

Es wird sich nicht vermeiden lassen, dass ich mich in der Öffentlichkeit zeige, dachte sie erschrocken. In ihrer regen Fantasie blickten die Leute sie mitleidig oder mit offenem Abscheu an. Sie tuschelten hinter ihrem Rücken und zeigten mit dem Finger auf sie. Wie sollte sie das durchhalten?

Jennifer geriet in Panik. Am liebsten hätte sie Garreth gebeten, sie auf der Stelle zum Flughafen zu fahren. Nur die Vorstellung, wie peinlich eine überstürzte Flucht aussehen würde, hielt sie davon ab. Mühsam kämpfte sie die aufsteigende Furcht nieder, denn da war ja noch das Haus, das sie unbedingt sehen wollte. Insgeheim hoffte sie beinahe, es würde sich als unbewohnbare Ruine herausstellen. Dann hätte sie wenigstens einen Grund, sofort wieder abzureisen.

„Wenn du Blumen magst, wirst du Cornwall lieben“, sagte Garreth.

Er erklärte, dass Pennack südöstlich von Land's End in einer halbmondförmigen Bucht lag. „Der Ort wird auf beiden Seiten von steilen Klippen eingerahmt. Der Strand ist nur einen halben Kilometer breit, aber recht tief. Der Sand könnte in der Südsee nicht feiner sein. Auf einem Plateau über der westlichen Landzunge steht das Maugham-Haus – *dein* Haus.“

Sie fuhren durch hügeliges Gelände am Meer entlang. Der Atlantik zeigte sein raues Gesicht und brandete gegen zerklüftete Riffe und Felsen. Landeinwärts erstreckten sich Wiesen mit dem typischen fedrigen Moorgras. Dazwischen leuchteten rote, weiße und pinkfarbene Flecken. Ganze Teppiche mit Bluebells überzogen die Landschaft. Jennifer schaute fasziniert auf das Blütenmeer, das der Wind in sanfte Wellenbewegungen versetzte.

In ihre Unruhe mischte sich ein anderes, ebenso starkes Gefühl, das ihr zunächst völlig irreal und fremd vorkam: Trotz all der vor ihr liegenden Schwierigkeiten wusste sie jetzt, dass sie nach Hause gekommen war. Niemals zuvor war sie hier gewesen, und doch kam ihr alles vertraut vor. Fast glaubte sie, vorhersagen zu können, was sie hinter der nächsten Kurve erwartete. Als sie sich Pennack näherten, wurde das Gefühl, heimzukehren, stärker, bis es die Angst fast vollständig verdrängt hatte. Verwundert spürte Jennifer, dass sie ausgerechnet hier im äußersten Südwesten Englands, in der Nähe eines Ortes, den die Einheimischen Land's

End nannten, zu ihren Wurzeln zurückfand - Wurzeln, nach denen sie bisher vergeblich gesucht hatte. Vielleicht war dies endlich der Platz, an dem sich der Kreis schließen würde.

„Du musst wissen, dass ich im Stadtrat von Pennack sitze", erklärte Garreth. „Vor einigen Jahren kam die Idee auf, eine Chronik des Ortes zu schreiben. Ich begann mich für seine Vergangenheit zu interessieren. Das Maugham-Haus spielte in der Geschichte Pennacks eine bedeutende Rolle. Lange Zeit wusste ich nicht, dass es sich im Besitz meiner Familie befand. Meine Eltern sprachen nie darüber. Aus einem Grund, den sie mir bis heute verschweigen, war alles, was das Haus betraf, stets ein Tabuthema. Für uns Kinder war es nur ein altes, gruseliges Gemäuer, in dem es spukte. Vielleicht war das der Grund, warum es mich so reizte, mehr darüber zu erfahren.

„Erzähl mir von unserem Großvater", sagte Jennifer.

„Er war ein verschrobener alter Kauz, der gerne mit Aschenbechern nach Besuchern warf. Lloyd lebte sehr zurückgezogen und pflegte keinen Kontakt zum Rest der Familie. Man warnte mich vor ihm, dennoch fuhr ich nach Plymouth, weil ich neugierig war und auf Informationen über das Haus hoffte. Doch auch mich wies der Alte schroff ab. Er sagte, er wolle mit niemandem darüber reden, und ließ mich gar nicht erst zu Wort kommen. Umso überraschter war ich, als er mich ein paar Tage später anrief. Es schien fast so, als hätte er seine Meinung geändert, denn er fragte mich, warum ich mich ausgerechnet für das Maugham-Haus interessierte. Ich berichtete ihm von der Idee, eine Chronik von Pennack zu verfassen und das Haus in eine Art

Museum des Ortes und seiner Geschichte zu verwandeln. Er war davon sehr angetan.“

„Er warf also keinen Aschenbecher nach dir?“

„Nein, aber er drohte mir mit seinem Gehstock. Den habe ich später noch oft zu spüren bekommen.“

„Also gab er am Ende doch preis, was er wusste?“

„Ich glaube nicht, dass er mir alles verriet, was er herausgefunden hatte. Trotzdem wurde er zu meiner wichtigsten Informationsquelle. Das Cottage, in dem er hauste, war vollgestopft mit Sammlerstücken, Antiquitäten und seltsamem Kram, sogar einen echten ägyptischen Sarkophag mit Mumie besaß er. Soweit ich weiß, reiste er in jungen Jahren um die Welt, aber dann lebte er in einem unvorstellbaren Chaos. Hätte ich mich nicht um ihn gekümmert, er wäre zweifellos verwahrlost.“

„Aber er besaß ein Vermögen von vier Millionen Pfund!“

Garreth zuckte mit den Schultern. „Er lebte von den Zinsen und gab keinen Penny davon aus, frag mich nicht, warum. Großvater sammelte alles, was er über das Haus in die Finger bekommen konnte. Er war geradezu besessen davon und schien panische Angst davor zu haben, sein Wissensschatz könne in die falschen Hände geraten. Er wollte, dass das Maugham-Haus so bewahrt blieb, wie es war. Wahrscheinlich war das auch der Grund für den Streit innerhalb der Familie. Mein Vater hatte nämlich andere Pläne. Als Lloyd davon erfuhr, rief er ihn zu sich. Es kam zu einer heftigen Auseinandersetzung. Die beiden haben nie wieder ein Wort miteinander gewechselt. Ich befürchte, das ist der Grund, warum Großvater mir kurz vor seinem Tod verriet, dass er sein Testament ändern und mich als Erbe einsetzen wollte. Vorausgesetzt, ich würde mich dazu verpflichten, das Haus so zu erhalten, wie es ist. Daher kam mir die Idee mit der Ortschronik."

„Warum beharrte er so sehr darauf, das Haus nicht zu verändern?"

„Dieses Geheimnis hat er mit ins Grab genommen. Wenn du mich fragst, war er nicht mehr ganz richtig im Kopf. Die Wände seines Wohnzimmers waren mit vergilbten Zeichnungen, Grundrissen und Schnitten bedeckt. Er hortete Dutzende Ordner mit Fotografien und Zeitungsartikeln, jeden Papierschnipsel über das Maugham-Haus hob er auf - für mich eine wahre Fundgrube. Allerdings rückte er nur widerwillig mit Einzelheiten heraus, ich musste ihm jedes Mal aufs Neue Honig um den Bart schmieren."

Sie passierten das Ortsschild von Pennack. Das Gefühl, nach Hause zu kommen, wich einer gespannten Erwartung. Je mehr sie über das Haus erfuhr, desto größer wurde der Zauber, der von ihm ausging. Beinahe schien es ihr, als ob es nach ihr rief. Sie versuchte diesen albernen Gedanken zu verscheuchen, doch ganz gelang es ihr nicht. Schuld daran war wohl Garreths Gerede über Lloyd Chapman.

„Als ich von der Testamentseröffnung erfuhr, kam ich natürlich in der Annahme nach Falmouth, dass ich das Maugham-Haus übernehmen würde", sagte Garreth. „Es hat mich wahrhaftig mehr als genug Kraft und Mühen gekostet."

„Es tut mir leid, dass du fast leer ausgehst."

„Immerhin war ihm meine Zuneigung 20.000 Pfund wert. Ich entschuldige mich nochmals für meinen Ausbruch. Du kannst ja nichts dafür."

Die Straße machte einen Bogen und fiel allmählich zum Meer hin ab. Felsige Anhöhen und schroffe Klippen flankierten die Bucht zu beiden Seiten, ganz wie Garreth es beschrieben hatte. Reetgedeckte Häuser aus gelbem Bruchstein mit kleinen, gepflegten Vorgärten und weiß getünchten Holzzäunen säumten die Gassen. Überall wuchsen bunt blühende Sträucher und Blumen.

Bevor sie zum Hafen gelangten, bog Garreth nach Westen ab und fuhr eine gewundene, in Serpentinen ansteigende Straße hinauf, die sich immer mehr verengte und in einen Schotterweg mündete, der auf ein Hochplateau führte. Im Dämmerlicht tauchten die Umrisse eines großen Hauses auf.

Garreth ließ den Wagen langsam ausrollen. Weit draußen erstreckte sich das im schwindenden Licht wie schwarzes Glas glitzernde Meer bis zum Horizont. Auf der landeinwärts gelegenen Seite stieg das Plateau sanft an und erweiterte sich zu einer hügeligen Landschaft. Der Wind hatte die verkrüppelten Bäume bizarr verformt. Aus dem sattgrünen Teppich aus Moorgras erhoben sich verwitterte Felsformationen, zwischen denen rote und violette Blumen sprossen.

Jennifer schlang den Riemen ihrer Reisetasche um die Schulter, stieg aus und ging wie hypnotisiert auf das Haus zu. Es war viel größer, als sie es sich vorgestellt hatte: zweistöckig, aus grauen Steinquadern erbaut, mit schmalen, hohen Fenstern, die am oberen Rand in halbrunde Bögen ausliefen. Das Dach bestand aus einer verspielten Anzahl von Gauben und Giebeln, die Ränder der Frontfassade stiegen stufenförmig an. Jennifer zählte acht schlanke Kamine. Ausgetretene Sandsteinstufen führten zu einer von Säulen flankierten, doppelflügeligen Tür. An der Vorderseite zog sich eine überdachte Veranda entlang. Rechts und links des Eingangs standen zwei mächtige Zypressen, die das Haus noch überragten.

„Ich hätte dich warnen sollen", sagte Garreth. „Der Kasten ist seit Jahren unbewohnt, eine Bruchbude … und außerdem viel zu groß für dich. Es sei denn, du bringst einen Ehemann und zehn Kinder mit."

„Ich fürchte, ich bin das einzige Mitglied der Familie Chapman in Deutschland", antwortete Jennifer.

Sie ging langsam näher und entdeckte immer neue faszinierende Details: wie Drachenköpfe geformte Wasserspeier, umlaufende Verzierungen aus versetzt angeordneten Backsteinen und kleine Türmchen mit Spitzen an den Ecken des Hauses. Bruchbude? Wenn man es gewohnt war, die Dinge geschäftsmäßig zu betrachten, vielleicht. Doch sie sah das Haus mit anderen Augen. Sie sah es als das, was es wieder werden könnte, ein Juwel, das im Morgenlicht über den Klippen von Pennack funkelte.

„Hat es dir die Sprache verschlagen?" Garreth kickte einen Kieselstein über den Vorplatz. „Tut mir leid, wenn ich dich enttäuscht habe, aber ich dachte mir, eine Schocktherapie wäre wohl am besten, um dir die Wahrheit vor Augen zu führen."

„Es ist so … groß", sagte sie. „Ich hatte mir etwas anderes vorgestellt, ein Cottage oder bestenfalls ein Landhaus. Aber das hier ist … fantastisch."

Sie hätte schwören können, dass jegliche Farbe aus Garreths Gesicht wich, doch vielleicht narrte sie nur das schwindende Tageslicht. Die Sonne war im Meer versunken, die Dämmerung tauchte das Hochplateau in unwirkliches Zwielicht. Ärgerte sich Garreth, weil ihr das Haus gefiel? Dann täuschte er seine reumütige Wandlung nur vor, um sie von diesem Ort fernzuhalten. Aber aus welchem Grund? Hinter dieser Geschichte schien weit mehr zu stecken, als ihr gegenwärtig klar war.

Jennifer stieg die baufälligen Stufen zum Eingang hinauf. Die Tür war verschlossen. Sie suchte in ihrer Tasche nach dem Schlüssel, den Fitch ihr überreicht hatte.

„Tu das besser nicht", rief Garreth. Er stand unten vor dem morschen Lattenzaun, der das Grundstück umgab.

„Warum nicht?"

„Es gibt keinen Strom und kein Licht. Du wirst dir in dem baufälligen Kasten den Hals brechen."

Sie zögerte und kehrte dann enttäuscht um. Wahrscheinlich war es tatsächlich nicht besonders ratsam, in den unbekannten, dunklen Zimmern umherzustreifen. Trotzdem begann sie sich zu ärgern. Nun, wo sie einmal hier war, wollte sie das Haus auch von innen sehen.

„Es ist sicher nicht so groß, dass ich mich darin verlaufen könnte", sagte sie trotzig.

„Niemand weiß, wie viele Zimmer es hat."

„Was soll das heißen?"

„Großvater behauptete das jedenfalls. Auch ich bin aus den Plänen nie so richtig schlau geworden. Das Maugham-Haus besteht aus zwei Flügeln und einem

Mittelteil, der West- und Ostseite durch versetzte Ebenen, Treppen und Korridore verbindet. Lloyd sagte, er hätte so einen Grundriss noch niemals gesehen."

„Dann hast du die Pläne nach seinem Tod an dich genommen?"

„Einen Teil davon, ich brauchte sie für die Chronik des Hauses, die ich schreiben wollte."

„Warum nennt man es das Maugham-Haus?", fragte Jennifer.

Der Armenarzt Henry Maugham gilt als sein Erbauer. Über ihn kursieren eine Menge Gerüchte und Gruselgeschichten. Manche sagen, er sei wahnsinnig gewesen, andere behaupten, er hätte sich in den Kellerräumen mit obskuren Wissenschaften beschäftigt. Okkultismus und Spiritismus waren Anfang des 20. Jahrhunderts groß in Mode."

„Dann ist das Haus über hundert Jahre alt?"

„Den Plänen nach wurde es 1896 errichtet. Ich habe gehört, dass es in den Dreißigerjahren als Waisenhaus diente, bevor es während des Zweiten Weltkriegs vorübergehend von der Army als Lazarett genutzt wurde. Es steht seit einer Ewigkeit leer und verfällt. Großvater weigerte sich ja bekanntlich zu verkaufen, und einen Mieter fand er nicht mehr, nachdem es zu mehreren seltsamen Vorfällen gekommen war. Vor vielen Jahren soll sich ein furchtbares Verbrechen in dem Haus ereignet haben."

„Die Leute reden viel. Über fast jedes alte Gemäuer sind Gruselgeschichten im Umlauf. Ich glaube nicht an Geister."

„Auch nicht, wenn du erfährst, dass Henry Maugham eines Tages in dem Haus spurlos verschwand? Man hat nie wieder von ihm gehört."

„Nein. Vielleicht ist er ja von den Klippen gestürzt, ohne dass es jemand bemerkte."

Garreth schirmte sein Gesicht vor dem aufkommenden Wind ab und zündete sich eine Zigarette an.

„Kann schon sein. Es heißt jedenfalls, sein Geist soll noch immer in dem Haus umgehen."

Jennifer lachte. „Warum habe ich das Gefühl, dass du mir Angst einjagen willst?"

„Ich gebe lediglich wieder, was die Leute reden."

Sie wandte sich nach rechts. Über dem Hügelkamm war die Wolkendecke aufgerissen. Dort oben war das Licht besser, während die Landschaft ringsum langsam in Finsternis versank. Ein mit Unkraut überwachsener, kaum noch erkennbarer Pfad führte die Anhöhe hinauf zu einer Steintreppe. An ihrem oberen Ende klaffte zwischen wild wuchernden Weißdornbüschen eine geheimnisvolle Lücke. Überhängende Zweige bildeten eine Art Tunnel. Neugierig erklomm Jennifer die Stufen.

„Wohin führt dieser Weg?", rief sie.

Garreth blieb unten auf dem Plateau zurück, als bereite es ihm Unbehagen, diesen Ort aufzusuchen.

„Ein verwilderter Garten", antwortete er.

„Gehört er zum Haus?"

„Ja. Komm jetzt, dort gibt es nichts Lohnenswertes zu sehen." Er trat ungeduldig seine Kippe aus. „Das Wetter schlägt um. Es wird Nebel geben, und das kann auf den Klippen schnell gefährlich werden. Auf der

Küstenstraße sind schon viele Unfälle passiert. Wir sollten nach Pennack hinunterfahren."

Der Garten zog Jennifer unwiderstehlich an. Ihr Herz schlug schneller, als sie durch den grünen Tunnel aus Weißdorn schritt. An seinem Ende öffnete sich ein weitläufiges Areal, dessen Ränder die herabsickernde Dunkelheit schluckte. Ein eigener Garten! Von diesem Ort hatte sie geträumt, schon immer, ohne es zu wissen.

Jennifer war klar, dass sie bleiben musste, denn sie gehörte hierher. Alles an diesem Ort rief nach ihr und hieß sie willkommen. Keine zehn Pferde würden sie von hier fortbringen, weder Garreths Gerede noch die Geister der Vergangenheit. Aufgeregt und den Kopf voll mit verrückten Plänen, drehte sie sich um und lief zurück. Garreth lehnte am Kotflügel seines Wagens.

Jennifer ging zu ihm und strich das Haar über ihre Wange. Eine Weile hatte sie sogar die Narben in ihrem Gesicht vergessen. Der Ort schien heilend auf sie zu wirken.

Im Westen über dem Meer raste die Dunkelheit so schnell heran, als drehe der Wettergott an einem riesigen Dimmer. Das Phänomen wirkte düster und bedrohlich und näherte sich mit unheimlicher Geschwindigkeit.

„Was ist das?", fragte sie.

„Was ich bereits angedeutet habe: eine Nebelbank", sagte Garreth. „In einer Viertelstunde sieht man hier oben die Hand nicht mehr vor Augen."

„Ich hörte, dass Nebel um diese Jahreszeit in Cornwall selten ist", sagte sie.

„Selten, aber nicht unmöglich. Wenn er kommt, legt er sich so dicht und schwer über die Bucht, dass man glaubt, darin ertrinken zu müssen.“

Sie schätzte, dass die Schlechtwetterfront in wenigen Minuten das Land erreichen würde. Sie fraß das graugelbe Zwielicht und hüllte das Plateau in eine nasse, kalte Decke. Doch Jennifer sah nur den Garten, wie er unter ihren Händen in den Farben des cornischen Frühlings erblühte. Gleich morgen früh würde sie wieder herkommen, um das verwilderte Areal im ersten Morgenlicht zu erkunden.

„Ich mache dir einen Vorschlag“, sagte Garreth, „dieses Gespensterhaus ist keine dreißigtausend Pfund wert. Ich bin bereit, dir vierzigtausend zu zahlen. Hört sich das nach einem guten Deal an?“

Der Eingang zum Garten war in der aufziehenden Dunkelheit längst nicht mehr zu sehen, trotzdem blickte sie noch immer fasziniert dorthin.

„Nein“, antwortete sie, „das hört sich gar nicht nach einem guten Geschäft an. Das Letzte, was ich brauche, ist noch mehr Geld. Ich werde nicht verkaufen. Nicht an dich ... und auch an keinen anderen.“

„Was in Gottes Namen willst du denn mit dieser Ruine anfangen?“

Er klang jetzt deutlich verärgert, aber Jennifer sah ihre Zukunft klar vor Augen. Es fügte sich alles zusammen, wie es sein sollte. Sie ging ein paar Schritte auf das Haus zu und betrachtete es als das, was es war: ein Geschenk des Himmels.

„Ich bin in einem Heim aufgewachsen“, sagte sie, „weil meine Mutter andere Pläne hatte, als ein Kind von einem Mann aufzuziehen, der sie sitzen gelassen hatte."

Sie drehte sich zu Garreth um. „Hattest du eine behütete Kindheit? Mit einer Familie, in der du dich geborgen fühltest? Ich durfte all das nie kennenlernen, obwohl es Menschen gab, die sich bemühten, mir das Gefühl zu geben, geliebt zu werden."

„Tut mir leid, das war sicher nicht leicht für dich. Aber was hat das mit dem Haus zu tun?"

„Vielleicht wirst du mich für verrückt halten, aber seit ich in Cornwall bin, habe ich das Gefühl, nach Hause gekommen zu sein. Und nun weiß ich auch, warum. Es hat mich nicht zufällig hierher verschlagen. Ich habe in meinem Leben eine Menge Pläne gemacht und Dinge begonnen, die ich nicht zu Ende gebracht habe, weil ich keinen Sinn mehr in ihnen sah, oder die Lust daran verlor. Ich wusste nie, wo mein Platz war und welche Aufgaben das Leben für mich bereithielt."

„Und diese fundamentale Erkenntnis ist dir gerade gekommen?", fragte er spöttisch.

„Allerdings. Das Haus ist wie geschaffen dafür. Ich glaube, dass ich dieses Vermögen gerbt habe, um etwas Sinnvolles damit zu tun. Du hast mich selbst vorhin darauf gebracht. Ich werde dieses Haus in das verwandeln, was es einmal war: ein Heim für Kinder, die kein Zuhause haben."

Garreth runzelte die Stirn. „Du meinst, ein Waisenhaus?"

Sie nickte. „So etwas in der Art, ja. Und dort oben", sie deutete auf die Steintreppe, „sollen sie im herrlichsten Garten von Cornwall spielen."

Garreths Miene verdüsterte sich. „Das ist nicht dein Ernst."

„Natürlich ist es das. Es wird wundervoll, du wirst schon sehen."

„Hast du denn überhaupt eine Ahnung davon, wie man eine solche Einrichtung führt?"

„Was ich nicht weiß, kann ich lernen. Außerdem habe ich genug Kapital, um Leute einzustellen, die etwas davon verstehen – Erzieher, Therapeuten, alles, was man braucht."

Je länger sie darüber nachdachte, desto begeisterter war sie von ihrer Idee. Endlich hatte sie eine Aufgabe, für die es sich zu kämpfen lohnte.

„Du bist wirklich verrückt", sagte Garreth kopfschüttelnd.

„Das sagen alle. Aber jetzt bin ich eine reiche Verrückte, die machen kann, was sie will."

„Das ist lächerlich. Du wirst dafür niemals eine Genehmigung erhalten."

„Ach, und warum nicht?"

Sie ärgerte sich, weil Garreth ihre Pläne nüchterner und damit vermutlich sehr viel realistischer betrachtete. Wie so viele ihrer Vorhaben schien die Seifenblase dieser neuen Idee zu platzen, bevor sie überhaupt eine Chance hatte, Wirklichkeit zu werden.

„Ich will dir etwas zeigen", sagte Garreth. „Siehst du den seltsam geformten Felsen dort?"

Jennifer näherte sich der zerklüfteten Küstenlinie. „Er sieht aus wie ein Hund."

„Die Leute nennen ihn Margareths Pet."

Sie wandte sich um. Erschrocken stellte sie fest, dass sie Garreth nur noch schemenhaft erkennen konnte. Er hatte recht behalten, der Nebel hatte das Plateau schnell erreicht und hüllte es in eine totenbleiche Decke.

„Ich nehme an, es gibt einen Grund dafür", sagte sie.

„Man erzählt sich, dass Maughams Frau Margareth hier in den Tod stürzte, als sie ihren geliebten Hund suchte. Was, glaubst du wohl, werden die Behörden zu deinem verrückten Plan sagen, an einem solch gefährlichen Ort ein Waisenhaus zu betreiben? Kinder sind neugierig und unvorsichtig."

Tief unter sich hörte Jennifer die Brandung rauschen. Der Felsen zog sie magisch an. Sie trat dicht an die Klippen heran. Lose Steine polterten in die Tiefe. Der Nebel verbarg den schwindelerregenden Abgrund, trotzdem spürte sie instinktiv die tödliche Gefahr.

„Mein Anwalt erwähnte, dass ich das Erbe einer Margareth Clayton verdanke", sagte sie. „War sie es, die hier starb?"

„Ja, sie war unsere Ururgroßmutter. Sei vorsichtig!", sagte Garreth. „Wenn du dort hinunterfällst, treibt dich die Strömung bis nach Amerika."

Jennifer zuckte zusammen. Seine Stimme war ganz nah bei ihr. Sie hatte nicht bemerkt, dass er unmittelbar hinter sie getreten war.

„Hier oben herrscht eine seltsame Akustik", sagte er, „bei Nebel kann man Entfernungen nur schwer abschätzen und schnell in die Irre laufen. Ein Grund mehr, sich von den Klippen fernzuhalten." Er legte seine Hand auf ihre Schulter. „Es ist nur ein kleiner Schritt zwischen Leben und Tod."

10

Als Travis aus dem Bus stieg, beschlich ihn das Gefühl, dass er vom Regen in die Traufe gekommen war. Pennack war für ihn stets ein Gefängnis gewesen, nur dass es hier keine Gitter gab. Sein Vater hatte es geschickt verstanden, ihn auf andere Weise hier festzuhalten. Hatte O'Sullivan ihn zu Recht davor gewarnt, heimzukehren?

Seufzend schulterte er den Seesack, in dem seine ganze Habe steckte. Was die Leute über ihn dachten, ob sie ihn ablehnen oder willkommen heißen würden, war ihm gleich, damals wie heute. Und was den Alten betraf, der besaß keine Macht mehr über ihn.

Travis war nur aus einem einzigen Grund gekommen: um ein Versprechen einzulösen, das er sich selbst gegeben hatte. Er war es Susan schuldig, ihre Leiche zu finden und ihren Mörder zu überführen. Länger musste er nicht bleiben, und das würde er auch nicht, denn diesmal konnte ihn niemand daran hindern, Pennack für immer den Rücken zu kehren.

Die Rücklichter des Busses schrumpften zu verwaschenen Flecken im Nebel und lösten sich dann auf wie ein Spuk. Zurück blieb ein unwirkliches Zwielicht, in dem die Welt aus geisterhaften Silhouetten und sich ständig verändernden Konturen bestand. Das schlechte Wetter machte Travis nichts aus. Im

Gegenteil, er war dankbar dafür, sich Pennack in der Dämmerung unerkannt nähern zu können. Es würde sich früh genug herumsprechen, dass er wieder da war.

Er hätte mit dem Bus bis zum Hafen hinunterfahren können, doch einer plötzlichen Eingebung folgend, war er oberhalb des Ortes auf der hügeligen Hochebene ausgestiegen. Eine Weile stand er unschlüssig am Straßenrand, bevor er zögernd auf die Gabelung zuging, an der die abschüssige Hill Road in die Bucht hinunterführte. Für Ortsfremde nahezu unsichtbar, stieß man hier auf einen Pfad, der sich über das Hochmoor schlängelte und etwa einen Kilometer weiter westlich auf das obere Ende des Maugham-Gartens traf. Travis wurde augenblicklich klar, warum ihn eine innere Stimme dazu gedrängt hatte, hier auszusteigen. Es war der Garten. Der Ort, an dem sie sich heimlich getroffen und geliebt hatten. Der Ort, an dem Susan verschwunden und wahrscheinlich zuvor ermordet worden war. Er rief ihn, und Travis konnte seine Stimme nicht ignorieren.

Er schulterte den Seesack und folgte dem mit weichem Moos überwucherten Weg, vorbei an vom Wind glatt geschliffenen Felsen und tückischen Bodensenken, in denen Schilfgras wuchs und wo in den Raunächten das Sumpfgas leuchtete. Es war nicht ungefährlich, bei Dunkelheit das Hochmoor zu durchqueren. Abseits des Fußwegs, wo die Stollen der alten Zinnmine eingestürzt waren, gab es gefährliche Untiefen. Für Unvorsichtige bot das Moor genug Gelegenheiten, sich die Beine oder gar den Hals zu brechen.

Travis allerdings setzte zielsicher einen Fuß vor den anderen, er war hier aufgewachsen und kannte die versteckten Wegmarkierungen. An einem Felsen, den die Einheimischen *Mermaid* nannten, gabelte sich der Weg. Travis bog links ab und erreichte nach etwa zehn Minuten ein kleines Wäldchen. Linden, Kastanien und Eichen schirmten den Maugham-Garten vom Moor ab. Der Legende nach hatte Margareth Clayton die Bäume gepflanzt, als eine Art natürliche Barriere gegen das Moor. Travis durchquerte den Wald und gelangte an einen terrassenförmig angelegten Pfad, der zwischen schroffen Felsen zu einer mit Farnen und Efeu überwucherten Trockenmauer hinunterführte. Durch ein altes schmiedeeisernes Tor, dessen Schloss längst verrostet war, betrat er den Garten.

Während seiner Kindheit hatten sie jeden Sommertag in der rauen Landschaft rings um das Maugham-Haus verbracht. Garreth war derjenige gewesen, der die kühneren Pläne entwickelte, ausgeführt hatte sie stets Travis, und dafür mehr als einmal Prügel bezogen, die ihnen eigentlich beiden zugestanden hätten. Trotzdem waren sie unzertrennlich gewesen, bis zu jenem Tag im Juli, der alles verändert hatte. All die Erinnerungen musste er aus seinem Kopf verbannen, denn sie würden ihn nur von der Aufgabe ablenken, die vor ihm lag.

Am höchsten Punkt des Gartens blieb er stehen und sog die feuchte Seeluft ein. In den Geruch des Meeres mischte sich schwerer Blütenduft. Etwa hundert Meter rechts unter ihm stand, im dichten Nebel verborgen, das Maugham-Haus. Zu seiner Linken erstreckte sich ein mit Gras bewachsener Hang, an dessen unteren Ende die zerklüfteten Klippen mit ihren bodenlosen Spalten und tödlichen Fallen lauerten. Dahinter gab es nur noch die See, die seit Urzeiten gegen das Land anrannte, gleichgültig gegenüber den kurzlebigen Menschen mit ihrer Eifersucht und ihren unbedeutenden Streitereien.

Travis folgte einem der kaum noch erkennbaren Pfade, vorbei an dem geheimnisvollen Kenotaph. Der Grabstein blieb hinter wild wuchernden Rosenhecken und Koniferen verborgen, aber Travis spürte, dass er noch da war und über den Garten wachte wie ein steinerner Riese. Kurz darauf durchquerte er das Spalier aus Weißdornbüschen, die wie ein Gewölbe den unteren Eingang des Gartens markierten. Er stieg die Stufen hinab zur Hochebene, an deren Rand das Maugham-Haus stand. Die Umrisse konnte er im Nebel nur erahnen.

Travis blieb einen Augenblick stehen und lauschte. Der Wind sang sein ewig gleiches, trauriges Lied und raschelte mit unsichtbarer Hand in den Bäumen und Büschen des Gartens. Von der Seeseite her drang das gleichmäßige Rauschen der Brandung herauf.

Was genau er hier erwartet hatte, wusste er nicht zu sagen, seine Instinkte hatten ihn geleitet, und er vertraute ihnen. Travis wandte sich der Serpentinenstraße zu, als er aus dem Augenwinkel eine Bewegung wahrnahm. Er starrte in den Dunst und glaubte fast, sich getäuscht zu haben. Doch dann trieb eine Böe die Nebelfetzen auseinander. Deutlich sah er eine schlanke, menschliche Silhouette, die sich schwach vom indigofarbenen westlichen Himmel abhob und in dem Dunst zitterte wie vom Wind bewegtes Wasser. Die Gespenstergeschichte kam ihm in den Sinn, vor der sich Generationen von Kindern in Pennack gegruselt hatten. Die Alten erzählten, dass der Geist von Margareth Clayton, die vor über hundert Jahren spurlos verschwunden war, in Nächten wie diesen auf den Klippen spukte. Es hieß, die rachsüchtige Margareth lockte diejenigen, die sich bei Nebel hier hinaufwagten, in die Irre und stürzte sie in den sicheren Tod.

Travis glaubte nicht an Gespenster. Wer immer dort am Rand des Abgrunds stand, gehörte zu den Lebenden. Was sich allerdings schnell ändern würde, wenn er nicht eingriff.

„Hallo!", rief er, „seien Sie vorsichtig."

Die Gestalt verharrte regungslos. Der Seewind trieb Dunstschwaden über die Klippen und hüllte die Erscheinung in ein gespenstisches weißes Kleid. Travis rieb sich die Augen und war beinahe sicher, dass ihn tatsächlich ein Spuk genarrt hatte. Doch dann taumelte die Gestalt, als wäre sie gestoßen worden, und teilte sich dann zu seiner Überraschung.

Als er näher kam, löste sich eine zweite Gestalt von der ersten. Deutlich konnte er jetzt Stimmen unterscheiden - ein Mann und eine Frau, die miteinander stritten. Der Mann drehte sich um und kam auf ihn zu. Der Nebel verzerrte seine Umrisse, sodass er größer erschien, als er eigentlich war. Er tauchte unerwartet vor Travis auf, rempelte ihn an und lief weiter, ohne sich um ihn zu kümmern. Dann stieg er in einen Wagen, ließ den Motor aufheulen und fuhr mit halsbrecherischem Tempo auf die Einmündung der Serpentinenstraße zu. Travis hatte sein Gesicht nur kurz gesehen, ihn aber dennoch sofort erkannt. Es war Garreth.

Er blickte sich nach der Frau um. Sie setzte unbeirrt ihren Weg über die Klippen fort, offenbar ohne zu ahnen, in welcher Gefahr sie schwebte.

„Hallo! Bleiben Sie stehen!"

Er streifte seinen Seesack ab und lief durch den Nebel auf sie zu. Sie würde unweigerlich in den Abgrund stürzen, wenn sie noch wenige Schritte weiterging. Travis holte sie ein und berührte sie am Arm, um sie zurückzuhalten.

„Warten Sie doch. Oder haben Sie vor, sich umzubringen?"

Sie zuckte zusammen und fuhr herum. Einen unwirklichen Augenblick lang war er überzeugt, dass die höllische Margareth ihm ihr verwestes Antlitz entgegenstreckte. Stattdessen blickte er in ein blasses, schmales Gesicht, dessen linke Gesichtshälfte von einem Gespinst aus Narben entstellt war.

„Lassen Sie mich sofort los! Sie haben mich zu Tode erschreckt."

Travis stieß keuchend den Atem aus. Vor ihm stand kein Geist, sondern eine junge Frau mit schulterlangem, dunkelbraunem Haar, das sich in der feuchten Luft kräuselte. Sie hatte eine schlanke, fast zierliche Figur und ein hübsches Gesicht. Ihre Augen leuchteten klar und blau wie die Bluebells auf den Wiesen. Hastig strich sie eine Haarsträhne über die Narben, um sie zu verbergen.

„Entschuldigen Sie. Ich wollte Sie nicht ängstigen", sagte er.

„Dann tun Sie's auch nicht. Und glotzen Sie mich nicht an, als hätten Sie ein Gespenst gesehen."

„Tut mir leid, falls ich Sie erschreckt habe." Er deutete
in den Nebel hinein. „Noch ein paar Meter, und Sie wären die Klippen hinuntergestürzt."

„Oh. Sie können mich jetzt trotzdem loslassen."

Er wurde sich bewusst, dass seine Hand noch immer
auf ihrem Unterarm ruhte. Hastig zog er sie zurück.
„Sorry. Ich hatte Sie gewarnt, aber Sie schienen mich
nicht gehört zu haben. Der Nebel kann einen hier oben
ziemlich in die Irre führen. Ich bin übrigens Travis
Sayer."

„Jennifer Nowak. Wenn Sie mich nun vorbeilassen
würden?"

„Klar."

Er trat zur Seite. Sie stürmte los, als wolle sie vor ihm
flüchten, blieb aber nach ein paar Schritten unschlüssig stehen.

„Zur Straße geht's da lang", sagte er. „Ich zeige Ihnen
den Weg."

„Sie wissen doch gar nicht, wohin ich will."

„Na ja, die Auswahl ist nicht besonders groß. Es gibt
nur eine Straße, und die führt nach Pennack. Oder
steht Ihnen der Sinn nach einem nächtlichen Spazier-
gang im Moor?"

Sie drehte sich suchend im Kreis. Travis schulterte
den Seesack und deutete auf einen Punkt im Nebel. Die
Küstenstraße hätte er auch mit geschlossenen Augen
gefunden.

Sie lief schweigend neben ihm her und achtete darauf, dass die Haarsträhne die Narben verdeckte. Was
ihr wohl widerfahren war? Er hätte sie gerne gefragt,
wollte aber nicht aufdringlich erscheinen. Auf jeden
Fall war sie keine Einheimische, sonst hätte sie die

Gefahr erkannt. Eine Touristin war sie vermutlich auch nicht, denn die verirrten sich nur selten zum Maugham-Haus. Und was hatte Garreth mit all dem zu tun? Was für ein sonderbarer Wink des Schicksals, dass ausgerechnet er der erste Bewohner Pennacks war, den er nach fünf Jahren zu Gesicht bekam. Wahrscheinlich hatte Garreth ihn nicht erkannt, weil er nicht mit ihm gerechnet hatte. Jeder im Ort glaubte, dass er in Exeter seine Strafe abbüßte.

„Hat er Sie belästigt?", fragte Travis.

„Wer?"

„Garreth Wyne."

„Sie kennen ihn?"

„Flüchtig."

„Wir waren unterschiedlicher Meinung", sagte sie.

„Ich will mich nicht in Ihre Angelegenheiten mischen", entgegnete Travis. „Es sah ein Moment lang so aus, als wolle er Sie von den Klippen stoßen. Der Nebel kann einem hier oben Streiche spielen."

Sie lachte, aber es klang eher, als fiele eine ungeheure Anspannung von ihr ab. „Das hört sich an, als hielten Sie ihn für fähig, einen Mord zu begehen."

Ohne nachzudenken, antwortete er: „Ja, das tue ich."

„Dann habe ich ja Glück gehabt, dass Sie im richtigen Augenblick auftauchten."

Es sollte wohl leicht spöttisch klingen, aber Travis nahm die feine Veränderung in ihrer Stimme wahr. Sie zitterte ein wenig, wie jemand, dem gerade klar geworden war, dass er um Haaresbreite einem Anschlag entgangen war.

Eine Weile war nur das Geräusch ihrer Schritte zu hören. Er überlegte, wie er die Unterhaltung wieder in

Gang bringen könnte. Sie ist verschlossen wie eine Auster, dachte er. Trotzdem genoss er ihre Gesellschaft. Seit fünf Jahren hatte er mit so gut wie keiner Frau gesprochen und es vermisst.

„Eine schöne Gegend, aber auch gefährlich", sagte er. „So dichten Nebel wie heute haben wir hier nicht oft. Bei schlechter Sicht sollte man die Hochebene und das Moor besser meiden, wenn man sich nicht auskennt."

Sie antwortete nicht, sondern lief stumm weiter.

Sie sind nicht von hier", versuchte er es noch einmal.

„Nein."

„Machen Sie Urlaub in Pennack?", fragte er.

„Ich wollte mir das Maugham-Haus ansehen. Garreth war so freundlich, mich von Falmouth hierher mitzunehmen. Ich dachte, die Engländer wären berühmt für ihre guten Manieren, aber er scheint nicht gerade ein Musterexemplar zu sein."

„Da könnten Sie recht haben. Warum interessieren Sie sich denn für das Haus? Der alte Kasten ist nicht unbedingt eine Touristenattraktion. Es gibt lohnendere Ziele in der Gegend."

„Ich bin nicht hier, um mir die Landschaft anzusehen. Das Haus gehört mir."

Travis blieb stehen. „Das Maugham-Haus? Im Ernst?" Er war ehrlich überrascht. Es stand seit vielen Jahren leer. „Ich dachte, es sei im Besitz der Wynes."

„Irrtum. Und sie bekommen es auch nicht. Es hat auch keinen Sinn, mir mit alten Gespenstergeschichten Angst einzujagen."

Deshalb war sie also so wütend. „Wie meinen Sie das?"

„Er wollte mich dazu bringen, ihm das Haus zu verkaufen. Als ich ablehnte, wurde er fuchsteufelswild.“

Darum hatte es sich bei dem Streit also gedreht.

„Halten Sie sich besser fern von ihm“, sagte er.

„Nichts lieber als das.“

Sie liefen eine Weile nebeneinander her. Travis dachte über die veränderte Situation nach. Ihm wurde schnell klar, dass sich ihm hier eine unverhoffte Chance bot, nach Susans Leiche suchen zu können, ohne dass Garreth ihm in die Quere kam. Sobald sein alter Freund davon Wind bekam, dass er wieder da war, würde er alles tun, um zu verhindern, dass Travis den Maugham-Garten betrat. Aber dazu hatte er nun keine Möglichkeit mehr.

Die Lichter von Pennack tauchten als verwaschene Flecken im Nebel auf. Er spürte, dass Jennifer ihn beobachtete.

„Haben Sie sich verletzt?“, fragte sie. „Sie humpeln ja.“

„Ist ’ne alte Geschichte. Es lohnt nicht, sie zu erzählen.“

„Sie sind auch nicht von hier, oder?“, bohrte sie weiter.

„Wie kommen Sie darauf?“

Sie deutete auf den Seesack. „Deshalb.“

„Ich war ’ne Weile weg.“

„Auf See?“

„So was in der Art.“

„Und jetzt sind Sie wieder da“, stellte sie fest.

Etwas hatte ihre Neugier entfacht. Travis wagte sich behutsam vor. „Das Maugham-Haus ... erstaunlich. Darf ich fragen, wie Sie in seinen Besitz gekommen sind?“

Sie erzählte ihm von ihrer überraschenden Erbschaft, dem Anwalt in Falmouth und ihrer Begegnung mit Garreth. Er hat sich nicht verändert, dachte Travis. In diesem Kaff ist seit damals vermutlich alles beim Alten geblieben.

„Dann sind Sie mit den Wynes verwandt", sagte er.

„Kann man so sagen, obwohl ich gerne darauf verzichtet hätte. Ich bin wohl Garreths Cousine, Lloyd Chapman war mein Großvater."

„Was haben Sie denn jetzt mit dem Haus vor?"

Sie sagte es ihm. Ihre Antwort erstaunte ihn. Ein Waisenhaus ... was für eine verrückte Idee! Aber sie gefiel ihm, sehr sogar. Er ertappte sich dabei, dass er Jennifer gerne wiedersehen und mehr über sie erfahren wollte.

„Vor allem interessiert mich der Garten", fuhr sie fort. „Ich sehe ihn vor mir, wie er einmal war und wie er wieder sein könnte, ein Paradies voller Leben und Schönheit."

Ihre Worte erinnerten ihn an Susan. Auch sie hatte diesen Ort geliebt. Sinngemäß hatte sie beinahe das Gleiche gesagt. Aber Garreth hatte das Glück aus Eden vertrieben, und nur Tod, Schmerz und Zorn zurückgelassen. Er hörte kaum zu, als Jennifer ins Schwärmen geriet. Wenn sie wirklich bleiben wollte, würde es unweigerlich zur Konfrontation mit den Wynes kommen, denn die hatten ganz andere Pläne mit dem Maugham-Haus. Und wenn Jennifer von ihnen erfuhr, dass man ihn hier für einen Mörder hielt, würde sie ihn mit deren Augen sehen. Er musste so schnell wie möglich mit der Wahrheit herausrücken, auch auf die Gefahr hin, dass sie dann nichts mit ihm zu tun haben wollte und ihm den Zutritt zum Garten verweigerte. Wie er sich auch entschied, er ging ein Risiko ein.

„Jennifer, ich sollte Ihnen vielleicht ...“

„Ich habe mich sofort in das Haus verliebt“, unterbrach sie ihn. „Es ist, als würde es mich rufen. Die Idee kam mir ganz spontan, und ich spüre, dass es genau das ist, was ich tun will.“

Ohne dass er es bemerkte, verlangsamte er seine Schritte.

Jennifer redete unterdessen weiter. „Ich ... stimmt etwas nicht?“, fragte sie plötzlich.

In seiner Brust stritten zwei Seelen miteinander. Nein, sie durfte es nicht erfahren. Er wollte nicht, dass die Vergangenheit alles zwischen ihnen zerstörte, bevor es überhaupt begann. Außerdem war er gekommen, um ein Versprechen einzulösen.

„Alles okay“, sagte er. „Ich war nur lange nicht hier. Mit Pennack verbinden mich viele Erinnerungen ... nicht nur gute.“

Sie hatten die Straße erreicht, die zum Hafen führte. In der Mitte der Bucht ragte das Sea Manor auf. Von drei Pubs und einer kleinen Pension abgesehen, war es das einzige Hotel in Pennack. Der ursprüngliche Erbauer hatte offensichtlich versucht, den Stil des Maugham-Hauses nachzuahmen, was ihm gründlich misslungen war. Das Sea Manor war ein grober Sandsteinklotz, an den nachträglich Erker und Balkone angefügt worden waren, deren Proportionen nicht zueinanderpassten.

„Danke für Ihre Hilfe“, sagte Jennifer. „Ich schätze, ich nehme mir erst einmal ein Zimmer in dem Hotel dort.

Bis ich das Haus bewohnbar gemacht habe, wird wohl noch einige Zeit vergehen."

„Sie wollen dort oben wohnen?", fragte er.

„Wo sonst? Es gehört mir, und ich kann damit machen, was ich will."

Es klang trotzig, so, wie sie es sagte, aber er glaubte ihr jedes Wort. Sie sprühte vor Energie und schien fest entschlossen zu sein, mit allen Schwierigkeiten fertigzuwerden.

„Oder haben Sie auch etwas dagegen?", fragte sie.

„Nein, warum sollte ich? Es ist nur so ... im Maugham-Haus würde nicht mal der Teufel übernachten."

„Fangen Sie auch noch mit diesen Spukgeschichten an? Ihr Engländer mögt ja an Geister glauben, aber ich stehe mit beiden Beinen fest auf dem Boden der Tatsachen. Machen Sie es gut."

Sie stapfte wütend auf das Hotel zu.

„Man wird Ihnen dort kein Zimmer vermieten", rief Travis ihr nach.

Sie drehte sich im Gehen um und strich automatisch die Haarsträhne nach vorn. „Das werden wir ja sehen. Oder spukt es im Sea Manor etwa auch?"

11

Unbeirrt lief Jennifer weiter. Travis setzte sich auf die Mauer, die die Uferpromenade vom Strand trennte, und wartete. Mit der Aussicht, ein halbes Leben in einer Gefängniszelle absitzen zu müssen, hatte er gelernt, geduldig zu sein.

Es dauerte keine fünf Minuten, bis Jennifer die Stufen zur Seeterrasse des Sea Manor herunterpolterte. Selbst im Dämmerlicht der Natriumdampflampen sah Travis, dass sie vor Zorn krebsrot war.

„Ich habe Ihnen doch gesagt, dass Sie dort kein Zimmer bekommen werden", sagte er. „Das Sea Manor gehört den Wynes."

„Ich hab's gemerkt. Garreth hat es sich nicht nehmen lassen, mir persönlich eine Abfuhr zu erteilen."

„Er ist es gewohnt, zu bekommen, was er sich in den Kopf gesetzt hat", antwortete Travis. „Sie haben seinem empfindlichen Ego einen schmerzhaften Kratzer verpasst. Er wird alles tun, um Sie aus Pennack zu vertreiben."

„Darum ist er so versessen auf das Haus", überlegte sie. „Er will es zu einem Hotel umbauen."

Travis nickte. „Der alte Wyne hat schon lange ein Auge darauf geworfen. Die Lage ist hervorragend geeignet. Aber dafür muss er es erst mal in die Finger bekommen. Ich schätze, Sie haben ihm gerade einen gewaltigen Strich durch die Rechnung gemacht. Das Gerede von einer Chronik des Ortes und einem Museum dient nur der Verschleierung des erbitterten Streits zwischen dem alten Chapman und seinem Schwiegersohn – Garreths Vater. Der hat seinen Sohn vorgeschickt, um Chapman um den Finger zu wickeln. Doch das ging gründlich schief. Dass eine unbekannte Verwandte aus Deutschland auftaucht und ihm das Erbe vor der Nase wegschnappt, bedeutet für die Wynes einen Schlag ins Gesicht. Garreth hat wohl gehofft, Sie überreden zu können, ihm das Haus billig zu überlassen. Sein Vater wird toben, weil er mit leeren Händen zurückkommt. Verstehen Sie jetzt, warum ich sagte, Sie würden einen schweren Stand in Pennack haben?"

„Allerdings. Garreths Vater sitzt im Stadtrat. Er hat Macht und Einfluss und wird mir so lange Knüppel zwischen die Beine werfen, bis ich aufgebe."

„So sieht's aus. Wenn ich Sie wäre, würde ich ihm das Haus verkaufen, nach Deutschland zurückkehren und mir mit dem Erbe ein schönes Leben machen."

„Das werde ich ganz sicher nicht tun."

Travis zuckte mit den Schultern. „Das ist Ihre Entscheidung."

Hastig strich sie die Haarsträhne über ihre Wange - eine Geste, die ihm schon vertraut war. Die Aussicht, sich unter Menschen zu wagen, schien sie zu erschrecken. Er empfand Mitleid für sie, es musste ungeheuer viel Kraft kosten, mit einer solchen Entstellung klarzukommen. Dass sie trotzdem den Mut aufbringen wollte, sich mit Garreths Sippschaft anzulegen und sich als Fremde in Pennack zu behaupten, nötigte ihm

Respekt ab. Garreth sollte nicht den Fehler begehen, sie zu unterschätzen. Vielleicht hatte sie gerade hier, wo niemand sie kannte, eine Aufgabe gefunden, die sie ihr eigenes tragisches Schicksal vergessen machte. Travis beschloss, ihr zu helfen. Nicht nur, weil sie ihm den Zugang zum Garten ermöglichte, sondern weil sie beide Außenseiter waren und ihre Ziele leichter erreichen könnten, wenn sie zusammenhielten.

„Sie werden eine Menge Mut und Durchhaltevermögen brauchen, um den Wynes die Stirn zu bieten." Er warf ihr einen raschen Seitenblick zu. „Aber ich habe das Gefühl, dass Sie es schaffen können. Sie scheinen mir genauso entschlossen und stark zu sein wie Garreth."

Sie lächelte und schüttelte den Kopf. „Wenn Sie sich da mal nicht täuschen. Wenn mein Ärger verraucht ist, werde ich wohl einsehen, dass ich hier nur den Kürzeren ziehen kann."

„Glaub ich nicht. Kommen Sie, ich bringe Sie zu Bill."

Sie lief ihm nach. „Wer ist Bill?"

„Ihm gehört der Pub unten am alten Hafen. Dort bekommen Sie ein Zimmer."

„Und Sie? Wo schlafen Sie?"

„Zu Hause." Wo immer das auch sein mag, dachte Travis.

Je näher sie Bills Pub kamen, desto deutlicher drängten sich ihm vergessene Bilder und Erinnerungen auf. Sie mischten sich mit der Ungewissheit, wie der Empfang ausfallen würde. Als er die niedrige Tür des alten Hauses in der Nähe der Docks öffnete, wurde ihm erschreckend klar, dass es der erste Kontakt mit Freunden und Bekannten sein würde, seit man ihn für ein

Verbrechen eingesperrt hatte, das er nicht begangen hatte. In wenigen Augenblicken würde er wissen, ob sie ihn mit offenen Armen empfingen oder ihn meiden würden, als brächte er die Pest mit.

Bills Pub war an diesem Freitagabend gut besetzt. Alles sah noch genauso aus wie damals, vielleicht war die Holztäfelung eine Spur dunkler geworden. Es roch nach gefüllten Pasteten und Cider. An den Wänden hingen die alten, blechernen Werbeschilder für Whisky, Guinness und Ale. In einer Ecke hinter der Bar dudelte leise ein Fernseher. Auf den Barhockern vor dem Tresen saßen vier Männer, von denen Travis zwei sofort erkannte. Einer von ihnen war Steve, mit dem er in der Nacht, als Susan starb, um die Häuser gezogen war. Sein Gesicht war inzwischen von zu viel Alkohol aufgedunsen und gerötet. Bill zapfte ein Ale und stellte es auf den Tresen. Ihre Blicke begegneten sich, und die Miene des Wirts verfinsterte sich. Als Travis durch den Gastraum auf ihn zuging, verstummten die Gespräche an den Tischen.

„Großartiger Empfang", murmelte Jennifer, „Sie haben vergessen zu erwähnen, dass Sie der bestgehasste Mann in Pennack sind. Oder gilt betretenes Schweigen als übliche Begrüßung hier?"

Travis stellte den Seesack und die Reisetasche vor dem Tresen ab. Bill zapfte ein weiteres Ale.

„Für dich gibt's hier nichts zu trinken", sagte er.

„Ist mein Geld weniger wert als das der anderen Gäste?"

Der Mann, der neben Steve an der Bar hockte, drehte sich zu ihm um. „Mach keinen Stunk, Sayer."

„Hab ich nicht vor."

Bill polierte den Zapfhahn mit einem Lappen. „Du hast doch nicht etwa vor, dich wieder in Pennack niederzulassen, oder?"

„Und wenn doch?"

„Das wirst du nicht lange durchhalten", mischte sich Steve ein. „Du bekommst hier keine Arbeit und kein Ale. Wenn wir dich nicht davonjagen, macht's dein Alter."

Travis setzte sich auf einen freien Hocker. „Glaub ich nicht. Er braucht mich auf der *Eloise*."

„Die Zeiten haben sich geändert, Travis."

„Niemand kann mir verbieten zu bleiben. Oder habt ihr Angst, ich könnte die Wahrheit herausfinden?"

Steve trank einen Schluck Ale. „Besser, du gehst jetzt."

Travis blickte in die Runde. „Sieht so aus, als hätten die Wynes euch gut im Griff. Dich auch, Bill?"

Der Wirt schüttelte den Kopf. „Der alte Wyne hat hier unten am Hafen nichts zu melden, und Garreth schon gar nicht."

„Das glaubst du doch selbst nicht." Travis deutete auf Jennifer, die verschüchtert hinter ihm stand. „Die junge Dame sucht ein Zimmer."

„Hab keins", sagte Bill.

„Natürlich hast du eins. Du wirst dir doch die Gelegenheit nicht entgehen lassen, Garreth einen Gast vor der Nase wegzuschnappen, oder?"

Bill zögerte, dann kramte er einen Schlüssel aus einer Schublade hervor.

Steve stellte sein Glas ab. „Ich weiß nicht, wie's euch geht, aber Bills Ale schmeckt mir nicht mehr."

„Lasst sie aus der Sache raus", sagte Travis. „Sie gehört nicht zu mir."

„Ich werde es lieber woanders versuchen." Jennifer griff nach ihrer Reisetasche.

„Aber nein, Sie werden sich hier wohlfühlen", sagte Travis. „Nicht wahr, Bill?"

Der Wirt nickte widerstrebend. „Von mir aus. Margie?", rief er über die Schulter.

Die Tür zur Küche wurde geöffnet und Bills Tochter kam heraus. Sie war noch genauso rund und rosig, wie Travis sie in Erinnerung hatte.

„Wir haben einen Gast", sagte Bill.

Travis schulterte seinen Seesack. „War nett, Sie kennenzulernen, Jennifer. Wir sehen uns. Pennack ist klein."

„Danke für Ihre Hilfe."

„Keine Ursache." Er warf einen Blick in die Runde. „Die Leute hier sind schon okay. Ein bisschen stur vielleicht."

Damit verließ er den Pub und trat in die Nacht hinaus. Das war also geklärt. Es würde schwieriger werden, als er befürchtet hatte. Er ärgerte sich, weil er nicht den Mut aufgebracht hatte, Jennifer die Wahrheit zu sagen, bevor andere es taten. Wahrscheinlich hatte er es nun versaut und musste einen anderen Weg finden, um sich Zutritt zum Garten zu verschaffen. Aber das Risiko war ihm zu groß erschienen.

Er wandte sich nach Westen und ging auf die Docks zu, wo sich die Bootshäuser und Werftanlagen befanden, in denen die wenigen Fischer, die noch hinausfuhren, ihre Schiffe überholten. Kurz darauf stand er vor einem kleinen, zweistöckigen Haus, das sich unter die zerklüfteten Felsen zu ducken schien, die auf dieser Seite des Hafens den Abschluss der Bucht bildeten. Der vom Seewind angegriffene, einstmals weiße Putz blätterte in großen Flocken ab. Das Fischgeschäft im Erdgeschoss war seit dem Tod seiner Mutter geschlossen, in einem Fenster im ersten Stock brannte jedoch Licht.

Travis krampfte seine Hand um den Schlüssel in seiner Hosentasche, bis sich der Bart schmerzhaft in seine Handfläche bohrte. Die Ablehnung in Bills Pub war nur ein harmloses Vorspiel gewesen gegen das, was ihm nun bevorstand. Da er nur so lange in Pennack bleiben wollte, bis er beweisen konnte, wer Susan ermordet hatte, lohnte es sich nicht, nach einer Wohnung Ausschau zu halten. Sicher, er könnte sich ein möbliertes Zimmer nehmen, aber seine finanziellen Mittel waren begrenzt, und er verspürte keine Lust auf eine Wiederholung der Szene von vorhin. Spätestens jetzt würde sich in Windeseile herumsprechen, dass er heimgekehrt war.

In seinem rechten Knie, das nie mehr richtig zusammengewachsen war, pochte ein dumpfer Schmerz. Der lange Marsch und die ungewohnte Anstrengung forderten ihren Tribut. Hastig, bevor er es sich anders überlegen konnte, schloss er die Haustür auf. Eine Flut von Erinnerungen brach über ihn herein. Er konzentrierte sich auf jede einzelne der ausgetretenen Stufen und stieg in den ersten Stock hinauf.

Im Korridor lag Burt, eine Mischung aus Mastiff und Bulldogge. Er starrte Travis aus blutunterlaufenen Augen an, wahrscheinlich hatte der Alte ihm wieder Gin zu saufen gegeben. Der Hund war grau um die Schnauze geworden, schien aber nichts von seiner Energie verloren zu haben. Burt gehorchte ausschließlich dem Alten, und auch dann nur, wenn er wollte.

Travis wendete den Blick ab, um den stummen Machtkampf zu beenden. Burt begann zu hecheln, sein Stum-
melschwanz zuckte – ein Zeichen, dass er ihm gestat-
tete, die Wohnung zu betreten.

Aus dem Wohnzimmer drang das Plärren einer
Gameshow aus dem Fernseher. Der Alte saß in seinem
Sessel und stierte auf die flimmernde Mattscheibe. Es
stank nach billigem Gin und kaltem Zigarettenrauch.
Überall standen leere Flaschen, benutzte Aluschalen
von Fertiggerichten lagen zu Dutzenden herum. Travis
warf im Vorbeigehen einen Blick in die Küche, Herd
und Spüle starrten vor Schmutz.

„Hab schon gehört, dass du draußen bist", sagte Jack
Sayer, ohne aufzusehen. Er tastete nach der Ginflasche
und nahm einen Schluck. „Was willste hier?"

„Ich dachte, du könntest Hilfe auf der *Eloise* gebrauchen."

„Ich fahr nich mehr raus, mit ’nem Knastbruder wie
dir schon gar nich."

Travis zuckte bei der Antwort zusammen.

„Hast du die *Eloise* verkauft?"

„Die liegt unten im Dock und verrottet."

„Wovon lebst du?", fragte er.

„Nach der Schweinerei, die du abgezogen hast, warste
ja nich mehr da. Hast mich im Stich gelassen, und allein
hab ich’s nich geschafft. Jetzt krieg ich wenigstens
Stütze. Brauchst gar nicht ankommen und betteln. Von
mir kriegste nix."

„Ich brauche deine Hilfe nicht, keine Sorge."

Travis wandte sich zum Gehen, er hätte wissen müssen, dass er hier nicht willkommen war.

„So 'ne miese Brut hab ich großgezogen", murmelte sein Vater, „muss man sich mal vorstellen."

„Ich bin unschuldig. Glaubst du, sie hätten mich sonst rausgelassen?"

„Mir egal. Is besser, wenn du aus Pennack verschwindest. Reicht schon, wenn die Leute mich anspucken, weil ich der Vater eines Mörders bin."

„Sie spucken dich an, weil sie glauben, du hättest Mom auf dem Gewissen."

Sein Vater beugte sich vor und versuchte, sich aus dem Sessel hochzustemmen, fand aber sein Gleichgewicht nicht, weil er zu betrunken war. Das grelle Licht des Fernsehers streifte das Gesicht des Alten. Travis erschrak. Er hatte ihn seit fünf Jahren nicht gesehen, besucht hatte ihn sein Vater niemals. Unwillkürlich musste er an die Wracks denken, die auf den Riffen vor Land's End verrotteten. Der Alkohol hatte Jack Sayer zerstört. Sein Haar war dünn geworden, die Wangen aufgedunsen und fleckig. Nur in seinen tief liegenden Augen loderte noch immer ein Feuer, das sich von seinem Hass auf alles und jeden nährte.

Als Kind hatte Travis eine Höllenangst vor dem Alten gehabt. Oft war er aus dem Pub nach Hause gekommen und hatte so viel Gin getrunken, dass er Würmer aus den Wänden kriechen sah. Manchmal war er dem Delirium so nahe gewesen, dass er Travis für den Leibhaftigen gehalten hatte. Dann hatte er ihn durch das Haus gejagt und mit einem Ledergürtel verdroschen.

Unwillkürlich wich er zurück, als der Alte es schaffte, sich doch noch aufzurichten. Jack Sayer war ein großer, kräftiger Mann, der keiner Prügelei aus dem Weg gegangen war. Etwas von seiner alten Spannkraft steckte noch immer in ihm. Travis zwang sich, seinem Blick standzuhalten. Die Wahrheit war, dass er noch immer Angst vor seinem Vater hatte.

„Du hast mich nicht ein einziges Mal besucht", sagte er.

„Geh in die Kirche, wenn du predigen willst."

Jack Sayer rülpste, trank den letzten Rest Gin und warf die Flasche nach Travis. Es war ein flinker, heimtückischer Wurf, der blitzschnell aus dem Handgelenk kam.

Travis wich dem Geschoss nur knapp aus. Die Flasche traf die Wand hinter ihm und fiel zu Boden, ohne zu zerbrechen.

„Mach, dass du fortkommst."

„Ich werde erst gehen, wenn ich Susans Leiche gefunden und ihren Mörder überführt habe."

„Alles wieder aufwühlen willst du? Das wirst du bleiben lassen."

Jack Sayer schwankte und wischte sich mit dem Handrücken über den Mund.

„Wovor hast du denn solche Angst? Du hast doch nichts zu befürchten", sagte Travis.

Der Alte torkelte auf ihn zu. „Schau dich um! Du bist an allem schuld, hast mich sitzen gelassen, wie deine Mutter, das verdammte Biest!"

Travis ballte die Fäuste. Er verspürte Lust, dem Alten heimzuzahlen, was er ihm angetan hatte, aber er hatte seine Lektion schon früh in Exeter gelernt. Es war klüger, sich aus allen Schwierigkeiten herauszuhalten. Ihm wurde nun endgültig klar, dass er diesen Teil seines Lebens unwiederbringlich hinter sich gelassen hatte. Er gehörte nicht mehr hierher.

Travis wandte sich zur Tür und verließ das Haus, ohne sich umzudrehen. Es war ein Irrtum gewesen zu glauben, er würde hier – wenn schon nicht willkommen geheißen – so doch wenigstens geduldet werden.

Eine Weile streifte er ziellos an den Reparaturwerften entlang und betrachtete die Kutter an den Piers. Das letzte Boot in der langen Reihe war die *Eloise*. Der Alte hatte sie genauso vernachlässigt wie die Frau, der sie ihren Namen verdankte, Travis' Mutter. Wahrscheinlich lag das Boot seit fünf Jahren an seinem Platz, ohne einmal bewegt worden zu sein.

Travis kletterte über die Reling und sprang auf das verdreckte Deck. Auf dem vorderen Lukendeckel lag ein pechschwarzer Kater. Der weiße Brustfleck schimmerte in der Dunkelheit.

„Hallo Jasper."

Die Schwanzspitze des Katers zuckte, er setzte sich würdevoll auf, um sich gleich darauf auf den Rücken zu drehen. Travis kraulte das weiche Bauchfell. „Also gibt es doch noch jemanden, der sich freut, mich zu sehen."

Er tastete am unteren Rand des Lukendeckels entlang, der Schlüssel zum Niedergang lag noch an seinem Platz. Wenigstens hatte er einen Platz zum Schlafen gefunden. Die Jagd nach dem Mörder konnte beginnen.

12

Jennifer fragte sich, warum die englische Küche einen so schlechten Ruf hatte. Wenn sie weiterhin so gut aß, würde sie innerhalb einer Woche drei Kilo zulegen. Gestern Abend hatte sie sich in ihrem Bett verkrochen, den fremden Geräuschen und Stimmen gelauscht, die leise aus dem Pub heraufdrangen, und sich gefragt, was in aller Welt sie hier eigentlich tat. Einen schrecklichen Augenblick lang war sie wieder in Panik geraten und hatte nach Neubauers Visitenkarte gesucht, nur um sich zu vergewissern, dass sie jemanden anrufen konnte, falls sie nicht mehr weiterwusste. Dass Travis sie für eine starke Frau hielt, schmeichelte ihr zwar, aber sie war sich nur allzu bewusst, dass er ihre vermeintliche Stärke mit ihrer Empörung über Garreth verwechselte.

Das Zimmer im Obergeschoss des Pubs war gemütlich, liebevoll eingerichtet und mit einem zweckmäßigen Komfort ausgestattet, dennoch kam sie sich verloren vor wie eine Schiffbrüchige. Sie hatte daran gedacht, hinunterzugehen und ein Guinness oder einen Cider zu trinken, sich aber dagegen entschieden. Nur allzu deutlich waren ihr die Blicke der Gäste in Erinnerung geblieben. Auch wenn die meisten sich rasch abwandten, spürte Jennifer eine Art morbider Neugier. Sie kam sich vor wie eine Schauerattraktion auf dem Jahrmarkt.

Irgendwann war sie in einen unruhigen Schlaf gefallen und in ihren Träumen durch die endlosen Korridore und Zimmerfluchten des unheimlichen

Maugham-Hauses gehetzt, immer auf der Suche nach dem Ausgang, den sie nie fand. Ließ sich eine der Türen öffnen, stieß sie auf ihre Vorfahren, die vor ihr zurückwichen und sich in Nebel auflösten, sobald Jennifer auf sie zuging. Gegen 3 Uhr früh war sie aus dem Albtraum aufgeschreckt und hatte ihn als Reflexion ihrer Sorgen und Hoffnungen interpretiert. Schließlich waren die Schwierigkeiten, die sich vor ihr auftürmten, beinahe unüberwindlich, und Hilfe konnte sie kaum erwarten. Dieser Plan war der verrückteste von allen, die sie jemals gefasst hatte.

Nach einer Portion Rührei, Cornflakes in Milch, Orangensaft und Kaffee war die Welt für einen friedlichen Moment wieder in Ordnung. Nun saß sie auf der Kaimauer am Strand und ließ die Beine baumeln. Aufgeben und abreisen könnte sie immer noch, nicht jedoch bevor sie den Garten bei Tageslicht gesehen hatte. Und dann war da noch die Hoffnung, dass das Haus, in dem ihre Vorfahren gelebt hatten, für sie zu einer neuen Heimat werden könnte. Wenn sie ihre eigene kleine Welt dort oben aufbaute, brauchte sie nur wenig oder gar keinen Kontakt zu den Einwohnern zu halten. Ein Teil von ihr, der ausgerechnet mit Lous Stimme sprach, flüsterte ihr ein, dass sie sich etwas vormachte, doch sie bemühte sich nach Kräften, den beißenden Spott zu ignorieren.

Jennifer überprüfte den spärlichen Inhalt ihrer Geldbörse. Die Kanzlei hatte zwar den Flug bezahlt, aber bevor sie weitere Entscheidungen treffen konnte, musste sie zunächst ihre finanziellen Angelegenheiten regeln. Länger als drei Tage konnte sie sich das Zimmer in Bills Pub nicht leisten. Sie brauchte dringend Bargeld und

Zugang zu den Konten, auf denen ihr Erbe lag, außerdem eine Kreditkarte. Ihr Konto in Deutschland war bis zum Limit belastet.

Entschlossen, etwas aus dem unverhofften Glück zu machen, das ihr widerfahren war, sprang sie auf die Füße und wählte Neubauers Telefonnummer. Der Anwalt meldete sich nach dem dritten Freizeichen.

„Frau Nowak. Wie geht es Ihnen? Konnten Sie das Haus schon in Augenschein nehmen?"

„Nur flüchtig, aber das will ich heute nachholen. Ich beabsichtige, länger zu bleiben. Gilt Ihr Angebot noch, mir in rechtlichen Fragen zur Seite zu stehen?"

„Natürlich, jederzeit."

„Wann kann ich denn über die Erbschaft frei verfügen?"

„Stanley & Fitch kümmern sich um alles. Das gehört zu ihren Aufgaben als Executor. Ich bin bereits auf dem Rückweg nach Deutschland, mein Flug startet in einer halben Stunde. Wenn Sie wollen, rede ich mit Fitch. Er wird sich um alles kümmern."

„Danke, das würde mir sehr helfen."

„Er wird … bei … nen me … den."

Die Verbindung brach ab. Sie kam sich vor wie ein Kind, das sich an den Rockzipfel ihrer Mutter klammerte. Warum war sie nicht selbst auf den Gedanken gekommen, Fitch anzurufen?

Sie steckte das Handy ein und dachte an Deutschland, an die mit Graffiti beschmierten Fassaden der Großstadt, die düsteren Hinterhöfe und das alles beherrschende Grau. In Pennack leuchteten die weiß getünchten Häuser mit den blühenden Rhododendren und dem blaugrünen Meer um die Wette.

Sie beschloss, auf Fitchs Rückruf zu warten, zog ihre Schuhe aus und schlenderte barfuß durch den Sand zur Wasserlinie hinunter. Mehrere Fischkutter fuhren in einer auseinandergezogenen Linie hinaus, von schreienden Möwen umschwärmt. Travis Sayer, der sich gestern Abend als so hilfsbereit erwiesen hatte, kam ihr in den Sinn. Genau betrachtet hatte er ihr das Leben gerettet. Trotzdem hatte sie ihn anfangs so schroff behandelt, als hätte er sie belästigt.

Jennifer strich über ihre Wange und überprüfte, ob ihr Haar die Narben überdeckte. Die Geste war ihr so in Fleisch und Blut übergegangen, dass sie sie kaum noch bewusst wahrnahm. Verärgert über Garreths Verhalten und ihr unvorsichtiges Herumtappen im Nebel, hatte sie Travis angefahren, weil sie seine Blicke – eine Mischung aus Neugier, Abscheu und Mitleid – nicht mehr ertrug. Ausgerechnet ihn hatte ihr hilfloser Zorn getroffen. Dabei hoffte sie insgeheim, einen Freund in Pennack gefunden zu haben. Sie schienen beide Außenseiter zu sein, und das könnte sie möglicherweise zusammenschweißen.

Was er über Garreth gesagt hatte, kam ihr in den Sinn. Ob der sie tatsächlich von den Klippen gestoßen hätte, wenn Travis nicht aufgetaucht wäre?

Sicher, er *war* unvermutet dicht hinter sie getreten, und er *hatte* seine Hand auf ihre Schulter gelegt. Sie hatte sich von ihm belästigt gefühlt, aber nicht bedroht. Seine Waffen schienen eher Taktik und Überredungskunst zu sein als nackte Gewalt.

„Es ist nur ein kleiner Schritt zwischen Leben und Tod", hatte Garreth gesagt. Was hatte er damit gemeint? Hatte er auf Chapmans unerwartetes Ableben angespielt oder die Gefahren, die auf den Klippen drohten? Ein falscher Schritt konnte einen schnellen Tod bedeuten. Und konnte es Zufall sein, dass er die gleichen Worte wie Miro benutzt hatte?

Sie dachte an den Empfang in Bills Pub. Was Travis wohl getan hatte, um eine so starke Ablehnung heraufzubeschwören? Er war so schnell verschwunden, dass sie keine Gelegenheit gehabt hatte, ihn nach dem Grund zu fragen.

Sie spazierte bis zur westlichen Landzunge. Ihr Handy klingelte, sie nahm das Gespräch an. Es war Fitch. Neubauer hatte Wort gehalten. Sie erfuhr, dass Chapman sein Vermögen bei fünf verschiedenen Banken angelegt hatte - in Form von Aktien, Fonds, Beteiligungen und Spareinlagen. Der Anwalt versprach, sich mit einer Bank in Truro in Verbindung zu setzen und dafür zu sorgen, dass sie schnellstens Zugriff auf einige der Konten erhielt. Er nannte ihr Namen und Adresse der Bank und bat sie, dort vorstellig zu werden.

Jennifer bedankte sich und ging zum Pub zurück. Bill sortierte Flaschen in das Regal hinter dem Tresen.

„Ich brauche einen Wagen. Gibt es in Pennack eine Autovermietung?", fragte sie.

„In Hugh's Garage verleihen sie tageweise Autos an Touristen. Hugh ist auf jeden Fall günstiger als Europcar in Exeter oder Falmouth. Wäre das was für Sie?"

„Genau das, was ich suche."

„Gehen Sie die Straße am Hafen entlang nach Osten. Sie können es gar nicht verfehlen."

„Danke. Übrigens, der Mann, der mich gestern Abend begleitet hat ..."

Bills Miene verfinsterte sich. „Travis Sayer?"

„Ja, so hieß er. Wissen Sie, wo ich ihn finden kann?“

Der Wirt begann, schmutzige Gläser ins Spülbecken zu tauchen.

„Vielleicht. Was wollen Sie denn von ihm?“

„Mich bedanken. Ich hatte mich auf den Klippen verlaufen. Ohne seine Hilfe wäre ich wahrscheinlich böse verunglückt.“

Bill betrachtete prüfend das Glas in seiner Hand. „Wenn Sie mich fragen, machen Sie lieber einen Bogen um ihn.“

Jennifer dachte an die Reaktion der Gäste im Pub. „Auf mich machte er einen netten Eindruck.“

„Wenn Sie meinen. Geht mich ja nichts an.“

„Als wir gestern Abend den Pub betraten ...“

„Ja?“

„Warum haben die Leute so abweisend auf Travis reagiert?“

Bill trocknete das Glas ab und stellte es in ein Fach hinter dem Tresen. „Sie können ihn nicht leiden. Keiner hier kann ihn leiden.“

„Verraten Sie mir, warum?“

Bill legte den Lappen hin, verschränkte die Arme auf dem Tresen und beugte sich vor.

„Haben Sie vor, länger in Pennack zu bleiben?“

„Vielleicht. Warum fragen Sie?“

„Sie sind nicht von hier, aber Sie scheinen ein nettes Mädchen zu sein, darum erklär ich's Ihnen: Die Leute hier reden viel und gerne, über das Wetter, über Fußball und den Fischfang. Wenn sie sich gut kennen, dann auch über persönliche Dinge. Aber wenn man neu ist, belässt man es besser beim Small Talk, verstehen Sie? Nach allzu intimen Dingen zu fragen, gilt bei uns als unfein."

„Oh, tut mir leid. Ich wollte nicht aufdringlich sein."

Bill nickte. „Dachte ich mir. Nehmen Sie es als gut gemeinten Rat. Wahren Sie eine gewisse Distanz. Nörgeln Sie nicht an der Fußballnationalmannschaft herum und machen Sie keine Witze über die Queen. Die Leute kommen von selbst auf Sie zu, wenn sie meinen, dass die Zeit dafür reif ist."

„Okay, ich habe schon verstanden. Vielen Dank für den Tipp. Sagen Sie, wie lange muss man denn hier leben, bevor die Leute einen als Einheimischen akzeptieren?"

„Das kann ’ne Weile dauern. Manche schaffen es nie."

„So wie Travis Sayer?"

Bill sah sie an, antwortete aber nicht.

„Schon gut."

Jennifer verließ den Pub und kam sich vor wie ein Schulmädchen, das eine Lektion gelernt hatte. Mit dem letzten Geld, das ihre Kreditkarte hergab, mietete sie in Hugh's Garage einen Ford Fiesta und fuhr nach Truro. Zu ihrem Erstaunen gewöhnte sie sich schnell an das Fahren auf der linken Straßenseite.

In der Bankfiliale in der Innenstadt begegnete man ihr zunächst mit hochnäsiger Skepsis. Man versprach, sich um die Angelegenheit zu kümmern. Nachdem sich der zuständige Mitarbeiter mit Stanley & Fitch in Verbindung gesetzt und den Kontostand geprüft hatte, wurde Jennifer vom Filialleiter persönlich bedient. Man bemühte sich geflissentlich, ihr in allen Angelegenheiten entgegenzukommen. Sie verließ die Filiale mit fünfhundert Pfund in der Tasche und den besten

Wünschen. Man möge sie doch bald wieder beehren. Eine Kreditkarte sei schon so gut wie unterwegs. Zum ersten Mal bekam Jennifer ein Gefühl dafür, was es bedeutete, reich zu sein. Und reich war sie nun, zumindest gemessen an ihrem bisherigen Leben.

Sie fuhr über das Hochland zurück nach Pennack und bog unterhalb der Klippen rechts ab. Am Ende der kurvenreichen Straße kam das Maugham-Haus in Sicht. Wieder klingelte ihr Handy. Vom Display blickte sie Lous sorgenvolles Gesicht an. Seufzend nahm sie das Gespräch entgegen.

„Hi, Lou."

„Wo steckst du, Jenny?"

„Ich bin immer noch in England. Mit geht's prima. Mach dir keine Sorgen."

„Keine Sorgen? Ich bin traumatisiert, weil ich nichts von dir höre. Du hast doch nicht etwa einen Haufen Schulden geerbt, oder?"

„Nein, und ich hab auch nicht den Urenkel von Jack the Ripper getroffen. Sie sind alle sehr nett hier."

Das entsprach nicht gerade der Wahrheit. Sie dachte an ihre Begegnung mit Garreth. Hätte er sie wirklich umgebracht, wenn Travis nicht aufgetaucht wäre? Wer erbte eigentlich, wenn sie unerwartet aus dem Leben schied? Sie beschloss, Fitch danach zu fragen. Vielleicht musste sie ein Testament machen, immerhin war sie jetzt eine reiche Frau. Aber wen sollte sie als Erben einsetzen?

„Mir ist nicht wohl bei dem Gedanken, dass du ganz allein durch Schottland spazierst", sagte Lou, „das ist eine krass seltsame Geschichte."

Jennifer seufzte. „Ich bin in Cornwall, nicht in Schottland, Lou." Mit einem gewissen Stolz fügte sie hinzu: „Es hat alles seine Richtigkeit, und jetzt ist es auch offiziell. Ich habe vier Millionen Pfund geerbt und ein Haus mit Garten noch dazu."

Lou kreischte. „Das gibt's doch gar nicht, es ist wirklich wahr? Was willst du denn mit so viel Kohle anfangen?"

Jennifer klemmte sich das Handy zwischen Schulter und Ohr und lenkte den Fiesta auf den Wendeplatz vor dem alten Haus. In groben Zügen erklärte sie, was sie vorhatte. Sie spürte Lous Missbilligung und begann sich zu ärgern. Ihre Freundin würde tausend Gründe finden, warum der Plan scheitern musste. Aber niemand sollte ihr den Augenblick vermiesen, in dem sie zum ersten Mal das Haus – *ihr* Haus - betrat.

„Mir geht's gut, Lou, wirklich. Ein Anwalt in Exeter kümmert sich um alles und steht mir in finanziellen Fragen bei."

„Aber ... ein Kinderheim ... du verstehst doch gar nichts davon ... und du hast doch noch nie etwas zu Ende gebracht."

„Ich bin in einem Heim aufgewachsen, schon vergessen? Und ich will es besser machen als die Nonnen, die mich mit ihren Gebetsbüchern und Strafpredigten traktiert haben."

„Von wem hast *du* denn überhaupt geerbt? Du hast doch gar keine Verwandtschaft in England."

„Doch, das habe ich. Mein Großvater hat mich in seinem Testament bedacht. Ich muss jetzt Schluss machen, weil ich mir das Haus ansehen will. Ich melde mich später noch mal."

Jennifer schaltete das Telefon aus. Die euphorische Stimmung, die sie in der Bank empfunden hatte, als man ihr mit einem diensteifrigen Lächeln ein - für ihre Verhältnisse - kleines Vermögen ausgezahlt hatte, war verflogen. Lou hatte recht, sie war die Frau der tausend Jobs gewesen und hatte immer wieder hingeworfen, weil sie auf ein besseres Angebot hoffte. So gut wie alles, was sie je begonnen hatte, war im Sand verlaufen. Aber diesmal würde alles anders werden.

Sie stieg aus dem Wagen, schloss die Augen und genoss den sanften Wind auf ihrer Haut. Die Luft roch nach Meer, die Schreie der Möwen klangen von den Klippen herauf. Dies war ein wunderbarer Ort, und er gehörte ihr ganz allein. *Sie* gehörte hierher.

Bevor sie das Haus betrat, wollte sie sich zunächst den Garten ansehen. Sie wandte sich nach rechts und stieg die Anhöhe empor, bis sie an die verwitterten Felsen gelangte, die sie schon gestern Abend gesehen hatte. Bei Tageslicht entpuppten sie sich als kunstvoll angelegte Mauer aus Bruchsteinen. In den Ritzen wuchs Heidekraut, Purpur-Fingerhut und wilder Efeu. Dreizehn ausgewaschene Steinstufen führten zu der Lücke zwischen den Weißdornbüschen hinauf, die den Zugang zum Garten wie ein natürliches Gewölbe umgaben. Hinter dem blühenden Tunnel erstreckte sich ein unübersichtliches Areal von etwa zweitausend Quadratmetern. Der Garten glich einem Urwald. Seit Jahren hatte sich offenbar niemand darum gekümmert, Sträucher und Bäume zurückzuschneiden. Jennifer wanderte über die mit Efeu und Ranken überwucherten Steinplattenwege. Immer wieder führten die Pfade ins Nichts, weil dichtes Gestrüpp den Weg versperrte. Die

Eisenstreben eines Gewächshauses ragten wie ein rostiges Gerippe aus dem satten Grün, die Glasscheiben und Fenster waren längst zerbrochen. Auf einem Sockel stand eine alte Sonnenuhr. Das Messing war angelaufen und vom Alter schwarz geworden, eine Amsel hatte ihr Nest über dem Zifferblatt gebaut.

Am hinteren Ende stieg das Gelände steil an, eine natürliche Felsenbarriere bildete die Grenze. Uralte Buchen und Eichen wiegten sich im Wind. Das Wäldchen sah aus, als wäre es als Teil des Gartens künstlich angelegt worden. Die kleineren Gewächse standen vorn, die mächtigen Bäume dahinter, dem Moor zugewandt. Jennifer wanderte über mit Unkraut und Farnen überwucherte Kieswege und verlor bald die Orientierung. Am höchsten Punkt dieses verwilderten Irrgartens stieß sie auf einen von Flechten und Moosen bedeckten, etwa zwei Meter großen Granitmonolithen. Die Inschrift darauf war so verblasst, dass sie nur noch zu erahnen war. Neben dem Monolithen stand Travis Sayer, der Mann, den die Leute am liebsten aus dem Ort gejagt hätten. Er fuhr mit den Fingern über den rauen Stein, als könne er ihm so seine Geheimnisse entlocken, und schien ganz in seine Betrachtung versunken.

13

„Was tun Sie hier?“, rief Jennifer.

Travis Sayer reagierte nicht. War er taub, oder glaubte er, hier ein und aus gehen zu können, wie es ihm passte? Nun, vielleicht hatte er das früher einmal gekonnt, aber diese Zeiten waren auf jeden Fall vorbei.

„He, ich hab Sie was gefragt!“

Zögernd nahm er seine Hand von dem Monolithen und drehte sich um.

„Hallo. Ich wollte mich nur kurz umsehen, weil ich lange nicht hier war. Entschuldigen Sie, dass ich ohne Ihre Erlaubnis eingedrungen bin.“

Er ging mit raschen Schritten an ihr vorbei auf eine Lücke zwischen zwei großen Koniferen zu. Von einem Moment zum anderen war er verschwunden, als hätte der Garten ihn verschluckt. Dieses Labyrinth barg anscheinend viele Geheimnisse.

„He! Warten Sie doch!“

Wieder hatte sie ihn angeblafft, ohne eine Erklärung abzuwarten. Vielleicht gab es ja ein ungeschriebenes Gesetz in Pennack, dem zufolge jeder diesen Garten betreten konnte, wann er wollte. Jennifer lief Travis nach und geriet in ein Gewirr aus kaum noch erkennbaren Wegen, die von Hecken und Steinmauern begrenzt wurden. Sie bahnte sich einen Weg durch das

Gestrüpp, zerkratzte sich Arme und Gesicht und fluchte, als ihr ein Zweig entgegenpeitschte.

„Wo stecken Sie denn, zum Teufel?"

„Ich bin hier."

Travis stand keine zehn Meter von ihr entfernt auf einer Lichtung, an der sie vorbeigelaufen war, ohne sie zu bemerken. Der Seewind fuhr mit unsichtbarer Hand durch das hohe Gras und rauschte im Blattwerk der Bäume ringsum. Von hier oben konnte man das Meer sehen, das sich tief unterhalb der Klippen endlos in alle Richtungen ausbreitete und am Horizont mit dem Himmel verschmolz. Jennifer vergaß für einen Augenblick ihren Ärger und erkundete fasziniert die Wiese, die abrupt im Nichts endete. Nur ein Zaun aus halb verfaulten Brettern und verrosteten Pfosten trennte sie vom Abgrund.

„Seien Sie vorsichtig", rief Travis.

„Die Aussicht ist ... unglaublich", sagte sie.

Er nickte stumm und schaute auf das Meer hinaus.

Jennifer nahm die Lichtung genauer in Augenschein. Sie war umgeben von Büschen, Zypressen und üppig blühenden Hortensien und Wildrosen. Schwerer, süßlicher Blütenduft erfüllte die Luft. Unter den ausladenden Ästen einer Kiefer stand eine alte Gartenbank mit kunstvollen Ornamenten aus Gusseisen.

Dieser Ort war die Erfüllung all ihrer Träume, großartiger, als sie es sich jemals hatte vorstellen können. Und all das gehörte jetzt ihr. Beschämt wurde ihr bewusst, wie sehr sie sich bereits verändert hatte. Gestern Abend hatte sie Travis angefaucht, um die Verzweiflung über ihre Entstellung hinauszuschreien, und nun führte sie sich auf eine Gutsherrin, auf deren Land ein Streuner eingedrungen war.

„Ich glaube, ich bin diejenige, die sich entschuldigen muss", sagte sie. „Vor zwei Tagen wusste ich nicht einmal, wie ich die nächste Miete bezahlen soll. Kaum habe ich geerbt, da benehme ich mich schon wie ein reiches Arschloch. Und nur, weil ich empört bin, dass ein Fremder meinen Grund und Boden betritt."

Travis lächelte. „Man sagt, Geld verdirbt den Charakter. Passen Sie auf, dass Ihnen das nicht auch passiert. Nebenbei - Sie haben sich also tatsächlich entschlossen zu bleiben?"

„Nachdem ich dies hier gesehen habe – mehr denn je." Sie breitete die Arme aus und drehte sich im Kreis. „Stellen Sie sich nur vor, wie es hier aussehen wird, wenn die Büsche gestutzt sind, der Rasen gemäht und die Hecken zurückgeschnitten: ein Paradies, ein Garten Eden. Die Leute werden von weit her kommen, um ihn zu bewundern."

Sein Lächeln verschwand. „Und sie werden Eintritt zahlen müssen." Er wandte sich hastig um und verließ die Lichtung.

„Warten Sie doch. So habe ich das nicht gemeint. Nein, natürlich nicht. Ich will, dass sich jeder an diesem Garten erfreuen kann. Niemand soll dafür bezahlen. Es ist ein so herrlicher, friedvoller Ort."

„Jeder sieht darin etwas anderes. Ich muss jetzt gehen", rief er über die Schulter.

„Ich habe mich noch gar nicht bei Ihnen bedankt."

„Wofür?"

„Immerhin haben Sie mir das Leben gerettet. Verraten Sie mir, wie ich Ihnen eine Freude machen kann?"

Er sah sie an, als hätte sie etwas furchtbar Dummes gesagt. „Das haben Sie schon", antwortete er.

Sie zog fragend eine Augenbraue hoch.

„Na ja, Sie sind der einzige Mensch in Pennack, der mit mir reden will", sagte er achselzuckend.

„Warum haben die Gäste im Pub gestern Abend so abweisend auf Sie reagiert?", fragte sie.

„Ich will Sie nicht mit alten Geschichten langweilen."

„Und wenn mich die alten Geschichten interessieren?"

„Mit Ihrer Hartnäckigkeit werden Sie sich in Pennack Schwierigkeiten einhandeln", entgegnete Travis. „Die Leute hier mögen es nicht, wenn man Ihnen zu viele Fragen stellt."

„Davor wurde ich heute schon mal gewarnt. Umso mehr wundere ich mich, warum Sie zurückgekommen sind. Sie sind anders als die Einheimischen, die ich bisher kennengelernt habe."

„So? Wie bin ich denn?"

„Sie sind ... nett." Sie spürte, dass sie rot anlief. Warum fand sie bloß nie die richtigen Worte? Der Wirt hatte ihr abgeraten, in einer alltäglichen Unterhaltung allzu Intimes zu berühren.

„Ich bin hier, weil ich etwas zu erledigen habe", sagte Travis, „dann werde ich wieder verschwinden und nie zurückkehren."

„Und Sie hoffen, dass man Sie danach mit anderen Augen sieht?"

„Die Leute sind mir egal." Er musterte sie eindringlich. „Sie sind ganz schön neugierig."

Jennifer senkte den Blick. Sie wusste selbst nicht genau, warum sie ihn mit all den Fragen löcherte. Aber sie fühlte sich einsam und verloren, und hier war jemand, der genauso einsam war wie sie. Zumindest glaubte sie das. Obwohl Travis hier aufgewachsen war, galt er offenbar genau wie sie als Fremder, als Eindringling, dem jeder mit Misstrauen begegnete. Sie wünschte sich einen Freund, jemanden, den sie um Rat fragen, und mit dem sie ihre Sorgen, Pläne und Hoffnungen teilen konnte. Sie hatte sich vorgemacht, dass sie etwas verband. Dabei hatten ihre Gefühle sie nur wieder in die Irre geführt und dafür gesorgt, dass sie sich blamierte.

„Der Garten bedeutet Ihnen etwas, nicht wahr?", fragte sie. „Irgendwie … scheint er ein besonderer Ort zu sein."

„Was wissen Sie schon? Ich hätte nicht herkommen sollen."

Mit schnellen Schritten verließ er die Wiese. Jennifer verlor ihn aus den Augen. Sie lief ihm nach und blickte sich unschlüssig um. Es war wie verhext, sie wusste plötzlich nicht mehr, wo sich der Ausgang befand.

„Der Garten hat sicher seine Geheimnisse", rief sie. „Wenn Sie schon mal hier sind, könnten Sie mir mehr über ihn verraten."

„Manchmal ist es besser, wenn man die Vergangenheit ruhen lässt", antwortete er.

Sie fuhr erschrocken zusammen. Er stand dicht hinter ihr, ohne dass sie ihn bemerkt hatte.

„Dann … wären Sie … nicht hier", stotterte sie.

„Glauben Sie? Da irren Sie sich", sagte er.

Sie blickte sich verärgert um, Travis kannte sich in *ihrem* Garten besser aus als sie selbst. Es fehlte noch, dass sie sich darin verlief. Jeder der verwilderten Pfade sah aus wie der andere. Wütend ballte sie die Fäuste und stapfte los, bis sie die Sonnenuhr und den Gedenkstein wiederfand. Sie zerrte an den Ranken der Wildrosen, um die verblasste Inschrift freizulegen.

„Das hier zum Beispiel. Was ist das?", fragte sie.

„Ein Kenotaph", antwortete er, „ein Grabstein."

Sie blickte mit einem mulmigen Gefühl im Bauch zu Boden. „Der Garten wurde als Friedhof benutzt?"

„Nein. Es ist ein Leergrab, ein Ort der Erinnerung. Henry Maugham hat ihn für seine Frau errichten lassen."

Jennifer fuhr mit den Fingern die Linien der Buchstaben entlang. „Beloved wi... Margareth Cl...ton 25th Nov. 1905."

Der Stein schuf eine seltsame Verbindung zu ihrer Ahnin, die vor über hundert Jahren gelebt hatte.

„Ist das nicht verrückt? Ich habe mir immer eine Familie gewünscht. Plötzlich erfahre ich, dass ich eine hatte, doch sie sind alle tot bis auf die Wynes. Was wissen Sie über Henry Maugham und Margareth Clayton?"

„Nur das, was man sich seit Generationen erzählt. Es heißt, Maugham sei ein großer Menschenfreund gewesen. Er war ein wohlhabender Arzt und erregte sich über die katastrophalen Zustände in den Armen- und Arbeitshäusern in Exeter und den anderen Städten in Cornwall. Er spendete einen Teil seines Vermögens, um die Bedingungen dort zu verbessern. Dabei lernte er Margareth Clayton kennen. Maugham heiratete sie und brachte sie hierher in sein Haus. Eines Nachts verschwand sie spurlos. Manche vermuten, sie habe in jener Nacht ihren Hund gesucht, an dem sie sehr hing.

Andere sagen, sie hätte sich im Nebel verirrt und wäre von den Klippen gestürzt. Tagelang suchte man vergeblich nach ihr. Maugham muss sie sehr geliebt haben, denn kurz darauf errichtete er das Kenotaph. Der Garten ist übrigens Margareths Werk.“

Was Jennifer geahnt hatte, wurde zur Gewissheit. Sie spürte plötzlich eine tiefe Verbundenheit mit ihrer Ururgroßmutter. Sie musste unbedingt mehr über sie in Erfahrung bringen.

„Und was wurde aus Henry Maugham? Garreth erwähnte, dass er es war, der verschwand, und zwar in seinem eigenen Haus.“

„Das geschah ein paar Jahre später. Er hatte wieder geheiratet, aber die Ehe war nicht glücklich. Die Leute erzählen, seine zweite Frau habe ihn nach Strich und Faden betrogen, und darum sei er Margareth in den Tod gefolgt. Wahrscheinlicher ist, dass er sie nicht vergessen konnte und die Ehe deshalb unter keinem guten Stern stand. In seinen letzten Lebensjahren war Maugham alkohol- und heroinabhängig.“

„Das ist eine traurige Geschichte.“

„Ich weiß nicht, ob sie stimmt. Jedenfalls erzählt man es sich so. Haben Sie sich das Haus schon angesehen?“

„Nein, das will ich jetzt tun. Warum kommen Sie nicht mit?“

Sie sah, dass er zögerte.

„Oder sind damit auch Erinnerungen verbunden, die Sie lieber nicht heraufbeschwören wollen?“ Jennifer biss sich auf die Unterlippe. Schon wieder stocherte sie zu viel in den Angelegenheiten fremder Leute herum. „Tut mir leid, das geht mich nichts an“, sagte sie schnell, „ich wollte nicht aufdringlich sein.“

„Ich werde es Ihnen verraten, wenn Sie mir zuvor
eine Frage beantworten", sagte Travis.

„Okay, das ist ein faires Angebot."

Er streckte vorsichtig die Hand aus und strich behutsam die Haarsträhne zurück, die ihre linke Wange bedeckte. Sie zuckte zusammen, als hätte er sie geohrfeigt. Alles in ihr schrie danach, davonzulaufen. Trauer, Verzweiflung, Scham und Zorn tobten in ihrem Herzen. Doch dann spannte sie jeden Muskel an und hielt seiner Berührung stand, so, als wolle sie ihm beweisen, dass ihr die Narben nichts ausmachten.

„Welches Unglück ist Ihnen widerfahren?", fragte er.

Jennifer schwieg und presste die Lippen zusammen, bis es wehtat. Sie hatte mit niemandem über die Nacht in der Hütte geredet – wenn man von Lou und dem Polizisten absah.

„Aber falls Sie *Ihre* Erinnerungen nicht heraufbeschwören wollen, kann ich das verstehen", sagte Travis.

Das sanfte Kitzeln seiner Fingerspitzen fühlte sich elektrisierend an. Erschrocken wurde ihr klar, dass sie mehr davon haben wollte.

„Nein, es ist okay", sagte sie.

Sie erzählte ihm von dem Feuer und den ungeklärten Umständen, unter denen Miro gestorben war.

„Sie haben eine Menge durchgemacht", sagte er, „ich wünsche Ihnen, dass Ihnen hier der Neuanfang gelingt, den Sie sich erhoffen. Dazu gehört eine Menge Mut. Die Leute ..."

„... starren mich an, als wäre ich Frankensteins Braut."

„Sie sind sehr attraktiv. Daran ändern auch die Narben nichts."

Sie schlug die Augen nieder. „Danke, das ist sehr nett, aber Sie brauchen nicht zu lügen. Ich kann das aushalten. Das werde ich für den Rest meines Lebens müssen."

„Ich habe nicht gelogen. Ich meine das so, wie ich es sage. Schönheit besteht nicht nur aus einem hübschen Gesicht. Es gehört dazu, aber es ist nur ein Teil des Ganzen. Sie sind eine starke Frau mit einem großen Herzen, sonst würden Sie diesen Ort nicht in eine Zufluchtsstätte für Kinder verwandeln wollen, die kein Zuhause haben. Kennen Sie die Bedeutung Ihres Vornamens?", fragte Travis.

„Gibt es denn eine?"

„Jennifer heißt ‚das schöne Gesicht' und ist eine Abwandlung von Guinevere. Sie war der Legende nach die Gemahlin von König Artus."

Sie strich die Haarsträhne wieder nach vorn und wandte sich verlegen um. „Schauen wir uns das Haus an", sagte sie.

„Wenn Sie es erst von innen gesehen haben, werden Sie bereuen, nicht an Garreth verkauft zu haben."

„Das kann ich ja immer noch."

Er lachte. „Wenn er merkt, dass Sie die Bruchbude loswerden wollen, lässt er Sie zappeln, bis sie den Kasten verschenken."

Sie stiegen die Stufen zu dem überdachten Eingang hoch. Jennifer steckte den rostigen Schlüssel ins Schloss, aber die Tür ließ sich nicht öffnen.

„Lassen Sie mich mal versuchen." Travis gelang es, das widerspenstige Schloss zu überwinden. „Bitte, nach Ihnen."

Jennifer betrat eine Eingangshalle von beeindruckenden Ausmaßen. Wie schon im Garten, sah sie nicht die zerschlissenen Tapeten und morschen Dielenbretter. In ihrer Vorstellung entfaltete sich vor ihr das Bild eines luftigen, hellen Foyers. Durch ein kreisrundes, mit buntem Glas verziertes Fenster fiel goldenes Sonnenlicht und zauberte bunte Reflexe auf die dunkle Holztäfelung.

„Ich hab's Ihnen ja gesagt", meinte Travis.

„Nein, es ist wunderbar."

Sie durchquerte die Halle und hinterließ ihre Fußabdrücke in der dicken Staubschicht. Travis führte sie durch das Erdgeschoss, in dem es zwölf große Zimmer und eine Küche von enormen Ausmaßen gab. Jennifer wischte mit dem Ärmel den Schmutz von einer der Fensterscheiben und blickte in den Hof hinter dem Haus.

„Was ist das?" Sie deutete auf einen eingeschossigen Anbau.

„Die Dienstbotenwohnung."

Jennifer spürte, wie dieser Ort sie willkommen hieß und in ihre Arme schloss. Es war perfekt. Das Haus und der Garten würden ganz den Kindern gehören, während sie in dem Anbau wohnen würde.

„Sie kennen das Maugham-Haus ziemlich gut", sagte sie.

Er lächelte. „Seit Generationen müssen die Jungen in Pennack eine Mutprobe bestehen, um von ihren Freunden anerkannt zu werden. Es wird von ihnen verlangt, eine Nacht in diesem Haus zu verbringen. Wer davonläuft, gilt als Feigling."

„Und? Sind Sie getürmt?"

„Nein."

„Haben Sie denn wenigstens ein Gespenst gesehen?"

„Da muss ich Sie leider enttäuschen.“

„Seit wie vielen Jahren ist das Haus eigentlich unbewohnt?“

Er zuckte mit den Schultern. „Immer wieder wurde es vermietet, aber die Leute blieben meist nicht lange, und irgendwann stand es dann leer. Es hat einen schlechten Ruf.“

„Garreth hat schon versucht, mir mit seinen Gespenstergeschichten Angst einzujagen. Ich glaube nicht an Geister.“

„Manche behaupten, Maugham habe das Haus niemals verlassen“, sagte Travis. „Angeblich soll er noch immer hier spuken und nach seiner geliebten Margareth suchen. Es heißt, erst wenn er sie gefunden hat, findet seine Seele Erlösung.“

In einem Nebenflur stieß Jennifer auf den Zugang der Dienstbotenwohnung. Sie war in einem wesentlich besseren Zustand als der Rest des Hauses.

„Ich könnte hier unterkommen, bis das Haus renoviert ist“, sagte sie hoffnungsvoll. Sie drehte an einem der Lichtschalter, was aber keinerlei Wirkung zeigte.

„Der Strom ist abgestellt“, sagte Travis, „Gas und Wasser ebenso.“

„Lassen Sie uns nach oben gehen“, bat Jennifer.

Im Obergeschoss befanden sich mehrere Korridore und versetzte Ebenen. Das ganze Haus schien von einem Verrückten gebaut worden zu sein, der seine Pläne jeden Tag geändert hatte. Jennifer stieß eine doppelflügelige Tür auf und stand in einem großen Zimmer mit Fenstern, die vom Boden bis zur Decke reichten. Davor lag ein halbrunder Balkon, der einen herrlichen Blick auf die Klippen und das tiefblaue Meer bot.

„Was für ein wunderbares Zimmer“, sagte sie. „Jeder, der hierherkommt, wird es lieben.“

Travis lehnte sich an einen Türrahmen.

„Verraten Sie mir, wie Sie das alles schaffen wollen?“

„Ich habe genug Geld.“

„Mag sein, aber es löst nicht alle Ihre Probleme.“

„Wie meinen Sie das?“

„Sie brauchen Handwerker und Genehmigungen. Sie müssen planen, Finanzen verwalten und anschließend ein Unternehmen führen. Ihr Vorhaben, das Anwesen in einen Erholungsort für traumatisierte Kinder zu verwandeln, mag ja edel sein, aber Sie werden Hilfe von Therapeuten und Fachleuten benötigen, die sich mit der Behandlung von Traumata auskennen. Die laufenden Kosten müssen irgendwie gedeckt werden.“

„Und wenn schon? Ich kann das alles lernen. Ich kann Leute einstellen.“

Sie begann sich zu ärgern. Nach Lou und Garreth war Travis bereits der Dritte, der ihr die Idee ausreden wollte.

„Garreth wird Ihnen Steine in den Weg legen, wo er nur kann“, fuhr Travis fort. „Er hat eine Menge Einfluss in Pennack, außerdem ist sein Vater einer der größten Arbeitgeber in der Gegend. Er besitzt nicht nur das Sea Manor, sondern noch weitere Hotels in Penzance und St. Ives. Sein Vater will das Maugham-Haus um jeden Preis haben. Was er sich in den Kopf gesetzt hat, zieht er auch durch, ganz gleich wie.“

„Na und?“

Sie versuchte vergeblich, die Balkontür zu öffnen, und brach sich dabei einen Fingernagel ab.

„Was ich sagen will, ist, er wird dafür sorgen, dass kein Handwerker und kein Bauunternehmen für Sie arbeiten möchte. Und das wird erst der Anfang sein.“

Wütend fuhr sie herum, presste den schmerzenden Daumen in die Handfläche. „Stehen Sie auch auf seiner Gehaltsliste? Hat er Sie geschickt, um mir meinen *verrückten Plan* auszureden?“

„Nein, hat er nicht. Ich stehe auf Ihrer Seite, Jennifer.“

Sie sah sich um und entdeckte eine Tür, die zu einem weiteren Zimmer zu führen schien, und rüttelte daran, um ihren Ärger abzureagieren, aber sie war verschlossen.

„Ihre Idee gefällt mir“, sagte er, „aber ohne Hilfe schaffen Sie das nicht.“

„Da haben Sie recht. Es wäre schön, in Pennack auf mehr Unterstützung zu stoßen“, sagte sie, „ein Freund wäre schon mal ein Anfang.“

„Den haben Sie. Aber jetzt muss ich los.“

Er wandte sich um und ging in die Halle hinab.

„Sehen wir uns wieder?“, rief Jennifer ihm nach.

„Wenn Sie wollen. Fragen Sie im Hafen nach der *Eloise.*“

Die Eingangstür fiel ins Schloss. Sie blieb allein zurück. Ihr fiel ein, dass sie noch immer nicht wusste, wie sie sich bei ihm bedanken sollte.

„Travis! Warten Sie!“

Sie durchquerte die Halle und mühte sich mit der verklemmten Eingangstür ab. Als sie endlich ins Freie gelangte, war er verschwunden. Vor dem Haus stand ein Hund. Es war ein hässlicher, gedrungener Köter, eine muskulöse Mischung aus Bulldogge und Mastiff. Er hechelte in der Sonne und starrte sie an, dann kam er langsam näher. Jennifer wich vor ihm zurück und stieß mit dem Rücken gegen die Tür. Sie tastete nach dem altmodischen Drehknopf und rüttelte daran, aber das Türblatt hatte sich wieder im Rahmen verklemmt.

Der Hund kam die Stufen herauf.

„Bleiben Sie ruhig stehen, dann tut er Ihnen nichts."

Im Schatten der Veranda saß ein alter Mann auf einer Bank. Er stützte sich auf einen knorrigen Stock und befahl dem Köter mit einer herrischen Geste, zu ihm zu kommen. Der Hund winselte und trabte mit unterwürfig gesenktem Kopf auf ihn zu.

„Wer sind Sie? Was tun Sie hier?", fragte sie.

Der Mann wandte ihr sein wettergegerbtes Gesicht zu. Sie schätzte ihn auf etwa sechzig Jahre. Er trug eine graublaue Latzhose, ein kariertes Baumwollhemd und derbe Stiefel. Seine Züge erschienen ihr vertraut, ohne dass sie hätte sagen können, warum. Seine rechte Hand, mit der er den Hund zu streicheln begann, zitterte stark.

„Dies ist Privatbesitz", sagte Jennifer.

„Wollt mich nur mal umschauen. Hab gehört, Sie ham das Maugham-Haus geerbt."

Er sprach mit einem breiten Akzent, den sie nur mühsam verstehen konnte.

„Das scheint sich ja schnell herumgesprochen zu haben."

Der Alte stand auf, klopfte sich Staub von der Hose und kam auf sie zu. Aus der Nähe betrachtet, war nicht zu übersehen, dass der Alkohol ihn zerstört hatte. Jennifer trat zur Seite, als sein Atem ihr Gesicht streifte. Er hatte eine Mordsfahne.

„Was wollen Se denn damit anfangen?", fragte er.

„Das geht Sie nichts an."

„Aber Se wollen es behalten."

„Ja, das habe ich vor."

„Dann sehn Se mal zu, dass Se es schnell wieder loswerden."

„Warum sollte ich?"

Er trat nahe an sie heran. „Weil's Unglück bringt. Hier hat's noch keiner lange ausgehalten. Und wenn, dann sind se plötzlich verschwunden. Nie hat man einen nich gefunden."

„Ich habe schon Bekanntschaft mit dem cornischen Aberglauben gemacht. Er beeindruckt mich überhaupt nicht."

Er zuckte mit den Schultern. „Das musste ja selber wissen, Mädchen. Ich wollt dich nur warnen. Das ist ein böser Ort. Er gehört den Toten. Die können's nich leiden, wenn man se stört."

„Danke für Ihren Rat. Sie brauchen sich keine Sorgen um mich zu machen. Ich glaube nicht an die hiesigen Gespenstergeschichten. Außerdem habe ich Freunde, die mich unterstützen."

Er stampfte mit seinem Stock auf den Holzboden der Veranda, als wollte er ein Loch hineinstanzen. Es schien das Zeichen für den Hund zu sein, aufzubrechen. Der Mastiff sprang auf und lief die Stufen hinab. Der Alte humpelte hinterher, blieb in der Sonne stehen und blickte zum Eingang des Gartens hinauf.

„Feine Freunde haste dir ausgesucht. Da oben hat er sie umgebracht, dein Freund", sagte er. „Und dann hat er se von den Klippen ins Meer geworfen, damit se keiner findet."

Er blinzelte in die Sonne und starrte sie an. Im hellen Licht sah er aus, als wäre er hundert Jahre alt.

„Pass gut auf dich auf. Siehst genauso aus wie sie.“

„Sprechen Sie von Travis Sayer?“

„Sie ham ihn wieder rausgelassen, aber ich weiß, was er gemacht hat.“

Er ging mit eiligen Schritten auf die Schotterstraße zu, schneller, als Jennifer es ihm zugetraut hatte. Sie lief ihm nach. Der Hund drehte sich um und knurrte.

„Was wissen Sie über Travis Sayer?“, rief sie.

Er ging unbeirrt weiter. „Mit ’nem Bootshaken hat er sie erschlagen. Alles war voller Blut. Mörder“, murmelte er, „Mörder.

14

Travis bemühte sich, die Blicke und das Getuschel zu ignorieren, dennoch fühlte er sich allmählich wie ein Aussätziger. Am Morgen nach seinem Besuch des verwilderten Gartens hatte er sich in Pennacks einzigem Supermarkt mit Lebensmitteln versorgt, die er auf der *Eloise* verstaute. Jasper fiel ausgehungert über eine Portion Katzenfutter her, die einen Löwen satt gemacht hätte. Der Alte schien sich nicht um den Kater zu kümmern, ebenso wenig wie um den Kutter. Das Schiff war in einem erbärmlichen Zustand. Travis richtete sich ein, so gut es ging, und schrubbte den Kahn vom Bug bis zum Heck. Währenddessen dachte er über sein weiteres Vorgehen nach.

Er war sicher, dass der Schlüssel zu Susans Verschwinden in dem verwilderten Garten zu finden war. Die Polizei hatte damals jeden Zentimeter abgesucht, sogar Leichenspürhunde hatte man eingesetzt. Gefunden hatten sie nichts. Es gab nicht das geringste Anzeichen dafür, dass Susan auf der Wiese neben dem Kenotaph einem Verbrechen zum Opfer gefallen war. Allerdings hatte es in der Mordnacht stark geregnet. Wenn der Mörder Spuren seiner Tat hinterlassen hatte, waren sie noch in derselben Nacht fortgespült worden.

Der Garten besaß eine enorme Symbolkraft, die auch Garreth nicht entgangen sein konnte. Auch wenn er es abgestritten hatte, Travis war überzeugt davon, dass Garreth von ihren heimlichen Treffen gewusst hatte. Vielleicht war er ihnen sogar mehr als einmal dorthin gefolgt, bis sich die Demütigung, betrogen worden zu sein, in einem für ihn typischen Wutanfall entladen hatte. Möglicherweise hatte er Susan gar nicht töten wollen, aber es war geschehen, und Garreth hatte die Tat vertuscht. Die Hoffnung, jetzt noch Hinweise zu finden, die die Polizei übersehen hatte, war äußerst gering, aber alles, was Travis blieb. Bis er die Gelegenheit bekam, den Garten abzusuchen, würde er andere Spuren verfolgen - die des blauen Lieferwagens zum Beispiel.

Gegen Mittag machte er sich auf den Weg zum Kiosk der alten McGornick. Er erinnerte sich an die unbeschwerten Kindheitstage, in denen er und Garreth ihr Taschengeld für Eis und Toffees ausgegeben hatten.

Nichts in dem winzigen Laden in der King's Road hatte sich verändert. Sogar das altmodische Glockenspiel über der Eingangstür war noch dasselbe. Paula McGornick sortierte Zigarettenschachteln in das Regal hinter dem Tresen. In den vergangenen fünf Jahren schien sie geschrumpft zu sein, die Falten in ihrem Gesicht waren tiefer, das Haar stumpf und grau. Sie musste die siebzig längst überschritten haben.

„Sie sind noch da", begrüßte Travis sie, „ich kann mir Pennack auch gar nicht ohne diesen Kiosk vorstellen."

Als sie ihn erkannte, weiteten sich ihre Augen vor Schreck. Sie hat Angst vor mir, dachte er erschüttert. Vor mir, der als kleiner Junge sein Geld für Süßigkeiten verschleudert hat.

Er nahm eine Flasche Single Malt in die Hand, betrachtete sie und stellte sie zurück. Stattdessen legte er zwei Schokoriegel auf den Tresen, die er schon als Kind gemocht hatte, und klaubte die Cornish Times aus dem Zeitschriftenständer.

Paula McGornick trat an die Registrierkasse und vermied es, ihn anzusehen. Ihre Hände zitterten. Glaubte sie wirklich, er wäre gekommen, um sich an ihr zu rächen, weil sie mit ihrer Aussage gezögert hatte? Sie scannte die Schokoriegel, dann brach es aus ihr hervor.

„Es tut mir furchtbar leid“, sagte sie, „das musst du mir glauben, Travis. Ich war sicher, die Polizei wusste, was sie tat. Ich dachte, nun haben Sie ihn, warum soll ich noch aussagen? Aber es war falsch. All die Jahre hab ich gedacht: Was ist, wenn er es doch nicht gewesen ist? Dann tauchte plötzlich dieser Anwalt auf ...“

„O’Sullivan.“

Sie nickte. „Er sagte, du hättest den Mord nie gestanden und er sei überzeugt, dass du unschuldig bist. Da musste ich einfach reden. Es fiel mir auch sofort alles wieder ein, ich hab’s nicht vergessen.“

„Sie brauchen sich nicht zu entschuldigen“, sagte Travis, „vermutlich hätte ich genauso gehandelt. Alles sprach gegen mich. Der ganze Ort hielt mich für schuldig, und daran hat sich bis heute nichts geändert.“

„Aber sie haben dich doch freigesprochen.“

„Sie wissen doch, dass die Leute in Pennack eigensinnige Dickschädel sind. Es gibt kaum etwas, was sie von einer einmal gefassten Meinung abbringen kann. Ganz gleich, wie falsch sie sein mag. Die Wahrheit ist, dass Ihre Aussage mir geholfen hat, ein freier Mann zu werden. Dafür möchte ich Ihnen danken.“

Er legte einen Schein auf den Tresen. Paula McGornick gab ihm das Wechselgeld heraus. Die Anspannung schien von ihr abzufallen.

„Ich an deiner Stelle wäre nicht zurückgekehrt“, sagte sie leise.

„Susans Mörder ist noch immer auf freiem Fuß, und er fühlt sich in Pennack sicher. Ich bin gekommen, um ihn ein bisschen nervös zu machen. Wollen Sie mir helfen, ihn zu finden?“

Sie blickte überrascht auf. „Ich glaube nicht, dass ich das kann.“

„Versuchen wir es. Was haben Sie an dem Abend, an dem Susan verschwand, beobachtet?“

„Das habe ich doch dem Anwalt schon gesagt.“

„Würden Sie es mir noch einmal erzählen? Vielleicht erinnern Sie sich an etwas, was mir hilft, den Mörder zu überführen.“

„Aber das ist doch Sache der Polizei.“

„Wenn man etwas erreichen will, muss man selbst dafür kämpfen. Waren Sie es nicht, der mir diesen Rat gab, als ich noch ein Kind war? Ich traue weder Jenkins noch der Mordkommission in Exeter. Sie haben damals schlampig ermittelt, und sie werden es wieder tun.“

„Ich kann’s dir nicht verdenken“, sagte sie seufzend.

„Also, woran erinnern Sie sich?“

Sie kam hinter dem Tresen hervor. Erst jetzt sah Travis, wie krumm der Rücken der alten Frau war. Er dachte an Jennifer, die über Nacht um vier Millionen Pfund reicher geworden war. Die alte McGornick würde in hundert Jahren nicht so viel mit dem Verkauf von Zeitungen, Zigaretten und Lotterielosen verdienen.

Sie schlurfte an ihm vorbei zur Eingangstür und blickte durch die Glasscheibe.

„Es war gerade acht durch. Ich wollte den Laden abschließen und die Markise einfahren. Da seh ich Susan die Straße runterkommen. Sie hat mir noch zugewinkt, daran entsinne ich mich genau."

„Sie ging zur Cliff Street?"

„Ja. Ich fragte mich, was sie um diese Zeit wohl dort oben beim Maugham-Haus wollte."

„Und was geschah dann?"

„Ein Lieferwagen kam die King's Road herauf. Er fuhr sehr langsam. Vielleicht war der Fahrer nicht von hier. Es sah so aus, als suche er etwas."

„Haben Sie sich das Kennzeichen gemerkt? Kam er aus Pennack oder der Umgebung?", fragte Travis.

Sie schüttelte den Kopf. „Als ich aus dem Laden trat, begann es zu regnen. Es war ein richtiger Wolkenbruch."

„Ist Ihnen sonst etwas aufgefallen? Erinnern Sie sich an das Modell oder die Marke?"

„Nein. Damit kenne ich mich nicht aus. Es war ein gewöhnlicher blauer Lieferwagen - so wie die des Sea Manor."

„Könnte es einer von Wynes Wagen gewesen sein?"

„Ich glaube nicht. Da war keine Werbeschrift auf der Seite. Die Wagen der Hotelwäscherei haben alle einen Aufkleber. Und laut war er."

„Sie meinen, der Auspuff war kaputt?"

„Es hat sich jedenfalls so angehört. Wyne achtet immer auf so etwas, er würde nicht zulassen, dass einer seiner Fahrer mit einem kaputten Auto herumfährt."

„Mmmh." Die Spur schien im Sand zu verlaufen. „Und wie war das mit Susan?"

„Der Fahrer bremste noch weiter ab, sodass der Wagen neben ihr herrollte und schließlich anhielt. Ich konnte sie nicht mehr sehen, weil sie auf der anderen Straßenseite stand. Aber ich sah, dass der Mann sie mit Gesten aufforderte einzusteigen."

„Kam er Ihnen bekannt vor?"

„Er hatte sich zur Beifahrerseite umgedreht, auf der Susan ja stand. Daher konnte ich sein Gesicht nicht erkennen. Aber ich erinnere mich daran, dass er graues Haar hatte. Er kann also nicht mehr ganz jung gewesen sein. Susan schien zuerst nicht mitfahren zu wollen, aber dann tat sie es doch – was mich nicht so sehr verwunderte, denn es goss ja wie aus Eimern. Der Lieferwagen bog dann in die Cliff Street ein."

„Könnte es sein, dass sie den Mann gekannt hat?"

„Ich glaube schon. Sie war ein vorsichtiges Mädchen."

„Ja, das war sie." Dieser Punkt hatte Travis von Anfang an beschäftigt. Susan wäre nie zu einem Fremden ins Auto gestiegen.

„Ich danke Ihnen", sagte er.

„Tut mir leid, dass ich dir nicht weiterhelfen kann. Es ging alles so schnell. Ich habe ja nicht mal gesehen, wie sie eingestiegen ist, weil der Wagen sie verdeckte. Aber als er losfuhr, war sie nicht mehr da."

Travis zog die Tür auf, die vertraute Melodie des Glockenspiels erklang.

„Sei vorsichtig, mein Junge", sagte Paula McGornick. „Eine Menge Leute nehmen es dir übel, dass du zurückgekommen bist."

„Ich habe keine Angst vor ihnen."

Sie machte einen zögernden Schritt auf ihn zu.

„Ist Ihnen noch etwas eingefallen?", fragte er.

„Ich muss ... muss es dir sagen. Es quält mich. Ian Wyne war es, der mir von einer Aussage abriet. Er kam am Morgen nach deiner Festnahme in den Kiosk und meinte, der Täter wäre ja nun gefasst. Er wusste, dass ich zur Polizei gehen wollte."

„Woher?"

„Ich weiß es nicht. Er sagte, die Sache dürfe nicht noch mehr Staub aufwirbeln, das wäre nicht gut fürs Geschäft. Die meisten Leute in Pennack leben ja vom Tourismus. Er sagte, es könnte auch schlecht für meinen Kiosk sein, wenn keine Ruhe im Ort einkehrt. Niemand will Urlaub in einem Ort machen, in dem ein Mörder frei herumläuft. Weißt du, Travis ... ich ... habe nur eine kleine Rente und muss mir auf meine alten Tage noch etwas dazuverdienen. Wenn Wyne nicht gewesen wäre ..." Sie schlug die Hände vors Gesicht. „Ich dachte, du hättest es getan, auch wenn ich nicht wusste, warum. Wie konnte ich nur so dumm sein und seinem Gerede Glauben schenken?"

„Weil es alle getan haben. Machen Sie sich keine Vorwürfe. Und was Wyne betrifft – ich weiß, dass er den Ort regiert wie ein kleiner König und alle unter Druck setzt, die sich seinem Willen nicht unterordnen. Danke, dass Sie es mir trotzdem gesagt haben. Von mir wird es niemand erfahren."

Travis trat auf die Straße und blickte sich um. Dort, wo die King's Road in die Cliff Street mündete, parkte ein Streifenwagen mit zwei Reifen auf dem Gehweg. Constable Jenkins saß am Steuer. Als er Travis erblickte, ließ er den Motor an und fuhr langsam los.

Travis wandte sich nach rechts und lief bis zu einer schmalen Gasse, die zwischen den Häusern zum Hafen hinabführte. Von dort aus gelangte er zum östlichen Ende der Bucht, wo sich am Ortsausgang die einzige Autoreparaturwerkstatt von Pennack befand.

Über dem Tor zur Werkstatt hing ein handgemaltes Schild: *Hugh's Garage – Wir reparieren alles!*

Das Rolltor war offen. Auf einer Hebebühne stand ein Mini Cooper, aus einer Lautsprecherbox dröhnte *Wonderwall* von Oasis. Hugh stand unter dem Mini, leuchtete den Motorraum mit einer Handlampe ab und klopfte mit einem Hammer im Takt der Musik gegen den Rahmen des Wagens. Rostflocken rieselten herab.

Travis ging zu der Werkbank und schaltete die ölverschmierte Stereoanlage ab. Hugh kam unter dem aufgebockten Mini hervor. Er hatte sich kaum verändert. Sein schwarzes Haar war im Nacken zu einem Pferdeschwanz zusammengebunden, der Bart war etwas länger und wilder. Travis schätzte, dass Hugh immer noch denselben gelben Overall trug wie vor fünf Jahren. Als er ihn erkannte, verdüsterte sich seine Miene.

„Hab mir schon gedacht, dass du hier aufkreuzt", sagte Hugh.

„Hier scheint ja jeder zu wissen, dass ich draußen bin", antwortete Travis.

„Es hat sich schnell herumgesprochen."

Er legte die Handlampe auf einen Werkstattwagen und zündete sich eine Zigarette an. „Tut mir leid, ich hab keinen Job für dich. Auch nicht der alten Zeiten wegen."

„Ich suche keine Arbeit, wollte nur mal Hallo sagen."

„Okay, das hast du jetzt. Besser, du verschwindest wieder."

Travis lehnte sich an die Werkbank. „Garreth hat den Ort gut im Griff, scheint mir."

„He, versteh mich nicht falsch. Ich hab nichts gegen dich, und ich glaube auch nicht, dass du die Kleine umgebracht hast. Aber ich will keinen Ärger. Keine Kunden – keine Kohle."

„Ich hab schon verstanden. Nur ein paar Fragen, dann hau ich wieder ab."

„Uhhhh." Hugh verzog das Gesicht. „Wühl bloß keinen Dreck auf, daran hat in Pennack niemand Interesse."

„Du bist mir was schuldig."

Hugh sah aus dem offenen Tor hinaus, Travis folgte seinem Blick. Unweit der Hafenmole stand der Streifenwagen.

„Wir sind immer gut klargekommen, Travis, aber ich hab keine Lust, so wie dein Alter zu enden. Mein Laden muss laufen."

„Schon gut, ich hab's kapiert."

„Okay, frag, was du willst, und zieh Leine."

„Du reparierst doch die Lieferwagen für das Sea Manor", sagte Travis.

„Na und?"

„Kannst du dich daran erinnern, ob du nach dem Mordabend an einem der Wagen den Auspuff geflickt hast?"

Hugh kratzte sich am Kopf und hinterließ einen Ölfleck auf seiner Wange.

„Nee, glaub nicht. Ich müsste in den alten Auftragsbüchern nachsehen. Keine Ahnung, ob ich die noch finde. Warum willst du das wissen?“

„Susans Mörder fuhr einen blauen Lieferwagen mit einem kaputten Auspuff.“

„Also bist du zurückgekommen, um den Kerl zu suchen. Weißt du, was? Das ist ’ne Scheißidee.“

„Die beste, die ich seit fünf Jahren hatte.“

Travis stieß sich von der Werkbank ab und ging auf das offene Tor zu. Der Streifenwagen stand noch immer an der Mole. „Ich geb dir mal auf alle Fälle meine Handynummer.“ Er schrieb sie auf einen Auftragsblock. „Ruf mich an, wenn du in deinen Büchern etwas findest. Oder komm zu mir auf die *Eloise*. Wir trinken ein Guinness und quatschen über die alten Zeiten.“

„Dein Alter lässt den Kahn verrotten. Es ist ’ne Schande.“

„Ja, da hast du recht. Aber was soll ich machen? Die *Eloise* gehört ihm nun mal. Mach’s gut, Hugh, ich zähl auf dich.“

Hugh schüttelte den Kopf. „Verlass dich besser nicht auf mich, Travis“, sagte er leise.

15

Als Travis in die grelle Mittagssonne trat, war der Streifenwagen nicht mehr zu sehen. Er ging am Strand entlang zu den Docks und den Anlegestellen der Trawler. Als er sich der *Eloise* näherte, sah er Jennifer, die versuchte, an Bord zu gelangen. Jasper sprang von seinem sonnigen Ruheplatz auf dem Lukendeckel und fauchte sie an. Jennifer ruderte auf dem schmalen Laufsteg erschrocken mit den Armen, um nicht das Gleichgewicht zu verlieren.

Travis ging langsam näher. „Jasper schlägt jeden Wachhund", sagte er, „er frisst Sie mit Haut und Haaren, wenn Sie ohne meine Erlaubnis einen Fuß auf das Deck setzen."

„Ich bin zäh wie Schuhleder", antwortete sie, „er wird sich an mir die Zähne ausbeißen."

Travis lachte. „Kann sein, er hat ja nicht mehr viele. Ich nehme an, Sie wollen zu mir?"

„Sie sagten, ich solle im Hafen nach *Eloise* fragen. Warum haben Sie nicht gesagt, dass Sie ein Schiff meinten?"

„Hab ich das nicht erwähnt?", fragte er lächelnd.

„Nein."

„Vielleicht wollte ich ja, dass Sie sich durchfragen und ein paar Leute kennenlernen. Dann können die sich selbst ein Bild von Ihnen machen. Wenn Sie das Garreth überlassen, manövriert er Sie garantiert aus."

„Das zweifelhafte Vergnügen, einen Einheimischen kennenzulernen, hatte ich bereits", sagte sie. „Ich dachte, Sie könnten mir vielleicht verraten, auf welchen halb verrückten alten Säufer ich da gestoßen bin."

„Kommen Sie an Bord, ich lade Sie auf einen Tee ein. Dann können Sie mir erzählen, was passiert ist."

Ein Fischkutter wie die *Eloise* war keine Vergnügungsjacht, sondern ein Ort, an dem Männer hart arbeiteten und ihr Geld verdienten. Unter Deck war nur Platz für das Allernötigste, Komfort gab es keinen. Travis hatte aus dem Bootsschuppen einen alten Liegestuhl herbeigeschafft und ihn im Heck aufgestellt. Bei schönem Wetter hielt er sich an Deck auf.

„Machen Sie es sich bequem. Ich bin gleich wieder da."

Er stieg in die winzige Kombüse hinab und setzte einen Kessel mit Wasser auf eine der beiden Kochplatten. Zum Glück hatte er sich gestern mit Proviant eingedeckt. Dazu gehörten auch Tee und Shortbread. Kurz darauf balancierte er ein Tablett mit einer Blechkanne, zwei Tassen und den Keksen die Stiege hinauf. Jennifer saß in dem Liegestuhl und versuchte vergeblich, den alten Kater anzulocken, der sie misstrauisch beäugte.

„Welche Bekanntschaft haben Sie denn nun gemacht?", fragte Travis und schenkte Tee ein.

„Sie waren kaum fort, als er auftauchte."

„Wer?"

„Ein alter Mann. Er sah ungepflegt aus und stank wie eine Schnapsfabrik. Außerdem war da noch der Hund, eine Bulldogge oder ein Mastiff."

„Was wollte er?"

„Er hat versucht, mich mit den Gespenstergeschichten über das Maugham-Haus zu ängstigen. Ich hatte das Gefühl, dass er mich am liebsten mit seinem Stock davongejagt hätte. Ich glaube, er sagte etwas über Sie. Ganz sicher bin ich nicht, er schien mir ziemlich verwirrt zu sein."

Jasper schlich auf Umwegen heran, um einen Keks zu schnorren. Travis brach ein Stück Shortbread ab und warf es ihm zu.

„Wollen Sie gar nicht wissen, was er gesagt hat?", fragte Jennifer.

Nein, das wollte er nicht. Wieder machte ihm der Alte einen Strich durch Rechnung. Gerüchte schossen schnell ins Kraut. Dass Travis sich mit Jennifer angefreundet hatte, war in Pennack garantiert kein Geheimnis mehr. Hatte der Alte seine Meinung geändert und glaubte, ihn hier festhalten zu können, indem er sie verjagte?

„Was es auch war, glauben Sie Jack Sayer kein Wort", sagte er.

„Sayer?"

„Leider. Herzlichen Glückwunsch, Sie haben meinen Vater kennengelernt."

„Oh."

„Vater weiß nicht, was er redet. Er hasst Gott und die Welt und sich selbst am meisten.

„Warum ist in diesem Ort nur jeder davon besessen, mich loszuwerden?"

„Nicht jeder."

„Er faselte etwas von einem Mord und ...", sie sah sich um, „... von einem Bootshaken."

Travis schöpfte Hoffnung. Wenn Jennifer die ganze Geschichte kannte, hätte sie ihn ohne Umschweife darauf angesprochen. „Mein Vater ist nicht mehr ganz richtig im Kopf. Der Gin wird ihn umbringen."

„Jedenfalls hatte er eine Fahne, die mich umgehauen hat."

„Wahrscheinlich war er betrunken. Er hat mir nie verziehen, dass ich aus Pennack fortgegangen bin."

„Weiß er, dass Sie wieder da sind?"

„Natürlich. Er hat mich rausgeworfen, darum wohne ich so lange auf der *Eloise*, bis ich erledigt habe, wozu ich hergekommen bin. Und dann ... ich weiß noch nicht. Auf keinen Fall bleibe ich hier."

„Ist Ihr Vater Fischer?"

„Das war er mal. Nun ist er nur noch ein alter Mann, der in der Vergangenheit lebt. Ich werde mit ihm reden. Er wird Sie nicht wieder belästigen."

„Sie verstehen sich nicht besonders gut?"

Travis lachte. „Jeder in Pennack macht einen Bogen um Jack Sayer."

„Das scheint ja in der Familie zu liegen. Was meinte er damit: ‚Sie haben ihn wieder rausgelassen, aber ich weiß, was er gemacht hat.'?"

„Er wirft alles durcheinander, wenn er getrunken hat. Wir fuhren oft zusammen hinaus. Er betrank sich, und ich schuftete, bis mir von den störrischen Netzen die Finger bluteten. Als ich fünfzehn war und krank im Bett lag, begleitete ihn meine Mutter auf Fang. Sie hieß Eloise, wie der Kutter. Sie fuhren zu zweit hinaus, aber er kam allein zurück. Nur Gott und mein Vater wissen, was da draußen vor den Eastern Isles geschah. Seitdem ist er nicht mehr ganz richtig im Kopf."

„Wollen Sie damit andeuten, er hätte Ihre Mutter umgebracht?“

„Ich weiß es nicht. Niemand weiß es.“

„Ist das der Grund, warum Ihnen alle aus dem Weg gehen?“

„Mit den Sayers will keiner etwas zu tun haben, dafür hat der Alte mit seinem Lebenswandel gesorgt. Er hat lange genug verhindert, dass ich mir ein eigenes Leben aufbauen konnte, und hielt mich mit Gewalt hier fest. Kein Trick war ihm dazu schäbig genug. Er brauchte mich auf der *Eloise*, um Geld zu verdienen. Es gelang mir erst vor fünf Jahren, zu gehen.“

„Warum sind Sie dann zurückgekommen?“, fragte Jennifer.

„Ich war so dumm, einen Kredit aufzunehmen, um damit das Geschäft meines Vaters halten zu können. Der Fischfang war unsere Lebensgrundlage. Dabei hätte ich wissen müssen, dass er das Geld nur in die Pubs trägt. Nun muss ich die *Eloise* verkaufen, aber mein Vater wehrt sich dagegen. Ich nehme an, er glaubt, mich mit den Schulden an sich ketten zu können. Aber er täuscht sich. Ich werde nie wieder hinausfahren und für ihn schuften, nur damit er genug Gin hat. Reden wir lieber über Sie und das Haus. Haben Sie schon eine Idee, wie Sie Ihren Plan verwirklichen wollen?“

Jennifer seufzte. „Sieht so aus, als hätten Sie recht gehabt. Ich habe versucht, eine Baufirma zu engagieren, aber ich schaffe es nicht mal, eine Auskunft darüber zu bekommen, wer für Strom, Wasser und Gasanschluss verantwortlich ist. Es gibt in der Umgebung keinen einzigen Handwerker, der bereit ist, für mich zu arbeiten.

Mein Cousin scheint mich mit allen Mitteln dazu bringen zu wollen, an ihn zu verkaufen."

„Das war unvermeidlich, ich wusste, dass es so kommen würde. Was haben Sie jetzt vor? Werden Sie aufgeben?"

„Nein. Wenn er glaubt, er könne mich mit seinen Beziehungen und seinem Geld beeindrucken, so irrt er sich. Kohle habe ich auch."

Travis schmunzelte. „Sie müssen lernen, sie richtig einzusetzen."

„Wenn ich wenigstens ein oder zwei Handwerker finden würde, die mir helfen, das Haus zu sanieren. Es muss doch Leute in Pennack geben, die sich ein bisschen Geld verdienen wollen. Allein schaffe ich das nicht."

„Ich kenne jemanden, der geeignet wäre."

Sie blickte ihn fragend an. Dann schien sie zu begreifen.

„Sie? Wollten Sie nicht so schnell wie möglich wieder verschwinden?", fragte sie.

„Stimmt. Aber solange ich da bin, können Sie sich auf mich verlassen, versprochen. Ich bin fortgegangen, um eine Schreinerlehre zu machen. Hier wäre ich für immer der Gehilfe eines verbitterten alten Säufers geblieben. Inzwischen habe ich meine Meisterprüfung abgelegt. Die meisten anfallenden Arbeiten im Maugham-Haus kann ich für Sie erledigen."

„Ich ... kann Sie nicht bezahlen. Jedenfalls so lange nicht, bis ich über die volle Erbschaft verfüge. Das wird noch einige Wochen dauern, schätze ich."

„Sprechen Sie mit Ihrer Bank, vielleicht gewährt man Ihnen einen Kredit. Mit vier Millionen Pfund als Sicherheit sollte das kein Problem sein."

„Das werde ich machen, danke für den Tipp."

„Sie können mich später bezahlen, ich brauche nicht viel", sagte Travis. „Solange mein Vater mich nicht von der *Eloise* vertreibt, habe ich einen Schlafplatz. Sorgen Sie dafür, dass ich nicht verhungere, dann kommen wir ins Geschäft. Was wir dringender benötigen, sind Baustoffe und Werkzeuge. Und was Garreths Blockade betrifft: Reden Sie mit Ihrem Anwalt. Wenn er als Executor bestellt wurde, ist das Haus offiziell noch im Besitz der Kanzlei. Er soll sich um die Hausanschlüsse kümmern. Das wird Garreth nicht verhindern können. Sein Einfluss reicht nicht bis Falmouth. Wenn Sie elektrischen Strom, Gas und Wasser haben, sehen wir zu, was wir aus der Bruchbude machen können."

„Sie nickte erleichtert und schüttelte ihm die Hand. „Ich bezahle Sie, sobald ich kann."

„Okay."

Sie tauschten ihre Handynummern aus.

„Ich … äh, muss los", sagte sie. „Ich werde nach Truro fahren und mit einem Bankberater reden."

„Bye. Wir sehen uns morgen früh um acht vor dem Garten."

Travis sah ihr nach. Jennifer erinnerte ihn daran, dass es im Leben um mehr ging, als um die Suche nach Schuldigen und darum, den eigenen Namen reinzuwaschen. Vielleicht hatten Bill und Hugh recht, und er sollte die Vergangenheit ruhen lassen. Die Gegenwart war die Zeit, in der er lebte, fühlte und atmete. In Exeter hatte er gelernt, wie wertvoll ein Augenblick sein konnte und wie viel das Leben zu bieten hatte. Jennifer gefiel ihm, mehr als er sich zunächst hatte eingestehen wollen. Er hätte ihr auch geholfen, ohne sie zum Werkzeug seiner Rache zu machen, aber noch war die Vergangenheit zu mächtig, um sich von ihr befreien zu können. Außerdem war dieses sturköpfige Mädchen fest entschlossen, in Pennack Wurzeln zu schlagen. Wenn er bleiben wollte, würde er hier nur in Frieden leben können, indem er Achtung und Respekt der Leute zurückgewann. Immerhin hatte er nun unbeschränkten Zugang zum Maugham-Garten, und damit hatte er den ersten Schritt getan, um die Wahrheit ans Licht zu bringen.

Kaum hatte er Jennifer aus den Augen verloren, da tauchte der Streifenwagen wieder auf. Diesmal blieb er nicht in einiger Entfernung stehen, sondern stoppte vor der *Eloise*. Phil Jenkins stemmte seinen aufgedunsenen Leib aus dem Wagen. Travis fühlte sich an jenen Morgen nach Susans Verschwinden zurückversetzt, als die Polizei den Bootsschuppen gestürmt hatte.

Der Constable kam mit schweren Bewegungen die Laufplanke herauf. Er schwitzte in der heißen Mittagssonne und holte schnaufend Atem. Jenkins war schon damals korpulent gewesen, doch jetzt hing sein Bauch über dem Gürtel wie ein prall gefüllter Sack, der bei jedem Schritt hin und her schwang.

„Hallo Constable. Lange nicht gesehen", sagte Travis.

Der einzige Polizeibeamte von Pennack sah sich misstrauisch um und spießte jedes Detail auf der *Eloise* mit seinen Blicken auf.

„Suchen Sie was Bestimmtes?", fragte Travis. „Drogen vielleicht? Oder wieder eine Leiche?"

„Werd bloß nicht frech. Hast du vor, länger zu bleiben?"

„Weiß noch nicht. Mal sehen, was sich ergibt."

„Auf dem schrottreifen Kahn kannst du jedenfalls nicht wohnen."

„Warum nicht?"

„Weil jeden Moment der Kiel rausbrechen kann. Als dauerhafter Wohnsitz ist ein Trawler nicht erlaubt."

Das waren nichts weiter als Haarspaltereien, und Jenkins wusste das.

„Vielleicht ziehe ich ja um, wenn ich was Passendes gefunden habe", sagte Travis.

„Ins Maugham-Haus, wie? Ich geb dir einen guten Rat: Halt dich von der verrückten Deutschen fern, und misch dich nicht in Dinge, die dich nichts angehen."

„Was haben Sie eigentlich gegen mich, Constable?"

Jenkins wickelte ein Kaugummi aus dem Zellophanpapier und steckte es sich in den Mund.

„Gar nichts. Ich sorge dafür, dass in Pennack Ruhe und Ordnung herrscht. Alles andere ist schlecht fürs Geschäft. Du und deine neue Freundin, ihr wirbelt mir zu viel Dreck auf."

„Ah, Garreth hat Sie geschickt. Ist er zu feige, um mich selbst zu vertreiben?"

„Er hat damit nichts zu tun. Wir mögen nun mal keine Mörder."

„Ich wurde in einem Wiederaufnahmeverfahren freigesprochen und wäre niemals verurteilt worden, wenn Sie auf meinen Hilferuf reagiert hätten. Ich habe Susan nicht ermordet."

„Kann sein, vielleicht auch nicht. Die Leute haben ihre Meinung, und davon bringt sie niemand ab. Du warst bei der alten McGormick.“

„Na und? Ist doch nicht verboten.“

„Ich werde nicht zulassen, dass du die Vergangenheit aufwühlst. Falls im Mordfall Susan Prescott wieder ermittelt wird, ist das Sache der Polizei. Hast du das verstanden?“

Travis nickte. „Fein. Dann machen Sie Ihre Arbeit. Ich hoffe, besser als beim letzten Mal.“

Jenkins bearbeitete wütend seinen Kaugummi. „Wenn du Ärger willst, finde ich Gründe, um dich aus Pennack rauszuwerfen.“ Der Constable schickte sich an zu gehen, blieb dann aber auf dem Laufsteg stehen, der unter seinem Gewicht schwankte. „Wenn ich dich dabei erwische, dass du auf eigene Faust herumschnüffelst, krieg ich dich wegen Behinderung polizeilicher Ermittlungen dran.“

„Sie ermitteln doch gar nicht.“

„Ich hab dich gewarnt, Sayer. Halte dich vor allem von Garreth fern. Ich hab nicht vergessen, dass ihr euch durch die Pubs geprügelt habt. Geht euch aus dem Weg, sonst bekommt ihr Ärger mit mir. Das gilt nicht nur für dich, sondern auch für ihn. Ist mir egal, dass sein Vater der reichste Kerl in der Gegend ist.“

Jenkins trampelte zum Kai hinunter, quetschte sich in den Streifenwagen und fuhr los. Jasper schlich um Travis’ Beine und miaute.

„Genau. Ich kann ihn auch nicht leiden.“

Travis’ Handy klingelte. Es war Hugh.

„Ich wusste, dass du mich nicht hängen lässt“, sagte Travis.

„Ich schulde dir einen Gefallen, mehr nicht", antwortete Hugh.

„Hast du etwas gefunden?"

„Könnte sein. Einen kaputten Auspuff hab ich nicht repariert, aber ein paar Tage vor dem Mord brachte Garreth einen Lieferwagen in die Werkstatt. Der Wagen war in einen Unfall verwickelt worden, die linke Seite war verbeult und zerkratzt. Ich hab zwei Tage an der Karosserie gearbeitet und den Wagen anschließend neu lackieren lassen. Er wurde abgeholt, kaum dass die Farbe trocken war. Die Hauptsaison begann gerade, im Sea Manor hatten sie alle Hände voll zu tun."

Travis sah die King's Road vor sich. Paula McGornick hatte gesehen, wie der blaue Wagen von rechts in den Ort hineingefahren war. Der Fahrer hatte Susan überredet einzusteigen, dann war er in die Serpentinenstraße eingebogen. Das bedeutete, die alte Frau hatte nur die linke Seite des Wagens sehen können, an der die Beschriftung fehlte.

„Dann fuhr der Lieferwagen ohne die üblichen Werbeaufkleber herum?"

„Ich hatte sie bestellt, kam aber erst später dazu, sie anzubringen. Ist das wichtig?"

„Ja", sagte Travis, „das ist sehr wichtig. Wer hat den Wagen abgeholt?"

„Das weiß ich wirklich nicht mehr."

„Ich danke dir."

„Brauchst du nicht. Wir sind quitt."

Hugh legte auf. Travis blickte nachdenklich auf die Bucht hinaus. Immerhin ... es war eine erste Spur. Jetzt musste er nur noch den Mann finden, der den Lieferwagen gefahren hatte.

16

Mit Travis' Hilfe brauchte Jennifer eine Woche, um die Dienstbotenwohnung herzurichten. Auch Fitch unterstützte sie tatkräftig. Seine Anrufe bewirkten Wunder. Zum ersten Mal seit vielen Jahren flammten die Lichter im Maugham-Haus auf. Wasser floss aus den alten Leitungen, und eine Fachfirma kümmerte sich um den Gasanschluss.

Zehn Tage nach ihrer Ankunft in Pennack packte Jennifer ihre Sachen in Bills Pub. Sie brannte darauf, mit den eigentlichen Arbeiten am Haupthaus zu beginnen, was Travis kopfschüttelnd zur Kenntnis nahm, nachdem er das Gebäude einer ersten Prüfung unterzogen hatte.

„Der Zahn der Zeit hat schlimmer an der Substanz genagt, als ich befürchtet hatte", sagte er. „Um diesen heruntergekommenen Kasten herauszuputzen, brauchen Sie einen Architekten, Baugenehmigungen und zwei Dutzend Maurer, Installateure und Dachdecker. Sie sollten Ihr Geld sinnvoller investieren."

„Das kommt überhaupt nicht infrage. Wenn Garreth sieht, dass er mich nicht so leicht stoppen kann, gibt er vielleicht auf", antwortete sie trotzig.

Travis teilte ihren Optimismus nicht. „Sie kennen ihn nicht, vor allem nicht den Alten. Die Schwierigkeiten, die er Ihnen machen wird, haben noch gar nicht richtig angefangen."

Jennifer überredete ihn dazu, weiterzumachen. Sie rissen morsche Dielen aus dem Boden der Eingangshalle und ersetzten sie. Sie reparierten das Treppengeländer und besserten die Stufen aus. Travis legte provisorische Stromleitungen, zimmerte, hämmerte und malerte. In den Pausen gingen sie in den Garten hinauf, den sie beide liebten. Jennifer erzählte von ihrem Leben, vom Verlust Miros, dem Heim, in dem sie aufgewachsen war, und ihren Hoffnungen und Träumen, die zum Greifen nah waren. Travis brachte cornische Pasteten mit, die sie hungrig verschlangen, und hörte ihr aufmerksam zu. Obwohl sie immer wieder versuchte, mehr über ihn zu erfahren, wich er ihr aus und verstand es geschickt, sich um Antworten zu drücken. Sie spürte immer deutlicher, dass ihn ein Geheimnis umgab, das er nicht preisgeben wollte. Allerdings fand sie wenig Muße, über sein beharrliches Schweigen zu grübeln. Sie schuftete wie eine Verrückte und trieb ihn ständig zur Eile an. Wenn er in der Frühe auf das Hochplateau kam, war sie bereits auf den Beinen. Wenn er abends auf die *Eloise* heimkehrte, arbeitete sie noch weiter, oft bis in die Nacht hinein. Ein Ziel vor Augen zu haben, ließ sie alles vergessen, was hinter ihr lag. Ihre Energie schien unerschöpflich.

Als sie am fünften Morgen nach Beginn der Arbeiten in der Halle einen Eimer mit Schutt nach draußen trug, stand Travis' Pick-up vor dem Haus. Auf der Ladefläche lagen Zimmermannswerkzeuge, ein großer Bohrhammer und Werkzeugkisten, von Travis fehlte jede Spur. Einer Ahnung folgend, stieg Jennifer den Pfad zum

Garten hoch, durchquerte das Gewölbe aus Weißdorn und bahnte sich einen Weg durch das Labyrinth der wild wuchernden Hecken und Sträucher. Travis stand dort, wo sie ihn vor zehn Tagen bereits angetroffen hatte: vor dem Kenotaph.

„Guten Morgen", sagte sie.

„Hallo." Er schien sich nur schwer vom Anblick des alten Steins lösen zu können.

„Wollen Sie mir nicht endlich verraten, was Ihnen dieser Ort bedeutet?", fragte Jennifer.

„Gar nichts."

„Was tun Sie dann hier oben?"

„Man kann das Meer von hier aus sehen. Am Morgen hat es eine wunderbare Farbe, ein reines, frisches Grün, so wie die ersten Pflanzentriebe im Frühling."

Er straffte sich und wandte sich um, als hätte er ein stummes Gebet beendet. „Wir gehen besser an die Arbeit. Es wird ein langer Tag."

„Manchmal ist es nicht leicht, über Vergangenes zu reden, aber es kann helfen, Wunden zu heilen."

„Oder sie aufzureißen."

Er ging mit schnellen Schritten bergab. Jennifer lief ihm nach.

„Ich war offen zu Ihnen", rief sie ihm nach, „doch über Sie weiß ich immer noch fast gar nichts."

„Es gibt nicht mehr über mich zu berichten. Ich fürchte, mein bisheriges Leben war ziemlich langweilig. In Pennack leben die Leute im gleichförmigen Rhythmus, den das Meer vorgibt."

„Was ist an dem alten Grabstein so besonders?", fragte sie.

„Nichts, das ist nur ein alter Stein."

„Nein, das er nicht. Warum zieht es Sie immer wieder dorthin?"

Er blieb stehen, wandte ihr aber weiterhin den Rücken zu. Seine angespannte Haltung verriet einen tiefen inneren Konflikt. Jennifer spürte, dass es dieser Gegensatz war, der ihn nach Pennack getrieben hatte und vor dem er gleichzeitig zu fliehen versuchte.

„Sie können wirklich ziemlich hartnäckig sein", sagte er.

„Ja, wenn ich das Gefühl habe, es lohnt sich", antwortete sie.

Travis nickte, als gebe er sich geschlagen. „Also gut. Jemand, den ich gut kannte, ist vor fünf Jahren in diesem Garten spurlos verschwunden."

„Sie sind zurückgekommen, weil Sie keine Ruhe finden, bevor Sie wissen, was mit ihm passiert ist."

„Ja."

„Wer war sie?"

„Warum glauben Sie, dass es eine Frau war?"

„Das ist nicht schwer zu erraten."

Mit 'nem Bootshaken hat er sie erschlagen. Alles war voller Blut.

„Es ist besser, Sie wissen nichts darüber."

„Ich sehe, dass die Erinnerung Sie quält. Sie helfen mir, das Haus herzurichten, und verlangen nur einen Bruchteil des Lohns, der Ihnen dafür eigentlich zusteht. Wie wär's, wenn Sie mir Gelegenheit geben würden, mich zu revanchieren?"

„Was könnten Sie schon tun?"

„Zuhören."

Travis setzte sich auf die Steinmauer unterhalb des Gartens. Nach einer Weile begann er stockend zu erzählen.

„Ich kann mich an jene Nacht nicht erinnern, weil ich völlig betrunken war. Wenn ich einmal mit dem Trinken anfange, kann ich nicht mehr aufhören. Das ist der Fluch der Sayers. Ich bin genauso wie mein Vater. Das hat man Ihnen doch gesagt, oder nicht?"

„Bill hat mich vor Ihnen gewarnt, das stimmt. Er hat mir aber auch zu verstehen gegeben, dass mich die Angelegenheiten der Einheimischen nichts angehen. Ich habe jedenfalls nicht den Eindruck, dass Sie Ihrem Vater ähneln."

„Sie kennen mich doch überhaupt nicht."

Er zündete sich eine Zigarette an und rauchte schweigend. Eine Eidechse sonnte sich auf einem Felsen in der Nähe. Sie blinzelte und schien darauf zu warten, dass Travis sein Schweigen brach.

Da oben hat er sie umgebracht. Und dann hat er sie von den Klippen ins Meer geworfen, damit sie keiner findet.

„Was ist in diesem Garten passiert?", fragte Jennifer.

Travis begann von seiner verzweifelten Suche nach Susan zu berichten, die in der Polizeiwache von Pennack endete. Er erzählte von dem Dreiecksverhältnis zwischen Garreth, Susan und ihm und von ihrer zerbrochenen Freundschaft.

„Und man hat sie nie gefunden?", fragte Jennifer.

„Nein. Die Polizei hat alles abgesucht, sogar Leichenspürhunde haben sie eingesetzt."

„Aber die Ermittler gehen davon aus, dass sie ermordet wurde."

Travis zog an seiner Zigarette und nickte. „Der Täter wurde nie gefasst. Es gibt ja nicht mal eine Leiche. Aber vielleicht war es auch ein Unglück. Denken Sie an Ihren ersten Abend in Pennack, an den Nebel und die Klippen. Das hätte übel ausgehen können, hätte ich Sie nicht zufällig bemerkt.“

Jennifer dachte an ihren ersten Abend in Pennack zurück, an den Augenblick, als ihr jähzorniger Cousin plötzlich dicht hinter gestanden hatte.

„Sie haben einen Verdacht, nicht wahr? Sie glauben, dass es Garreth war.“

„Wenn Susan an jenem Abend mit ihm Schluss gemacht hat, hätte er ein handfestes Motiv.“

„Aber Sie sind nicht sicher, für wen Susan sich am Ende entschieden hat. Die Ungewissheit quält Sie.“

„Ja.“

„Glauben Sie, Garreth wäre fähig, einen Menschen zu töten?“, fragte sie.

„Ich weiß es nicht. Er ist ein Krämer wie sein Vater. Sicher kennt er jeden noch so abgefeimten Trick, um einen Geschäftspartner übers Ohr zu hauen. Aber ob er dazu in der Lage wäre, einen Mord zu planen und eiskalt auszuführen? Eher handelt er aus einem Impuls heraus, den er nicht mehr stoppen kann. Garreth kann schnell die Kontrolle verlieren, das haben Sie ja selbst erlebt.“

„Sie meinen, es kam zum Streit zwischen ihm und Susan, in dessen Verlauf er sie, ohne es zu wollen, erschlagen hat?“

Er zuckte mit den Schultern. „So was in der Art geht mir durch den Kopf, ja.“

„Dann sind Sie nicht zurückgekommen, um die Schulden Ihres Vaters zu begleichen, sondern weil sie Susans Mörder suchen.“

„Ja, das bin ich. Aber für den verdammten Kredit muss ich außerdem geradestehen.“

Die Eidechse blinzelte und zuckte mit dem Schwanz, als wollte sie Travis’ Worte bestätigen.

„Bitte reden Sie mit niemandem darüber“, sagte er. „Ich habe schon genug Schwierigkeiten. Es gibt Leute in Pennack, die mich verdächtigen. Das sollte ich Ihnen wohl nicht verheimlichen.“

„Wie der Vater so der Sohn“, sagte sie.

„Für sie ist der Fall klar, darum wollen sie mich hier nicht haben. Besser, Sie halten sich aus den alten Geschichten heraus. Sollten Sie Partei für mich ergreifen, bekommen Sie in Pennack jede Menge Ärger. Das muss Ihnen klar sein.“

Sie lächelte. „Den habe ich doch sowieso schon. Aber Sie hätten es mir sagen müssen.“

„Ich befürchtete, dass Sie dann einen Bogen um mich machen würden. Und das wäre sehr schade.“

„Keine Angst, das werde ich nicht“, sagte sie lächelnd.

Sie blickte zum Haus hinüber, das so viel gesehen haben musste – Geburt und Tod, Liebe, Hass und Eifersucht.

„Finden Sie es nicht seltsam, dass sie alle verschwunden sind?“, fragte sie.

„Wen meinen Sie?“

„Margareth Clayton wurde nie gefunden, Maugham auch nicht. Und nun Susan. Garreth erwähnte, dass vor vielen Jahren in dem Haus ein Verbrechen verübt wurde.“

„Davon habe ich noch nie gehört, wahrscheinlich wollte er sie nur vergraulen. Außerdem sehe ich da keinen Zusammenhang. Zwischen den Ereignissen liegen über hundert Jahre."

„Und wenn es doch so ist?"

Travis lächelte. „Das halte ich für ziemlich unwahrscheinlich."

Sie stand auf und klopfte sich Blütenstaub von der Hose, der wie ein duftender Teppich über der Mauer lag. Die Eidechse huschte in eine Ritze zwischen den Steinen.

„Sie helfen mir, das Haus bewohnbar zu machen, und ich helfe Ihnen, Susans Mörder zu finden", schlug Jennifer vor.

„Das könnte gefährlich werden. Wie wollen Sie das überhaupt anstellen?"

„Ich weiß es noch nicht."

Er stand auf und schirmte die Augen mit der Hand ab. „Wir bekommen Besuch, wenn mich nicht alles täuscht."

Ein schwarzer Rover hielt auf dem unbefestigten Platz vor dem Haus und wirbelte eine Staubwolke auf. Zwei Männer stiegen aus, der eine dürr wie eine Bohnenstange mit hageren Gesichtszügen und einer Geiernase, der andere hatte die kräftige Statur eines Bauarbeiters und hellblondes Haar. Beiden trugen dunkle Hosen und weiße Hemden. Der Dürre schleppte einen Aktenkoffer.

„Miss Nowak?"

„Die bin ich", antwortete Jennifer.

„Oliver Johnson, NHBC Building Control Services", stellte sich der Blonde vor.

„Was kann ich für Sie tun?“

„Wir überprüfen im Auftrag der Gemeinde Pennack die Einhaltung des gesetzlichen Normenwerks. Sie planen größere Umbauten?“

„Ja, aber …“

„Darf ich Sie bitten, mir Einblick in die Planungsunterlagen zu gewähren?“

Jennifer sah sich hilflos nach Travis um.

„Bisher haben wir nur die Dienstbotenwohnung renoviert und keinerlei Umbauten vorgenommen“, sagte er.

„Aber es existieren Planungen, das Haus einem anderen Nutzungszweck zuzuführen. Ist das korrekt?“

„Ja, aber es gibt noch keine Unterlagen dazu.“

„Wir sind darüber informiert worden, dass die Statik des Gebäudes unter Umständen nicht gesichert ist.“ Johnson leierte so schnell Baufachbegriffe und Verordnungen herunter, dass Jennifer ihm nicht folgen konnte.

„Er meint, das Haus könnte über Ihnen zusammenstürzen“, sagte Travis.

Johnson zog ein offiziell aussehendes Dokument aus dem Koffer, den ihm der Dürre hinhielt.

„Bis eine Kontrolle der Statik erfolgt ist, muss ich Sie auffordern, das Gebäude nicht mehr zu betreten.“

„Was? Ich bin gerade erst eingezogen.“

„Dazu brauchen Sie eine bauordnungsrechtliche Genehmigung. Können Sie diese nicht vorweisen, muss zuerst eine Prüfung der Sicherheit erfolgen.“

„Das ist mein Haus.“

Travis schüttelte den Kopf. „Vergessen Sie's. Dahinter steckt Garreth.“

Johnson überreichte Jennifer das Schreiben, empfahl sich und stieg wieder in seinen Wagen.

„Das können die doch nicht machen!"

„Doch, das können sie", sagte Travis. „Haben Sie wirklich geglaubt, die lassen Sie einfach drauflosbauen?"

„Warum helfen Sie mir dann überhaupt?"

„Ihre Entschlossenheit beeindruckt mich. Ihre Ziele gefallen mir ... und außerdem macht es mir Spaß, Garreth zu ärgern."

„Ich werde Fitch anrufen", sagte sie.

Travis betrachtete nachdenklich das Haus.

„Was haben Sie?", fragte Jennifer.

„Ich frage mich, warum Garreth Himmel und Hölle in Bewegung setzt, um Sie von hier fernzuhalten."

„Sie haben doch selbst gesagt, dass sich das Haus aufgrund seiner Lage hervorragend für ein weiteres Hotel eignet – besser noch als das Sea Manor."

„Ich bin mir nicht mehr sicher, ob das der einzige Grund ist. Die Wynes besitzen bereits mehrere Hotels an der Südküste. Was kümmert sie ein altes Haus in Pennack? Nein, dahinter muss noch mehr stecken."

Jennifer fröstelte, obwohl die Sonne noch immer heiß am Himmel stand.

„Sie glauben ... dass er die Leiche in dem Haus versteckt haben könnte?"

„Vielleicht. Das Haus steht seit Ewigkeiten leer, niemand betritt es. Ein ideales Versteck, oder?"

„Garreth hat erwähnt, dass er die Pläne besitzt."

„Die wird er nie freiwillig herausrücken."

Jennifer sah das Haus plötzlich mit anderen Augen. Mit einer Toten unter einem Dach zu leben, war nicht gerade das, was sie sich erträumt hatte.

„Hat die Polizei es denn damals nicht durchsucht?“

„Das weiß ich nicht. Aber ich werde es herausfinden.“

Travis nahm eine langstielige Axt von der Ladefläche des Pick-ups und ging die Stufen zur Veranda hoch.

17

Es dämmerte bereits, als Jennifer erschöpft die Tür der Dienstbotenwohnung hinter sich schloss. Durch die Fenster fiel ein unwirkliches Licht. Die über den Himmel jagenden Wolken erzeugten ein seltsames Spiel aus zersplittertem Licht und wandernden Schatten auf dem Meer, die Jennifer an die Geister ertrunkener Seeleute denken ließ, die aus den Tiefen emporstiegen. Die unruhige See schimmerte indigofarben mit helleren, flaschengrünen Partien. Der Westwind jagte weiße Wellenkämme gegen die Klippen. Die See erschien ihr so tief und rätselhaft wie das Haus, das Henry Maugham vor mehr als hundert Jahren erbaut hatte.

Sie hatten das Gebäude vom Keller bis zum Dach durchsucht und nach Anzeichen eines Verstecks Ausschau gehalten. Die vielen Umbauten und Renovierungen sowie die verwirrende Bauweise stellten ihr Vorstellungsvermögen der Dimensionen auf eine harte Probe. Sie hatten Wände und Fußböden abgeklopft, auf verborgene Hohlräume gelauscht und auf verräterische Farbunterschiede im Putz geachtet. Gefunden hatten sie nichts.

Der Keller erwies sich als unheimliche Aneinanderreihung von Korridoren, Räumen und Verschlägen, die uralte Heizungsanlage mit dem feuerroten Kessel jagte Jennifer auf eine archaische Weise Angst ein. Das fauchende, eiserne Ding erinnerte sie an einen urzeitlichen Drachen, der in den Gewölben gefangen gehalten wurde und auf eine Gelegenheit lauerte auszubrechen.

Hier unten stießen sie auch auf einen großen Kellerraum, der nur durch zwei schmale Lichtschächte erhellt wurde. Raumhohe, exakt eingepasste Eichenregale und Schränke waren mit den Wänden fest verschraubt worden. In der Mitte des Zimmers befand sich ein riesiger Experimentiertisch, auf dem Glaskolben, Bunsenbrenner, verdreckte Petrischalen und medizinische Instrumente standen. Hätte nicht die jahrzehntealte Staubschicht wie ein Sargtuch über dem Labor gelegen, so hätte man glauben können, Maugham habe es eben erst verlassen.

In einem Nebenraum entdeckten sie einen steinernen Tisch, dessen Anblick Jennifer einen kalten Schauer über den Rücken trieb. Ablaufrinnen für Flüssigkeiten deuteten darauf hin, dass Maugham hier Leichen seziert hatte. Über den Grund konnten sie nur spekulieren.

Auch hier klopften sie die Kellerwände und den Boden ab. Zweimal vermuteten sie einen Hohlraum. Travis schlug probeweise Stücke aus dem eisenharten Estrich und gab nach wenigen Schlägen auf. Um einen menschlichen Körper in einem entsprechend großen Loch zu verbergen, wäre ein elektrisch betriebener Bohrhammer nötig gewesen. Der Mörder hätte tagelang schuften müssen, immer der Gefahr ausgesetzt, entdeckt zu werden. Daher verwarfen sie diese Möglichkeit.

Travis wusste, dass das Maugham-Haus einer der beliebtesten Treffpunkte der Jugendlichen aus Pennack war. Sie fanden jede Menge Kippen, Fast-Food-Verpackungen und leere Bierdosen, aber nicht den geringsten Hinweis auf Susan Prescott.

Jennifer wandte sich von dem faszinierenden Panorama des ungezähmten Meeres ab und widmete sich profaneren Dingen: Sie hatte Hunger.

Auf dem Weg zur Küche hörte sie ein dumpfes Poltern, das durch die dicken Mauern drang. Es kam aus dem Haupthaus. Sie blieb stehen und lauschte, aber es wiederholte sich nicht. Wahrscheinlich arbeiteten die Balken und Dachsparren, ein so altes Haus ächzte und stöhnte ständig. Doch kaum hatte sie die Küche betreten, als sich das leise Rumpeln wiederholte. Es war nicht mehr zu leugnen, irgendwer oder etwas war im Haus.

Jennifer nahm die große Stabtaschenlampe, die stets griffbereit auf einer Kommode in der Diele stand, knipste sie an und ging durch den Seitenkorridor in die Eingangshalle. Zwar jagten ihr die düsteren, scheinbar ins Nichts führenden Korridore bei Dunkelheit Angst ein, aber dies war jetzt ihr Haus. Wie schon im Garten, als Travis ihn ohne ihre Erlaubnis betreten hatte, empfand sie Ärger darüber, dass jemand es wagte, in ihrem Eigentum herumzugeistern. Wenn sie schon in ihrem Zuhause nicht selbst für Ordnung sorgen konnte, wie sollte sie dann mit den Wynes fertigwerden?

Durch das große Buntglasfenster fiel ein letzter Schimmer Abendlicht und malte farbige Flecken auf die staubigen Dielen. Der Tag war drückend schwül gewesen, doch der Abend hatte Abkühlung gebracht, von der See wehte ein kühler Wind über das Plateau, der Jennifer frösteln ließ. in der Ferne rollte ein warnendes

Grollen über den Himmel, eine Böe fuhr durch die Lücken zwischen den Mosaikscheiben, die noch im Rahmen steckenden Scherben klirrten leise.

Jennifer suchte den improvisierten Lichtschalter der Notbeleuchtung, die Travis installiert hatte. Sie wünschte sich, er wäre hier. Doch er war nach Pennack hinuntergefahren, um Garreth zur Rede zu stellen. Sie war dagegen gewesen, hatte ihn aber nicht davon abbringen können. Er behauptete, verhindern zu wollen, dass Garreth sie in ihre Fehde hineinzog, aber Jennifer ahnte, dass etwas anderes dahintersteckte. Travis suchte die Konfrontation, wollte ihn provozieren, damit er einen Fehler beging. Es war ein schlechter, der Ratlosigkeit entspringender Plan, aber der einzige, den er hatte.

Jennifer drehte den altmodischen elektrischen Schalter. Das Licht flammte auf, nur um augenblicklich wieder zu erlöschen. Auf dem Boden des Korridors zur Dienstbotenwohnung dehnte sich ein lang gestrecktes Rechteck aus Licht. Offenbar war nur im Haupthaus der Strom ausgefallen, wahrscheinlich eine Folge der notdürftigen Reparaturen. Die uralten Sicherungen befanden sich im Keller, und dorthin würden sie während der Nacht keine zehn Pferde bringen.

Aus dem Obergeschoss drang ein neues Poltern herunter. Ein schwerer Gegenstand fiel zu Boden und rollte donnernd wie eine Kanonenkugel über die Dielen. Dann ächzten die Bodenbretter wie unter Schritten.

Sie schwenkte die Lampe nach oben und ließ den Lichtstrahl über die geschwungene Treppe wandern. Wahrscheinlich war es klüger, sich zu verkriechen und die Tür hinter sich zu verriegeln. Sie könnte die Polizei rufen. Aber wenn sie sich wegen einer Ratte oder einer streunenden Katze lächerlich machte, würde niemand mehr hier heraufkommen, wenn sie wirklich Hilfe brauchte. Dies war jetzt ihr Haus, verdammt. Kein Fremder hatte etwas darin verloren.

Leise schlich sie auf die Eingangstür zu und drückte die Klinke. Die Tür war fest verschlossen. Auf diesem Weg war der mögliche Eindringling also nicht ins Haus gelangt.

An der Wand lehnte die große Zimmermannsaxt, mit der Travis die Wände abgeklopft hatte. Jennifer wechselte die Taschenlampe in die Linke und schloss ihre Finger um den Stiel. Dann ging sie auf den Fuß der Treppe zu und erklomm langsam Stufe für Stufe.

18

Travis kehrte auf die *Eloise* zurück und spülte sich unter der improvisierten Dusche den jahrzehntealten Staub des Maugham-Hauses von der Haut. Jasper fiel ausgehungert über das Katzenfutter her, das er ihm mitgebracht hatte. Der Alte hatte sich bisher nicht blicken lassen, aber vermutlich interessierte ihn ohnehin nur noch, wie er die nächste Gin-Ration organisieren konnte. Um ihn würde er sich später kümmern. Zuerst war Garreth an der Reihe.

Als er ein frisches Hemd anzog, hörte er Schritte an Deck. Jasper fauchte und kam den Niedergang heruntergeschossen. Travis kletterte nach oben. Sein Vater stand an der Reling. Im gelben Licht der Natriumdampflampen schimmerte sein zerfurchtes Gesicht wächsern wie das einer Puppe. Er trug derbe Stiefel und eine zerschlissene Drillichhose.

Die See war glatt wie ein Spiegel, kein Lufthauch rührte sich. Trotzdem schwankte Jack Sayer, sein mit Flecken übersätes Hemd war unter den Achseln durchgeschwitzt. Travis kämpfte die Angst nieder, die beim Anblick des betrunkenen alten Mannes in ihm erwachte. Verdrängte Erinnerungen waren plötzlich so frisch, als wären nicht fünf Jahre, sondern nur ein paar Stunden vergangen.

„Ich hab dir doch gesagt, du sollst verschwinden“, knurrte sein Vater. „Runter von mei...einem Schiff.“

„Die *Eloise* gehört mir genauso wie dir. Gib mir die fünftausend Pfund, die ich der Bank schulde, und du kannst damit machen, was du willst.“

Der Alte stützte sich keuchend auf die Reling, spuckte ins Hafenbecken und ließ seine Blicke über das Deck wandern. Sein Atem stank nach billigem Gin.

„Suchst du den Bootshaken, damit du mich wieder verprügeln kannst?“, fragte Travis.

Sein Vater verzog die Lippen zu einem Grinsen. „Hat dir jedenfalls nie geschadet.“

Travis machte einen drohenden Schritt auf ihn zu. „Du wirst nie wieder Hand an mich legen, hast du das verstanden?“

Die Kräfteverhältnisse hatten sich in den vergangenen fünf Jahren entscheidend verändert, Travis war älter und stärker geworden. In Exeter hatte er lernen müssen, wie man kämpft, um zu überleben. Sein Vater schien das neue Selbstbewusstsein zu spüren, denn er zögerte und zog seinen Stiernacken ein.

„Ist das 'ne Art, seinen alten Herrn zu begrüßen? Hab dir doch nichts getan.“

„Du hast mich fast zum Krüppel geschlagen.“

„Alte Geschichten.“ Er leckte sich die Lippen. „Könntest mir was zu trinken anbieten.“

„Ich hab weder Zeit noch Lust, um mit dir zu saufen.“

Der Alte lächelte verschlagen. „Hab gehört, du hast 'ne neue Freundin. Du hilfst ihr, das Maugham-Haus herzurichten, sagen die Leute.“

„Du hast dort oben nichts zu suchen. Wenn du Jennifer noch mal belästigst, sorge ich dafür, dass du in Pennack keinen Tropfen Schnaps mehr bekommst.“

„Wollt sie nur warnen. Du weißt doch, was man über
das Haus erzählt. Sie wär nich die Erste, die spurlos verschwindet. Ist ein böser Ort.“

„Willst du mir drohen? Die alten Zeiten sind vorbei“,
sagte Travis, „ich mache, was ich will, und du wirst es
nicht verhindern können.“

„Ich mein's ja nur gut. Hab immer nur das Beste für
dich gewollt.“

Er packte den Alten am Hemdkragen. Von seinem
sauren Atem wurde ihm übel. „Das hab ich am eigenen
Leib erfahren. Lass die Finger von Jennifer, oder ich
fahr dich raus zu den Riffen und schmeiß dich über
Bord.“

Überrascht von dem Angriff, flackerte Angst in Jack
Sayers Augen auf, die er aber schnell wieder bezwang.
Er krallte seine schwielige Hand um Travis' Unterarm.
Ein stummer Machtkampf begann. In dem betrunkenen Mann steckte mehr Kraft, als Travis vermutet
hatte. Die Probe endete unentschieden, er stieß ihn angewidert von sich.

„Ich geb dir drei Tage“, keuchte der Alte, „dann bist du
von der *Eloise* verschwunden, oder ich komm wieder
und hetz den Hund auf dich.“

Er torkelte den Laufsteg hinunter und drehte sich
noch einmal um. „Haltet euch von dem Haus fern, oder
ihr werdet es bereuen.“

Nachdenklich blickte Travis ihm nach, bis er ihn an
der Ecke Harbour Street und King's Road aus den Augen verlor. Warum wollte der Alte Jennifer aus dem

Maugham-Haus vertreiben? Steckte Garreth dahinter? Nein, es war unwahrscheinlich, dass er sich des alten Trinkers als Werkzeug bediente. Dazu war Jack Sayer viel zu unzuverlässig. Garreths Methoden waren subtiler. Was also trieb seinen Vater an? Glaubte er wirklich, er könne ihn wieder für sich einspannen und jede Frau verjagen, die mit ihm fortgehen wollte? So wie er damals auch einen Keil zwischen ihn und Susan getrieben hatte?

Jasper strich schnurrend um Travis' Beine.

„Immer noch nicht satt?"

Der Kater miaute kläglich.

„Da hast du recht", sagte er, „der Alte wird sich niemals ändern. Ich möchte nur zu gerne wissen, was in ihn gefahren ist."

Travis machte sich auf den Weg zum Sea Manor. Er erwartete nicht, dass Garreth ihn mit offenen Armen empfangen würde, dazu war zu viel zwischen ihnen passiert. Aber er hoffte, dass er ihn wenigstens davon überzeugen konnte, Jennifer keine weiteren Steine in den Weg zu legen.

Als er auf der Strandpromenade ankam, stand ein Notarztwagen mit eingeschaltetem Warnlicht vor dem Hotel. Ein Dutzend Neugierige reckte die Köpfe und diskutierte das Geschehen. Zwei Sanitäter trugen eine Krankenbahre die Treppe zur Seeterrasse hinunter und schoben sie in den Wagen. Travis kannte das totenbleiche Gesicht des Mannes auf der Trage. Es war Ian Wyne, Garreths Vater. Kaum bei Bewusstsein, verfolgte er dennoch alle, die ihn begafften, mit verachtenden Blicken und beschimpfte mit krächzender Stimme die Sanitäter als ungeschickte Dummköpfe. Vielleicht galt sein Jähzorn diesmal seinem eigenen Körper, der ihn offenbar im Stich gelassen hatte.

Garreth kam die Stufen herab. Auch er war blass, seine Miene todernst. Travis glaubte dennoch eine Spur von Erleichterung in seinen Zügen zu lesen. Hoffte er, den Alten endlich loszuwerden? Verdenken konnte er es ihm nicht, Garreth hatte zeitlebens unter seinem herrschsüchtigen Vater gelitten. Die Angst vor ihren Vätern war ein starkes Gefühl, das sie beide als Kinder verbunden hatte, obwohl sie aus völlig unterschiedlichen Gesellschaftsschichten stammten. Sie starrten sich über die Entfernung wortlos an, bis Travis sich aus den Umstehenden löste und die Stufen hinaufstieg.

„Was ist passiert?", fragte er.

„Mein Vater hatte einen Schlaganfall."

„Tut mir leid für dich."

„Ich brauche dein Mitleid nicht." Garreth musterte ihn mit kalten Blicken. „Ich hab schon gehört, dass du wieder da bist. Den Mörder zieht es an den Ort des Verbrechens zurück, sagt man."

„Dann weißt du auch, dass ich fünf Jahre unschuldig gesessen habe."

In Garreths Mundwinkel zuckte ein Nerv. „Das behauptest *du*. Es war ein großer Fehler von dir, nach Pennack zurückzukommen."

„Keine Angst, ich bleibe nur so lange, bis ich Susans Mörder gefunden habe. Und das wird nicht lange dauern", antwortete Travis.

„Mach dich nicht lächerlich."

„Es wird eine neue Untersuchung geben", fuhr er unbeirrt fort, „alles wird ans Licht kommen. Sie werden dich wieder verhören, Garreth. Die haben in Exeter richtig harte Kerle, glaub mir. Sie werden dich auseinandernehmen, bis dein Lügengebäude zusammenbricht wie ein Kartenhaus. Zuerst versuchst du, irgendwie den Kopf aus der Schlinge zu ziehen. Du denkst dir eine Geschichte aus und hoffst, sie könnte funktionieren. Aber dann machst du Fehler und verstrickst dich in Widersprüche, weil du müde bist. Sie haken nach, und bald weißt du nicht mehr, was du gesagt hast. Du bleibst nicht bei deiner Version und verstrickst dich immer tiefer in Widersprüche. Irgendwann willst du nur noch, dass es aufhört. Du bist bereit, alles dafür zu tun. Und dann wirst du gestehen."

„Ich habe Susan kein Haar gekrümmt", sagte Garreth.

„Dann war es der große Unbekannte, wie?"

„Warum hätte ich sie umbringen sollen? Ich habe sie geliebt, und sie hat meine Liebe erwidert. *Du* hast all das zerstört, Travis, und das werde ich dir niemals verzeihen."

„Das ist nicht wahr. Susan wollte mit *mir* fortgehen. Du hast sie verloren, weil du ihr mit deiner Eifersucht die Luft zum Atmen genommen hast."

„Das ist eine Lüge!"

Garreth stieß ihn vor die Brust. Travis wich dem schlecht gezielten Stoß aus, Garreth verlor den Halt und stolperte. Er schlitterte die Stufen hinab und landete auf der Uferpromenade. Travis erinnerte sich an Jenkins' Warnung und hob abwehrend die Hände.

„Ich bin nicht gekommen, um mit dir zu streiten. Ich will, dass du Jennifer Nowak in Ruhe lässt. Sie hat mit unserem Zwist nichts zu tun, also lass sie aus dem Spiel."

Garreth hatte sich auf dem rauen Asphalt die Handflächen aufgeschürft. Wutentbrannt ging er auf Travis los und deckte ihn ohne Vorwarnung mit Schlägen ein. Aber er war außer Übung, Travis' Reflexe dagegen aus seiner Zeit in Exeter gut trainiert. Er blockte den Angriff ab und landete im Gegenzug einen relativ harmlosen Treffer. Garreths Lippe platzte auf, Blut tropfte auf sein Hemd und die Hose, die beim Sturz von der Treppe bereits Schaden genommen hatte. Die Umstehenden wichen den beiden erschrocken aus, um nicht in die Auseinandersetzung hineingezogen zu werden.

Garreth wischte sich das Blut von der Lippe. „Verschwinde!", knurrte er.

„Nicht, bevor du mir versicherst, dass du Jennifer nicht weiter behinderst."

„Den Teufel werde ich tun. Ich bekomme, was ich will. Das Haus gehört mir!"

Garreth startete einen neuen Angriff. Diesmal war er vorsichtiger und schlug gezielter zu. Travis schützte sich durch eine rasche Drehung. Garreth lief ins Leere und landete auf der Motorhaube von Jenkins' Streifenwagen. Keiner von beiden hatte bemerkt, dass er sich genähert hatte. Der fette Constable stieg aus, packte Garreth am Kragen und verstaute ihn mit einer Hand im Fond.

Travis wich zurück und schüttelte den Kopf. „Er hat angefangen. Ich habe mich nur verteidigt."

„Das stimmt, ich hab's gesehen", rief einer der Gaffer. Die Umstehenden nickten.

Jenkins öffnete die hintere Tür des Streifenwagens. „Einsteigen."

Travis war besonnen genug, um sich nicht zu widersetzen, und leistete der Forderung Folge.

Der Constable quetschte sich hinter das Lenkrad und fuhr zur Polizeistation. Als sie dort ankamen, entlud sich über Land's End ein heftiges Gewitter, es goss wie aus Eimern. Jenkins fluchte und trieb Travis und Garreth in die Wache. Die nach muffigen Akten riechenden Schränke, die schmuddeligen Gardinen und die vergilbte Tapete in dem kleinen Büro waren noch dieselben. Es war ein surreales Gefühl, wieder hier zu sein, so, als wären sie durch ein Loch in der Zeit in die Vergangenheit gefallen. Wieder hockten sie als Halbwüchsige schuldbewusst mit blutenden Köpfen auf denselben Stühlen und warteten darauf, dass Jenkins zu einer Strafpredigt ansetzte.

„Ihr wisst, wie ich es halte: Wehret den Anfängen. Ich hab dich gewarnt, Sayer." Der Constable ließ sich in seinen Sessel hinter dem Schreibtisch fallen und stocherte mit einem stumpfen Bleistift in der Luft herum. Dann steckte er ihn in einen altmodischen Spitzer und brach ihn ab, weil er zu viel Kraft einsetzte.

„Ich habe die Prügelei nicht angefangen", wehrte sich Travis.

„Der Idiot hat mich provoziert." Garreth drückte ein Taschentuch auf seine blutende Lippe.

Jenkins schlug mit der flachen Hand auf den Schreibtisch.

„Ihr seid doch keine Kinder mehr, verdammt!"

„Mord ist keine Kinderei", sagte Travis.

„Also darum geht es. Ich warne dich, Sayer. Ich habe dir gesagt, dass es Aufgabe der Kriminalpolizei in Exeter ist, den Fall aufzuklären. Und du solltest dich schämen, Garreth. Prügelt sich vor seinem eigenen Hotel! Jetzt, wo dein Vater ausfällt, hängt von deinem Verhalten nicht nur der Erfolg des Sea Manor ab. Die meisten Einwohner von Pennack leben auf die ein oder andere Weise vom Tourismus. Du trägst eine große Verantwortung, also benimm dich wie ein Mann, und reiß dich zusammen."

„Schmeißen Sie Travis aus dem Ort, dann herrscht auch wieder Ruhe", sagte Garreth.

Jenkins lief dunkelrot an. „Ich würde nichts lieber tun, aber mir sind leider die Hände gebunden. Er ist nicht auf Bewährung draußen, sondern rehabilitiert." Er wandte sich an Travis. „Es wäre trotzdem besser für alle, wenn du gehen würdest."

Travis stand auf. „Sie haben schon einmal die Hände in den Schoß gelegt. Wollen Sie denselben Fehler wieder begehen?"

„Pass auf, was du sagst, Junge. Und du, Garreth, denk daran, was ich dir gesagt habe. Wenn ich dich noch mal erwische, wie du dich auf der Strandpromenade herumprügelst, loch ich dich ein. Ob du Wyne heißt oder nicht. Und jetzt raus hier!"

Garreth trollte sich wie ein getretener Hund.

„Du wartest, Sayer."

Travis blieb in der Tür stehen, mit dem Rücken zu Jenkins. Er hörte, wie der Stuhl unter dessen Gewicht ächzte.

„Wenn du denkst, es hätte mir damals Spaß gemacht, dich zu verhaften, irrst du dich", sagte der Constable, „du weißt so gut wie ich, dass alles gegen dich sprach."

„Wenn Sie nach Susan gesucht hätten, könnte sie noch leben."

„Es gibt Vorschriften, die ich einhalten muss, wenn eine Person vermisst wird. Vielleicht hätte ich etwas unternehmen müssen, aber wahrscheinlich hätte es nichts geändert."

„Das können Sie nicht wissen."

„Pass mal auf, Sayer. Ich hab nichts gegen dich, auch wenn du das glauben magst. Meiner Meinung nach bis du mit deinem Alten genug gestraft. Aber ich will Ruhe im Ort haben. Jeden, der mir hier das Leben schwer macht, stecke ich in den Sack. Hast du das verstanden?"

„Erzählen Sie das Garreth."

„Das habe ich gerade deutlich gemacht, oder nicht?"

Travis drehte sich. „Würden Sie mir einen Gefallen tun?"

„Ungern."

„Haben Sie ein Auge auf Jennifer Nowak."

Jenkins schüttelte den Kopf. „Die hält ohnehin nicht lange durch, ob Garreth ihr Probleme macht oder nicht."

„Ich will nicht, dass ihr etwas zustößt. Dort oben sind schon eine Menge Leute verschwunden."

Jenkins zündete sich eine Zigarette an. „Es gibt neue Erkenntnisse. Ich darf dir das eigentlich nicht verraten", fuhr der Constable fort, „oben in den Bergen von Wales sind in den vergangenen Jahren zwei weitere Mädchen ermordet worden. Jedes Mal wurde dabei ein blauer Lieferwagen benutzt."

„Sind Sie sicher?"

„Als du entlassen wurdest, habe ich mit Tremaine gesprochen. Wenn du glaubst, Garreth als Mörder überführen zu können, vergeudest du deine Zeit. Susan wurde wahrscheinlich Opfer eines Serientäters."

„Warum hat die Polizei dann das blutverschmierte T-Shirt und den Bootshaken im Schuppen meines Vaters gefunden?“

„Sie wissen es nicht, aber sie arbeiten daran.“

„Wie viele blaue Lieferwagen gibt es wohl in Südengland?“, überlegte Travis.

„Eine Menge“, gab der Constable zu.

„Garreth hatte ein Motiv und die Gelegenheit. Er …“

„… hat ein Alibi für die Tatzeit.“

Travis dachte darüber nach, ob er Jenkins in seine Entdeckung einweihen sollte … der fehlende Werbeschriftzug. Er entschied sich dagegen, weil er in Pennack niemandem über den Weg traute. Erst musste er mehr in der Hand haben.

„Susan wäre niemals zu einem Fremden in den Wagen gestiegen“, sagte er, „aber in einen Lieferwagen der Firma ihres zukünftigen Schwiegervaters jederzeit.“

Jenkins zuckte mit den Schultern. „Wer weiß das schon? Geh jetzt, und halte dich von Garreth fern. Den Rest erledigt die Polizei in Exeter.“

Travis verließ die Wache und lief durch die Gassen zu den Docks hinunter. Ließ er sich wirklich von seinem Zorn auf Garreth blenden und jagte einem Phantom hinterher? Vielleicht hatte Jenkins recht, und er sollte das alles hinter sich lassen. Aber das würde auch bedeuten, dass Jennifer aus seinem Leben verschwinden würde; und diese Vorstellung gefiel ihm ganz und gar nicht.

19

Die Schneide der Zimmermannsaxt blitzte im Licht der Taschenlampe. Unter normalen Umständen hätte Jennifer niemals den Mut aufgebracht, in diesem finsteren Labyrinth einen Einbrecher zu stellen. Doch wie schon im Garten siegte die Empörung darüber, dass es jemand wagte, sich unbefugt in ihrem Eigentum herumzutreiben, über die Angst. Sie hatte bisher kaum mehr besessen als die Kleidung, die sie auf dem Leib trug, einen altersschwachen Fiat 500 und eine Ikea-Couch. Aber dieses Haus gehörte ihr, und der Besitz begann sie schneller zu verändern, als ihr bewusst gewesen war.

Sie schlich auf Zehenspitzen die Empore entlang und wartete darauf, dass sich das Poltern wiederholte. Einzelne, schwere Regentropfen platschten auf das Dach. Hatte sie sich von dem heranziehenden Unwetter täuschen lassen? Die Axt begann langsam durch ihre schweißnassen Finger zu rutschen. Sie wischte sich die Hände an ihren Jeans ab und fasste den Stiel so fest, dass ihre Knöchel weiß wurden.

Nein, sie hatte sich nicht geirrt. Da war es wieder! Aus dem Salon mit den großen Fenstern und dem halbrunden Balkon drang ein leises Kratzen und Scharren. Sie hob die Axt mit der Rechten und stieß die Tür mit der Fußspitze auf. Der Lichtstrahl ihrer Lampe bohrte sich wie ein gleißender Speer in die Dunkelheit.

„Wer ist da?"

Niemand antwortete, das Kratzen verstummte.

„Kommen Sie heraus, ich bin bewaffnet."

Ihre Warnung diente mehr dazu, sich selbst Mut zuzusprechen, denn als Drohung. Sie war sich nicht sicher, ob sie die Axt auch wirklich einsetzen würde, falls sie angegriffen wurde. Ein Ächzen und Stöhnen durchbrach die Stille. Sie schwenkte die Lampe herum und entlockte der Dunkelheit fremde Umrisse und Konturen, harmlose Sessel und Stehlampen verwandelten sich in bedrohliche Phantome. Der Lichtfleck der Taschenlampe heftete sich auf die Tür, die Jennifer am Nachmittag nicht hatte öffnen können. Sie bewegte sich knarrend in der Zugluft und schwang langsam auf. Die rostigen Angeln erzeugten das unheimliche Seufzen.

„Ist da jemand?"

Jennifer schob die Tür mit der Klinge der Axt auf und trat schnell einen Schritt zurück. Die Dunkelheit auf der anderen Seite war so dicht wie flüssiger Teer. Ein körperloses Augenpaar leuchtete auf, und mit einem entrüsteten Fauchen stob eine nachtschwarze Katze an ihr vorbei, als wären alle Teufel der Hölle hinter ihr her. Kaum war sie verschwunden, als in der Halle das Licht ansprang und die Galerie mit einem matten Schimmer überzog. Zumindest war der elektrische Strom wieder da. Das Trommeln des Regens auf dem Dach wurde lauter und verwandelte sich in ein stetiges Rauschen.

Aus dem geheimnisvollen Zimmer wehte ein eisiger Luftzug. Wachsam, jederzeit bereit, die Flucht zu ergreifen, betrat sie den dunklen Raum und ließ den Lichtstrahl über die Wände wandern. Dass sich eine streunende Katze auf der Jagd nach Mäusen in dem alten Haus herumtrieb, überraschte sie nicht, aber wie war sie in das Zimmer gelangt? Auf den ersten Blick gab es keinen zweiten Zugang. Der Schlüssel aber steckte auf der Innenseite im Schloss. Offenbar hatte jemand die Tür von innen entriegelt, aber wie war das möglich gewesen? Es musste dafür eine einfache, rationale Erklärung geben. Vielleicht war die Katze durch ein Loch in einer der Wände hineingelangt, dass Jennifer bei ihrer flüchtigen Überprüfung des Zimmers übersehen hatte. War das Tier in Panik gegen die Tür gesprungen, weil es den Ausgang nicht mehr fand, und hatte sie versehentlich aufgestoßen? Möglicherweise hatte sich die verklemmte Tür auch in der kalten Brise, die vom Meer her aufkam, nach der Hitze des Tages im Rahmen gelockert und war aufgesprungen. Vorerst würde sie dieses Rätsel nicht lösen können, alte Häuser hatten ihre Geheimnisse. Jennifer stieß erleichtert den Atem aus, froh darüber, dass der ungebetene Gast nur eine Katze gewesen war. Sie nahm sich vor, im hellen Licht des kommenden Tages das Haus einer genauen Prüfung zu unterziehen.

Neugierig begann sie das dunkle Zimmer zu untersuchen, in dem es ungewöhnlich kalt war. Ein frostiger Hauch strich über ihr Gesicht, sie hörte ein leises Klirren. Jennifer ließ den Lichtstrahl durch die Finsternis wandern und stieß rasch auf die Ursache. Eine der Fensterscheiben war zerbrochen, die verbliebenen Zacken bewegten sich leise in der Zugluft und erzeugten das klappernde Geräusch. Travis hatte ihr erzählt, dass die Kinder aus Pennack sich einen Spaß daraus machten, in dem leer stehenden Haus die Scheiben einzuwerfen.

Jennifer trat an das Fenster und blickte in die pechschwarze Nacht hinaus. Tief unter ihr lag das Dach der Dienstbotenwohnung, aus der ein schwacher Lichtschein fiel und ein bleiches Rechteck auf das Pflaster des Innenhofs malte. Sie überprüfte den Fensterriegel, er war festgerostet und ließ sich nicht bewegen. Selbst wenn jemand die waghalsige Kletterei auf sich genommen hätte, spätestens an diesem Punkt hätte er aufgeben müssen.

Aber wenn niemand außer der Katze ins Haus gelangt war, wessen Schritte hatte sie dann vorhin zu hören geglaubt? Ihr schoss der beunruhigende Gedanke durch den Kopf, dass es Henry Maugham selbst war, der durch das leere Haus geisterte. Gespenster brauchten keine Schlüssel, und verschlossene Türen stellten für sie auch kein Hindernis dar. Außerdem hinterließen sie keine Spuren ... aber ihre Schritte erzeugten auch kein Knarren auf den Dielen.

Sie schüttelte die abergläubische Vorstellung von dem verzweifelten Mann ab, dessen Geist auf der Suche nach seiner verschwundenen Geliebten umherirrte. Das waren nur Gruselgeschichten, nichts weiter. Stattdessen konzentrierte sie sich auf das merkwürdige Zimmer. Im Gegensatz zu den anderen Räumen schien es, als ob seine Einrichtung seit einem Jahrhundert nicht verändert worden war. Über den Möbeln hingen verstaubte Bettlaken, es roch nach Mäusedreck und Schimmel. Auf dem Boden lagen die Scherben einer Tonvase. Das war also die Ursache des Lärms gewesen. Wahrscheinlich hatte die Katze sie während ihrer Jagd umgestoßen und das Poltern hervorgerufen, das Jennifer für Schritte gehalten hatte.

An der Kopfseite des Raumes stand ein wuchtiges Bett aus dunklem Holz mit gedrechselten Stützen. Sie trugen einen Himmel aus Stoff, der in Fetzen herunterhing. Die Tagesdecke sah aus, als wäre sie seit Jahrzehnten nicht bewegt worden.

An der Wand gegenüber dem Fenster hing ein großformatiges Ölbild. Es war stark nachgedunkelt, aber die abgebildeten Personen darauf konnten nur Henry Maugham und seine Frau sein. Margareth Clayton saß auf einem Stuhl. Sie trug ein weißes Kleid, ihr dunkles Haar war kunstvoll hochgesteckt. Ein Lächeln umspielte ihre Lippen, aber es wirkte gezwungen und einstudiert. In ihren leicht schräg stehenden Augen lag eine Traurigkeit, die ihr Lächeln Lügen strafte. Jennifer kam der Gedanke, dass der Maler es nachträglich eingefügt haben könnte. Margareths Blick schien einen stummen Hilferuf auszusenden, der auch ihrem Mann aufgefallen sein musste. Vielleicht hatte er den Maler aufgefordert, mit der aufgesetzten Fröhlichkeit die gedrückte Stimmung des Bildes zu verändern.

Irritiert trat sie näher und richtete die Lampe auf das Bild. Jennifer lief ein kalter Schauer über den Rücken. Die Ähnlichkeit zwischen ihr und Margareth war unübersehbar, schließlich war diese Frau ihre Ururgroßmutter. Was sie aber erschreckte, war die blassrote Narbe auf ihrer linken Wange. Woher stammte sie? War es nur ein teuflischer Zufall, dass Margareth unter einer ähnlichen Entstellung gelitten hatte, oder steckte mehr dahinter?

Maugham stand neben ihrem Stuhl, seine Hand ruhte besitzergreifend auf ihrer Schulter. Während die junge Frau etwa fünfundzwanzig Jahre zählte, musste ihr Mann fast doppelt so alt sein. Das streng nach hinten gekämmte, pechschwarze Haar wich an den Schläfen zurück und war, ebenso wie der Vollbart, von eisgrauen Strähnen durchzogen. Maugham trug einen dunklen Ausgehrock, eine graue Weste und darunter ein Hemd mit aufgestelltem Kragen. Es war ein seltsam steifes Bild und ein seltsames Paar. Warum hatte der Maler die Narbe betont? Auf einer Fotografie wäre sie nicht zu verheimlichen gewesen, aber auf dem Gemälde hätte er Margareth mit einem Pinselstrich von ihr befreien können.

Jennifer schaute sich in dem Schlafzimmer um. Das Bett war zu schmal für ein Ehepaar. War dies Margareths Zimmer? War es Maughams Wunsch gewesen, dass nichts verändert wurde, damit er sich an einen Ort zurückziehen konnte, an dem er seinen Erinnerungen nachhängen konnte? Vielleicht war es deshalb seit hundert Jahren unberührt geblieben. Jennifer dachte an das Kenotaph mit der Inschrift im Garten. Ob sich Susans Schicksal aufklären ließ, wenn sie das Rätsel um Margareths Verschwinden löste? Noch war es nicht mehr als eine unbestimmte Ahnung, ein Instinkt, dem sie folgen musste. Wie die Narbe schien alles miteinander in Verbindung zu stehen.

Unter dem Ölgemälde befand sich ein Schminktisch im Biedermeierstil. Über dem Spiegel lag eine dicke Staubschicht. Jennifer fuhr mit dem Finger über das Glas und malte ein Herz in den Schmutz. Aber dann wischte sie es hastig fort. Es erschien ihr fehl am Platz zu sein wie die angeblich unsterbliche Liebe Maughams, die über den Tod seiner Frau hinaus bestehen geblieben war. Das Zimmer ähnelte mehr einer Gruft als einem Ort vertrauter Zweisamkeit. Hatte er mit seiner Trauer eine Wahrheit überdecken wollen, die außer ihm niemand ahnte?

Sie setzte sich auf den Stuhl vor dem Schminktisch und öffnete nacheinander die Schubladen. Sie waren leer bis auf eine verstaubte Bibel. Jennifer nahm sie vorsichtig heraus und schlug den Einband auf. In der Innenseite des Deckels stand ein Name: Margareth Clayton. Die nach links gerichtete, zierliche Schrift schien von einer Frauenhand zu stammen, vermutlich von Margareth selbst. Behutsam legte Jennifer die Bibel wieder in die Lade und kam sich wie ein Eindringling vor.

Sie stand auf, trat zwei Schritte zurück und betrachtete noch einmal das Gemälde. Plötzlich empfand sie ein tiefes Gefühl der Verbundenheit mit den Menschen auf dem Gemälde, immerhin waren dies ihre Vorfahren – die Familie, die sie nie gehabt hatte. Sie beschloss, dass das Bild einen Ehrenplatz in der großen Halle bekommen sollte.

Jennifer hob den goldverzierten Rahmen von der Wand, er war schwerer, als er aussah. Dann stellte sie das Bild auf den Boden und holte keuchend Atem. Ein heller Fleck leuchtete an der Wand über dem Schminktisch. In seiner Mitte befand sich eine Art Tresor. Neugierig trat Jennifer näher. Was mochte darin verborgen sein? Es musste wertvoll sein, sonst hätte Maugham sich nicht die Mühe gemacht, es hinter dem Bild zu verstecken. Oder hatte Margareth den Safe ohne Wissen ihres Mannes einbauen lassen? Vielleicht war er auch leer und barg überhaupt nichts.

Jennifer fuhr mit der Hand über die gusseiserne Frontplatte und untersuchte das Schloss. Es sah nicht besonders kompliziert aus, was aber nichts daran änderte, dass ihr der Schlüssel fehlte, um es zu öffnen. Ob er überhaupt noch existierte? Wenn, dann sollte er sich irgendwo im Haus finden lassen. Gleich morgen früh würde sie mit der Suche beginnen.

Sie trug das Bild aus dem Zimmer. An der Tür zum Salon stutzte sie. Deutlich waren auf dem schmutzigen Fußboden die Spuren zu sehen, die sie beim Betreten hinterlassen hatte. Ein Fußabdruck fiel ihr sofort ins Auge, denn er passte nicht zu den anderen. Jennifer stellte ihren Fuß daneben. Ein kaltes Prickeln kroch ihr Rückgrat herauf, der Abdruck war viel zu groß, als dass er von ihr stammen konnte. Travis konnte ihn auch nicht hinterlassen haben, denn er hatte das Zimmer nicht betreten. Es war also doch jemand hier gewesen.

20

Ein böiger Westwind trieb blütenweiße Wolkenfetzen vor sich her und löste das drückend schwüle Wetter ab, der tiefblaue Himmel glänzte wie polierter Stahl. Jennifer stand am Küchenfenster der Dienstbotenwohnung, trank Kaffee und blickte fasziniert auf das Meer. Mal war es glatt wie ein grünes Tischtuch, dann rau und bewegt wie ein zerknittertes Kleid mit weißen Tupfen. Heute zerzauste ein stürmischer Wind die Wellen und ließ seinen Fang als feinen Nebel auf die Klippen regnen. Die See war unruhig, als missbillige sie die Veränderung, die mit dem Haus vorging. Jennifer hatte die Tür zur Vergangenheit einen Spalt weit aufgedrückt, und nun stand sie kurz davor, sie vollends öffnen. Die geheimnisvolle Kammer im Obergeschoss ließ sie nicht mehr los. Doch zuvor musste sie sich um alltägliche Dinge kümmern, die sich nicht aufschieben ließen.

Den Vormittag verbrachte sie damit, etliche Telefonate zu führen. Sie rief den Architekten in Truro an, den Fitch ihr empfohlen hatte, und vereinbarte einen Termin. Eine Firma aus Penzance lieferte die Waschmaschine und die neuen Küchengeräte, die sie bestellt hatte. Gegen Mittag erreichte sie Neubauer, dem sie den Auftrag erteilte, sich um ihre finanziellen Angelegenheiten in Deutschland zu kümmern. Er versprach, die Formulare der entsprechenden Vollmachten noch am

selben Tag zu schicken. In die winzige Dachgeschoss-
wohnung würde sie ohnehin nicht zurückkehren. Ganz
gleich, wo sie sich niederlassen wollte, sie konnte sich
etwas Besseres leisten.

Es war bereits nach eins, als sie ungeduldig ein Fertig-
gericht in die Mikrowelle schob und es hastig herunter-
schlang. Sie wollte endlich mit der Suche nach dem fehlenden Tresorschlüssel beginnen.

Als sie die Verbindungstür zum Haupthaus öffnete,
dachte sie an die Fußspur in der Kammer. Zwar hatte
Travis eine neue Eingangstür mit einem hochwertigen
Schloss eingesetzt, aber es könnte nicht schaden, zu-
sätzliche Riegel anzubringen.

Kurz darauf stand sie in der Halle und überlegte, wie
sie in diesem riesigen Haus einen einzelnen Schlüssel
finden sollte, der dazu noch von seinem Besitzer vermutlich an einem sicheren Platz verwahrt worden war.
Schließlich wagte sie sich in den Keller mit seinen verwinkelten Gängen und versetzten Ebenen hinab. Sie
durchsuchte die Schränke und den Experimentiertisch
in Maughams Arbeitsraum, der sie an das Labor des Dr.
Frankenstein erinnerte. Gruselige Hinterlassenschaf-
ten wie in Spiritus eingelegte Exponate fand sie keine,
sie existierten nur in ihrer Fantasie. Das Haus war
nichts weiter als ein altes Gebäude, das lange leer gestanden hatte.

In der riesigen, ungenutzten Küche im hinteren Teil
des Erdgeschosses stieß sie dann endlich auf eine Spur.
In einer der Schubladen entdeckte sie eine Blechkiste
mit einem Dutzend Schlüsseln. Sie lief in die Kammer
hinauf und probierte sie der Reihe nach aus. Enttäuscht

musste sie feststellen, dass keiner von ihnen zu dem Schloss des Wandtresors passte.

Jennifer verließ Margareths Schlafzimmer, durchquerte den davorliegenden Salon und trat auf die Empore hinaus. Das Porträt von Maugham und seiner geheimnisvollen Frau stand noch dort, wo sie es abgestellt hatte. Bei Tageslicht betrachtet, verstärkte sich der Eindruck der Melancholie auf Margareths Gesicht. Sie neigte sich leicht nach rechts, als wollte sie sich von ihrem Ehemann abwenden. Bildete sie sich das alles nur ein? Schließlich war dies das Werk eines Malers und keine Fotografie. Konnte es sein, dass der Künstler Margareths Stimmung gespürt und instinktiv dargestellt hatte, was sie empfand? Möglicherweise hatten die Eheleute gar nicht gemeinsam Porträt gestanden. Das würde auch Margareths offenbar nachträglich eingefügtes Lächeln erklären.

Jennifer wollte mehr über ihre Ahnin erfahren, immerhin verdankte sie ihr vier Millionen Pfund. Was für ein Mensch war sie gewesen, und was hatte sie dazu gebracht, Henry Maugham zu heiraten? Einen Mann, der augenscheinlich nicht zu ihr passte und fast doppelt so alt gewesen war. Die Bibel im Schminktisch kam ihr in den Sinn. Ob sie in der Kirche von Pennack den Bund fürs Leben geschlossen hatten?

Da die Bauarbeiten vorerst ruhten, beschloss sie, den Nachmittag zu nutzen, um mehr über Margareth Clayton herauszufinden. Es musste Aufzeichnungen geben, Geburts- und Sterberegister und natürlich Urkunden über Eheschließungen, vielleicht sogar eine Kirchenchronik.

Sie kehrte in die Wohnung zurück und durchsuchte
ihren spärlichen Kleiderschrank nach passender Kleidung. Dabei wurde ihr bewusst, dass sie die alltäglichen
Dinge völlig vernachlässigte. Sie lebte seit zwei Wochen aus dem Koffer, hatte nur das Allernötigste er-
standen und sollte dringend ihre Garderobe auffri-
schen. Hatte das düstere alte Gemäuer sie bereits so in
seinen Bann gezogen, dass sie das Leben außerhalb seiner Mauern vergaß?

„Tut mir leid", flüsterte sie erschrocken, als könne das
Haus hören, wie geringschätzig sie von ihm dachte.

Sie schloss die Augen und stellte sich das Anwesen
vor, wie es aussehen würde, wenn sie fertig war: ein
lichtdurchflutetes Haus mit einem parkähnlichen Garten voller Blütenpracht und dem Kenotaph, das wieder
in seiner schlichten Schönheit erstrahlte, im Mittel-
punkt.

Jennifer tippte den Ortsnamen Pennack in die Such-
maschine ihres Smartphones und fand schnell heraus,
dass es auf der anderen Seite der Bucht eine anglikani-
sche Kirche gab. In gespannter Erwartung machte sie
sich auf den Weg.

Das Gotteshaus erinnerte eher an eine mittelalterli-
che Festung als an eine Kirche. Zinnen krönten den ge-
drungenen, quadratischen Turm. An seinen Ecken
strebten mit Heiligenfiguren verzierte Türmchen in
den Himmel. Hinter dem Hauptturm duckte sich ein
schmuckloses, aus verschiedenfarbigem Sandstein ge-
mauertes Kirchenschiff mit einem einfachen Pultdach.
Der Seewind hatte die Kanten glatt geschliffen, das
Holz des Eingangsportals schimmerte silbrig in der

Sonne. Ein mit Steinplatten ausgelegter Weg führte über einen kleinen Friedhof zur Kirche. Verwitterte Grabsteine ragten wie schiefe Zähne aus der Erde. Buchen und Eichen wechselten sich mit Palmen ab, was eine kuriose Mischung aus einheimischen Pflanzen und Exotik ergab.

Jennifer umrundete die Kirche und stieß auf ein einstöckiges Pfarrhaus mit weit heruntergezogenem Dach. Sie zog an dem altmodischen Glockenseil und wartete. Ein rotwangiger Mann um die sechzig öffnete die Tür. Er trug braune Cordhosen und ein kariertes Holzfällerhemd. Krähenfüße setzten sich hell von der gebräunten Haut des wettergegerbten Gesichts ab. Sein schlohweißer Haarkranz leuchtete in der Nachmittagssonne wie ein Heiligenschein. Er streckte die Hand zur Begrüßung aus und lächelte einladend.

„Ich bin Vikar Peter Baines. Sie müssen die junge Frau aus Deutschland sein. Herzlich willkommen in unserer Gemeinde.“

„Sie wissen, wer ich bin?“, fragte sie überrascht.

„Neuigkeiten sprechen sich hier schnell herum. Ich hatte gehofft, Sie würden mich besuchen.“

Jennifer fühlte sich ein wenig unbehaglich und sah sich bereits gezwungenermaßen als Mitglied des örtlichen Kirchenchors oder des Vereins anglikanischer Landfrauen.

„Ich ... äh ... gehöre keiner Glaubensgemeinschaft an.“

Baines lachte und brachte damit seinen ansehnlichen Bauch zum Wackeln. „Nur keine Sorge, ich will Sie nicht bekehren. Sie haben das Maugham-Haus geerbt und sind neugierig auf seine Geschichte. Nun, da kann ich Ihnen weiterhelfen. Kommen Sie doch herein.“ Er zwinkerte ihr zu. „Ich würde mich dennoch freuen, wenn Sie mal zur Messe kämen. Einen Tee vielleicht?"

„Gerne."

Vikar Baines geleitete sie in ein Wohnzimmer mit niedriger Decke und einem offenen Kamin aus hellgrauem Stein. Während er in der Küche den Tee zubereitete, sah sich Jennifer neugierig um. Das Zimmer war tatsächlich so, wie man es bei einem englischen Landpfarrer erwartete: ein gestreiftes Sofa mit bestickten Kissen, die vom Alter dunkel gewordene Holzbalkendecke und geblümte Vorhänge vor den kleinen Sprossenfenstern. Über dem Kamin hing ein großes hölzernes Kruzifix, in einem Bücherregal standen Kriminalromane – Agatha Christie, Edgar Wallace und Bücher von Arthur Conan Doyle. Der Pfarrer schien eine Vorliebe für Detektivgeschichten zu haben, das erklärte wohl auch, warum er sie sofort erkannt und erwartet hatte. Außerdem interessierte er sich für Okkultismus und paranormale Phänomene, denn er besaß jede Menge Literatur zu diesen Themen.

Baines kehrte mit einem silbernen Tablett, Tassen und einer Porzellankanne zurück.

„Woher wussten Sie, wer ich bin?", fragte Jennifer.

„Ich möchte Ihnen nicht zu nahe treten, aber es war nicht schwer zu erraten."

Sie strich unwillkürlich das Haar über die Wange. „Ich verstehe."

Er betrachtete sie ohne Scheu. „Es kann nicht leicht für eine junge Frau sein, damit zu leben. Wenn Sie das Bedürfnis verspüren, darüber zu reden, will ich Ihnen gerne zuhören."

„Danke, aber ... ich glaube ... das ist nicht nötig."

Sie konnte nicht verhindern, dass ihr ohne Vorwarnung Tränen in die Augen schossen. Im gleichen Maß, wie die Brandwunden verheilten und sich Narben bildeten, schienen auch ihre Empfindungen zu versteinern. Wenn sie in den Spiegel blickte, stellte sie sich vor, eine fremde Frau vor sich zu haben. Was sie sah, war nicht sie selbst. Es war der einzige Weg, ihre Entstellung zu akzeptieren.

Ob es die warmherzige Atmosphäre war oder Baines' väterliche Art, Jennifer begann unter Tränen von der Nacht in der Hütte und Miros rätselhaftem Tod zu erzählen. Der Vikar hörte zu, ohne sie ein einziges Mal zu unterbrechen.

„Eine sonderbare Fügung, dass Sie ausgerechnet an diesem Tiefpunkt Ihres Lebens eine Erbschaft machen und erfahren, dass Sie eine Familie haben, von der Sie nichts wussten. Nicht wahr?"

„Das ist wohl eher Ihr Fachgebiet. Heißt es nicht, Gottes Wege seien unergründlich?"

Baines lächelte. „Ich bin sicher, dass es so ist. Dass Sie sich entschlossen haben, hierherzukommen und zu bleiben, hat bestimmt einen tieferen Sinn. Wir werden es irgendwann verstehen."

„Mag sein, aber die Ereignisse haben mich überrollt. Ich hatte kaum Zeit, mich einzugewöhnen oder Entscheidungen zu treffen. Und dann ist da noch das merkwürdige Gefühl, das ich bei meiner Anreise hatte. Alles kam mir so vertraut vor, mir war, als käme ich nach Hause. Dieses Haus schien auf mich gewartet zu haben, und nun fordert es all meine Aufmerksamkeit. Manchmal glaube ich, es will mich regelrecht in Besitz nehmen."

Baines nickte. „Oh ja, es ist kein gewöhnliches Haus. Man sagt, manche Gebäude würden im Lauf der Zeit eine eigene Persönlichkeit entwickeln. Ebenso bewahren sie Ereignisse, die in ihnen stattgefunden haben, vor allem Verbrechen oder traumatische Erlebnisse. Es kommt zu Geistererscheinungen, die jedoch nichts weiter sind als Projektionen der Vergangenheit. Aber ich fange an, mein Steckenpferd zu reiten. Wie kann ich Ihnen helfen, Miss Nowak?“

„Ich möchte mehr über meine Ahnin Margareth Clayton herausfinden. Sie scheint eine faszinierende Persönlichkeit gewesen zu sein, ebenso wie ihr Mann. Wenn sie so bekannt in der Gegend waren, dass die Erinnerung an sie noch heute wach ist, werden sie vielleicht in einer Kirchenchronik erwähnt – falls es eine solche gibt. Wie hat sie gelebt, was war sie für ein Mensch? Und natürlich …“

„… warum verschwand sie spurlos?“, beendete Baines ihre Frage. „Es gibt in der Tat eine Chronik. Außerdem findet sich in meinem kleinen Archiv auch ein Artikel aus dem Cornish Telegraph von 1916, der sich mit Maughams Verschwinden befasst. Ich beschäftige mich seit Langem intensiv mit der Geschichte von Pennack und kenne die Legenden über Henry Maugham und Margareth Clayton sehr gut.

Der Ursprung seines Vermögens gab schon immer Anlass zu Spekulationen. Er war als junger Militärarzt in Indien stationiert. 1882 kehrte er als steinreicher Mann nach England zurück. Böse Zungen behaupteten, das Geld stamme aus einem Verbrechen. Andere waren sicher, er hätte einen Schatz entdeckt. Das alles waren nur Gerüchte, niemand wusste Genaues, und Maugham sprach nie darüber.“

„Dann verdanke ich das Erbe gar nicht meiner Ururgroßmutter, sondern Henry Maugham?“, fragte Jennifer überrascht.

„Davon gehe ich aus.“

„Aber wie kann das sein? Sie starb doch vor ihrem Mann.“

Baines rieb sich das Kinn. „Das ist eins der Rätsel, die wir lösen müssen. Maugham baute das Haus auf der anderen Seite der Bucht und ließ sich dort nieder. Über einen Mangel an Patienten konnte er sich nicht beklagen, obwohl sich ein großer Teil der armen Landbevölkerung eine Behandlung gar nicht leisten konnte. Maugham empörte sich darüber und setzte sich für Verbesserungen im Gesundheitswesen ein, jedoch ohne Erfolg. Fortan behandelte er Arme, ohne ein Honorar dafür zu verlangen, und kümmerte sich um die Insassen der Waisen- und Arbeitshäuser in Exeter und Truro. Sein Engagement brachte ihm nicht nur Freunde ein, denn er kritisierte offen die untragbaren hygienischen Zustände in diesen Einrichtungen. Anfang des 20. Jahrhunderts geriet er in Verruf, weil er ab und zu junge Frauen, die ihm besonders klug oder talentiert erschienen, in sein Haus in Pennack holte. Sie führten seinen Haushalt, und er unterrichtete sie in Naturwissenschaften, Medizin und Pharmazie, die damals noch in den Kinderschuhen steckte.“

„Glauben Sie, er hat die Mädchen …?“

„Missbraucht? Aber nein. Maugham war ein Einzelgänger, verschroben und unnahbar. Wenn Sie mich fragen, er kam mit sich und der Welt nicht zurande und scheute seine Mitmenschen. Trotzdem war er immer bereit zu helfen, nur gab er nichts von seinem Privatleben preis. Da er aber auf diese Weise keine Nahrung für Klatschgeschichten bot, sogen sich die ehrbaren Bürger von Pennack etwas aus den Fingern. Manche sahen in seiner karitativen Arbeit einen Beweis für sein schlechtes Gewissen.“

„Hatte er denn Grund dazu?“, fragte Jennifer.

„Wegen des Geldes, vermutete man“, antwortete Baines. „Es nährte das Gerede, sein Reichtum stamme aus einer Bluttat. Sie wissen doch, wie die Leute sind. In Deutschland sind sie sicher nicht anders, hab ich recht?“

„Ja“, sagte Jennifer, „es gibt immer welche, die sich das Maul zerreißen.“

„So ist es. Dazu kam noch, dass Maugham niemals heiratete, bevor er Margareth Clayton kennenlernte. Und da war er schon fünfundvierzig, zur damaligen Zeit ein alter Mann.“

„Dann hatte es Margareth sicher nicht leicht, akzeptiert zu werden. Sie stammte aus ärmlichen Verhältnissen?“

Baines nickte. „Maugham besuchte regelmäßig die Arbeitshäuser im Umland. Dabei muss sie seine Aufmerksamkeit erregt haben.“

„Kam sie dort zu der Narbe im Gesicht?“

Überrascht blickte der Vikar auf. „Eine Narbe, sagen Sie?“

„Das ist seltsam, nicht wahr? Auf einem Porträt, das ich im Haus entdeckt habe, ist eine Narbe auf der linken Wange zu sehen – genau wir bei mir.“

„In der Tat eine sonderbare Übereinstimmung“, antwortete der Vikar, „davon war mir nichts bekannt.“ Er schüttelte verwundert den Kopf.

„Auf dem Gemälde sieht Margareth sehr unglücklich aus“, sagte Jennifer, „zumindest erscheint es mir so. Eigentlich sollte man annehmen, dass sie das große Los gezogen hatte. Maugham soll sie abgöttisch geliebt haben.“

„Nun, damals wurden die meisten Ehen arrangiert, eine Liebesheirat war eher die Ausnahme. Margareth dürfte froh gewesen sein, dem Armenhaus entfliehen zu können. Eine Heirat – mit wem auch immer – stellte sicher das geringere Übel dar. Ob sie seine Liebe tatsächlich erwidert hat, werden wir niemals erfahren.

In diesen Häusern herrschten menschenunwürdige Zustände, auch wenn sie häufig von der Kirche oder einem christlichen Orden geführt wurden. Als Geistlicher bin ich nicht stolz darauf, aber ich muss es als historische Tatsache hinnehmen.“

„Ich wüsste gerne, was Margareth für ein Mensch gewesen ist“, sagte Jennifer, „immerhin ist sie meine Vorfahrin und hat mir ihr Vermögen vererbt. Und die Narbe … sie erzeugt eine seltsame Verbundenheit.“

Baines nahm sich ein Gebäck. „Tja, womit wir wieder bei dem Rätsel der Familienlinie wären. Maugham und Margareth hatten keine Kinder.“

„Wie meinen Sie das?“

„So wie ich es sage. Im Kirchenregister ist die Heirat eingetragen sowie die beiden Sterbefälle, aber keine Geburten.“

„Wie konnte ich dann das Vermögen erben?“

„Weil Lloyd Chapman Ihr Großvater war.“

„Und wie kam er in den Besitz des Hauses und des Vermögens?"

„Ich weiß es nicht. Vielleicht findet sich die Antwort in Exeter. Das Arbeitshaus, in dem Margareth lebte, existiert noch. Heute ist es ein Heim für schwer erziehbare Jugendliche und wird von demselben Orden geführt wie vor hundert Jahren, den Sisters of Mother Mary."

„Ob man mir dort wohl Auskunft geben wird?"

„Wenn Sie möchten, werde ich Sie der Mutter Oberin ankündigen. Ich denke, sie wird Sie gerne unterstützen. Die Zeiten haben sich ein wenig geändert."

„Das ist sehr freundlich."

Der Vikar griff zur Kanne. „Noch einen Tee?"

„Danke. Wissen Sie etwas über die Nacht, in der Margareth verschwand?"

„Auch darüber berichtet der Cornish Telegraph. Der Artikel beruht auf den Polizeiakten der Untersuchung. Am frühen Morgen des 25. Novembers 1905 meldete Henry Maugham seine Frau in der Polizeiwache von Pennack als vermisst. Der Constable organisierte eine große Suchaktion, fast jeder im Ort beteiligte sich daran. Maugham galt als hochgeachteter Bürger der Gemeinde, auch wenn einige seine Heirat als nicht standesgemäß empfanden. Um Ihre Frage von vorhin aufzugreifen: Margareth Clayton muss einen sehr liebenswürdigen Charakter besessen haben, denn trotz aller Widerstände hatte sie viele Freunde und Unterstützer in Pennack gefunden."

„Aber man fand sie nicht?"

„Nur ihren Schal, der sich an einem Felsen verfangen hatte, den man seither Margareths Pet nennt. Man sagt, sie sei dort auf der Suche nach ihrem Hund von den Klippen gestürzt. Andere behaupten, sie wäre in dem Garten oberhalb des Hauses umgekommen. Waren Sie schon dort?"

„Ja, es ist ein wundervoller Ort."

„Er ist Margareths Schöpfung. Sie liebte es zu gärtnern. Es gibt dort einen Platz ziemlich weit oben, von dem man eine herrliche Aussicht hat."

Jennifer erinnerte sich an die Wiese. „Ich weiß, was Sie meinen, ich war dort und habe mich sofort in den Platz verliebt."

„Dort verlor sich Margareths Spur. Ihre Leiche wurde nie gefunden. Die Polizei ging von einem Unglück aus. Vermutlich stürzte sie von den Klippen ins Meer."

„Der Verlust hat Maugham das Herz gebrochen, nicht wahr?"

„So erzählt man sich. Zu Margareths Gedenken errichtete er das Kenotaph, das Sie sicher gesehen haben. Aber sein Wesen veränderte sich, er wurde reizbar und cholerisch und sonderte sich noch mehr ab als zuvor. Bald praktizierte er auch nicht mehr und lebte völlig zurückgezogen, aber drei Jahre später überraschte er alle."

„Wieso das?"

„1908 heiratete er ein zweites Mal, ausgerechnet seine Haushälterin Holly Robertson. Niemand hatte damit gerechnet, aber sie vollbrachte das scheinbar Unmögliche. Maugham blühte noch einmal auf. Er entsagte dem Alkohol, begann wieder als Arzt zu arbeiten und nahm erneut am öffentlichen Leben in Pennack teil. Eine Zeit lang saß er sogar im Gemeinderat. Aber sein Glück währte nicht lange."

„Was geschah?", fragte Jennifer.

Baines verzog das Gesicht. „Eine sehr unangenehme Geschichte. Maugham scheint in seiner Einsamkeit einen großen Fehler begangen zu haben, falls er geglaubt haben sollte, Holly wäre wie Margareth. Denn das war sie nicht. Sie wurde ein halbes Jahr nach der Heirat ermordet. Es kam zu einem aufsehenerregenden Prozess, bei dem auch Maugham als Zeuge auftreten musste. Eine Zeit lang stand er sogar selbst unter Verdacht."

„Ich wage es kaum zu fragen. Verschwand Holly Robertson ebenfalls spurlos?"

Baines schüttelte den Kopf. „Nein, man fand sie im Garten, in der Nähe des Kenotaphs. Jemand hatte ihr den Schädel eingeschlagen. Im Laufe der Ermittlungen ergab sich ein beschämendes Bild von Holly. Sie hatte sich in der Absicht in Maughams Haushalt geschlichen, ihn um sein Vermögen zu bringen. Sie glaubte, leichtes Spiel mit dem alternden, einsamen Mann zu haben, schließlich muss sie Margareth Clayton sehr ähnlich gesehen haben. Heute würde man sagen, sie war sein Typ. Holly erreichte ihr Ziel, doch dann wurde sie übermütig. Sie war wohl überzeugt davon, dass ihr nach der Heirat nichts mehr passieren könne. Sie hatte zahllose Affären und warf mit Maughams Geld um sich. Als er davon erfuhr, stellte er sie zur Rede, aber sie lachte nur. Schließlich begann sie ein Verhältnis mit einem Mann namens Alexander Deacon - ein Handwerker, der die von ihr gewünschten Umbauten im Haus vornahm. Gemeinsam beschlossen sie, Maugham zu bestehlen und durchzubrennen. Er sammelte wieder Spenden für die Waisenhäuser und bewahrte das Geld im Haus auf.

Holly führte inzwischen auch seine finanziellen Angelegenheiten, er muss ihr also vertraut haben."

„Und wurde ihr Tod aufgeklärt?"

„Das Gericht sprach Hollys Geliebten des Mordes aus Habgier schuldig. Es kam wohl zu einem Streit zwischen ihnen um die Beute, in dessen Folge er Holly erschlug und sich davonmachte. Als Beweis präsentierte Maugham einen Brief von Holly an Deacon, in dem sie behauptete, zu wissen, wie sie die Spendengelder an sich bringen könnte. Deacon hatte eine Schiffspassage von Bristol aus nach New York gebucht, allerdings nur für sich. Er hatte wohl niemals vor zu teilen. Ein geradezu klassischer Kriminalfall.

Maugham erholte sich von dem Vertrauensbruch nicht mehr. Er zog sich in sein Haus zurück und begann wieder zu trinken. Hausangestellte sagten, er sei außerdem heroinsüchtig und hochdepressiv gewesen. In einer Sturmnacht des Jahres 1915 tauchte er in der Pfarrei auf und verlangte, dass man ihm die Beichte abnehmen sollte, aber der Pfarrer war zu einem Sterbefall gerufen worden. Maugham verließ die Kirche ohne Absolution und wurde nie wieder gesehen."

„Weiß man, was er beichten wollte?"

„Nein, dieses Geheimnis hat er mit ins Grab genommen."

Baines schenkte Tee nach. „Aber lassen wir die alten Geschichten ruhen. Ihr Plan, das Maugham-Haus mit neuem Leben zu erfüllen, gefällt mir. Ein frischer Wind könnte helfen, das Haus von seiner düsteren Vergangenheit zu befreien."

„Wie meinen Sie das?"

Baines gab einen Schuss Milch in seinen Tee. „Wenn ein Haus so lange leer steht, gibt es immer Gerede und unheimliche Geschichten. Es heißt, dass die Maughams nicht die Einzigen waren, die spurlos verschwanden. In den Siebzigerjahren kam es dann noch einmal zu einem Verbrechen. Damals gab es den Plan, das Haus in eine Pension umzuwandeln. Der Besitzer, Edward Mason hieß er, glaube ich, war ein äußerst eifersüchtiger und jähzorniger Zeitgenosse. In einem Anfall von Raserei brachte er seine Frau und die beiden Kinder um.

Und dann ist da noch die Geschichte der Sturmtänzer. Man erzählt sich, dass ein junges Paar im Maugham-Garten den Tod fand. Ihre Familien stellten sich gegen ihre Liebe, sie hatten andere Pläne mit ihnen. Es heißt, die beiden Verliebten seien in einer Sturmnacht auf die Klippen geklettert und hätten so lange am Abgrund getanzt, bis sie ins Meer stürzten. Deshalb nennt man sie *die Sturmtänzer*. Sie wollten lieber im Tod vereint sein als im Leben getrennt. Der Wind pfeift und heult dort oben, dass es zuweilen wie eine traurige Melodie klingt.

Seitdem zieht es immer wieder unglückliche junge Leute dort hinauf, die den Tod suchen. Zuletzt passierte das 1984. All diese düsteren Legenden verschafften dem Haus einen üblen Ruf. Aber Ihr Vorhaben könnte etwas bewirken."

„Nicht alle sind dieser Meinung."

„Sie meinen wohl Garreth Wyne?"

Jennifer lächelte. „Sie sind wirklich gut informiert."

„Garreth führt nur den Willen seines Vaters aus. Vor ihm sollten Sie sich in Acht nehmen. Das ist ein sehr unangenehmer Bursche. Ich habe gehört, Ian Wyne hat einen Schlaganfall erlitten. Hat sein Sohn Sie bedroht?"

„Nun, er versucht, mir das Leben schwer zu machen, indem er mir Knüppel zwischen die Beine wirft. Er setzt Himmel und Hölle in Bewegung, damit ich meinen Plan aufgebe."

„Den Himmel wohl eher weniger", brummte Baines.

„Sie scheinen ihn nicht zu mögen?"

Der Vikar nahm sich noch einen Keks. „Ich müsste lügen, würde ich sagen, ich schätze Garreth. Die Familie Wyne bestimmt seit drei Generationen, was in Pennack gemacht wird und was nicht. Da haben Sie sich einen mächtigen Gegner geschaffen."

„Ich will keinen Ärger, aber man drängt ihn mir auf. Doch ich habe Hilfe."

„Sie sprechen von Travis Sayer?"

Dass Travis auf ihrer Seite stand, wusste er also auch schon.

„Ja. Was halten Sie von ihm?"

Baines seufzte. „Er hatte es nicht leicht. Sein Vater ist ein Trunkenbold. Travis musste hart um Anerkennung kämpfen. Wissen Sie, Cornwall ist eine der ärmsten Gegenden von England, vergleichbar mit den Industriestädten des Nordens. Hier gibt es nicht viele Aufstiegsmöglichkeiten. Eine davon ist Fußball. Travis Sayer war ein begnadetes Talent. Er hatte durchaus Chancen auf eine große Karriere, aber als er sechzehn war, zertrümmerte der Alte ihm das Knie mit einer Eisenstange."

„Darum humpelt er", sagte Jennifer. „Aber ..."

„Warum? Travis wollte Pennack verlassen. Er hatte sich um ein Sportstipendium in London beworben und hätte es wohl auch bekommen. Der alte Sayer aber brauchte ihn, weil er nicht mehr in der Lage war, mit dem Boot seinen Lebensunterhalt zu verdienen. Also versuchte er mit allen Mitteln, den Jungen zu halten. Vielleicht war es auch eine Verzweiflungstat, ausgelöst durch den Verlust seiner Frau, die er einige Wochen zuvor als vermisst gemeldet hatte."

„Travis hat mir davon erzählt", sagte Jennifer.

„Es ist ja auch kein großes Geheimnis damit verbunden. Offiziell war es ein Unfall, obwohl die Gerüchte nie verstummten, Jack Sayer habe sie im Ginrausch über Bord geworfen. Er behauptete, sie wären in schweres Wetter geraten und seine Frau sei über Bord gegangen. Einen Mord konnte man ihm niemals nachweisen. Tatsache ist, dass an jenem Tag vor Land's End ein Unwetter aufzog, von dem Sayer überrascht wurde.

War er zuvor schon ein mürrischer Einzelgänger, der sich durch die Pubs prügelte, so war er von diesem Tag an unausstehlich. Die Leute machten einen Bogen um ihn und um seinen Sohn schließlich auch. Jack Sayer musste seinen Beruf an den Nagel hängen. Er war überschuldet und nicht mehr in der Lage zu arbeiten. Travis' Vater ist überzeugt davon, dass der alte Wyne ihn aus dem Geschäft gedrängt hat. Ich weiß nicht, ob an dem Gerücht etwas dran ist. Glaubhafter erscheint mir, dass es seine Trunksucht war, die ihn dazu zwang, schließlich für Wyne zu arbeiten. Travis war der Leidtragende. Er stand mit einem Haufen Schulden da, nachdem er eine Hypothek auf den Trawler seines Vaters aufgenommen hatte."

Baines schlug sich auf die Oberschenkel und stand auf.

„Ich habe schon viel zu viel geredet. Kommen Sie, ich zeige Ihnen die Artikel aus dem Telegraph und die Einträge in der Kirchenchronik."

Der Vikar half ihr bei der Übersetzung, doch bis auf wenige Einzelheiten enthüllten die Dokumente nichts Neues. Henry Maugham wurde posthum als Wohltäter und selbstloser Arzt dargestellt, der sein Leben und Schaffen den Armen gewidmet hatte. Nur am Rande wurde erwähnt, dass er sich Gerüchten zufolge mit obskuren Wissenschaften und Spiritismus beschäftigt hatte. Auch über eine Absinth- und Heroinsucht in seinen letzten Lebensjahren wurde berichtet. Die Autoren stimmten überein, dass er sich aus Gram über den Verlust der einzigen Frau, die er je geliebt hatte, von den Klippen in den Tod gestürzt hatte. Warum er so dringend hatte beichten wollen, blieb ein Geheimnis.

Jennifer warf einen Blick auf ihre Armbanduhr, sie war seit fast zwei Stunden bei Baines.

„Ich könnte in einer Stunde in Exeter sein", sagte sie.

„Fahren Sie nur los, ich werde Schwester Rachel informieren, dass Sie kommen. Vielleicht kommen Sie dem Rätsel Ihrer Erbschaft auf die Spur. Es würde mich freuen, wenn Sie mir berichten, ob Sie etwas herausgefunden haben."

„Das mache ich ganz sicher. Vielen Dank für alles."

„Gott segne Sie."

Jennifer verließ die Kirche und ging über den Friedhof zu ihrem Wagen zurück. Sie hatte das Gefühl, dass in Exeter eine Überraschung auf sie wartete.

21

Travis hatte den Namen der Frau, die Garreth ein Alibi verschafft hatte, nie vergessen. Zwar hatte sie im Prozess keine Rolle gespielt, aber durch ihre Aussage war Garreth von jedem Verdacht befreit worden.

Es war nicht schwer gewesen, Mary Taylor zu finden. Sie lebte nach wie vor in Pennack. Allerdings arbeitete sie nicht mehr für Wyne, sondern hatte vier Monate nach dem Mord an Susan eine eigene Steuerkanzlei eröffnet. Auf ihrer Website warb sie mit renommierten Kunden, einer davon war das Sea Manor. Travis hatte den Pick-up in einer Seitenstraße abgestellt und beobachtete seit drei Stunden den Neubau in der Rosewin Road. Im Erdgeschoss befand sich ein Laden, der Artikel für Hochseeangler führte, die oberen Stockwerke hatten eine IT-Firma, ein Rechtsanwalt und eben Mary Taylor gemietet.

Nach seiner Festnahme war er ihr auf dem Flur des Polizeipräsidiums in Exeter begegnet. Sie hatte ihren Blick voller Scham abgewendet und war mit gesenktem Kopf an ihm vorbeigelaufen. Fünf Jahre lang hatte er darüber nachgedacht, warum sie gelogen hatte, nun stand ihm der Grund klar vor Augen: Ein Vierteljahr nach ihrer Aussage hatte sie die Stelle als Buchhalterin im Sea Manor gekündigt. Garreths Vater hatte ihre

Lüge offenbar gut bezahlt und Mary Taylor das Startkapital für ihre Kanzlei verschafft.

Wenn es ihm gelang, sie unter Druck zu setzen, bis sie ihre Aussage widerrief, hätte Garreth für die Tatzeit kein Alibi mehr. Und wenn er anschließend mit Hughs Hilfe auch noch beweisen könnte, dass Susan in der Mordnacht in einen Lieferwagen des Hotels gestiegen war, würde das Garreth schwer belasten.

Geduldig wartete Travis eine weitere halbe Stunde und trank eine Coke. Gegen 17 Uhr verließ Mary Taylor das Geschäftshaus. Er erkannte sie sofort wieder. Sie trug ein hellgraues Businesskostüm, ihr dunkles Haar war modisch kurz geschnitten. Sie stieg in einen knallroten Alfa Romeo Spider und fegte die Rosewin Road entlang. Travis lenkte den Pick-up aus der Seitenstraße und beeilte sich, um Wynes ehemalige Mitarbeiterin nicht aus den Augen zu verlieren.

Der Spider verließ Pennack Richtung Nordosten. Travis folgte ihm auf der Land's End Road über St Buryan und Catchall nach Penzance. Auf dem Parkplatz vor dem West Cornwall Hospital stieg Mary Taylor aus ihrem Wagen. Er stellte den Pick-up in einiger Entfernung ab und ging ihr unauffällig nach. Sie erkundigte sich am Empfangsschalter, durchquerte die Eingangshalle, studierte kurz die Orientierungstafel und begab sich dann zur Intensivstation.

Travis beobachtete, dass sie vor einer Glastür wartete und sich als Besucherin anmeldete. Er setzte sich auf einen Stuhl im Wartebereich und schnappte sich eine Illustrierte. Jagte er am Ende einer falschen Spur nach? Besuchte sie nur ein Familienmitglied oder einen Freund?

Kurz darauf erschien eine Krankenschwester. Mary Taylor begann eine lebhafte Diskussion mit ihr. Die Pflegerin holte daraufhin einen Arzt, der geduldig erklärte, dass Ian Wyne keinen Besuch empfangen dürfe. Als sie sich nach seinem Gesundheitszustand erkundigte, verweigerte der Arzt jede Auskunft. Sie gab auf, kehrte um und strebte auf den Ausgang zu. Travis fing sie auf dem Parkplatz ab.

„Es ist immer das Gleiche mit den Ärzten", sagte er, „sie geben niemandem Auskunft, der kein Angehöriger ist."

Sie drehte sich um, musterte ihn kurz mit kaltem Blick und schloss ihren Wagen auf.

„Wo Sie doch so gut wie zur Familie gehören, nicht wahr?", fuhr er fort.

„Was wollen Sie von mir?"

„Ich frage mich, was Sie so Dringendes mit Ihrem ehemaligen Chef zu besprechen haben."

„Ich wüsste nicht, was Sie das angeht."

„Eine ganze Menge, schätze ich. Was wollten Sie von Wyne? Sie haben wohl kaum Grund, seine Hand zu halten. Wie man so hört, war er ein ausgewachsenes Ekel und behandelte seine Angestellten wie Dreck."

Sie sah ihn irritiert an. „Wer sind Sie?"

„Erinnern Sie sich nicht an mich?"

„Nein."

„Aber *ich* habe *Sie* nicht vergessen. Mein Name ist Travis Sayer. Ich habe fünf Jahre für ein Verbrechen gesessen, das ich nicht begangen habe. Und Sie sind Mary Taylor, deren Falschaussage dazu beigetragen hat."

In ihren Augen flackerte Angst auf. „Lassen Sie mich in Ruhe." Sie stieg in ihren Spider und wollte die Tür zuziehen, aber Travis hinderte sie daran.

„Ich werde Ihnen sagen, warum Sie hierhergekommen sind. Sie wollten sich überzeugen, dass Wyne den Mund nicht mehr aufmachen kann. Sie haben Angst, er könnte im Angesicht des Todes sein Gewissen entdecken und reinen Tisch machen wollen."

„Ich weiß nicht, wovon Sie reden. Lassen Sie die Tür los, oder ich rufe die Polizei!"

Travis zog seine Hand zurück. „Das wird nicht nötig sein. Die wird zu *Ihnen* kommen … früher oder später. Susan Precotts Tod wird wieder aufgerollt, nachdem sich meine Unschuld erwiesen hat. Die Ermittler werden sich jede Aussage von damals anschauen, jedes Detail wird in neuem Licht betrachtet werden."

„Ich habe damit nichts zu tun."

„Wirklich nicht? Sie waren es doch, die Garreth ein Alibi verschafft hat. Wie fühlt es sich an, einen Mörder zu decken?"

„Ich habe meiner Aussage nichts hinzuzufügen." Sie klang jetzt weniger selbstsicher, mit einer Spur von Panik in der Stimme.

„Sie haben gelogen", fuhr Travis fort. „Wie viel hat der Alte Ihnen gezahlt? Immerhin offenbar so viel, dass Sie sich endlich selbstständig machen konnten und nicht länger gezwungen waren, für ihn zu arbeiten."

„Das ist nicht wahr."

„Drei Monate nach dem Mord eröffneten Sie plötzlich ein eigenes Büro. Woher hatten Sie das Startkapital?"

„Ich hatte gespart." Es klang kleinlaut.

„Wyne war und ist ein Geizhals. Sie konnten gar nicht genug verdienen, um genügend Geld anzusparen. Die Polizei wird Ihre Kontenbewegungen überprüfen und eine zeitliche Verbindung zu Ihrer Aussage herstellen. Oder hat Wyne Sie bar bezahlt?" Travis lachte. „Natürlich. Der Alte ist kein Dummkopf."

„Ich habe nichts zu verbergen. Belästigen Sie mich nie wieder."

„Die Typen von der Mordkommission in Exeter sind richtig harte Kerle", sagte Travis. „Wenn die Sie erst mal in der Mangel haben, werden Sie reden. Glauben Sie mir, ich weiß, wovon ich spreche. Sie werden Ihre Wohnung und Ihr Büro auf den Kopf stellen und in Ihrem Leben herumschnüffeln, bis sie gefunden haben, was sie suchen. Dann werden Ihre Kunden abspringen. Niemand vertraut einer Steuerberaterin, die Ärger mit der Polizei hat. Sie halten das nicht durch."

„Gehen Sie!" Sie flehte beinahe.

„Sie decken einen Mörder, Miss Taylor."

„Garreth war zur Tatzeit im Hotel. Zusammen mit seinem Vater und mir."

„Sie wissen, dass das nicht stimmt. Ziehen Sie Ihre Aussage zurück, solange Sie noch können. Für einen Meineid gehen Sie ins Gefängnis."

„Ich habe nicht unter Eid ausgesagt."

„Aber das werden Sie müssen. Es ist nur eine Frage der Zeit."

Sie schlug die Tür zu und fummelte hektisch den Zündschlüssel ins Schloss. Dann würgte sie den Motor ab, fluchte und versuchte es erneut. Der Spider fegte mit quietschenden Reifen davon.

Travis blickte ihr zufrieden nach. Noch konnte er nicht beweisen, dass Mary Taylor gelogen hatte, aber es schadete nicht, sie ein bisschen nervös zu machen. Nun, da sie wusste, dass er ihr auf den Fersen war, würde sie vielleicht einen Fehler begehen.

22

Jennifer kam gegen 18 Uhr in Exeter an. Das ehemalige Armenhaus stand in der Nähe der St.-Peter-Kathedrale. Baines hatte ihr das Gebäude aus dem 19. Jahrhundert gut beschrieben. Die Fassade aus rotem Backstein leuchtete weithin sichtbar am Rand einer Grünfläche südöstlich der Kathedrale. Jennifer durchquerte den kleinen Park und meldete sich an der Pforte an. Die Nonne hinter der Glasscheibe verhielt sich abweisend und begaffte sie mit morbider Neugier. Erst als sie den Namen des Vikars in Pennack erwähnte, griff die Nonne mit sauertöpfischer Miene zum Telefonhörer. Sie sprach mit starkem, cornischem Akzent und legte nach kurzem Gespräch auf.

„Mutter Rachel bittet Sie um einen Augenblick Geduld."

Daraufhin widmete sie sich wieder ihrer Schreibarbeit, ohne ihre Besucherin weiter zu beachten. Jennifer hätte schwören können, dass in der spröden Stimme Enttäuschung mitklang, weil die Oberin sich herabließ, sie zu empfangen.

Essensgerüche schwebten in der Luft, irgendwo fiel eine Tür ins Schloss, Schuhsohlen quietschten auf dem gebohnerten Linoleum.

Jennifer schlenderte durch das Foyer und betrachtete die Reproduktionen alter Fotografien, die die Wände säumten. Die sepiabraunen Bilder zeigten das Haus, wie es vor hundert Jahren ausgesehen hatte. Äußerlich hatte sich nicht viel verändert. Blieb zu hoffen, dass die Nonnen heute andere Methoden anwandten als ihre Vorgängerinnen, um die Seelen traumatisierter Kinder zu heilen. Beklommen erinnerte Jennifer sich an ihre eigene Kindheit. Auch sie hatte mehrere Jahre in Heimen zugebracht, mit denen sie keine guten Erinnerungen verband. Ob Margareths Schicksal sie deshalb so berührte? Vielleicht waren sie sich ähnlicher, als sie vermutete, auch wenn ein ganzes Jahrhundert sie trennte. Die Kinder auf den Fotografien blickten mit stumpfen Augen in die Kamera. In ihren Gesichtern spiegelten sich Armut, Mühsal und Erschöpfung. Ob eines von ihnen Margareth Clayton war?

„Sie sehen sehr unglücklich aus, nicht wahr?"

Jennifer drehte sich um. Vor ihr stand eine überraschend junge Frau, nur wenige Jahre älter als sie selbst. Sie trug Jeans und eine weiße Bluse, nichts deutete darauf hin, dass sie die Oberin eines kirchlichen Ordens war. Sie reichte ihr die Hand zur Begrüßung.

„Willkommen in Exeter, Miss Nowak. Ich bin Mother Rachel, aber sagen Sie einfach Rachel zu mir."

„Hallo", sagte Jennifer irritiert.

Die Nonne hinter der Glasscheibe glotzte sie missbilligend an. Die Oberin schien den Blick ebenso zu bemerken wie Jennifers Verwunderung.

„Die älteren Mitglieder unseres Ordens tragen noch die traditionelle Tracht", sagte sie lächelnd, „wir Jüngeren halten das nicht mehr so streng."

„Entschuldigen Sie, ich war in Gedanken. Die Fotografien erinnern mich an meine Kindheit."

„Sie sind in einem Heim aufgewachsen?“

Eine Flut von Bildern und verdrängten Gefühlen brach über sie herein, so heftig, dass sie einen Augenblick lang nicht fähig war, zu antworten. Es waren nicht nur die alten Fotos, sondern die Atmosphäre, die sie umgab – der Geruch von Bohnerwachs und Desinfektionsmitteln, die sich mit den Essendüften vermischten, das Schlagen von Türen, das durch die Korridore hallte. Jennifer nickte und kämpfte darum, nicht in Tränen auszubrechen.

„Ein bitteres Los und eine schwere Zeit für ein Kind“, sagte Rachel. Sie betrachtete sie besorgt. „Ist alles in Ordnung?“

„Ja, ich bin okay.“ Ihre Stimme brach den Bann, sie kehrte in die Gegenwart zurück. „Es war nur … eine Erinnerung, sonst nichts.“

Noch immer hielt Mother Rachel ihren Blick auf sie geheftet. Wenn die Leute sie anstarrten, kam es Jennifer vor, als sehe sie in einen Spiegel, in ein vernarbtes, hässliches Antlitz, das ihr normalerweise verborgen blieb.

„Bringen wir es hinter uns, fragen Sie schon“, sagte sie.

Rachel schlug die Augen nieder. „Entschuldigen Sie, ich wollte nicht aufdringlich sein. Es ist leider nicht zu übersehen. Wie ist das passiert?“

„Ein Unfall“, antwortete Jennifer knapp.

„Das ist sicher nicht leicht für Sie. Ich wünsche Ihnen viel Kraft, damit umzugehen.“

„Danke.“

„Vikar Baines sagte, Sie kommen wegen eines Mädchens, das vor vielen Jahren hier gelebt hat", sagte Rachel.

„Das ist richtig. Es geht um Margareth Clayton, die spätere Ehefrau des Armenarztes Henry Maugham. Ich hoffe, etwas über sie herauszufinden – was für ein Mensch war sie, warum hat man sie ins Arbeitshaus gesteckt und weshalb heiratete sie ihn?"

„Maugham kennt in Exeter jedes Kind, ich selbst bin mit seiner Lebensgeschichte jedoch nicht allzu vertraut. Ich ließ mich erst vor drei Jahren aus dem Norden hierher versetzen. Es heißt, er habe sich als Arzt intensiv darum bemüht, die Zustände in den Armenhäusern in Cornwall zu verbessern. Ich wusste jedoch nicht, dass er ein Mädchen heiratete, das in diesem Heim gelebt hat. Lassen Sie uns im Archiv nachschauen, ob wir etwas darüber in den Aufzeichnungen des Ordens finden können."

Mother Rachel geleitete sie durch einen langen Korridor. „Sind Sie Historikerin?"

„Nein. Ich habe vor einer Woche erst erfahren, dass Margareth meine Ururgroßmutter war. Es gibt da einige Rätsel in ihrem Leben, auf die ich eine Antwort suche."

Die Oberin öffnete die Tür zu einer umfangreichen Bibliothek. Die Regale waren mit Hunderten Büchern und alten Folianten gefüllt, es gab Schaukästen mit vergilbten Dokumenten und Fotografien.

„Ich bin Ihnen gerne behilflich. Wissen Sie, in welchem Jahr Margareth in das Exeter Workhouse kam?"

„Sie verließ es 1904, als sie heiratete. In einem alten Zeitungsartikel steht, dass sie etwa drei Jahre dort verbrachte.“

Rachel tippte mit dem Zeigefinger an ihre Lippen. „Also suchen wir nach einem Eintrag im Jahr 1901.“ Sie ging zielstrebig auf ein Regal zu, in dem großformatige, in schwarzes Leder gebundene Bücher standen. Sie zog eins davon heraus und legte es auf eine Glasvitrine. Sie brauchten eine Viertelstunde, bis sie den Namen Margareth Clayton entdeckten.

„Man brachte sie am 13. März 1901 nach Exeter“, erklärte Rachel.

Jennifer beugte sich über die alte Registrierkladde und bemühte sich, die verschnörkelte Schrift zu entziffern.

„Hier: Geburtsdatum und Ort, der 3. September 1884 in Salisbury“, sagte Rachel. „Der Vater ist unbekannt, die Mutter Edith Clayton starb bei einem Kutschunfall. Margareth wurde wegen Landstreicherei aufgegriffen und ins Workhouse gebracht, als sie knapp siebzehn war – eine damals übliche Vorgehensweise.“

„Was bedeuten diese Ziffern?“

„Sie verweisen auf das Strafregister. Die Sisters of Mother Mary waren um die Jahrhundertwende nicht gerade für ihre Sanftmut bekannt. Wie sie mit den ihnen anvertrauten Kindern und Jugendlichen umgingen, ist gut dokumentiert. Sie sorgten selbst dafür.“ Rachel trat an ein anderes Regal und zog einen Band heraus. „Ah, hier ist es.“

Sie kehrte mit einem Buch zurück, das die Abmaße dreier aneinandergelegter Ziegelsteine besaß. Im Gegensatz zu den anderen Jahrbüchern war es in rotes

Leder gebunden. Sie schlug den Einband auf, fuhr mit dem Finger an einem Register entlang und blätterte dann zu einer Seite. Mal sehen, ob wir etwas über Margareth finden können ... da haben wir sie schon ... oh.“

„Haben Sie etwas entdeckt?“

„Margareth Clayton hatte kein leichtes Leben im Workhouse. Sie wird als aufsässig, widerspenstig und sogar als heimtückischer Charakter beschrieben.“

Jennifer dachte an ihre eigene Kindheit. Verglichen mit dem, was Margareth durchgemacht hatte, waren die Heime, in denen sie gelebt hatte, Horte der Geborgenheit gewesen. Sie versuchte sich vorzustellen, wie sie sich in der Situation verhalten hätte, in die Margareth ohne Verschulden geraten war.

„Sie war sicher nicht begeistert davon, dass man sie gegen ihren Willen in ein Arbeitshaus steckte.“

Rachel nickte. „Sie wird mehrfach der Sabotage von Maschinen beschuldigt. Mein Gott, sie haben das Kind geprügelt wie einen Hund.“ Sie blätterte die Seite um. „Es gab einen Grund für ihr widerspenstiges Verhalten.“

Jennifer blickte ihr neugierig über die Schulter.

„Margareth brachte im Workhouse ein Kind zur Welt, einen Jungen“, sagte Rachel, „sie war schwanger, als man sie hier einsperrte.“

Jennifer dachte an Baines Worte: „Maugham und Margareth Clayton hatte keine Kinder.“

Ob er von dem Jungen gewusst und ihn adoptiert hatte? Nachdem Margareth spurlos verschwunden war und ihr Mann den Tod gefunden hatte, musste sein Vermögen an ihren Sohn gefallen sein.

„Was ist aus dem Kind geworden?“, fragte Jennifer.

„Sie haben es ihr weggenommen – was durchaus üblich war. Weiter steht hier nichts über den Jungen, nur dass er Elias hieß."

„Und der Vater?"

Die Oberin nahm sich noch einmal das Archiv mit den Eingangseinträgen vor. „Es scheint, als ob Margareth den Namen nicht preisgeben wollte. Möglicherweise hat sie sich prostituiert und wusste nicht, von wem sie schwanger war, das würde mich nicht wundern. Den eigenen Körper zu verkaufen, war für junge, weibliche Waisen oft der einzige Weg, nicht zu verhungern. Vielleicht stammte der Vater aber auch aus der Oberschicht und begann ein Verhältnis mit ihr. Als sie schwanger wurde, sagte er sich dann von ihr los. Er sorgte dafür, dass sie ihn nicht in einen Skandal hineinziehen konnte, indem er sie in das Arbeitshaus schaffen ließ. Ich habe in den Aufzeichnungen viele solche Fälle entdeckt."

Jennifer versuchte sich vorzustellen, was Margareth durchgemacht hatte – ungewollt schwanger, Armut und Hunger ausgeliefert, dann zur Zwangsarbeit verurteilt, nahm man ihr das Einzige weg, was ihr Halt und Liebe geben konnte: das eigene Kind. Nein, es war kein Wunder, dass sie aufbegehrt hatte. Ich hätte es auch getan, dachte sie.

„Im Maugham-Haus in Pennack bin ich auf ein Porträt von Margareth gestoßen. Darauf ist sie mit einer Narbe auf der Wange abgebildet. Steht in den Aufzeichnungen etwas darüber, wie sie zu der Verletzung gekommen ist?"

Mother Rachel betrachtete Jennifer mit ernster Miene. „Ich weiß nicht, was Ihnen widerfahren ist, aber

Sie dürfen auf keinen Fall annehmen, dass sich das Schicksal Ihrer Ahnin an Ihnen wiederholt. Sie glauben doch nicht etwa an einen Fluch oder ähnlichen Unsinn?"

Jennifer schob die Haarsträhne über ihre Wange. „Ich wusste nichts von Margareths Verletzung, noch nicht einmal, dass sie überhaupt gelebt hat. Vor ein paar Wochen suchte mich ein Anwalt auf und teilte mir mit, dass ich vier Millionen Pfund und ein Haus in Cornwall geerbt habe. Das klingt verrückt, nicht wahr? Ich kam hierher und beschloss zu bleiben. Das Porträt, das ich im Haus gefunden habe, weckte meine Neugierde, denn es gibt Margareth ein Gesicht und macht sie lebendig."

Mother Rachel zog einen weiteren Band aus dem Regal. Er trug die Jahreszahl 1905. „Mal sehen, ob wir etwas über die Beziehung zwischen Margareth und Maugham herausfinden."

Es dauerte nicht lange, bis die Legende von der unsterblichen Liebe zwischen dem Arzt und dem Waisenmädchen erste Risse bekam.

„Margareth hat einen Streik der Wäscherinnen im Arbeitshaus angezettelt", sagte Rachel. „Solche Streiks hat es schon im 19. Jahrhundert gegeben. 1897 kam es in Deutschland in Neu-Isenburg zu einer Arbeitsniederlegung der Arbeiterinnen in den Wäschereien. Aber von einem Aufstand im Exeter Workhouse war mir nichts bekannt."

Jennifer entzifferte mühsam die verblichenen Einträge. „Hier steht, dass Margareth die Wortführerin gewesen ist. Sie protestierten gegen die schlechten

Arbeitsbedingungen und die unhaltbaren hygienischen Zustände.“

„Sehen Sie hier: Der Aufstand wurde gewaltsam niedergeschlagen und die Rädelsführer vor Gericht gestellt. Ihnen drohte eine Strafe wegen Aufruhrs. Margareth Clayton entging dem Gefängnis nur, weil sie …“

„… Henry Maugham heiratete.“

„Hilft Ihnen das weiter?“, fragte Mother Rachel.

Jennifer berichte von dem späteren Verschwinden Margareths. „Was in jener letzten Nacht geschah, erklärt die Vorgeschichte natürlich nicht. Aber es wirft ein neues Licht auf die Beziehung zu Maugham.“

„Es ist durchaus möglich, dass er sie aufrichtig geliebt hat. Ich halte es sogar für wahrscheinlich“, sagte die Oberin.

„Aber was *sie* für *ihn* empfand, wissen wir nicht. Ich glaube, Margareth hat in die Heirat nur eingewilligt, weil die Alternative das Gefängnis gewesen wäre“, erwiderte Jennifer.

„Liebesheiraten zu dieser Zeit waren nun mal die Ausnahme.“

„Mag sein. Ich bin überzeugt davon, dass noch mehr hinter der Geschichte steckt. Etwas, was mir helfen könnte, ein Verbrechen aufzuklären, wenn ich nur mehr über Margareths Tod wüsste.“ Jennifer erzählte von Travis und dem Verschwinden Susan Prescotts. „Es gibt eine Parallele, ich bin ganz sicher.“

„Beide Vermisstenfälle liegen über ein Jahrhundert auseinander. Wie sollten sie in Zusammenhang stehen?“, fragte Rachel.

„Die Verbindung ist das spurlose Verschwinden. Wenn ich klären kann, was mit Margareth passiert ist, weiß ich auch, wo Susan Prescotts Leiche ist.“

„Das ist pure Spekulation.“

„Es ist eine Spur – die einzige, die ich habe. Mein Instinkt sagt mir, dass ich richtigliege. Ich danke Ihnen, dass Sie sich so viel Zeit genommen haben“, sagte Jennifer.

Rachel stellte die Bücher und Register in das Regal zurück. „Rufen Sie mich an, wenn Sie etwas herausgefunden haben oder wenn ich Ihnen helfen kann. Diese Geschichte beginnt auch mich zu interessieren.“

Jennifer bedankte sich noch einmal und fuhr dann nach Pennack zurück. Als sie auf dem Hochplateau ankam, hatte sich der Himmel mit bleigrauen Wolken zugezogen. Es war drückend schwül, die See unterhalb der Klippen glatt wie eine blaugrüne Glasplatte.

Je mehr sie über die längst vergangenen Ereignisse nachdachte, desto mehr glaubte sie, der Lösung des Rätsels näher zu kommen. Es hatte etwas mit dem Haus und dem Garten zu tun. Der Täter hatte etwas gewusst, was allen anderen im wahrsten Sinne des Wortes verborgen geblieben war. Der Wandtresor im Schlafzimmer kam ihr in den Sinn. Sie musste ihn öffnen, und wenn es bedeutete, dass sie das Haus um ihn herum Stein für Stein abtragen musste.

23

Jennifer blieb in der Halle stehen und lauschte auf die ihr inzwischen vertrauten Geräusche des alten Hauses. Nichts deutete darauf hin, dass der ungebetene Besucher zurückgekehrt war, dessen Fußabdruck sie entdeckt hatte. Sie war fest entschlossen, dem Wandsafe nun seine Geheimnisse zu entreißen. Vielleicht hatte Travis eine Idee, wie man den Tresor ohne Schlüssel öffnen könnte. Sie suchte in der Adressliste ihres Handys nach seiner Nummer und rief ihn an, erreichte aber nur seine Mailbox.

„Hi, hier ist Jennifer. Ich bin in einem der Zimmer auf etwas gestoßen und könnte Ihre Hilfe gebrauchen. Kommen Sie doch herauf, wenn Sie Lust auf eine Schatzjagd haben."

Das klang zwar reichlich übertrieben, doch wer wusste schon, was sich in dem Tresor befand. Sie ging in die Dienstbotenwohnung hinüber und aß eine Kleinigkeit. Als Travis sich nach einer halben Stunde noch nicht gemeldet hatte, beschloss sie, dem Safe mit Gewalt zu Leibe zu rücken. In einer Werkzeugkiste fand sie ein Brecheisen und eine starke Taschenlampe und stieg die Treppe zur Galerie hinauf.

Im Obergeschoss hielt sich noch die Hitze des Tages, es war schwül und stickig. Das Porträt lehnte an der Wand, wo Jennifer es abgestellt hatte. Maugham schien ihr Tun missbilligend zu verfolgen, aber er konnte schließlich nichts mehr unternehmen, um sie davon abzuhalten.

Sie betrat das große Zimmer, das sie den *Salon* getauft hatte, und öffnete die Glastür zum Balkon, um die kühle Abendluft hereinzulassen. Draußen war es jedoch fast ebenso drückend wie im Innern. Die See war spiegelglatt und schimmerte wie poliertes Eisen. In der letzten halben Stunde hatte sich die Sicht deutlich verschlechtert, in der Ferne verschwommen Meer und Himmel zu einem milchigen Dunst. Kein Vogel sang, kein Windhauch rührte sich, es war totenstill. Auch das stetige Rauschen der Brandung war zu einem Flüstern abgeklungen, als hielte selbst das Meer den Atem an in Erwartung der Dinge, die bald aus dem Dunkel der Vergangenheit ans Licht kommen würden. Im Westen zuckte ein feines Gespinst aus Blitzen durch die bleierne Wolkendecke, gefolgt von fernem Donnergrollen. Eine Windbö kräuselte die Wellen, als ob eine unsichtbare Hand das Wasser aufwühlte. Fasziniert beobachtete Jennifer, wie das Meer zum Leben erwachte. Die Böe erreichte das Land, drang durch die offene Tür und fuhr mit kalten Fingern über ihre Haut. Untrügliche Vorboten eines Unwetters, des ersten, das sie in Cornwall erlebte.

In der fast magischen Atmosphäre dieser eigentümlichen Landschaft schien sich das alte Haus leise zu regen wie ein Riese, der sich im Schlaf herumdrehte. Mit ihm erwachten Ereignisse und Menschen zum Leben, die vor langer Zeit gestorben waren. Rührte sie an Dingen, die besser unentdeckt blieben? Fast kam es ihr so vor, als ob das drohende Grollen des nahenden

Gewitters sie davor warnte, dem Tresor seine Geheimnisse zu entreißen.

Verwundert über den Zauber, der über diesem Ort lag, schüttelte Jennifer den abergläubischen Schauer ab und betrat, mit Brecheisen und Lampe bewaffnet, die Kammer neben dem Salon.

Im dämmrigen Licht fiel ihr Blick auf die verräterische Fußspur. Der Abdruck, der nicht zu ihren eigenen Spuren passte, war deutlich zu erkennen. Wenn wirklich ein Fremder in das Haus eingedrungen war, wie hatte er sich Zutritt zu diesem Zimmer verschafft? Und wie hatte er es unbemerkt wieder verlassen? Es musste einen zweiten Zugang geben, den sie bisher nicht entdeckt hatte. Auf jeden Fall würde sie so schnell wie möglich die Schlösser sämtlicher Außentüren austauschen lassen.

Der Wandtresor war unberührt. Falls der Eindringling es auf dessen Inhalt abgesehen hatte, war auch er unverrichteter Dinge wieder gegangen. Jennifer setzte das Stemmeisen in den Spalt zwischen Safetür und Rahmen, aber ihre Kraft reichte nicht aus, um den Tresor aufzuhebeln. Schließlich gab sie auf und ließ das Licht der Taschenlampe durch das Zimmer wandern. Vielleicht fand sie ja heraus, woher die Katze gekommen war. Als sie die Wand, an der der Schminktisch stand, genauer untersuchte, stutzte sie. Ihr fiel eine regelmäßige Schattenkante von der Form und Größe einer Tür auf. Garreth Wynes Wortes kamen ihr in den Sinn.

„Großvater sagte, er habe so einen Grundriss noch nie gesehen. Niemand weiß, wie viele Zimmer es im Maugham-Haus gibt.“

Jennifer untersuchte den Bereich, in dem sich eine Klinke oder ein Schloss befinden sollte, und stieß auf eine Vertiefung. Als sie auf die Stelle Druck ausübte, hörte sie ein Klicken. In der glatten Wand öffnete sich ein Spalt, knarrend schwang eine versteckte Tür auf.

Ein knisternder Blitz erhellte für einen Wimpernschlag die Finsternis jenseits der Tapetentür. Jennifer zählte die Sekunden bis zum Donner, der dumpf über den Himmel heranrollte. Horrorgeschichten von eifersüchtigen Männern, die ihre Frauen lebendig eingemauert hatten, geisterten durch ihren Kopf. Würde sie im nächsten Augenblick vor Margareths Leiche stehen?

Das Licht der Taschenlampe enthüllte jedoch keinen grinsenden Totenschädel, sondern einen fensterlosen Gang, der nach drei Metern blind vor einer Wand endete. Etwa auf halber Länge verengte ihn ein Mauervorsprung, vermutlich einer der acht Kamine.

Ein kalter Luftzug strich über ihr Gesicht. Es musste eine Verbindung nach draußen, zumindest zu einem anderen Teil des Hauses geben. Nach wenigen Schritten stieß sie hinter dem Schornstein auf Stufen, die zu einer höher gelegenen Ebene führten. Einmal mehr überraschte sie das alte Haus. Obwohl Travis und sie es vom Keller bis zum Dach gründlich durchsucht hatten, waren ihnen der Gang und die Treppe verborgen geblieben.

Jennifer stieg die Stufen hinauf und gelangte in einen weiteren Korridor, der sich über die gesamte Länge des obersten Geschosses erstreckte. Deutlich waren die schrägen Balken des verwinkelten Daches zu sehen, dazwischen gähnten die dunkleren Flecken von Dachluken, durch die die Nacht wie schwarze Ölfarbe sickerte.

Ein zweiter Blitz zerfaserte am Nachthimmel und erleuchtete den Gang für den Bruchteil einer Sekunde taghell. Jennifers Augen weiteten sich vor Schreck. Am Ende des Flurs, etwa zwölf Meter von ihr entfernt, stand eine hochgewachsene Gestalt. Ein scharf ausrasierter, pechschwarzer Bart umrahmte das blasse Gesicht. Gestützt auf einen Gehstock mit einem Griff aus Elfenbein, stand die Erscheinung da und starrte sie an. Sie glich dem Porträt Maughams in jedem Detail.

Im grellen Licht des Blitzes fraß sich das Bild in Jennifers Netzhäute, dann versank der Korridor wieder in fugenloser Dunkelheit. Das nackte Grauen kroch ihre Wirbelsäule herauf, griff mit eisiger Hand nach ihrer Kehle und drückte sie zu. Sie hatte die Gespenstergeschichten über den unglücklichen Arzt, der durch das Haus spukte und seine verschwundene Geliebte suchte, für Unsinn gehalten, doch nun geriet ihre Überzeugung ins Wanken.

Ihr Herz hämmerte wie verrückt gegen die Rippen. Sie sagte sich immer wieder, dass Henry Maugham seit einer Ewigkeit tot war und nicht zurückkommen konnte. Jemand wollte sie zum Narren halten, jemand, der sie unter allen Umständen aus diesem Haus vertreiben wollte.

Sie schloss die Augen, zählte bis drei und öffnete sie wieder. Ihre Hoffnung, dass sie sich nur durch die unheimliche Atmosphäre der Gewitternacht hatte narren lassen, erfüllte sich nicht. Maugham – oder wer auch immer dort stand – war noch da. Er öffnete den Mund und sagte etwas, aber die Worte gingen im Getöse des auf den Blitz folgenden Donnerschlags unter. Dann wandte sich der Spuk mit einer einladenden Geste nach rechts und verschwand in einer fließenden Bewegung.

Jennifers Furcht schlug in Zorn um. Glaubte Garreth tatsächlich, sie mit diesem kindischen Auftritt verjagen zu können? Sie lief den Korridor entlang und stieß auf eine weitere Treppe. Das *Gespenst* hatte die tiefer liegende Ebene erreicht, sah sich um, als wollte es sich vergewissern, dass Jennifer ihm folgte, und ging dann weiter.

„He, bleib stehen, Garreth! Wenn du glaubst, du könntest mir mit deinen Mätzchen Angst einjagen, hast du dich getäuscht."

Sie polterte die Stufen hinab, verlor den Eindringling aber in dem Gewirr aus Korridoren und Zimmerfluchten aus den Augen. Er dagegen hatte offenbar keinerlei Schwierigkeiten, sich zurechtzufinden.

Auf Umwegen gelangte sie in die Halle im Erdgeschoss. Die Eingangstür stand weit offen, der auffrischende Wind klapperte mit den lose im Rahmen steckenden Buntglasscheiben. Es begann zu regnen, einzelne schwere Tropfen klatschten auf das Dach der Veranda, dann öffnete der Himmel seine Schleusen. Innerhalb von Sekunden sah man kaum mehr die Hand vor Augen.

Jennifer lief ins Freie und ließ den Lichtstrahl der Lampe kreisen, dann sah sie ihn. Der Mann hatte das Plateau hinter sich gelassen und stieg die Stufen zum Garten hoch. Er blieb stehen, bedeutete ihr wiederum mit einer Geste, ihm zu folgen, dann verschluckte ihn der Tunnel aus Weißdorn. Jennifer hetzte Garreth wutentbrannt nach, fest entschlossen, ihn zu demaskieren und das alberne Theater zu beenden.

Der Sturmwind brüllte und fauchte über die Hochebene, der Regen glitzerte im zuckenden Licht der Taschenlampe wie ein silbriger Vorhang aus elektrischen Funken. Jennifer erklomm die Treppe zum Garten, rutschte auf den glitschigen Stufen aus und schlug sich das Knie an. Fluchend kam sie auf die Beine und hinkte durch den grünen Bogengang. Am Eingang zum Garten blieb sie stehen, um Atem zu schöpfen. Garreth, oder wer immer in dem altertümlichen Anzug steckte, war verschwunden. Der Strahl ihrer Lampe glitt über Büsche und Koniferen, die der Sturm zerzauste. War das Haus bereits ein Irrgarten, war es der verwilderte Garten nicht weniger. Jennifer glaubte, sich an den Weg zum Kenotaph zu erinnern, und rannte halb blind durch die pechschwarze Regennacht. Die Taschenlampe riss einen Schatten aus der Finsternis, der sich schnell aus dem Lichtkreis flüchtete und zwischen zwei schwankenden Zypressen verschwand.

„Bleib stehen, Garreth!"

Über ihrem Kopf knackte es in dem anschwellenden Sturm. Instinktiv schwenkte sie die Lampe nach oben und wich gerade noch rechtzeitig einem herabstürzenden Ast aus. Sie hastete weiter bergan und stand kurz darauf vor dem Grabstein, der in der Dunkelheit wie nasses Leder schimmerte. Rechts von ihm befand sich der Durchgang zu der Wiese am höchsten Punkt des Gartens. Jennifer schlüpfte durch die Lücke im Buschwerk und zerkratzte sich Gesicht und Arme an den Dornen der wuchernden Wildrosen.

Auf der Lichtung prahlte der Sturmwind mit seiner ganzen Kraft und fegte sie beinahe von den Beinen. Sie schützte ihr Gesicht mit dem Unterarm und ließ den

Lichtstrahl über die Wiese wandern. Was sie sah, war so unwirklich, dass sie an ihrem Verstand zweifelte. Einen Augenblick lang war sie überzeugt, dass Henry Maugham wirklich aus dem Grab zurückgekehrt war und in alle Ewigkeit seine Suche nach Margareth fortsetzte. Im zuckenden Licht der Blitze drehte sich die Gestalt mit ausgebreiteten Armen und tänzelte am Rand der Klippen entlang. Sie vollführte eine Pirouette, geriet ins Trudeln und drohte über den Rand zu stürzen. Im letzten Moment fing sie sich wieder, wandte sich Jennifer zu und deutete einen Kratzfuß an. Ihr rechter Arm beschrieb einen Bogen, gleichzeitig zog sie das linke Bein nach hinten und beugte das Knie. Mit einer Handbewegung lud sie Jennifer ein, mit ihr im Sturmwind auf den Klippen in den Tod zu tanzen.

„Glaubst du wirklich, ich falle auf deine alberne Maskerade herein, Garreth?"

Jennifer schrie gegen das Heulen des Gewittersturms an, aber der Wind riss ihr die Worte aus dem Mund. Wütend stapfte sie auf die Erscheinung zu, rutschte auf dem nassen Gras aus und stürzte. Die Taschenlampe rollte die abfallende Wiese hinab und fiel über den Rand der Klippen. Jennifer erhob sich auf die Knie und wischte sich schmutziges Wasser aus dem Gesicht. Die Gestalt war verschwunden, als hätte sie nie existiert.

„Wo zum Teufel steckst du?", schrie sie.

Sie stand auf, drehte sich im Kreis und lauschte mit angehaltenem Atem. Hintern dem Fauchen des Sturms verbarg sich ein Geräusch, bei dem sich ihre Nackenhaare aufstellten. Es war ein tiefes Grollen und Knurren, ganz dicht bei ihr. Sie dachte an die Nacht, in der Margareth Clayton verschwunden war. Es hieß, sie sei trotz Warnungen hinausgelaufen, um ihren Hund zu suchen. Wiederholte sich ihr Schicksal auf unheimliche Weise?

Der Himmel riss auf und machte dem Mond Platz, der sich wie eine riesige Münze zwischen die Wolken schob. In seinem knochenbleichen Licht sah Jennifer die Umrisse eines großen Hundes, der vor einer Wand aus zerzausten Lorbeerbüschen stand. Er verharrte eine Sekunde regungslos, dann senkte er den bulligen Kopf und stürmte auf sie zu. Sie stolperte erschrocken rückwärts und knickte in einer Bodensenke um. Ein scharfer Schmerz schoss durch ihren Knöchel, dann verlor sie den Halt und stürzte über die Kante der Felsen.

24

Travis lehnte an der Reling der *Eloise* und blickte auf die See hinaus. Im vorderen Bereich der Bucht war das Wasser glatt und schimmerte im letzten Abendlicht wie polierter Stahl, doch weiter draußen kräuselte sich die See unter einer aufkommenden Böe. Von Südwesten zog ein Unwetter auf, das schnell näher kam und auf die Küste zuhielt. In ein paar Minuten würde es stockdunkel sein. Besorgt verfolgte er die Schlechtwetterfront, die sich mit hoher Geschwindigkeit näherte, und sah zum westlichen Ende der Bucht hinüber. Über den Klippen konnte er gerade noch die Giebel des Maugham-Hauses erkennen.

Er nippte an einem alkoholfreien Bier und überdachte, was er bisher erreicht hatte. Die Indizien reichten noch nicht aus, um Garreth wirklich in Bedrängnis zu bringen. Was ihm fehlte, war ein handfester Beweis. Er hatte jeden Zentimeter des Gartens unter die Lupe genommen und sich methodisch durch das Maugham-Haus gearbeitet. Herausgekommen war nichts, es gab nicht die geringste Spur von Susans Leiche.

Die Polizei hatte damals das Moor oberhalb des Gartens ebenso abgesucht wie den schmalen Streifen Sand am Fuß des Kliffs. Dort herrschte eine starke auflandige Strömung, die dem Mörder bekannt gewesen sein musste. Hätte er versucht, die Leiche ins Meer zu werfen, wäre sie sofort wieder an Land gespült worden. Sogar Taucher hatte man eingesetzt, um zwischen den Felsen nach Susan zu suchen. Auch sie hatten nichts gefunden. Die Leiche musste irgendwo dort oben im Garten liegen. Garreth wäre sicher nicht das Risiko eingegangen, sie mit einem der Hotel-Lieferwagen fortzuschaffen.

Die Wetterfront näherte sich in einem halbmondförmigen Bogen dem Land. Es sah aus, als griff sie das Hochplateau in einer Zangenbewegung an. Travis Gedanken wanderten weiter zu Jennifer. Während der Arbeiten im Haus war die Spannung zwischen ihnen gewachsen und schlug inzwischen beinahe Funken. Er genoss das lange vermisste Knistern und das Spiel mit dem Feuer. Sie wussten beide, dass etwas passieren würde, aber nicht wann und wie. Vielleicht war sie durch ihre entstellende Narbe gehemmt, während Travis fünf Jahre lang das Dasein eines Eremiten geführt hatte. Er war jeglicher weiblichen Gesellschaft entwöhnt und besaß keine Übung mehr in den komplizierten Balzritualen von Mann und Frau. Fast war es so, als machte er als Mönch einer Nonne den Hof. Solange keiner von ihnen den ersten Schritt wagte, lud sich die Atmosphäre zwischen ihnen weiter auf. Sie suchten beide die Nähe des anderen, so viel war sicher. Kleine Gesten, Blicke und zufällig wirkende, flüchtige Berührungen steigerten den Reiz des Spiels, das so alt wie die Menschheit war.

Travis zog sein Handy aus der Jackentasche, um Jennifer anzurufen. Er sehnte sich danach, ihre Stimme zu hören. Überrascht sah er, dass sie ihm eine Nachricht auf die Mailbox gesprochen hatte, die er übersehen haben musste. Er spielte den Anruf ab und schmunzelte. Ungeachtet dessen, was sie durchgemacht hatte, stürzte sie sich mit erstaunlicher Energie in dieses Abenteuer. Er freute sich darüber, dass sie neue Pläne schmiedete. Gleichzeitig hoffte er, dass ihr Wunsch, das Schicksal ihrer Ahnin zu lüften, nicht in einer Besessenheit endete. Sie wäre nicht die erste Frau, die das Maugham-Haus um den Verstand gebracht hatte.

Neugierig darauf, was sie entdeckt hatte, beschloss er, zur Hochebene hinaufzufahren. Als er den Bootsschuppen erreichte, in dem der Pick-up stand, begann es wie aus Eimern zu regnen.

Travis fuhr an den Docks entlang und durchquerte den Ortskern. Auf der Serpentinenstraße floss das Wasser in reißenden Bächen den Berg hinab. Das Zentrum des Unwetters schien sich genau über der Hochebene zu entladen. Heftige Böen schüttelten den Wagen durch, die Scheibenwischer konnten die Regenflut kaum bewältigen. Er schaltete zurück und fuhr langsam die engen Kehren hinauf, weil er in dem Unwetter die Orientierung zu verlieren drohte.

Auf dem Plateau tobte ein Inferno. Travis parkte so nahe wie möglich am Haus und lief auf die überdachte Veranda zu. Nach wenigen Schritten war er nass bis auf die Knochen. Die Tür stand offen, der Wind pfiff durch die Lücken zwischen den Buntglasscheiben. In der Halle brannte das Notlicht, das er installiert hatte. Auch aus dem Seitenkorridor, der zu der Dienstbotenwohnung führte, fiel ein Lichtschein.

„Jennifer? Sie sind da?"

Er strich sich das klatschnasse Haar aus der Stirn, durchquerte die Halle und klopfte an die ebenfalls offen stehende Wohnungstür.

„Jennifer? Ich bin's, Travis."

Er schob die Tür auf und ging langsam die Diele entlang. In der Küche brannte Licht.

„Jennifer? Ist alles okay?"

Rasch warf er einen Blick in die restlichen Zimmer, sie waren leer. Travis kehrte in die Halle zurück. Jennifer hatte von einer Entdeckung gesprochen, aber was hatte sie damit gemeint? Das Haus war riesengroß, es vom Keller bis zum Dach zu durchsuchen, würde einige Zeit in Anspruch nehmen.

Von einer bösen Ahnung erfüllt, überlegte Travis, was er tun sollte. Die offenen Türen, das brennende Licht … alles deutete darauf hin, dass Jennifer das Haus überstürzt verlassen hatte. Hatte sie wieder ungebetenen Besuch erhalten und war geflohen? Das passte nicht zu ihr, dieses Mädchen war kein Angsthase und wusste sich zu wehren.

Er trat auf die Veranda hinaus. Der Ford Fiesta mit der Werbung von Hugh's Garage auf den Türen stand neben der Zufahrt, die um das Haus herum zum Hinterhof führte. Außerhalb des schwachen Lichtscheins, der aus der Halle fiel, lag die Hochebene in tiefer Dunkelheit. Der Regen prasselte mit solcher Wucht nieder, dass es aussah, als koche der Boden.

Travis beschloss, seinem Instinkt zu folgen, und der führte ihn in den verwilderten Garten. Er lief zum Wagen, holte die Taschenlampe unter dem Beifahrersitz hervor und hetzte auf die Steintreppe zu. Auf den ausgetretenen Stufen entdeckte er Erdklumpen und weiter oben im Weißdorngewölbe frische Fußabdrücke. Er bahnte sich zwischen regenschweren Koniferen und herabhängenden Ästen einen Weg zum Kenotaph und rief unentwegt Jennifers Namen. Unter dem ohrenbetäubenden Trommeln des Regens glaubte er endlich eine leise Antwort zu hören.

Er drehte sich suchend im Kreis und lauschte mit angehaltenem Atem. Da war es wieder ... ein kaum hörbares, angsterfülltes Rufen.

Travis lief an dem rostigen Eisenskelett des Gewächshauses vorbei und schlüpfte durch die Lücke zwischen den Wildrosen, die den Eingang zur Lichtung markierte. Hier oben entlud sich das Unwetter mit brachialer Gewalt. Weit draußen über dem Meer zerfaserten mächtige Blitze am Nachthimmel.

„Jennifer!"

„Travis! Hi... hier!"

Er schritt wachsam die abfallende Wiese hinab, die der Wolkenbruch in eine Rutschbahn verwandelt hatte. Die Hilferufe wurden lauter. Vorsichtig näherte er sich den zerklüfteten Felsen und leuchtete in die Tiefe. Etwa zwei Meter unter ihm kniete Jennifer auf einem kleinen Plateau zwischen den Klippen und klammerte sich an den Stamm einer verkrüppelten Kiefer.

„Jennifer! Sind Sie verletzt?"

Sie schüttelte den Kopf und streckte ihm die Hand entgegen. „Ich glaube nicht."

„Warten Sie!"

Er legte sich flach auf den Boden, klemmte die Lampe in einen Spalt zwischen den Steinen und robbte auf den Abgrund zu. Ihre Fingerspitzen berührten sich, aber er konnte Jennifer nicht heraufziehen, ohne sich selbst in Gefahr zu bringen.

„Ich laufe zum Haus und hole ein Seil, bin gleich zurück.“

In wenigen Minuten hatte er die Eingangshalle erreicht, in der Baumaterial und Werkzeugkisten herumstanden, darunter war auch ein kräftiges Nylonseil. Er lief zur Lichtung, befestigte es am Fuß einer Pinie, knotete am anderen Ende eine feste Schlaufe und warf es über die Klippen. Dann schlang er das Seil mehrfach um seinen linken Arm und sicherte es mit der Rechten.

„Legen Sie es unter Ihre Schultern!“, rief er.

Travis stemmte seine Schuhe in die weiche Erde, spürte, wie das Seil unter seinen Händen erzitterte, und zog sie langsam, Hand über Hand, herauf. Kurz darauf lagen sie erschöpft auf der Wiese. Travis drückte sie an sich, als hätte er um ein Haar etwas sehr Kostbares verloren.

„Was um Himmels willen treiben Sie bei diesem Wetter im Garten?“, keuchte er.

„Es war jemand im Haus. Ich bin ihm hierher gefolgt.“

„Das war sehr leichtsinnig. Mein Vater ...“

Jennifer barg das Gesicht an seiner Brust. „Es war nicht Ihr Vater. Es war Henry Maugham.“

25

Eine Wolldecke über den Schultern, saß Jennifer in der Küche der Dienstbotenwohnung, wärmte ihre Hände an einer Tasse Tee und kühlte den verstauchten Knöchel mit einem Eisbeutel. Der Sturm klatschte noch immer Regensalven gegen die Fensterscheiben, schien aber allmählich an Kraft zu verlieren.

Travis trocknete sein Haar mit einem Handtuch. „Sind Sie sicher, dass Sie okay sind? Ich kann Sie nach Penzance ins Krankenhaus bringen", sagte er.

„Mir fehlt nichts, das sind nur ein paar blaue Flecken und Kratzer. Mich beschäftigt vielmehr die Frage, wer hinter dieser Sache steckt."

„Ich glaube jedenfalls nicht an Gespenster", sagte er, „dieser Mummenschanz diente nur dazu, Ihnen Angst einzujagen. Können Sie den Hund beschreiben? Könnte es Burt gewesen sein, der Hund meines Vaters?"

„Ich weiß es nicht. Es war dunkel, und ich konnte kaum etwas sehen. Auf jeden Fall war der Mann, der sich als Maugham verkleidet hatte, größer als Ihr Vater."

„Dann *muss* es Garreth gewesen sein."

„Das wäre am wahrscheinlichsten, nicht wahr? Aber ihn hätte ich eigentlich erkennen müssen."

„Er stand am Ende des langen Korridors, das Licht war schlecht. Sie sahen, was Sie erwarteten. Ich wette, dass Garreth genau das im Sinn hatte.“

„Würde er wirklich ein solches Theater aufführen, um mich zu vertreiben?“

„Falls ich mit meinem Verdacht nicht falschliege, hat er einen Menschen getötet, vergessen Sie das nicht. Wenn er befürchten muss, dass wir ihm auf der Spur sind, ist er gezwungen, jedes Risiko einzugehen, um sein Geheimnis zu wahren. Sein Plan ist fast aufgegangen. Wären Sie über die Felsen gestürzt, hätte nie jemand erfahren, dass er sie in den Garten hinaufgelockt hat. Sie wären nur ein weiteres Opfer des Maugham-Hauses gewesen – die verrückte Deutsche, die den Sturm unterschätzt und für ihren Leichtsinn mit dem Leben bezahlt.“

Sie trank einen Schluck Tee. „Sie haben mir schon wieder das Leben gerettet. Danke, Travis. Für alles.“

„Keine Ursache. Ich bin heilfroh, dass Ihnen nichts passiert ist.“ Er zwinkerte ihr zu. „Vielleicht hatten Sie ja auch einen Schutzengel.“

„Sie meinen Margareth?“

Er zuckte mit den Schultern. „Wer weiß?“

Sie streckte die Hand aus. „Ich glaube, wir sollten das förmliche Sie jetzt weglassen.“

Er lächelte und drückte sanft ihre Hand.

„Travis.“

„Jennifer.“

Beide schwiegen eine Weile.

„Du hast mir einen gehörigen Schrecken eingejagt“, sagte er dann.

„Das war nicht meine Absicht. Ich hatte nicht erwartet, dass diese Erbschaft mir so gefährlich werden kann.“

„Pennack hat uns beide nicht gerade freundlich empfangen.“

Sie lachte. „Travis und Jennifer gegen den Rest der Welt.“

Nun lachte auch er. „Ich habe deine SMS gelesen. Was hast du denn eigentlich entdeckt?“

Sie erzählte ihm, was sie in Exeter herausgefunden hatte.

„Dann bist du also tatsächlich die Ururenkelin von Margareth Clayton“, sagte er.

„Ja. Und ich will endlich wissen, was in diesem Wandsafe ist.“

Sie streifte die Wolldecke ab und zuckte zusammen, als sie ihren Knöchel belastete.

„Nach all den Schrecken solltest du dich etwas ausruhen. Was immer in dem Tresor steckt, liegt seit hundert Jahren darin. Es kann noch einen weiteren Tag warten.“

Jennifer biss die Zähne zusammen und humpelte entschlossen aus der Küche. „Jemand war in Margareths Schlafzimmer, vermutlich dieselbe Person, die mich heute Nacht aus dem Haus gelockt hat. Die Spur, die wir suchen, steckt in diesem Safe. Ich platze vor Neugier, wenn ich das Ding nicht endlich öffne.“

„Ich schätze, ich kann dich nicht aufhalten. Also machen wir uns an die Arbeit.“

Er holte das Brecheisen aus der Werkzeugkiste in der Eingangshalle, dann stiegen sie nebeneinander die Stufen zur Galerie hinauf. Travis legte einen Arm um ihre

Hüfte und stützte sie bei jedem Schritt. Seine Nähe war verwirrend und aufregend. Jennifer bedauerte es, dass er sie losließ, als sie die Empore erreichten. Travis betrachtete interessiert das Porträt der Maughams.

„Sie sieht dir ähnlich“, sagte er.

„Ein bisschen.“

„Nein, mehr als das. Ihr könntet Schwestern sein.“ Er schüttelte verwundert den Kopf und deutete auf die Narbe in Margareths Gesicht. „Die Übereinstimmung ist wirklich verblüffend.“

„Garreth muss im Haus gewesen sein und das Bild gesehen haben“, erwiderte Jennifer. „Dabei ist ihm die Idee gekommen, mich in einer Verkleidung zu Tode zu ängstigen.“

„Ich weiß nicht. Ich kenne ihn seit meiner Kindheit. Er bevorzugt die unmittelbare Konfrontation, geht keinem Streit aus dem Weg und provoziert ihn oft sogar. Sich hinter einem falschen Bart zu verstecken, passt nicht zu ihm.“

„Du meinst, es könnte doch dein Vater gewesen sein?“

„Es war dunkel, vielleicht hat der Regen die Proportionen verzerrt. Bei einem solchen Sturm kann man sich leicht täuschen. Und dann war da schließlich noch der Hund.“

„Aber warum sollte *er* mich vertreiben wollen?“

„Vielleicht glaubt er, mich in Pennack halten zu können, wenn er dafür sorgt, dass du verschwindest. Das hat er schon einmal versucht.“

„Warum hat er dir dann gedroht, dich von der *Eloise* zu werfen? Er kann sich doch ausrechnen, dass er so keinen Erfolg haben wird.“

„Er hat sich geärgert, weil ich ihm nicht mehr aus der Hand fresse. Seine Launen wechseln, je nachdem, wie viel er getrunken hat. Was er heute sagt, bereut er morgen wieder."

„Bei seinem Besuch hat er mich ja nicht bedroht, sondern mich nur vor dem Haus gewarnt", sagte sie. „Er behauptete, es sei gefährlich und bringe seinen Besitzern Unglück."

„Du solltest das nicht ernst nehmen. Er weiß oft nicht, was er redet. Ich werde trotzdem den Constable informieren. Wenn mein Vater den Hund nicht mehr kontrollieren kann, stellt der eine Gefahr für alle dar."

Jennifer zeigte ihm die Kammer, die Tapetentür und den Safe. „Ich habe überall nach dem Schlüssel gesucht", sagte sie, „habe ihn aber nicht finden können. Dann hab ich's mit dem Stemmeisen versucht, aber der Safe ist massiver, als er aussieht."

Travis fasste das Brecheisen mit beiden Händen und setzte es in den Schlitz zwischen Tür und Rahmen. Nach einigen Versuchen gab das Metall nach, und die Tresortür schwang auf.

Jennifer blickte gebannt ins Innere. Der Safe war leer bis auf eine Box von der Größe eines Schuhkartons. Vorsichtig nahm sie sie heraus, stellte sie auf den Schminktisch und nahm den Deckel ab. Darin lagen drei Umschläge, zusammengehalten von einem blauen Stoffband. Als Jennifer versuchte, den Knoten zu lösen, zerfiel das Band.

„Was ist das?", fragte sie.

Travis nahm einen der Umschläge heraus und studierte die verblasste Schrift.

„Briefe“, sagte er, „adressiert an einen Richard Turner in Weymouth. Warte, ich hole einen Brieföffner.“

Er lief nach unten in die Wohnung und kehrte mit einem scharfen Küchenmesser zurück. Behutsam schlitzte Jennifer eins der Kuverts auf und faltete den darin enthaltenen Brief auseinander. Das über hundert Jahre alte Papier war brüchig und spröde.

Die Handschrift deutete auf einen ungeübten Schreiber hin, sie war mal nach links, mal nach rechts geneigt und nur schwer zu entziffern, als wäre der Brief in großer Eile geschrieben worden. Er war mit „Love and kisses, Margareth“, unterzeichnet.

„Er stammt tatsächlich von ihr“, sagte Jennifer aufgeregt.

Travis öffnete einen weiteren Umschlag. „Das sind Liebesbriefe“, sagte er, „und sie sind datiert. Wir können sie nach dem Datum sortieren.“

Jennifer legte die Briefe vorsichtig in den Karton zurück. „Lass uns nach unten gehen.“

Jennifer genoss es, von Travis gestützt zu werden, und stellte ihre Verletzung schlimmer dar, als sie war. In ihrer Wohnung breiteten sie die Seiten auf dem großen Esszimmertisch aus.

„Sie sind alle an denselben Empfänger gerichtet“, sagte sie, „Richard Turner in Weymouth. Aber warum hat Margareth sie nicht abgeschickt und aufbewahrt?“

„Lass es uns herausfinden.“

Jennifer begann zu lesen.

12. Dezember 1904

Liebster Richard,

ich hoffe, dass dich dieser Brief erreicht. Ich muss sehr vorsichtig sein, denn Henry ist ein Ausbund an Eifersucht. Damit du verstehst, wie all dies gekommen ist und warum ich ihn geheiratet habe, muss ich mit dem Tag beginnen, der mich ins Arbeitshaus von Exeter brachte. Es ist mir unerträglich, dich in dem Glauben zu wissen, ich hätte dich aufgegeben und meine Liebe Henry geschenkt. Ich habe ihn niemals geliebt, mein Herz gehört nur dir.

Um die unmenschliche Ausbeutung in Woolastons Manufaktur zu beenden, habe ich – wie du mir empfohlen hattest – den Zusammenhalt der Weberinnen gestärkt. Und was soll ich sagen? Sie folgten mir. Nie werde ich die Dankbarkeit in ihren Augen vergessen, dass sich jemand ihrer Not annahm. Wir legten die Arbeit nieder und warteten hoffnungsvoll auf dein Eintreffen. Doch zu unserem Entsetzen schickten sie einen anderen Inspektor als dich. Meine Forderung, dich einzuschalten, stieß auf taube Ohren. Sie sagten, du seist im Auftrag der Regierung nach Edinburgh in den Norden gereist und unabkömmlich.

Ohne die Unterstützung des Inspektors – er bezog sofort gegen uns Position – brach unser Widerstand zusammen. Es war ein völliger Fehlschlag mit furchtbaren Konsequenzen. Woolaston warf die Rädelsführer hinaus, allen voran mich. Vor den Toren warteten bereits die armen Dinger aus den Waisenhäusern von Plymouth und Torquay, um unsere Plätze an den Webstühlen einzunehmen. Der Zorn der entlassenen Frauen traf mich mit voller Wucht, denn nun drohten wir alle zu verhungern. Ohne Aussicht, dich erreichen zu können, war ich gezwungen, zu stehlen, um meinen Magen zu füllen. Schließlich war ich nicht mehr nur für mich selbst verantwortlich, sondern auch für unser Kind, das ich unter dem Herzen trug.

Auf dem Markt von Weymouth erwischten sie mich, als ich eine Geldbörse aufhob, die jemand verloren hatte. Ich schwöre, ich hätte sie in der Hoffnung auf einen Finderlohn zurückgegeben, doch sie glaubten mir nicht und steckten mich in das Arbeitshaus von Exeter. Warum sie mich dorthin brachten und nicht in eins der Häuser von Weymouth oder Southampton, vermag ich nicht zu sagen.

„Was ist ein Inspektor?", fragte Jennifer.

„Die Arbeitsbedingungen in den Manufakturbetrieben in England nahmen in der zweiten Hälfte des 19. Jahrhunderts so ausbeuterische Formen an, dass die Klagen darüber das Parlament erreichten", erklärte Travis. „Abgeordnete setzten sich dafür ein, ein Mindestmaß an Rechten für die Arbeiter und Arbeiterinnen zu gewährleisten und regelmäßige Kontrollen durchzuführen. Weniger aus Sorge um die Gesundheit der Männer, Frauen und Kinder, die sich in den Fabriken zu Tode schufteten, sondern aus Angst vor dem Gespenst, das in Europa umging – wie es Karl Marx formulierte. Er meinte damit die aufkeimenden Ideen des Kommunismus. Man setzte sogenannte Inspektoren ein, die die Manufakturen besuchten und darüber entschieden, ob die Beschwerden gerechtfertigt waren. Richard Turner scheint einer dieser Kontrolleure gewesen zu sein."

Jennifer las weiter.

Sie klagten mich nicht an, sondern brachten mich ohne Gerichtsverhandlung nach Exeter und steckten mich in das Arbeitshaus. Hätte ich die Wahl gehabt, ich hätte das Gefängnis vorgezogen, denn Exeter war der Vorhof zur Hölle;

eine brutalere Knochenmühle als Woolastons Webmanufaktur, die mir bald wie das verlorene Paradies vorkam.
Sie weckten uns um sechs Uhr in der Früh, dann folgte das Morgengebet, zu dem wir strammstehen mussten wie eine Kompanie Soldaten. Ora et labora war das zynische Motto der Sisters of Mother Mary. Es prangte in großen Lettern an der Wand der Halle, in der die Webstühle standen, und es verfolgte uns an die Waschtröge und an die Mangeln. Die Nonnen suchten uns heim wie Dämonen die gequälten Seelen, und der erbarmungsloseste unter ihnen war die Oberin Mother Agathe, wahrhaft ein Teufel in Menschengestalt.
Nach einer hastigen Katzenwäsche und einem kargen Frühstück, das kaum den ärgsten Hunger stillte, begann die nie enden wollende Arbeit. Sie stellten mich schon am ersten Tag an die gewaltige Heißmangel. Das stundenlange Stehen, die unerträgliche Hitze und das Hantieren mit den schweren Laken zermürbten unsere Glieder. Abends schlichen wir wie geprügelte Hunde in die Schlafsäle, froh, ein paar Stunden Ruhe zu finden.
Im ersten Jahr in Exeter suchte ich immer wieder nach einem Weg, dich zu benachrichtigen, aber sie verboten uns jeglichen Kontakt nach draußen und hielten uns wie Sklaven. Für meinen Versuch, einen Brief an dich hinauszuschmuggeln, bezog ich fürchterliche Prügel. Mother Agathe befahl, mir zur Strafe den Kopf zu scheren wie einem Schaf. Als Warnung an alle, die es mir gleichtun wollten.
Wenn es darum ging, entwürdigende Bestrafungsrituale zu ersinnen, erwiesen sich die Nonnen als äußerst fantasievoll. Wer unerlaubt bei der Arbeit redete, riskierte böse Schläge. Überhaupt bereitete es ihnen Freude, uns zu züchtigen, so oft sie konnten. Dann steckten sie unsere Köpfe in

Wassereimer, bis wir zu ertrinken drohten. Wir durften nicht sprechen, nur singen, allerdings nur Kirchenlieder, die uns die Nonnen beibrachten.

Das Schlimmste war, dass ich nach einiger Zeit meinen Namen vergaß, weil sie uns mit Nummern versahen und auch so anredeten. Du kannst dir nicht vorstellen, wie kräftezehrend die Arbeit an den Bottichen war, in denen die schmutzige Wäsche der wohlhabenden Bürger von Exeter gekocht wurde. Mit großen Holzlöffeln mussten wir unentwegt die heiße Lauge rühren. Wer eine Pause einlegte, bekam den Stock zu spüren und wurde ohne Abendessen ins Bett geschickt.

Wir bearbeiteten die Wäschestücke auf großen Reibebrettern und breiteten sie zum Trocknen auf einer Wiese im Hof aus. Manchmal dauerte es zwei bis drei Tage, bis die Laken von der Sonne gebleicht und getrocknet waren. Dann hieß es, sie zusammenzufalten, und wehe uns, wenn dabei ein Fleck auf das blütenweiße Tuch gelangte.

Der Tag währte sechzehn, siebzehn Stunden, und kaum hatten die müden Glieder geruht, begann alles von vorn. Ein einziges Mal versuchte ich zu fliehen und versteckte mich unter der gewaschenen Wäsche, die die Fuhrleute abholten und zu den Kunden zurückbrachten. Die Nonnen entdeckten mich und prügelten mich so schrecklich, dass ich fürchtete, das Kind zu verlieren – unser Kind.

Mit jedem Tag, der ohne Nachricht von dir verging, empfand ich mein Dasein als weniger lebenswert. In so mancher Nacht plante ich meinen eigenen Tod, doch fehlte mir der Mut, mein Vorhaben auszuführen. Das Kind in meinem Leib ließ mich am Leben festhalten, auch wenn die Welt, in die es geboren werden würde, Mühsal und Armut bedeutete.

Die Wochen flogen im Grau des harten Alltags vorbei. Bald konnte ich meinen Zustand nicht mehr verbergen. Mother Agathe ließ mich ihren Abscheu über die in ihren Augen unverzeihliche Sünde spüren, ein uneheliches Kind zur Welt zu bringen. Eleanor, eine der wenigen Nonnen, in deren Brust noch ein Herz schlug, erwirkte schließlich, dass ich nicht mehr an der Heißmangel arbeiten musste. Der Preis dafür war, dass ich unmittelbar der Oberin unterstellt wurde. Die sadistische alte Frau quälte mich, wo immer sie konnte, und behandelte mich schlechter als einen Straßenköter. Ich musste auf den Knien herumrutschen und die Böden in ihrem Refugium scheuern, bis meine Hände bluteten. Sie kannte kein Erbarmen. Von ihr will ich dir später noch erzählen, denn das Verlangen nach Vergeltung, das sie in mir wachrief, sollte mich dazu bringen, Henry zu heiraten.

„Nun wissen wir, dass Margareth geheiratet hat, um Rache nehmen zu können", sagte Jennifer.

„Das wundert mich nicht", antwortete Travis, „die katholischen Orden wie die Christian Brothers in Irland haben bis heute nichts dazugelernt. Vor ein paar Jahren stießen spielende Kinder in der Nähe von Tuam auf ein Massengrab, in dem die Knochen von achthundert Säuglingen und Föten lagen. Der alte Abwassertank gehörte zu einem Heim für gefallene Mädchen, das von katholischen Nonnen betrieben wurde."

Jennifer wandte sich wieder dem Brief zu.

Am 10. Januar 1901, einem bitterkalten Wintertag, brachte ich einen Sohn zur Welt, dem ich den Namen Elias gab. Das winzige, schutzlose Wesen in meinen Armen weckte in mir

*neue Hoffnung. Ich wünschte mir so sehr, du hättest ihn se-
hen können, er war das wunderbarste Kind, das man sich
nur vorstellen kann, und er blickte mich mit deinen Augen
an.*

Ich hatte auf eine baldige Entlassung und ein besseres Leben gehofft, doch ich hatte nicht mit Mother Agathe gerechnet. Sie nahm mir mein Kind fort und verkaufte es wie ein
Stück Vieh an den Meistbietenden. Und Interessenten gab
es weiß Gott genug – reiche Damen, die die Beschwerlich-
keiten einer Schwangerschaft fürchteten oder keine Kinder
bekommen konnten.

Von diesem Tag an hasste ich Mother Agathe aus tiefster
Seele. Das Leben bedeutete mir nichts mehr. Mein Herz
wurde schwarz von Rachegedanken, und ich suchte nach
einem Weg, ihr heimzuzahlen, was sie mir angetan hatte.

Die Gelegenheit sollte schneller kommen, als ich gehofft
hatte. Kaum hatte ich das Kindbett verlassen, da schickte
sie mich zurück an die Heißmangel. Fortan hieß es wieder,
Stunde um Stunde an den Waschtrögen zu stehen, in denen
die Wäsche kochte, und nach dem Trocknen die schweren
Laken zu glätten. Immer wieder kam es zu Unglücken. Sei
es, weil die Nonnen uns antrieben, schneller zu arbeiten,
und wir dadurch unachtsam wurden, oder weil wir aus Erschöpfung kaum einen klaren Gedanken fassen konnten.

Eine der wenigen Freundinnen, die ich in den Jahren in
Exeter gewann, war Mathilda. Wie ich stammte sie aus
Weymouth, war in ärmlichen Verhältnissen aufgewachsen und hatte früh ihre Eltern verloren. Als Hunger und Armut sie umzubringen drohten, sah sie keinen anderen Ausweg mehr, als ihren jungen Körper in den Hurenhäusern
feilzubieten. Auf dem Weg nach Salisbury wurde sie wegen

Landstreicherei aufgegriffen und nach Exeter ins Arbeitshaus gebracht. Bedenke, Dick, sie war erst fünfzehn!
Mathilda war, wie so viele Kinder, die in Armut aufwachsen, für ihr Alter wenig entwickelt und schmächtig an Statur. Du weißt ja nur zu gut, was die schlechte und wenige
Nahrung anrichtet. Ihre Kinderstuben waren die Hafen-
kneipen von Weymouth gewesen, und Mathilda hatte gelernt, sich zu schützen. Ihr Mundwerk war dabei oft größer
als das ganze Mädchen. Mother Agathe schimpfte sie ver-
kommen und aufsässig und ließ nichts unversucht, um Mathilda jedes Aufbegehren auszutreiben. Unter dem zyni-
schen Vorwand, sie zu kräftigen, befahl die Oberin sie an
die Pumpen, mit denen frisches Wasser in die Bottiche ge-
pumpt wurde. Dies war eine der härtesten Tätigkeiten im
Haus, und Mathilda war ein kränkliches Mädchen.
Die Oberin kannte kein Erbarmen mit ihr. Nach Stunden
an der Pumpe schwanden Mathilda die Sinne, um ein
Haar stürzte sie in die kochende Lauge, und dabei ver-
brühte sie sich den linken Arm. Zu dieser Zeit bekamen wir
in Exeter niemals einen Arzt zu Gesicht. Mother Agathe er-
laubte auch nicht, dass die Nonnen die Wunde behandel-
ten. Sie behauptete, das ungeschickte Mädchen hätte sich
die Verletzung absichtlich zugefügt, um sich vor der Arbeit
an der Pumpe zu drücken. Mathilda bekam ein Pint Dünn-
bier und musste mit dem gesunden Arm weiterarbeiten.
Infolge der fehlenden ärztlichen Versorgung begann die
Wunde zu eitern, die verbrannte Haut warf Blasen und entzündete sich. Auch die schwer verdauliche Armenhauskost
mag dazu beigetragen haben, dass der Arm nicht heilte.
Drei Tage nach dem Unglück bekam Mathilda hohes Fieber
und fiel in ein Delirium, sodass wir das Schlimmste be-
fürchteten.

Ihr Siechtum lag wie ein Fluch über dem Haus, die Stimmung glich fortan einem Hexenkessel, in dem es gärte und brodelte. Wäschestücke verdarben durch falsche Behandlung, Webstühle und Pumpen versagten den Dienst. Je schlechter wir unsere Arbeit erledigten, desto mehr prügelten die Nonnen auf uns ein. Sie verweigerten uns Essen und Ruhepausen oder bestraften uns auf demütigende Weisen, die ich hier nicht beschreiben will. Ständig drohten sie uns mit Hölle und ewiger Verdammnis und brachen so den Willen der Insassen, denn die meisten waren kaum älter als fünfzehn. Einen Jungen von neun Jahren, der über den Strapazen seiner Arbeit eingeschlafen war, sperrten sie drei Nächte in die Totenkammer, wo er auf den Särgen schlafen musste, was ihn halb wahnsinnig werden ließ. Ein Funke sollte ausreichen, um das Feuer unseres Widerstands zu entzünden, und dieser Funke war Mathildas Tod.

Einer der Fuhrleute, die die Wäsche anlieferten und wieder abholten, suchte meine Nähe, wenn sich die Gelegenheit ergab. Er richtete es geschickt so ein, dass ich ihm beim Beladen des Wagens helfen musste. Ich freundete mich mit ihm an, was nicht schwer war, denn er hatte einen Narren an mir gefressen. Nach einer Woche konnte ich ihn dazu überreden, einen Brief nach draußen zu schmuggeln, den er einem der Beamten in der Verwaltung von Exeter übergeben sollte. Ich musste ihm einen Kuss und mehr dafür versprechen. Ich tat es, um Mathildas Leben zu retten. Noch wusste ich nicht, dass es vergebens war. In diesem Brief schilderte ich – als eine der wenigen Insassen, die schreiben konnten – die furchtbaren hygienischen Zustände, unter denen wir zu leiden hatten, und bat eindringlich um eine Untersuchung durch einen Arzt und - so möglich – baldige Abhilfe. Es geschah indessen nichts, und Mathildas

Zustand verschlechterte sich so rapide, dass sie ins Delirium fiel.

Nur durch einen Zufall erfuhr ich, dass man einen Arzt geschickt hatte, der aber von der Oberin mit der Begründung abgewiesen worden war, die Nonnen seien in der Lage, sich selbst um die medizinische Versorgung ihrer Schützlinge zu kümmern.

Mother Agathe suchte rasend vor Zorn nach dem Urheber des Schreibens. Schnell geriet ich unter Verdacht, war ich doch Mathildas engste Vertraute. Aber die Oberin kam nicht mehr dazu, ihr Strafgericht über mich zu verhängen, denn sie hatte den Bogen überspannt. Mathilda starb in jener Nacht, und am nächsten Morgen legten wir alle unsere Arbeit nieder. Kein Stock der Nonnen und kein Drohen mit den Qualen der Hölle vermochten uns dazu zu bewegen, sie wieder aufzunehmen. Es kam zu Handgreiflichkeiten, die in einem solchen Tumult endeten, dass die Oberin sich gezwungen sah, die Polizei von Exeter zu Hilfe zu holen. In dem sich daraus ergebenden Handgemenge traf mich der Knüppel eines Polizisten und riss mir die linke Wange auf, dass mir das Blut über das Gesicht lief. Meine Anmut, die du stets so geliebt hast, lieber Dick, ist dahin. Mein verzweifelter Widerstand hat mich für immer gezeichnet.

Der Fall sorgte für Aufsehen, zumal sich der Arzt, den Mother Agathe abgewiesen hatte, nun mit Erlaubnis der Obrigkeit Zutritt verschaffte und Mathildas Leichnam untersuchte. In seinem Abschlussbericht stellte er fest, dass der Tod des Mädchens zu verhindern gewesen wäre, hätte man ihre Wunde rechtzeitig versorgt.

Wenn sich auch die Arbeitsbedingungen kaum für uns verbesserten, so schrieben die Beamten nun doch regelmäßige Kontrollen durch den Arzt vor. Er hieß Henry Maugham.

PS.:
Ich muss meinen Bericht nun unterbrechen, denn Henry kehrt von einer seiner Inspektionsreisen zurück. Er darf auf keinen Fall erfahren, dass ich mit dir in Verbindung trete. Sehnlichst erwarte ich deine Antwort, die du postlagernd an das Amt in Pennack, Cornwall schicken sollst. So oft ich kann, werde ich dort nachfragen, ob ein Brief von dir eingegangen ist.
Love and kisses, Margareth

26

Travis legte den Brief behutsam in die Schachtel zurück.

„Margareth hatte ein bewegtes Schicksal, aber du solltest dich lieber mit der Gegenwart beschäftigen. Im Haus wartet viel Arbeit auf dich.“

Jennifer schien seine Worte nicht gehört zu haben. Sie hielt den zweiten Brief in der Hand und war völlig darin versunken.

„Jennifer?“

Ohne aufzusehen, sagte sie: „Hilfst du mir bei der Übersetzung?“

„Wir sollten für heute Schluss machen.“

„Gerade jetzt, wo es spannend wird? Ich würde zu gerne wissen, was aus ihrem Sohn geworden ist.“

Sie reichte ihm den zweiten Brief. Er faltete ihn vorsichtig zusammen und legte ihn zu den anderen.

„Ich glaube, du solltest ein bisschen Abstand zu den alten Geschichten gewinnen.“

„Hältst du mich etwa für besessen, nur weil ich einen alten Brief gelesen habe?“

„Es sind nicht nur die Briefe. Ich habe das Gefühl, dass Margareth Clayton ein bisschen zu sehr in deinem Kopf herumspukt.“

„Ich hatte nie eine Familie, war niemals wirklich Teil einer Gemeinschaft“, sagte sie, „eine Blume, die auf dürrem Boden wächst, kann keine Wurzeln bilden. Sie blüht nicht und verliert den Halt, wenn der Wind weht. Nun habe ich endlich meine Wurzeln gefunden, Travis."

„Wurzeln, die zu tief verankert sind, können einen auch daran hindern, die Vergangenheit hinter sich zu lassen."

„Das sagst ausgerechnet du? Du wärst nicht nach Pennack zurückgekommen, wenn du davon überzeugt wärst. Was treibt dich wirklich an, Travis? Was gewinnst du eigentlich, wenn du Susans Tod aufklärst?"

„Gerechtigkeit."

„Die hat auch Margareth verdient."

„Ihr Tod liegt über hundert Jahre zurück."

„Macht das einen Unterschied? Manchmal habe ich das Gefühl, sie sei noch hier und wolle, dass ich der Welt von ihrem Schicksal berichte."

Unwillig schüttelte er den Kopf. „Das ist es, was ich meine. Du identifizierst dich zu sehr mit ihr und willst unbedingt eine Verbindung herstellen, die nicht existiert. Die Ähnlichkeit ... und nun auch noch die Narbe, mir gefällt das nicht."

Jennifer strich ihr Haar über die Wange. „Keine Angst, ich verliere nicht den Verstand, und ich bin auch von keinem Dämon besessen. Ich glaube einfach, dass in diesem Haus etwas Schreckliches geschehen ist, damals wie heute. Da sind so viele Parallelen zu Susan – das spurlose Verschwinden, der Garten, das Haus mit seinen Gängen und Zimmern, die niemand alle kennt. Hinter der romantischen Legende des selbstlosen Arztes, der ein armes Waisenmädchen heiratet, steckt mehr, als es den Anschein hat. Ich glaube, dass

Margareth einem Verbrechen zum Opfer gefallen ist – genau wie Susan."

„Es kann ja wohl kaum derselbe Täter gewesen sein", sagte Travis.

„Natürlich nicht. Vielleicht ist Maugham dahintergekommen, dass Margareth ihn mit Turner betrügt, und hat sie aus Eifersucht umgebracht. Wenn wir ihr Schicksal aufklären, führt uns das womöglich zur Lösung des Rätsels um Susans Verschwinden", antwortete Jennifer.

„Wie sollen Ereignisse, die so lange zurückliegen, Einfluss auf die Gegenwart ausüben können?"

„Susans Leiche wurde nie gefunden, und auch Margareth verschwand spurlos."

„Dafür gibt es eine einfache Erklärung", antwortete Travis, „das Meer hat sie geholt."

„Du hast selbst gesagt, dass die Strömung sie an die Klippen getrieben hätte. Hast du schon mal daran gedacht, dass beide Leichen am selben Ort liegen könnten?"

„Wie kommst du denn darauf?", fragte Travis verblüfft.

„Vielleicht ist Susans Mörder zufällig auf das Versteck gestoßen und hat es für seine Zwecke benutzt."

„Das würde bedeuten, dass Margareth Clayton ermordet wurde. Dafür gibt nicht den geringsten Anhaltspunkt."

„Er könnte in den Briefen stecken. Ich bin fast sicher, dass es so ist."

Travis blickte in die Nacht hinaus, irgendwo dort draußen tobte das Meer, so ungewiss und veränderlich wie die Zukunft. Hatte Jennifer recht, oder zog das Haus sie so in ihren Bann, dass sie Gespenster sah?

„Garreth hat Susan umgebracht. Woher sollte er wissen, was vor hundert Jahren im Maugham-Haus geschehen ist?" Er schüttelte unwillig den Kopf. „Ich will, dass er vor Gericht gestellt wird. Erst dann kann ich Pennack für immer den Rücken kehren."

„Wer verrennt sich nun in eine fixe Idee?", konterte Jennifer. „Du konzentrierst dich zu sehr auf ihn, weil du *willst*, dass er der Täter ist. Du schaffst dir deine eigene Wahrheit und bist blind für andere Möglichkeiten."

Travis schwieg betroffen. Ja, er war sicher, dass Garreth Susan umgebracht hatte. Und wenn er sich irrte?

„Ihr wart einmal Freunde, nicht wahr?", sagte Jennifer.

„Das ist lange her."

„War es Susan, die euch zu Feinden gemacht hat?"

„Nein, das geschah viel früher. Genau genommen sind unsere Väter daran schuld."

„Möchtest du darüber sprechen?"

Travis zuckte mit den Schultern. „Es ist kein Geheimnis, jeder in Pennack kennt die Geschichte. Der alte Wyne herrscht seit dreißig Jahren über den Ort wie ein Gutsherr. Es mag zwar einen Gemeinderat und einen Bürgermeister geben, aber Wyne bestimmt, was gemacht wird. In Cornwall kann man nur auf wenige Arten seinen Lebensunterhalt verdienen. Die meisten Leute leben vom Tourismus, wenn man vom Fischfang absieht, der kaum noch etwas abwirft. Ian Wyne kaufte 1980 das Sea Manor und expandierte schnell. Mittlerweile gehören ihm vier Hotels entlang der Küste. Er sorgt für Arbeit und Steuereinnahmen und schafft damit Abhängigkeiten.

Mein Vater dagegen war immer ein Hitzkopf. Er widersetzte sich Wyne, als der begann, die Preise für Fisch zu diktieren, und wiegelte die anderen Fischer gegen ihn auf. Der Streit schwelte eine ganze Weile, aber Wyne saß am längeren Hebel und machte davon Gebrauch. Er drängte meinen Vater aus dem Geschäft und ruinierte ihn. Daraufhin war er gezwungen, sich als Wynes Angestellter zu verdingen.“

„Und so übertrug sich der Zwist der Väter auf die Söhne“, sagte Jennifer.

Travis schüttelte den Kopf. „Heute weiß ich, dass es nicht Garreths Vater war, der ihn fertigmachte, sondern vor allem der Alkohol.“

Ein kalter Luftzug fuhr durch das gekippte Fenster. Nach dem heftigen Gewitter war die Temperatur stark gefallen. Jennifer rieb fröstelnd ihre nackten Unterarme. Auch Travis fror in den durchnässten Sachen.

„Es ist kühl. Ich mache uns einen Tee“, sagte sie.

Travis sah sich nach der Wolldecke um und legte sie Jennifer um die Schultern. Sie stand vom Esszimmertisch auf, um in die Küche hinüberzugehen. Als sie ihren verstauchten Knöchel belastete, schrie sie leise auf und geriet aus dem Gleichgewicht. Travis fing sie auf und stützte sie. Ihre Finger berührten sich für einen kurzen Augenblick. Der flüchtige Kontakt traf ihn wie ein Stromschlag, der seine Nervenbahnen entlangraste und sich explosionsartig in seinem Körper ausbreitete. Jennifers Nähe befreite etwas in ihm, was er fünf Jahre lang in seinem Herzen eingeschlossen hatte, weil er es nicht hatte wahrhaben wollen. Durch sie wurde ihm klar, dass er seine Gedanken und Empfindungen genauso an die Vergangenheit verschwendete, wie er es ihr vorgeworfen hatte. Susan war tot, aber sein eigenes Leben lag noch vor ihm. Gewährte das Schicksal ihnen eine zweite Chance und hatte sie deshalb zusammengeführt? Alles ergab plötzlich einen Sinn.

„Ich denke, ich schaffe es jetzt, ohne Hilfe zu laufen. Du kannst mich loslassen", sagte sie.

„Oh."

Er nahm die Gegenwart erst wieder wahr, als er Jennifers Stimme hörte. Im Halbdunkel funkelten ihre Augen in einem intensiven Blau. Sie waren so tief und unergründlich wie das Meer, drangen mühelos bis zu seinem Herzen und legten all die verborgenen Gefühle frei, die er selbst dort eingeschlossen hatte. Jennifer besaß den Schlüssel, um die Tür aufzuschließen, hinter der ein neues Leben wartete.

Es kam ihm vor, als habe er seit Langem alles, was um ihn herum geschah, nur durch einen Schleier wahrgenommen, der die Realität zu einem Trugbild verzerrte. Jennifer zerschnitt in einem einzigen Augenblick den Vorhang, hinter dem die wirkliche Bühne des Lebens lag. Er wusste nun, dass er sich wieder verlieben konnte, dass etwas Neues entstehen würde, wenn er es zuließ. Travis hatte plötzlich das Gefühl, blind und taub gewesen zu sein. Nun erwachten seine Sinne zum Leben, er sah, hörte und schmeckte mit einer überwältigenden Intensität die Fülle des Lebens. Noch immer hielt er Jennifer im Arm und roch schwach den zarten Duft ihres Haars. Sie unternahm keinen Versuch, sich aus seiner Umarmung zu befreien. Im Gegenteil, sie schmiegte sich noch enger an ihn.

„Vikar Baines hat mir von der Legende der Sturmtänzer erzählt", flüsterte sie. „Kennst du diese Geschichte?"

„Jeder in Pennack kennt sie."

Eine Windbö rüttelte ein letztes Mal an den Fensterläden, dann hatte der Sturm seine Kraft erschöpft. Nach dem Toben des Unwetters dröhnte die Stille in Travis' Kopf.

„Lass uns auf der Wiese im Garten tanzen", sagte Jennifer.

„Du kannst doch kaum laufen", erwiderte er.

„Halb so schlimm. Ich hab dir was vorgespielt."

„Dann ... hättest du auch ohne meine Hilfe die Treppe hinaufgehen können?

Sie grinste ihn an. „Ja, aber das wäre nur halb so schön gewesen. Lass uns tanzen."

„Das ist viel zu gefährlich. Erinnerst du dich an deinen ersten Abend in Pennack? Weißt du nicht mehr, wie schnell du in der Dunkelheit vom Weg abkamst und beinahe von den Klippen gestürzt bist? Dort oben sind schon zu viele Verliebte aus Leichtsinn umgekommen."

„Wenn man sich verliebt, kann man leicht den Kopf verlieren", sagte sie lächelnd. „Hast du mit Susan im Garten getanzt?"

„Das ist Vergangenheit."

Er wollte sich abwenden, aber sie hielt ihn fest. Jennifer lehnte ihren Kopf an seine Schulter und begann, sich im Takt einer Melodie zu wiegen, die sie leise summte. Travis passte sich ihrem Rhythmus an und folgte instinktiv ihren sanften Bewegungen.

Die Wolldecke rutschte von ihren Schultern. Darunter trug sie nur ein weites T-Shirt. Seine Hände entwickelten einen eigenen Willen und begannen ihren Körper zu erkunden, den geschwungenen Bogen ihres Rückens, die Rundungen ihrer Hüften und die glatte Haut ihrer nackten Beine. Jeder Millimeter war perfekt. Er spürte, dass sie sich an ihn drängte und ihr Atem schneller ging. Unerwartet hielt sie inne.

„Entschuldigung. Ich war in Gedanken weit fort."

Sie löste sich von ihm, aber er zog sie an sich.

„Nimm mich mit dorthin, wo du gewesen bist", sagte er.

Sie schüttelte den Kopf und hob die Hand für die vertraute Geste. Travis verschränkte seine Finger in den ihren und hinderte sie daran, die Haarsträhne über ihre Wange zu schieben. Zärtlich fuhr er mit der Linken durch ihr Haar.

„Du bist wunderschön, daran ändert auch die Narbe nichts", sagte er.

„Das ist nicht wahr, und das weißt du."

„Es ist wahr."

Travis berührte mit den Fingerspitzen die vernarbte Haut. Der Kontakt war elektrisierend und intensiv.

„Es ist der falsche Zeitpunkt", flüsterte sie.

Er vergrub sein Gesicht in ihrem Haar. „Ja, aber das macht nichts." Er fuhr mit den Lippen an der Kontur ihres Halses entlang und knabberte an ihrem Ohrläppchen. Er spürte, dass sie sein Haar zerwühlte und den Kopf hob. Travis küsste sie auf den Mund. Es war eine lange, sanfte Liebkosung, die allmählich fordernder und leidenschaftlicher wurde.

„Deine Sachen sind ganz nass", murmelte Jennifer.

„Dann sollte ich sie besser ausziehen."

Sie löste sich von ihm, griff nach seinem T-Shirt und schob es über seine ausgestreckten Arme. Dann drehte sie sich um und ging auf die Schlafzimmertür zu. Im Gehen streifte sie ihr eigenes Shirt ab und ließ es fallen.

Travis machte sich in diesem Moment keine Gedanken darüber, ob er Jennifer liebte. Wenn er Zeit genug fand, tief in seinem Herzen nach der Antwort zu forschen, würde er die Gewissheit haben, dass es so war. Jetzt, in diesem Augenblick, war es pure Leidenschaft, eine gesunde Wollust, die sie beide antrieb. Sie konnten und wollten sich nicht dagegen wehren.

Der Sturm hatte sich gelegt, als wolle er die beiden Liebenden bei ihrem Spiel nicht stören. Travis konnte sich später nicht erinnern, jemals eine solch kindliche Unbefangenheit beim Sex empfunden zu haben. Sie tanzten nicht, von Verzweiflung getrieben, auf den Klippen, sondern gaben sich ganz ihrem eigenen, hypnotischen Rhythmus hin, der sie ohne ihr Zutun vereinte. Er war überrascht, wie perfekt sie übereinstimmten, und verlor das Gefühl für Raum und Zeit. Die Welt schrumpfte zu einem kleinen Punkt zusammen, in dem nur Platz für Begehren und Erregung war. Das Haus war eine Insel, und Jennifer und Travis Schiffbrüchige, die sich aneinanderklammerten, um nicht in der tosenden See unterzugehen.

27

Travis legte einen Arm um Jennifer und genoss den kostbaren Augenblick des anbrechenden Tages. Zwischen Träumen und Wachen ließ er seine Gedanken treiben, doch bald holten ihn zwei Dinge in die Wirklichkeit zurück: Jennifers verlockender warmer Körper, der sich unter der Decke regte, und das Läuten der Funkklingel, die er vor ein paar Tagen am Eingang des Haupthauses installiert hatte.

Jennifer gähnte und rieb sich die Augen. Travis drückte ihr einen Kuss auf die Stirn.

„Ich gehe nachsehen."

Er schlüpfte in seine Jeans, streifte das inzwischen getrocknete T-Shirt über und durchquerte die Halle. Jenkins stand auf der Veranda.

„Hab mir schon gedacht, dass ich dich hier finde", sagte er.

„Einen wunderschönen guten Morgen, Constable. Wie kann ich Ihnen helfen?"

„Indem du mir verrätst, wo sich dein Vater herumtreibt."

„Er spukt nachts im Maugham-Garten herum und hetzt seinen Hund auf Leute, um sie aus Pennack zu vertreiben."

Jenkins zog die buschigen Brauen zusammen. „Was soll das heißen?"

Travis berichtete ihm, was in der vergangenen Nacht vorgefallen war.

„Und sie ist sicher, dass es dein Vater war?"

„Nein, ist sie nicht. Aber vorgestern hat er Jennifer bedroht und ihr klargemacht, dass sie verschwinden soll. Keine achtundvierzig Stunden später fällt sie ein Hund an, der im Maugham-Garten herumstreunt. Ein bemerkenswerter Zufall, nicht wahr?"

„Mmh. Die Deutsche ist nicht die Einzige, die der Köter angegriffen hat. Er hat Touristen vor dem Sea Manor belästigt. Zwei Dockarbeiter haben außerdem gesehen, dass er allein in der Nähe der *Eloise* herumstreunt. Sorg dafür, dass das aufhört."

„Burt ist nicht mein Hund."

Jenkins schob sich die Mütze in den Nacken und schnaufte. Es würde wieder ein heißer Tag werden.

„Mir egal. Sieh zu, dass er keinen Ärger mehr macht. Wenn ich ihn ohne Aufsicht erwische, muss ich ihn erschießen."

„Sagen Sie das meinem Vater."

„Geht nicht."

Travis kniff misstrauisch die Augen zusammen. „Was soll das heißen?"

„Soll heißen, dass niemand weiß, wo er steckt. Gestern Nacht hat er sich durch die Pubs gesoffen und randaliert, als er kein Gin mehr bekam. Außerdem hat er damit gedroht, dich von der *Eloise* zu schmeißen, wenn du nicht aufhörst, die Deutsche zu unterstützen."

„Haben Sie nach ihm gesucht?"

„Ich hab Besseres zu tun, als mich um den alten Säufer zu sorgen. Den vermisst ohnehin keiner. Sieh zu, dass er nicht noch mehr Mist baut, sonst loche ich ihn ein."

„Es ist *Ihr* Job, ihn zu suchen, nicht meiner", sagte Travis.

Jenkins ging mit schweren Schritten die Stufen zum Vorplatz hinunter. „Melde ihn als vermisst, dann kann ich etwas unternehmen."

„So was habe ich schon einmal getan", rief Travis ihm nach, „das hat mich geradewegs ins Gefängnis gebracht."

„Ich hab die Vorschriften nicht gemacht. Du weißt jetzt, was du zu tun hast", sagte Jenkins.

Er stieg in seinen Streifenwagen und schlug die Tür zu. Travis sah ihm nach, als er auf die Serpentinenstraße zufuhr. Er würde den Alten suchen müssen. Wahrscheinlich schlief er irgendwo einen kapitalen Rausch aus, und Burt streunte umher auf der Suche nach Futter.

Wenn sein Vater in der vergangenen Nacht betrunken gewesen war, konnte er Jennifer nicht in den Garten gelockt haben. Blieb also nur Garreth übrig. Dass aber zugleich Burt Jennifer angefallen haben sollte, war ein merkwürdiges Zusammentreffen, hinter dem kein Zufall stecken konnte. Nachdenklich kehrte er ins Haus zurück.

Jennifer stand in der Küche und kochte Kaffee. Sie sah ein bisschen verschlafen aus, grinste aber wie ein Honigkuchenpferd. Travis umarmte sie und gab ihr einen Kuss.

„Wer war das?", fragte sie.

„Jenkins."

„Der Constable? Was wollte er?"

„Mein Vater ist verschwunden. Ich muss ihn suchen. Es könnte sein, dass es sein Hund war, der dich angegriffen hat."

„Dann steckt er also doch hinter dem Mummenschanz?"

„Glaub ich nicht. Er hätte sich die altmodische Kleidung besorgen müssen, sich Zugang zum Haus verschaffen ... ein so aufwendiger Plan passt nicht zu ihm. Er droht den Leuten lieber offen und verlässt sich darauf, sie einschüchtern zu können. Aber ich werde schon herausfinden, wer dahintersteckt. Ich fahre nach Pennack hinunter."

„Sehen wir uns nachher?", fragte sie.

„Wenn du willst. Ich jedenfalls habe nichts dagegen, die vergangene Nacht zu wiederholen."

Sie schlang ihre Arme um ihn. „Ich dachte eher an einen anderen, genauso anstrengenden Zeitvertreib. Solange ich im Haus nicht weiterarbeiten kann, möchte ich den Garten auf Vordermann bringen. Vielleicht stoßen wir dabei auf eine Spur, die uns weiterbringt."

„Einverstanden. Wir treffen uns gegen drei am Kenotaph." Er fuhr mit der Fingerspitze an ihrer vernarbten Wange entlang. „In Penzance gibt es eine Beautyklinik. Sie sollen hervorragende Ärzte und plastische Chirurgen haben ... nicht, dass es mich stören würde. Ich ..."

Sie legte einen Finger auf seine Lippen. „Schon okay. Danke für den Tipp. Ich schätze, ich kann es mir leisten. Einen Versuch ist es wert."

Travis küsste sie zum Abschied und kehrte zum Hafen zurück. Nach kurzer Suche fand er den Alten im Bootsschuppen. Er hätte ihn auch ohne Burts Spürnase entdeckt, er brauchte nur dem Gingeruch zu folgen.

Jack Sayer lag zwischen Taurollen und Getriebeölkanistern und schlief seinen Rausch aus. Travis rüttelte ihn grob wach, zerrte ihn auf die Füße und schleppte ihn ins Haus. Dort steckte er ihn unter die Dusche und kochte ihm eine Kanne voll schwarzen Kaffee.

Eine Viertelstunde später saß sein Vater am Küchentisch und stierte aus glasigen Augen vor sich hin. Er war grau wie eine Leiche und zitterte unkontrolliert.

Travis stellte eine Tasse mit Kaffee vor ihn hin. „Der Gin wird dich umbringen, Vater."

Der Alte reagierte träge. „Das ist alles deine Schuld", krächzte er, „du hast mich im Stich gelassen."

„Das ist nicht wahr. Du konntest noch nie die Finger vom Schnaps lassen. Alles, was passiert ist, hast du selbst zu verantworten."

Der alte Mann versuchte mühsam, sich hochzustemmen, sank kraftlos auf den Stuhl zurück und funkelte Travis hasserfüllt an.

„Wo ist Burt?", fragte Travis.

„Abgehauen."

„Ich wundere mich, dass er nicht längst fortgelaufen ist, nach all den Prügeln, die er von dir bezogen hat. Wo warst du letzte Nacht?"

„Weiß nicht mehr."

Travis überlegte, ob es sich lohnte nachzuhaken. Das Selbstmitleid des Alten ekelte ihn an. Seinem Zustand nach zu urteilen, hatte er die vergangenen Stunden in einem kapitalen Vollrausch verbracht.

„Hast dich immer für was Besseres gehalten", murmelte der Alte, „warst dir immer zu fein für einen einfachen Fischer." Er schlug sich auf die Brust. „Ich hab unser Geschäft aufgebaut, mit harter Arbeit, verstehst du? Ich ganz allein!"

Travis ballte die Fäuste und schluckte mühsam seinen Zorn hinunter.

„Der Einzige, der sich an Bord der *Eloise* die Hände blutig geschuftet hat, war ein sechzehnjähriger Junge, den du an dich gekettet hattest, indem du ihm seine Träume und seine Zukunftschancen genommen hast."

„Undankbarer Bastard!"

Travis verließ angewidert die Küche. „Ich muss Burt suchen, bevor er jemanden anfällt." Er polterte die Treppe hinunter und schlug die Tür hinter sich zu. Er schwor sich, dieses Haus nie wieder zu betreten.

Travis traf Jennifer gegen 15 Uhr vor dem Eingang zum alten Garten. An der Trockenmauer, die den Hang stützte, lehnten Hacken und Schaufeln. Im Kofferraum des Fords lagen Kabeltrommeln, eine Motorsense und andere Gartengeräte. Jennifer trug eine neue Arbeitshose, festes Schuhwerk und ein kariertes Baumwollhemd. Ihr dunkles Haar hatte sie im Nacken zu einem Pferdeschwanz zusammengebunden. Sie schien mieser Laune zu sein, denn sie machte ein finsteres Gesicht.

„Schlechte Neuigkeiten?", fragte er stirnrunzelnd.

Wütend zog sie eine Hacke aus dem Wagen. „Ich habe mir die Finger wund telefoniert. Mit den Gartenbaufirmen ist es das Gleiche wie mit den Bauhandwerkern. Niemand nimmt einen Auftrag von mir an."

„Ich hab dir gesagt, Garreth wird nicht aufgeben."

„Ich war in Pennack, um mir einen Wagen zu kaufen", fuhr sie fort, „rate mal, was dabei herausgekommen ist."

„Sie haben keinen.“

Jennifer schüttelte den Kopf. „Liegt es an mir?“

„Nein. Garreth nutzt das Misstrauen der Einheimischen Fremden gegenüber. Die meisten hat er auf die ein oder andere Weise in der Hand.“

„Ein Grund mehr, um ihm den Mord an Susan nachzuweisen, und zwar so schnell wir können. Vielleicht kann ich endlich weitermachen, wenn er von der Bildfläche verschwunden ist.“

Travis legte seine Arme um ihre Hüften und zog sie sanft an sich. „He, wir beide sind unschlagbar, schon vergessen?“

Sie war noch immer wütend, entspannte sich aber etwas.

„Hast du etwas herausgefunden?“, fragte sie.

Er erzählte von der Begegnung mit seinem Vater.

„Also war es doch Garreth! Was sollen wir nur gegen ihn unternehmen?“

„Ich brauche etwas, um ihn unter Druck zu setzen. Er ist bereits nervös. Wenn er in Panik gerät, wird er Fehler machen.“ Er strich Jennifers Haar zurück. „Warst du in Penzance?“

Sie lächelte. „Ich habe dort angerufen und einen Termin vereinbart. Es gibt eine neue Lasertherapie, um die Haut zu glätten und Narbengewebe einzuebnen. Die Chancen stehen gut, dass am Ende nur eine feine Narbe zurückbleibt.“

„He, das ist doch großartig.“

„Es ist nicht gerade billig.“

„Na und? Du bist eine reiche Frau.“

Ihre Lippen berührten flüchtig die seinen. „Ja, das bin ich.“

Travis schaute sich um. „Womit willst du anfangen?“

„Mit dem Grabstein.“

Mit einer Schubkarre voller Gartenwerkzeuge machten sie sich auf den Weg zum Kenotaph. Während Jennifer die Karre über den verschlungenen Kiesweg schob, trug Travis Motorsense und Kettensäge, Schutzkleidung und Benzinkanister.

Sie stellte ächzend die Schubkarre ab, blinzelte in die Sonne und stöhnte.

„Was macht dein Fuß?“, fragte Travis.

„Halb so wild.“ Missmutig schaute sie sich um. „Wir werden ein Wunder brauchen, um diesen Urwald wieder in einen Garten zu verwandeln.“

„Cornwall ist das Land der Feen, Sagen und Mirakel. Hier ist alles möglich.“

Sie arbeiteten zwei Stunden lang. Travis legte eine Pause ein, stützte sich auf seinen Spaten und beobachtete Jennifer, ohne dass sie es bemerkte. Sie hackte, grub, schnitt und stutzte mit schier unerschöpflicher Energie. Zugleich schien sie frische Sprosse und Triebe zu liebkosen und sich an jeder Blüte, die sie berührte, zu erfreuen. Sie wühlte begeistert in der fruchtbaren Erde und ließ sie durch die Finger rinnen. Beeindruckt schaute er zu, wie sie eine Wildrose, die sie versehentlich entwurzelt hatte, liebevoll wieder einpflanzte.

„Du wirst diesen Garten in ein Paradies verwandeln“, sagte er anerkennend.

Er musste den Satz zweimal wiederholen, bevor er in ihr Bewusstsein drang. Jennifer kniete in einem Teppich aus Bluebells, deren Leuchten nur vom Glanz ihrer blauen Augen überstrahlt wurde. Sie sah auf und lächelte ihn an. Sie so glücklich zu sehen, erfüllte ihn mit tiefer Zufriedenheit, einer Ruhe, die er lange nicht mehr empfunden hatte.

Jennifer schien ihre Bestimmung gefunden zu haben. Travis wünschte sich, dass er dies auch von sich selbst behaupten könnte. Aber was tat er stattdessen? Er unternahm den sinnlosen Versuch, eine tote Vergangenheit zum Leben zu erwecken. Bestand der Sinn hinter der unerwarteten Fügung des Schicksals, die ihn nach Pennack zurückgeführt hatte, gar nicht darin, dafür zu sorgen, dass Susan Gerechtigkeit widerfuhr? Vielleicht war es vorherbestimmt, dass er und Jennifer hier ein neues Leben begannen.

„He, Travis! Träumst du?"

Sie sah ihn kopfschüttelnd an und lachte. Ihre Arbeitskleidung war mit Erd- und Grasflecken übersät, Bruchstücke von Ranken hatten sich in ihrem Haar verhakt, auf ihrer Nasenspitze glänzte gelber Blütenstaub.

„Ja", sagte er, „zum ersten Mal seit fünf Jahren."

Sie blickte ihn nachdenklich an, ohne den Sinn hinter seinen Worten zu verstehen. Travis biss sich auf die Lippen. Er musste ihr die Wahrheit sagen, hätte es längst tun sollen. Aber jetzt war der falsche Zeitpunkt, um eine Lüge zu gestehen, obwohl er ahnte, dass er mit seinem Schweigen eine Katastrophe heraufbeschwor.

Er gab sich einen Ruck. „Dann wollen wir uns diesen alten Steinklotz mal näher anschauen", sagte er.

Nachdem sie den Granitobelisk vom Gestrüpp befreit hatten, waren die früheren Konturen der eigentlichen Gartenstruktur dieses Bereichs besser zu erkennen. Abgrenzungen, Ziegelmauern und Beeteinfassungen tauchten aus dem Dickicht auf.

Am späten Nachmittag fuhr Travis in den Ort hinunter und organisierte ein Abendessen aus kaltem Braten, Cornish Pasties und dem hiesigen Weißbrot. Sie gingen zu der Lichtung, von der aus man das Meer sehen konnte, und setzten sich auf eine Bank. Jennifer verschlang ihre Pasteten mit derselben Leidenschaft, mit der sie dem Unkraut im Garten zu Leibe rückte. Langsam sprang der Funke ihrer Entschlossenheit auf Travis über. Er hatte sich lange nicht mehr so lebendig gefühlt.

Jennifer wischte sich die Hände an ihrer Arbeitshose ab, trat durch die Lücke zwischen den Koniferen und betrachtete den alten Grabstein. Sie fuhr mit den Fingerspitzen an den verwitterten Buchstaben entlang und kratzte das Moos aus den Fugen. Travis beobachtete sie neugierig.

„Beloved wife Margareth Clayton 25th Nov. 1905. Ich frage mich, warum sie die Briefe niemals abgeschickt hat."

„Vielleicht kam sie nicht mehr dazu."

„Und wenn Maugham sie abgefangen hat? Dann muss er gewusst haben, dass seine Frau eine Beziehung zu Richard Turner unterhielt. Wenn ihm klar war, dass sie ihn betrog, warum errichtete er ihr dann einen so aufwendigen Grabstein?"

„Vielleicht hat er sie trotzdem aufrichtig geliebt", sagte Travis.

„Obwohl sie ihn nur geheiratet hat, um dem Armenhaus entfliehen zu können? Das hat sie in dem Brief offen zugegeben."

„Warum nicht? Maugham verliebte sich in sie. Margareth gab seinem Werben nach, aber sie konnte Turner nicht vergessen und zerstörte damit ihre Ehe.“

„Und wenn er ihr vergeben hat?“, fragte Jennifer.

„Maugham? Nach allem, was ich über ihn weiß, muss er ein ziemlicher Menschenfeind gewesen sein.“

„Aber er engagierte sich doch ehrenamtlich in den Armenhäusern.“

„Trotzdem mied er seine Mitmenschen, wenn es sich einrichten ließ. Das eine schließt das andere nicht aus. Hast du den zweiten Brief inzwischen gelesen?“

Sie schüttelte den Kopf. „Ich kann die Schrift kaum entziffern und brauche mal wieder deine Hilfe.“

„Mach ich gerne.“

„He, was ist das?“, rief sie.

Wo sie das Unkraut gejätet hatte, glänzte ein Stück Metall golden in der Abendsonne. Sie hob es auf und wischte es an ihrem Ärmel sauber. Es war eine Münze.

„Ob sie aus echtem Gold ist?“

Jennifer ließ sie in Travis‘ Handfläche gleiten. Er wusste sofort, was er vor sich hatte: Das wahrscheinlich wichtigste Glied der Kette, mit dem er Garreth zu Fall bringen würde.

„Schau, jemand hat ein Loch hindurchgebohrt“, sagte sie.

Travis starrte auf die Münze in seiner Hand und verwandelte sich wieder in den elfjährigen Jungen, der abenteuerlustig den verbotenen Maugham-Garten erforschte. Wie immer war es Garreth gewesen, der die Idee zu der verrückten Mutprobe gehabt hatte. Wer von ihnen am tiefsten in der Erde vor der unheimlichen alten Stele grub, erwies sich als der mutigere der beiden. Travis hatte kaum den Spaten in die Erde gerammt, als er auch schon auf die Münzen gestoßen war. Natürlich hatten sie weitergegraben. Bei der Vorstellung, auf Knochen zu stoßen, hatten sich ihre Nackenhaare aufgestellt. Doch sie fanden nur die beiden Goldmünzen und schworen blutig-heilige Eide, niemandem etwas von dem Fund zu verraten. Garreth hatte seine Münze an einem Lederriemen um den Hals getragen wie einen Talisman. Travis hatte seine unter einer losen Diele seines Zimmers versteckt, aus Angst davor, dass sein Vater sie ihm wegnehmen könnte. Er besaß sie noch immer, und nun tauchte ihr Gegenstück ausgerechnet an der Stelle auf, an der er sie damals entdeckt hatte.

Garreth hatte die Bedeutung des Gartens für Travis und Susan gekannt, und er war hier gewesen. Hatte er die Münze verloren, als er Susan ermordet hatte? Travis sah vor sich, wie Susan sich verzweifelt wehrte und ihre Finger in den Lederriemen grub und ihn zerriss.

Er gab Jennifer die Münze zurück. „Das ist ein indischer Gold-Sovereign aus dem Jahr 1818", sagte er.

„Baines hat erzählt, dass Maugham als Militärarzt in Indien stationiert war und als wohlhabender Mann nach England zurückkehrte", antwortete sie. „Er muss ihn hier verloren haben." Jennifers Augen leuchteten auf. „Oder hat er am Ende den Schatz hier vergraben, von dem die Leute erzählen? Dann hat er das Kenotaph darüber aufstellen lassen, um die Stelle wiederfinden zu können."

Sie begann wie ein Hund, der einen Knochen ausbuddelt, in der Erde zu wühlen.

„Du wirst dort nichts finden", sagte Travis.

Jennifer grub weiter.

„Warum nicht?", rief sie über die Schulter.

„Weil es Maughams Vermögen ist, das du geerbt hast. Das hättest du nicht gekonnt, wenn es hier versteckt wäre."

Sie hörte auf zu graben. „Daran hab ich gar nicht gedacht", sagte sie enttäuscht.

„Jennifer, du hast vier Millionen Pfund geerbt, wozu brauchst du noch mehr Geld?", fragte Travis.

Sie errötete. „Du hast recht, zu viel von allem ist selten gut. Zu viel Schokoladeneis, zu viel Zeit zum Grübeln, zu viel Geld."

Er starrte nachdenklich auf den Grabstein.

„Ist alles in Ordnung?", fragte sie.

Travis verscheuchte die düsteren Gedanken. „Alles okay. Es ist nur ... ich muss heute noch etwas erledigen, was sich nicht aufschieben lässt."

Sie schien eine Sekunde zu zögern, dann nickte sie. „Okay. Mir fällt gerade ein, dass sich der Architekt für heute Abend angekündigt hat."

„Dann sehen wir uns später? Ich werde dir helfen, den Brief zu entziffern. Sagen wir um acht?"

Endlich lächelte sie und nickte. „Ich freue mich darauf."

„Prima. Ich kann's kaum erwarten."

Travis verabschiedete sich hastig und lief zu seinem Pick-up. Er hatte einen Plan.

28

Travis legte seine Einkäufe auf das Kassenband und wartete, bis die Kassiererin Milchtüten, Ravioli und Katzenfutter über den Scanner gezogen hatte.

„Hallo Karen", sagte er.

Sie sah kurz auf und nahm den Geldschein entgegen, den er ihr reichte.

„Hab schon gehört, dass du wieder da bist", entgegnete sie. „Du hast doch hoffentlich nicht vor, mich anzumachen? Ich hab keine Lust, mit eingeschlagenem Schädel im Maugham-Garten zu landen."

„Ich dachte, es hätte sich inzwischen herumgesprochen, dass ich unschuldig bin."

Karen zuckte mit den Schultern und gab ihm das Wechselgeld. „Du kennst die Leute hier. Sie lieben es, sich das Maul zu zerreißen. Ich an deiner Stelle würde um Pennack einen großen Bogen machen."

„Ich will wissen, wer Susan ermordet hat."

„Neugier hat schon so manche Katze umgebracht."

„Jasper geht's gut", sagte Travis. „Würdest du mir einen Gefallen tun?"

Sie reckte den Kopf und blickte an Travis vorbei auf die Schlange, die sich hinter ihm gebildet hatte.

„Weiß nicht, ich hab keine Lust, die alten Zeiten aufzuwärmen."

„Hab ich auch nicht vor. Es dauert nur fünf Minuten, dann siehst du mich nie wieder, versprochen.“

Karen seufzte. „Du konntest schon immer richtig überzeugend sein, Sayer. Warte auf mich hinter dem Supermarkt an der Rampe. In einer halben Stunde hab ich Feierabend.“

Travis saß auf der Verladerampe, rauchte und blickte zum Hafen hinunter. Von hier aus konnte man einen Teil der Bucht sehen. Die tief stehende Sonne zauberte glitzernde Reflexe auf das Wasser. Er hörte, wie das Schiebetor hinter ihm geöffnet wurde. Karen kam heraus und setzte sich neben ihn. Sie war etwas rundlicher geworden, sah aber immer noch gut aus mit ihrer Stupsnase und den schwarzen Locken. Er bot ihr eine Zigarette an.

„Ich mach das nur, weil wir mal zusammen waren“, sagte sie.

Travis lächelte. „War ’ne tolle Zeit.“

„Bis dein Alter seinen verfluchten Köter auf mich gehetzt hat.“ Sie schob das rechte Hosenbein hoch und zeigte ihm die Narbe. „Das Biest hat mir ein schönes Andenken verpasst.“

„Tut mir leid, Karen. Inzwischen hat sich vieles geändert.“

„Dein Vater wird sich nie ändern. Was willst du?“

„Susan verschwand am 29. April vor fünf Jahren. Erinnerst du dich noch an den Tag davor? Wir waren abends alle zusammen.“

„Du meinst die Fete am Strand?“

„Genau die.“

„Was ist damit?“

„Du hast doch damals 'ne Menge Fotos gemacht."

Sie nickte und sog an ihrer Zigarette.

„Hast du die Aufnahmen noch?", fragte er.

„Klar." Karen kramte in der Handtasche nach ihrem Handy und öffnete die Bildbibliothek. Sie grinste. „Garreth war ziemlich voll, Pete sowieso."

Travis studierte das Gruppenbild. „Kannst du das mal größer zoomen?"

Karen klemmte die Kippe zwischen die Lippen und vergrößerte den Ausschnitt. Travis triumphierte. Deutlich erkannte er das Lederband mit dem Gold-Sovereign, den Garreth um den Hals trug.

„Schickst du mir das Foto? Ich hätt's gerne als Andenken."

„Gib mir deine Nummer."

Karens Finger huschten über das Display.

„Danke. Vielleicht sehen wir uns mal wieder", sagte er.

„He, das war alles?"

„Du hast mir doch geraten, so schnell wie möglich aus Pennack zu verschwinden, oder nicht?"

Sie legte den Kopf schief und blinzelte in die Sonne. „Weißt du, Travis, ich glaub nicht, was die Leute erzählen. Du bist kein Mörder."

„Na, das ist doch schon mal ein Anfang. In zwanzig Jahren hab ich vielleicht alle anderen in Pennack auch davon überzeugt. Mach's gut, Karen."

„Du auch, Travis."

Mary Taylor verließ ihr Büro in der Rosewin Road pünktlich um 18 Uhr. Travis passte sie ab, als sie in ihren Alfa Romeo stieg, öffnete die Beifahrertür und setzte sich neben sie. Taylor fuhr erschrocken herum.

„Sie schon wieder. Raus aus meinem Wagen!"

„Hören Sie sich erst an, was ich zu sagen habe. Ich lade Sie gerne zu einem Tee ein, wenn Ihnen das lieber ist. Aber ich befürchte, ein öffentliches Lokal ist kein passender Ort für das, was ich Ihnen erzählen werde. Es liegt ganz in Ihrem Interesse, dass dieses Gespräch unter uns bleibt. Vorerst jedenfalls."

„Wollen Sie mir drohen?"

„Sagen wir, ich möchte Sie ermuntern, mit mir zusammenzuarbeiten. Wenn ich Susans Mörder überführt habe, werden wir sehen, wie Sie aus der Sache ohne allzu große Blessuren herauskommen."

„So etwas nennt man Erpressung."

„Ich versuche, ein Verbrechen aufzuklären, in das sie verwickelt sind. Ihre Chancen, mit einem blauen Auge davonzukommen, stehen nicht besonders gut. Es sei denn, Sie sagen mir jetzt die Wahrheit."

„Sind Sie wirklich so naiv zu glauben, ich würde mich selbst einer Falschaussage bezichtigen?"

„Noch haben Sie die Gelegenheit dazu."

„Wenn Sie etwas gegen mich in der Hand hätten, wären Sie längst zur Kriminalpolizei in Exeter gegangen."

„Es dürfte ihnen klar sein, dass ich ziemlich schlechte Erfahrungen mit dem Gesetz gemacht habe. Mit einem Gesetz, das Susan und mich eigentlich schützen sollte. Sie können natürlich warten, bis ich genügend Beweismaterial zusammengetragen habe, aber an Ihrer Stelle würde ich lieber reden."

Mary Taylor zündete sich eine Zigarette an und ließ die Seitenscheibe herab.

„Sie bluffen doch nur, Sayer."

„Gestern konnte ich Ihnen noch nicht nachweisen, dass Sie Garreth ein falsches Alibi verschafft haben, das stimmt." Er öffnete die Faust, in der er den Sovereign verborgen hielt. „Aber das hat sich geändert. Sie wissen, was das ist, nicht wahr?"

Sie starrte auf die Münze und wandte sich abrupt ab.

„Na los, sagen Sie es schon!"

„Ja, verdammt, sie gehört Garreth", sagte Taylor. „Na und?"

„Er verlor sie an dem Abend, als Susan ermordet wurde, im Garten oberhalb des Maugham-Hauses. Sie beweist, dass er dort war und nicht mit Ihnen und seinem Vater zusammen im Sea Manor."

Mary Taylor lachte. „Sie sind ja noch dümmer als ich dachte, Sayer. Sie hätten den Sovereign dort oben in der Erde lassen sollen. Niemand wird Ihnen jetzt noch glauben."

„Sie irren sich. Nicht ich war es, der die Münze gefunden hat. Es gibt eine glaubwürdige Zeugin, die das Beweisstück in Verwahrung hat. Diese Münze hier gehört mir. Sie ist nur das passende Gegenstück."

„Garreth kann sie zu jedem beliebigen Zeitpunkt verloren haben. Das beweist gar nichts."

Travis öffnete die Bilddatenbank seines Handys und rief das Foto auf, das ihm Karen geschickt hatte.

„Diese Aufnahme wurde vierundzwanzig Stunden vor Susans Verschwinden gemacht", sagte er, „Sie sehen, dass Garreth den Sovereign noch trägt. Wenn man den Ablauf der Mordnacht und den Fundort bedenkt, kann er die Münze nur zur Tatzeit verloren haben."

Mary Taylor warf die Kippe aus dem Fenster. „Und was wollen Sie mit Ihrer schlauen Erkenntnis nun anfangen, Sherlock Holmes?“

„Sie werden mir jetzt sagen, was an jenem Abend passiert ist. Andernfalls müssen Sie mit einer Anzeige wegen Falschaussage rechnen. Sie können froh sein, dass Sie keinen Eid geleistet haben.“

„Wenn ich zugeben würde, dass ich für Geld gelogen habe, käme es auf das Gleiche raus.“

„Vielleicht können wir das verhindern. Ich bin auf Ihrer Seite, aber nur wenn Sie jetzt reden.“

Sie schwieg und trommelte nervös auf dem Lenkrad. Travis tastete nach dem Türgriff.

„Wie Sie wollen.“

„Warten Sie. Also gut, Garreth war an jenem Abend nicht im Hotel.“

„Weiter.“

„Ich saß mit seinem Vater über den Bilanzen. Der alte Wyne war stocksauer, weil sich sein Sohn lieber in den Pubs herumtrieb. Immerhin sollte er die Leitung der Hotelkette irgendwann übernehmen.“

„Wo ist Garreth gewesen?“

Sie zündete sich noch eine Zigarette an und inhalierte tief den Rauch. „Er hatte Streit mit Susan Prescott. Gegen 22 Uhr tauchte er dann doch noch auf und erschreckte uns furchtbar. Er taumelte ins Zimmer, als wäre er soeben dem Tod entgangen. Seine Kleidung war tropfnass und mit Erde und Dreck beschmutzt, seine Hände waren blutverschmiert. Seine Augen waren vor Entsetzen geweitet und quollen ihm aus den Höhlen, er sagte nur immer wieder: ‚Sie ist tot, sie ist tot.‘“

„Hat er die Tat gestanden?“

„Nein. Nachdem es uns gelungen war, ihn halbwegs zu beruhigen, stammelte er, dass er Susan gesucht hatte, um einen letzten Versuch zu unternehmen, sie umzustimmen. Er hatte an diesem Abend erfahren, dass sie ihn verlassen wollte.“ Sie blickte Travis an. „Wegen Ihnen.“

Eine ungeheure Last fiel von seiner Seele. Zumindest wusste er nun, dass Susan ihn geliebt und sich für ihn entschieden hatte.

„Und darum musste sie sterben“, sagte er.

„Garreth schwor, dass er ihr nichts angetan hatte. Er sagte, er hätte im Maugham-Garten ihr zerrissenes T-Shirt und einen Bootshaken gesehen. An beidem klebte Blut. Sie wissen doch, wovon ich spreche, schließlich hat die Polizei die Beweise in Ihrem Schuppen gefunden.“

„Und wie sind sie dorthin gekommen? Jemand wollte mir einen Mord anhängen, und ich brauche nicht lange darüber nachzudenken, wer einen Nutzen davon hatte, dass ich ins Gefängnis ging.“

„Garreth behauptete, er hätte die Sachen in der Nähe des alten Grabsteins entdeckt. Ich schätze, dabei hat er den Sovereign verloren, ohne es zu bemerken.“

„Und die Leiche?“

„Da war keine Leiche.“

„Sie verlangen doch wohl nicht, dass ich das glaube?“

„Glauben Sie, was sie wollen. Der Mörder muss Susan weggeschafft haben.“

„Und die Tatwaffe ließ er zurück?“

Sie zuckte mit den Schultern. „Vielleicht war er kopflos, in Panik oder betrunken. Garreth hat jedenfalls behauptet, er hätte keine Leiche gesehen."

„Was geschah dann?"

„Dem alten Wyne war sofort klar, dass sein Sohn in
der Klemme steckte. Garreth hatte ein Motiv, er war am
Tatort gewesen, und er hatte auch das Shirt und die
Tatwaffe angefasst. Der Alte befahl mir, ihn nicht aus
den Augen zu lassen. Er würde sich um alles kümmern,
sagte er."

„Was hat er getan?"

„Er fuhr zum Garten hinauf und kam mit dem Bootshaken und dem T-Shirt zurück", sagte Mary Taylor.
„Auch er hatte keine Leiche gefunden. Vielleicht lag sie
unterhalb der Klippen, oder sie war bereits im Meer untergegangen."

„Das ist sehr unwahrscheinlich."

„Warum?"

„An diesem Küstenabschnitt herrschen auflandige
Winde vor. Ich bin oft genug mit der *Eloise* dort entlanggefahren. Wenn man nicht aufpasst, treibt die Strömung einen auf die Riffe. Der Täter muss all das einkalkuliert haben."

„Sie meinen, der Mörder wäre zur See gefahren? Einer der Fischer vielleicht?"

„Ihm muss zumindest klar gewesen sein, dass er die
Leiche nicht einfach über die Klippen werfen konnte,
und aus irgendeinem Grund wollte er verhindern, dass
sie gefunden wurde."

„Die Polizei hätte doch eigentlich Blutspuren sicherstellen müssen, aber da war nichts", sagte sie, „weder an den Felsen noch in der Nähe des Kenotaphs. Sie haben alles abgesucht.“

„Es regnete in dieser Nacht heftig, vergessen Sie das nicht.“

Mary Taylor schüttelte den Kopf. „Ich glaube nicht, dass Garreth Susan umgebracht hat.“

„Was macht Sie da so sicher?“

„Ich weiß nicht … er war völlig durcheinander, als er im Sea Manor auftauchte, wirklich entsetzt, weil er glaubte, dass sie tot ist. Er war einfach nicht klar genug im Kopf, um seinen Vater anzulügen. Der Alte hätte das sofort gemerkt. Dem macht man so leicht nichts vor, und Garreth schafft das nicht mal, wenn er nüchtern ist.“

„Und warum hat Wyne Sie für die Lüge bezahlt, Garreth wäre den ganzen Abend lang im Hotel gewesen?“

Sie lachte tonlos. „Er wollte auf Nummer sicher gehen. Schließlich kannte nur Garreth die Wahrheit. Das Geld stammte aus Luftbuchungen, die ich selbst auf seine Anweisung hin vorgenommen hatte. Ja, ich habe mir meine Aussage vergolden lassen. Aber was macht das für einen Unterschied? Garreth ist ein Hitzkopf, aber kein Mörder.“

„Das bin ich auch nicht, aber das war Ihnen egal. Wegen Ihrer Lüge habe ich fünf Jahre unschuldig im Gefängnis gesessen.“

Sie senkte den Kopf. „Es tut mir leid. Jeder hielt sie für schuldig. Die Beweise waren doch erdrückend.“

„Ersparen Sie mir Ihre Krokodilstränen. Hat der alte Wyne den Bootshaken und das Shirt ins Bootshaus gebracht?“

Taylor zögerte. Travis wiederholte seine Frage.

„Ich sage Ihnen alles, was ich weiß, aber Sie müssen mir versprechen, dass Sie mich aus der verdammten Geschichte heraushalten", sagte sie.

„Das kann ich nicht. Ihre einzige Chance ist es, mit der Wahrheit herauszurücken. Ich kann Ihnen einen guten Anwalt empfehlen."

„Verdammt, ich lass mich doch nicht von Ihnen ruinieren."

„Okay." Travis öffnete die Wagentür.

Taylor fluchte. „Also gut. Drei Tage nach dem Mord bekam ich mit, dass Wyne 20.000 Pfund in einen Aktenkoffer packte, mit dem er das Hotel verließ. Ich folgte ihm, weil ich wissen wollte, was er vorhatte. Er traf sich mit einem Mann bei den Docks, der die Uniform einer Sicherheitsfirma trug. Damals hatte es eine Reihe von Einbrüchen und Diebstählen gegeben, mit denen Jenkins überfordert war."

„Ich erinnere mich. Die Hafengesellschaft engagierte eine Wach- und Schließgesellschaft."

Mary Taylor nickte. „Ich belauschte das Treffen und reimte mir anschließend zusammen, was passiert war. Der Wachmann hatte bei seinem Rundgang am Mordabend gegen 23 Uhr Licht im Bootsschuppen Ihres Vaters bemerkt, außerdem parkte ein auffälliger Wagen davor, den er zuvor nie dort gesehen hatte. Er notierte sich das Kennzeichen und wollte der Polizei mitteilen, was er beobachtet hatte, aber dazu kam es nie. Wyne bezahlte ihn für sein Schweigen."

„Die Polizei fand Einbruchsspuren am Bootshaus, aber im Prozess wurde denen keine Bedeutung zugemessen", sagte Travis. „Der alte Wyne hat sich in der Mordnacht Zugang zum Schuppen verschafft, um mich mit der Tatwaffe und dem blutverschmierten T-Shirt zu belasten. Wenn herausgekommen wäre, dass sein Wagen kurz nach Susans Verschwinden vor dem Bootshaus stand, hätte ihn das verdächtig gemacht. Sie haben Wyne erpresst und mit seinem schmutzigen Geld Ihre Steuerkanzlei gegründet."

„Es war meine einzige Chance, dem Sea Manor den Rücken kehren zu können. Ich arbeite heute noch für ihn, weil er mir damals eine Menge Kunden vermittelt hat. Sie wissen doch, was für ein Dreckskerl er ist, und Sie kennen die Situation in Pennack. Ohne Wynes Segen hätte ich hier niemals Fuß gefasst."

„Sie hätten fortgehen können."

„Ich ... habe hier geheiratet. Mein Mann wollte um keinen Preis aus Pennack fort."

„Sie haben mir fünf Jahre Knast eingebracht", sagte Travis, „und den Ruf eines Mörders, den ich nie mehr loswerde."

Sie fummelte mit zitternden Fingern an der Zigarettenschachtel herum.

„Was haben Sie jetzt vor?"

„Ich muss diesen Wachmann finden. Wissen Sie, ob er noch in Pennack arbeitet?"

„Nein, ich kenne nicht mal seinen Namen. Wie ich Wyne einschätze, hat er zur Bedingung gemacht, dass der Mann aus Pennack verschwindet und sich nie wieder hier blicken lässt. Sie werden ihn niemals finden."

„Überlassen Sie das mir."

Travis öffnete die Wagentür.

„He, Sayer, warten Sie. Sie kennen jetzt die Wahrheit, machen Sie daraus, was Sie wollen. Aber halten Sie mich aus der Sache raus."

„Sie werden Ihre Aussage widerrufen müssen.“

„Den Teufel werde ich tun.“

„Erfinden Sie eine Ausrede. Sagen Sie, Ihnen wäre klar geworden, dass Sie sich im Datum geirrt haben.“

„Sind Sie verrückt? Ich liefere mich doch nicht selbst ans Messer.“

„Das ist Ihr Problem. Meins ist es, diesen Wachmann zu finden.“

29

John Miller, Architekt aus Truro und Spezialist für denkmalgeschützte Bauten, schüttelte Jennifer überschwänglich die Hand. Mit seinem wettergegerbten Gesicht und der kräftigen Statur wirkte er eher wie ein Seemann, der sein Leben auf dem Meer zugebracht hatte, als jemand, der mit Zeichenstift und Computer seine Brötchen verdiente. Nachdem er das Haus einer ersten Prüfung unterzogen hatte, löste sich ein dröhnendes Lachen aus seinem fassförmigen Brustkorb.

„Machen Sie sich keine Sorgen, Miss Nowak. Dieses Haus hat die Stürme von hundertzwanzig Jahren überstanden, und es wird mindestens noch einmal so lange stehen. Mit der Statik gibt es keine Probleme."

„Wann können Sie anfangen?", fragte sie gespannt.

Miller rieb sich das Kinn. „Das Gutachten bekommen Sie in ein paar Tagen. Das Haus entsprechend Ihren Plänen umzubauen, wird natürlich sehr viel länger dauern."

Jennifer vereinbarte einen weiteren Termin, um ihm ihre genauen Vorstellungen zu erläutern. Miller war von dem alten Haus begeistert, besonders der Garten, über den zahlreiche Legenden im Umlauf waren, faszinierte ihn. Er telefonierte noch an Ort und Stelle mit einem Landschaftsgärtner aus Helford, der sich die Gelegenheit, den Maugham-Garten wieder in das blühende

Paradies zu verwandeln, das er einst gewesen war, nicht entgehen lassen wollte. Er sagte zu, in spätestens zehn Tagen mit dem nötigen Gerät anzurücken.

Der Architekt verabschiedete sich und versprach, mit den Baubehörden Kontakt aufzunehmen. Mit dem Gefühl, einen Sieg errungen zu haben, sah sie seinem Wagen nach, der in die Serpentinenstraße einbog. Garreths Versuch, ihre Pläne zu vereiteln, waren vorerst krachend gescheitert.

Am frühen Nachmittag fuhr Jennifer in das etwa fünfundzwanzig Kilometer entfernte Penzance. Das St. Clare Hospital entpuppte sich als kleine, hochmodern eingerichtete Privatklinik unter der Leitung von Dr. Meynard Davies. Sein Spezialgebiet war die Behandlung von Brandverletzungen, was auch eine bestmögliche Narbenkorrektur einschloss.

Der Wartebereich war in warmen Terrakotta- und Orangetönen gehalten. Die Einrichtung erinnerte Jennifer eher an eine Wellness-Oase als an ein Krankenhaus. Sie setzte sich auf eine bequeme Couch, blätterte in einer Illustrierten und sprang dann wieder auf, um angespannt auf und ab zu laufen.

Davies galt als einer der besten Ärzte auf seinem Fachgebiet. Wenn er ihr nicht helfen konnte, würde sie für den Rest ihres Lebens entstellt bleiben. Travis behauptete zwar, dass es ihm nichts ausmachte, aber darum ging es ihr nicht. Es war nur natürlich, dass sie ihr früheres Aussehen zurückerlangen wollte.

Sie schloss die Augen und dachte an die vergangene Nacht. Weder sie noch Travis hatten darüber nachgedacht, was sie taten, und sich von ihrer Leidenschaft mitreißen lassen. Keiner konnte sagen, was daraus erwachsen würde. Sie mochte ihn, sehr sogar, sperrte aber allzu tiefe Gefühle für ihn aus. Ihr war klar, dass er Pennack für immer verlassen würde, wenn er Susan Prescotts Mörder entlarvt hatte. Sie selbst jedoch begann gerade, sich heimisch zu fühlen. Eine gemeinsame Zukunft war damit unwahrscheinlich. Vielleicht könnte sie ihn überreden zu bleiben, doch sie würden hier niemals glücklich werden. Die Schatten der Vergangenheit ließen sich nicht so leicht vertreiben. Ein Leben ohne Travis an ihrer Seite mochte sie sich allerdings ebenso wenig vorstellen. Es hatte kaum begonnen, da wurde es auch schon kompliziert.

„Miss Nowak?"

Dr. Davies' Stimme riss sie aus ihren Grübeleien. Er war einen halben Kopf kleiner als Jennifer, hatte grau meliertes, lockiges Haar und freundlich blickende, braune Augen. Davies strahlte Ruhe und Zuversicht aus und vermittelte ihr sofort ein Gefühl von Sicherheit und Kompetenz. Nachdem er sie eingehend untersucht hatte, wartete sie nervös auf seine Diagnose.

„Ich denke, mit einer Laserbehandlung haben Sie gute Chancen, dass sich die Narben zurückbilden. Ganz verschwinden werden sie vermutlich nicht, aber das Gesamtbild wird kein Vergleich mit dem jetzigen Zustand sein."

Er erklärte Jennifer, wie er vorgehen wollte. „Wir haben es hier größtenteils mit hypertrophem, also hervorstehendem Narbengewebe zu tun, wie es bei Schnittverletzungen häufig vorkommt. Mit einem CO_2-Laser werden wir die Narben pixelartig einebnen. Dadurch bildet sich neues Kollagen, und das verbliebene Gewebe regeneriert sich. Ein Vorteil dieser Methode ist, dass der Laser tief in das zerstörte Gewebe eindringt, sodass eine Regeneration auch in tieferen Hautschichten stattfindet. Wir haben damit sehr gute Erfahrungen gemacht."

„Wie lange wird die Behandlung dauern?", fragte Jennifer.

„Wir werden acht bis zehn Sitzungen benötigen. Zwischen den Terminen müssen wir dem Gewebe Zeit geben, sich zu erholen. Rechnen Sie mit einigen Wochen."

„Gibt es Nebenwirkungen oder Risiken?"

„Der CO_2-Laser ist besonders schonend für die Haut. Es kann zu Schuppenbildung kommen, aber das ist ja erwünscht. Altes Gewebe wird abgestoßen, und die Haut erneuert sich. Wenn Sie einverstanden sind, können wir sofort mit der ersten Behandlung beginnen."

„Schon heute?", fragte sie überrascht.

„Worauf wollen Sie warten?"

Jennifer willigte ein. Die Sitzung dauerte eine knappe Stunde, danach fuhr sie nach Pennack zurück. Vielleicht hielt das Leben noch mehr für sie bereit, als sie geglaubt hatte.

Von neuer Hoffnung erfüllt, kam sie auf der Hochebene an. Ein stürmischer Wind trieb Wolkenfetzen über den Horizont und erzeugte ein flirrendes Wechselspiel aus Licht und Schatten. Das alte Haus ragte wie eine verwitterte Festung in den Himmel. Ein Bollwerk gegen die Lügen und Intrigen, die Pennack beherrschten. Die Worte des alten Sayer kamen ihr in den Sinn und verdarben ihre hoffnungsvolle Stimmung.

„Mit 'nem Bootshaken hat er sie erschlagen. Alles war voller Blut."

Verwirrte der Alkohol Jack Sayers Verstand, oder steckte vielleicht doch ein Körnchen Wahrheit in dem Gefasel? Travis' Erklärung erschien auf den ersten Blick einleuchtend. Der Versuch seines Vaters, ihn in ein schlechtes Licht zu rücken, mochte zu dessen Plan gehören, einen Keil zwischen sie zu treiben. Aber glaubte der alte Mann wirklich, seinen Sohn auf diese Weise in Pennack festhalten zu können? Dieses Vorhaben musste ihm doch selbst aussichtslos erscheinen. Travis war schon einmal gegangen, ohne dass er es hatte verhindern können. Warum war er aber tatsächlich zurückgekommen? Das Gefühl, dass er ihr etwas verschwieg, ließ sich nicht vertreiben. Irgendetwas stimmte an seiner Darstellung der Ereignisse nicht.

Sie stieg aus dem Wagen und blickte zu den Steinstufen empor, die in den Garten hinaufführten. Was war dort oben wirklich geschehen? Wusste Travis mehr, als er zugab, und war er am Ende selbst in Susans Tod verwickelt? Warum bemühten sich alle nach Kräften, sie von hier zu vertreiben? Über diesem Ort lag ein düsteres Geheimnis, und bevor sie es nicht ans Licht gebracht hatte, würde sie hier nicht in Frieden leben können.

Sie hatte auch geglaubt, Miro gut genug zu kennen, um ihm vertrauen zu können. Die Umstände seines Todes warfen jedoch weitere Fragen auf. Auf keinen Fall durfte sie ihren Fehler wiederholen.

Was wusste sie denn überhaupt über Travis? Konnte sie ihm vertrauen? Was hätte wohl Margareth an ihrer Stelle getan? Jennifer wünschte sich plötzlich, sie könnte ihre Ururgroßmutter um Rat fragen.

Sie beschloss, nicht bis zum Abend zu warten und einen Versuch zu unternehmen, den zweiten Brief selbst zu übersetzen. Sie betrat das Haus durch den Haupteingang und verriegelte sorgfältig die massive Tür mit den Buntglasscheiben. Anschließend kontrollierte sie den Zugang zum hinteren Hof und alle Fenster des ebenerdigen Gebäudetrakts. Das Gefühl latenter Bedrohung blieb. Das Haus war zu groß, zu unübersichtlich, um sich in Sicherheit zu wiegen. Obwohl sie jedes Zimmer inspiziert hatte, stieß sie ständig auf neue, überraschende Details wie den geheimen Zugang zu Margareths Schlafzimmer und Korridore, die unerwartet blind endeten. Fast erschien es ihr, als ob das Haus mit ihr spielte, sie absichtlich im Kreis herumführte, um sie irgendwann zu verschlucken.

Eine stürmische Böe rüttelte an den Fensterläden und ließ die alten Balken knacken. Jennifer durchquerte die Halle und schloss die Tür zu ihrer Wohnung auf. Im Wohnzimmer malten die tief dahinjagenden Wolken schillernde Reflexe der aufgewühlten See an die Decke. Sie holte die Schachtel aus dem Esszimmer, nahm den Deckel ab und faltete vorsichtig das brüchige Papier auseinander. Die Schrift war unleserlich und fahrig und schwer zu entziffern. Mühsam begann sie Margareths nächsten Brief zu lesen, der seinen Empfänger niemals erreicht hatte.

30

3. Januar 1905

Liebster Richard,

in der Hoffnung, dass dich mein letzter Brief erreicht hat,
setze ich nun meinen Bericht der unglücklichen Ereignisse,
die mich zu Henry Maughams Ehefrau gemacht haben,
fort. Entgegen meiner Absicht ist es mir in den vergangenen
drei Wochen nur ein einziges Mal gelungen, unbemerkt das
Postamt in Pennack aufzusuchen. Du wirst meine Enttäuschung nachempfinden können, als ich dort keine Antwort
von dir vorfand. Aber ich weiß ja, wie vorsichtig du sein
musst, um einen Skandal zu vermeiden, der deine Stellung
und deinen guten Ruf zerstören würde. Darum warte ich
geduldig auf ein Zeichen von dir, auch wenn jeder Tag, der
ohne Nachricht vergeht, eine schwere Prüfung für mich ist.
Mehr als einmal war ich versucht, eine Droschke zu mieten
und die beschwerliche Fahrt nach Weymouth auf mich zu
nehmen. Aber wie du weißt, liegt seit Weihnachten eine
dichte Schneedecke über dem Land. Die Winterstürme toben so heftig um Land's End, dass ich kaum ohne Gefahr
das Haus verlassen kann. Nun will ich aber in meinem Bericht fortfahren.
Nach dem schrecklichen Tod Mathildas und dem Aufruhr,
der daraus entstand, konnte Mother Agathe nicht

verhindern, dass Henry das Armenhaus in Exeter regelmäßig aufsuchte. Er behandelte die Blessuren, die wir von der harten Arbeit davontrugen, führte Krankenakten und kontrollierte bei jedem seiner Besuche die Genesungsfortschritte.

Henry erkannte rasch den Unterschied zwischen den Verletzungen, die durch nachlässig gewartete Maschinen und gefährliche Arbeitsbedingungen hervorgerufen wurden, und den Spuren, die die Schläge der Nonnen hinterließen. Sie wagten es nicht mehr, uns so exzessiv zu verprügeln, wie sie es gewohnt waren, und ersannen subtilere Methoden, um uns ihren Willen aufzuzwingen. Nun spielten sie uns geschickt gegeneinander aus und untergruben unser Gemeinschaftsgefühl.

Hatte Mother Agathe mich schon vorher in besonderem Maße ins Auge gefasst, so begann sie mich nun zu hassen, denn sie machte mich dafür verantwortlich, dass ihrer Allmacht von jetzt an Grenzen gesetzt waren.

Wir rangen den Nonnen das Zugeständnis ab, eine Sprecherin wählen zu dürfen, und die Wahl fiel auf mich. Mein Leben wurde dadurch erträglicher, denn ich musste fortan nicht mehr an den Webstühlen oder den Pumpen schuften, und auch die kochende Lauge in den Waschtrögen blieb mir erspart.

Henry hatte ein Krankenzimmer eingerichtet, wies die Nonnen in der Pflege an und überwachte ihre Arbeit. Ich bemerkte schon früh, dass er mir mehr Aufmerksamkeit schenkte als meinen Leidensgenossinnen. Fürsorglich pflegte er die Narbe, die der Knüppel des Polizisten in meinem Gesicht hinterlassen hatte, und brachte all seine ärztliche Kunst auf, um sie verblassen zu lassen. Bei jedem seiner Besuche versicherte er mir, dass sie meiner Schönheit keinen Abbruch tat.

Ich vermutete zunächst, er sähe in mir lediglich ein wichtiges Verbindungsglied, um Ruhe und Ordnung aufrechtzuerhalten, doch ich sollte mich täuschen. Er hegte ganz andere Gefühle für mich.

Wenige Wochen nach dem Streik glitt eins der Mädchen unter der Last der schweren, nassen Laken auf einer rutschigen Stufe aus und brach sich den Knöchel. Die Nonnen riefen Henry herbei, der sich des Mädchens annahm und mich aufforderte, ihm zu assistieren. Nachdem wir den Fuß des unglücklichen Kindes gerichtet und geschient hatten, bemerkte Henry, dass ich recht geschickt vorgegangen sei. Er behauptete sogar, ich habe heilende Hände. So drückte er sich aus, wohl um mir zu schmeicheln und mich zu beeindrucken. Damals glaubte ich ihm, denn ich ahnte noch nichts von seinen wahren Absichten.

Er überzeugte Mother Agathe davon, dass er eine Assistentin bei der Betreuung der Kranken brauchte, da das Haus in Exeter nicht das Einzige war, das er aufsuchte. Seine Absicht war es, dafür zu sorgen, dass ich während seiner Abwesenheit die Befolgung seiner Anweisungen überwachte. Welches Druckmittel er dazu einsetzte, wurde mir erst sehr viel später klar, doch davon zu gegebener Zeit mehr.

Meine Aufgabe bestand fortan darin, Verbände zu wechseln, Trost zu spenden und darauf zu achten, dass die Erkrankten ihre Medizin einnahmen. Henry lernte mich in all diesen Fähigkeiten an, und er kam mir dabei bisweilen näher, als es nötig gewesen wäre. Ich achtete ihn hoch, denn all seine Mühen ließ er sich mit keinem Cent vergüten. Sein Engagement in den Armenhäusern von Cornwall versah er rein ehrenamtlich. Mir war zu Ohren gekommen, dass er ein einsamer Mann war, der sehr zurückgezogen lebte und den allzu engen Kontakt zu seinen Mitmenschen scheute. Ich hielt ihn für eigenbrötlerisch, vielleicht ein wenig sonderlich, und war zugleich überzeugt davon, dass er unter seiner selbst gewählten Isolation litt. Aus einem mir unbekannten Grund war er aber außerstande, sie zu durchbrechen.

Umso überraschter war ich, als sich zwischen uns eine enge Verbundenheit und Freundschaft entwickelte. Wir arbeiteten wie selbstverständlich Hand in Hand und verstanden uns oft ohne Worte. Seine stille und zurückhaltende Art machte den Umgang mit ihm angenehm. Bald ertappte ich mich dabei, dass ich es kaum erwarten konnte, ihn wiederzusehen.

Nach zwei Monaten war nicht zu mehr leugnen, dass wir tiefere Blicke wechselten und enger zusammenrückten, als es einem Arzt und seiner Assistentin zustand. Stets jedoch blieben seine unbeholfenen Bemühungen, mir seine Zuneigung zu offenbaren, vage und voller Achtung meiner Person. Wenn er meinte, dass ich es nicht bemerkte, betrachtete er mich verstohlen in einer Art stummer Anbetung, die mir zu Beginn Angst einjagte, mich dann jedoch mein eigenes Selbst mit anderen Augen wahrnehmen ließ.

Hatte ich befürchtet, durch meine Entstellung abstoßend auf ihn zu wirken, belehrten mich Henrys Blicke eines Besseren. Um das zu verstehen, musst du wissen, dass es das oberste Ziel der Nonnen war, uns unsere Selbstachtung zu nehmen, wir sollten uns selbst so begreifen, wie sie uns sahen: als wertlose Geschöpfe, die Gott verworfen hatte. Nun war da jemand, der mich achtete und als seinesgleichen respektierte.

Ich begann mich nach Henry Maugham zu erkundigen, und es gelang mir, mehr über ihn zu erfahren. Die Fuhrleute, die die Wäsche transportierten, die Lieferanten und die Inspektoren der Stadt, die nun ein Auge auf das Armenhaus warfen, sprachen voller Respekt von ihm. Dank seiner stillen Fürsprache gewann ich den Mut, den uns ausstehenden Lohn einzufordern. War er auch noch so gering, erfüllte es uns doch mit Stolz, denn wir verdienten ihn mit unserer Hände Arbeit.

Wie Henry aber all dies zuwege brachte, weiß ich bis heute nicht. Er ist mir gegenüber stets verschlossen wie eine Auster und gibt von seinen Gefühlen nur wenig preis. Allein beteuert er immer wieder, dass er mich über alles liebt. Doch seit ich sein schreckliches Geheimnis kenne, ist mir jede seiner Berührungen ein Gräuel.

Lass mich zunächst zu meinen letzten Tagen im Armenhaus von Exeter zurückkehren. So sollte ich denn bald den Grund für Henrys Melancholie erfahren, die ich schon so oft bemerkt hatte. Seine Augen besaßen einen sanften, fiebrigen Glanz, der ebenso wie die scharfen Falten, die sich in seine Wangen und Mundwinkel eingegraben hatten, von einer überstandenen Tropenkrankheit herrührten, die er sich in Indien zugezogen hatte. Du musst wissen, dass Henry als Militärarzt den Subkontinent bereiste und in Madras stationiert war, wo er für die East India Company arbeitete. Seine Genesung hatte er wohl einer Einheimischen zu verdanken. Er verliebte sich in die exotische Schönheit und beabsichtigte ernsthaft, sie zu heiraten. Doch bevor er mit ihr nach England zurückkehren konnte, starb sie an demselben Fieber, das auch ihn beinahe umgebracht hatte. In der Stadt ging das Gerücht um, sie habe ihm vor ihrem Tod das Versprechen abgerungen, sich um diejenigen zu kümmern, die sich keinen Arzt leisten können, und von ihnen gibt es auch in England mehr als genug, wie du weißt. Er selbst sprach nie darüber.

Ein einziges Mal zeigte ich mich neugierig, was seine Vergangenheit betraf, und löste damit einen Zornesanfall in ihm aus, wie ich ihn nie zuvor erlebt hatte. Später kam er zu mir und bat mich auf Knien um Verzeihung. Zu schrecklich seien die Erinnerungen, gestand er, und führten zu einem Aufwallen dunkler Gefühle. Ich wagte danach nicht mehr, ihn nach seinen Erlebnissen in Indien zu fragen.

Henry kam schließlich an jedem Montag und Freitag in das Arbeitshaus, oft war ich schon Tage vorher in Hochstimmung. Er zeigte mir vieles, was ein Arzt wissen muss, und weihte mich in die Geheimnisse der Medizin ein. Als ich ihm verriet, dass ich mich für die Herstellung heilender Mixturen interessierte, bot er mir eine Anstellung in seinem Heim in Pennack an. Niemals hätte ich geglaubt, dass die Oberin dies erlauben würde, aber zu meinem Erstaunen willigte sie ein. Vielleicht war sie erleichtert, mich auf diesem Weg loswerden zu können, und hoffte, dass sich nach meinem Fernbleiben die alten Zustände wieder einstellen würden. Welches schreckliche Geheimnis wirklich hinter ihrer Zustimmung steckt, sollte ich erst sehr viel später erfahren.

Das einsame Haus mit seinen düsteren Gängen und zahllosen Zimmern kam mir zu Anfang unheimlich vor, doch beschränkte sich das Leben auf die wenigen bewohnten Bereiche, die Behandlungsräume der Arztpraxis und den Gewölbekeller, in dem Henry sein Laboratorium unterhielt. In den ersten Wochen war dieser Raum für mich verbotenes Terrain, obwohl ich mich sehr für Henrys Arbeit interessierte. Heute wünschte ich, ich hätte ihn nie betreten.

Schon als ich zum ersten Mal in das Haus kam, fielen mir die ausgestopften Tierpräparate auf, von denen es eine stattliche Anzahl gibt. Henry erklärte mir, es handele sich um Jagdtrophäen. Ich entdeckte aber auch zwei Hunde und eine Katze, die mich aus toten Augen anstarrten. Ging ich des Abends durch die Korridore oder durchquerte die Halle, verfolgten sie mich mit ihren Blicken. Dann glaubte ich ein Flüstern und Wispern zu vernehmen, tausend unterdrückte Schreie und das verzweifelte Flehen um Rettung. Henry bemerkte schließlich, dass mir die erstarrten Wesen Angst einjagten. Er offenbarte mir ungewollt einen Einblick in seine bizarren Leidenschaften, die ich mit seiner Arbeit als Arzt so gar nicht in Einklang zu bringen vermochte. Die Präparate waren sein Werk. Er erklärte mir, dass alles Lebendige sterben muss und er sich bemühe, die Schönheit dieser Geschöpfe auf ewig zu erhalten. Henry war von ihrer natürlichen Anmut fasziniert, ja geradezu besessen. Ich dachte mit Schaudern an die heimlichen Blicke, mit denen er mich im Workhouse betrachtet hatte, und fühlte mich wie eins jener armen Tiere, die er in ihren vergangenen Körpern gefangen hielt.

Jennifer sah von Margareths Brief auf. Auch sie hatte eine seltsame Abneigung verspürt, den Keller zu betreten, sich über das Gefühl jedoch nicht gewundert. Wem gruselte es nicht davor, die lichtlosen Räume zu erforschen, die seit Dutzenden von Jahren leer standen? Sie nahm sich vor, die Baufirma damit zu beauftragen, als Erstes alle Kellerräume zu entrümpeln und zu säubern. Elektrische Leitungen mussten verlegt oder erneuert werden und die Wände geweißt. Das würde dem alten Gemäuer seine Schrecken nehmen und die Spuren der Vergangenheit beseitigen. Welchen gruseligen Experimenten war Maugham wohl dort unten nachgegangen? Sie schauderte bei dem Gedanken an den steinernen Seziertisch, der in dem Raum neben dem Labor stand. Neugierig auf das Geheimnis, das Maugham umgab, wandte sie sich wieder Margareths Bericht zu.

Doch ich greife vor und muss mich selbst ermahnen, die Dinge in ihrer richtigen Abfolge zu schildern, andernfalls würde ich dich nur verwirren. Es ist sehr wichtig, dass du verstehst, was in diesem Haus vorgeht, denn es ist möglich, dass ich es nicht mehr werde verlassen können. Dann wirst du der einzige Mensch sein, der die schreckliche Wahrheit über Henry Maugham kennt.

Er lehrte mich die verschiedenen Heilpflanzen zu unterscheiden und erläuterte ihre Wirkung. Stets erfreute er sich an meiner Wissbegier. Ich ging ihm bei der Behandlung seiner Patienten zur Hand und bemerkte rasch, dass er zwar ein guter Arzt, aber ein schlechter Organisator war. In seinen Unterlagen herrschte das Chaos. Da er diejenigen, die sich seine Kunst nicht leisten konnten, unentgeltlich behandelte, befürchtete ich, dass sein Vermögen, das er in Indien erworben hatte, dahinschmelzen könnte. Aber Geld interessierte Henry nicht.

Ich dagegen hatte nie welches besessen und notgedrungen die Fähigkeit entwickelt, aus wenig viel zu machen. Zu meinen Aufgaben gehörte es von Anfang an, seinen Haushalt zu führen. Henry zeigte sich beeindruckt, als ich nur einen Teil des Haushaltsgeldes verbrauchte, das er mir gab.

Bald vertraute er mir auch die Verwaltung seiner Praxis an, deren Organisation ich umgehend auf den Kopf stellte, sodass sie besser lief als zuvor. Ich sparte ihm so viel, dass wir einen Hausmeister und ein Dienstmädchen einstellen konnten, die in dem Anbau des Hauses wohnten. Sie übernahmen einen Teil meiner bisherigen Arbeiten, was mir mehr Zeit verschaffte, in Henrys umfangreicher Bibliothek zu stöbern und seine Sammlung medizinischer Werke sowie Bücher über Botanik und Heilpflanzenkunde zu studieren.

Das Dienstmädchen erweist sich als große Hilfe. Godric dagegen, ein arroganter Kerl mit blutleerem Gesicht, ist mir unheimlich. Lautlos wie ein Gespenst schleicht er durch das Haus und führt meine Anweisungen nur widerwillig aus. Er behandelt mich herablassend und lässt mich spüren, dass ich nicht der gehobenen Gesellschaft entstamme, der er zu dienen gewohnt ist.

Es schien mir zuerst, als ob Henry nach und nach seine Melancholie verlöre, ab und zu entlockte ich ihm sogar ein Lachen. Ich selbst war froh, dem Workhouse entkommen zu sein. Meine anfängliche Dankbarkeit verwandelte sich bald in tiefe Zuneigung. Du fragst dich nun, ob ich Henry liebe. Nein, das tue ich nicht. Aber er behandelt mich gut und ermöglicht mir ein Leben, von dem ich nicht zu träumen gewagt hatte. Als er mich nach vier Monaten fragte, ob ich mir vorstellen könnte, seine Frau zu werden, verwehrte ich ihm seinen Wunsch nicht.

Am 20. März des vergangenen Jahres heiratete ich Henry Maugham in der anglikanischen Kirche in Pennack. Zu unserer Überraschung fanden sich nicht nur alle Einwohner des kleinen Ortes ein, sondern auch Dutzende von Henrys Patienten, die er behandelt hatte, ohne einen Penny dafür zu verlangen. Wir kamen nicht umhin, eine Feier auszurichten, die man in Pennack wohl noch lange in Erinnerung behalten wird. Erst an diesem Tag wurde mir bewusst, in welchem Maß Henry im weiten Umkreis als Wohltäter gilt. Ich kann nicht bestreiten, dass er Gutes tut, dass er die unerträglichen Zustände in den Armenhäusern anprangert, Spenden sammelt, um Veränderungen herbeizuführen, und ohne Aussicht auf Lohn Kranke behandelt, wo er nur kann.

Doch ist dies nur eine Facette des Armenarztes Henry Maugham, die glänzende Seite der Medaille, die jeder kennt und achtet. Es existiert eine dunkle Seite seines widersprüchlichen Charakters, von der ich später berichten will, denn sie ist der Grund, warum ich Kontakt zu dir aufgenommen habe. Ich suchte mehrmals um seine Unterstützung, nach unserem Sohn zu forschen. Wenn er schon seinen Vater nicht kennenlernen kann, so sollte er wenigstens bei seiner Mutter aufwachsen. Doch Henry wich meinen Bitten aus. Ich wagte es nicht, ihn zu bedrängen, war mir doch sein furchtbarer Zornesausbruch noch in guter Erinnerung.

Wir verbrachten den Sommer des Jahres 1904 in Pennack, wanderten durch Felder mit Bluebells, die sich bis zum Horizont erstreckten, und besuchten die wunderschönen Fischerdörfer entlang der Küste. Dort genossen wir faule Tage an den Stränden.

Oft zog es mich zu dem verwilderten Grundstück oberhalb des Hauses. Es steigt sanft an bis zur höchsten Erhebung der Klippen. Dort oben fühle ich mich dem Himmel nah. Zu meinen Füßen erstreckt sich die grün glitzernde See, und der Wind jagt die Wolken so dicht über mir dahin, dass ich meine, sie mit ausgestreckten Armen berühren zu können. An einem regnerischen Tag im Juli fand ich dort einen Eichelhäher. Der arme Kerl hatte sich in einem Drahtverhau verfangen, der den Zugang zu den aufgegebenen Stollen der alten Zinnmine versperrt. Ich befreite ihn vorsichtig und pflegte ihn gesund. Henry bemerkte, wie sehr ich mich um das arme Tier kümmerte und wie traurig ich war, als

ich den Vogel wieder in die Freiheit entließ. Wenige Tage
darauf brachte er einen Hund nach Hause. Es war ein junger Beagle, dessen Besitzer an einem Schlag gestorben war.
Ich nannte den Welpen Percy. Er wurde in der schweren
Zeit, die kommen sollte, zu meinem treuesten Freund.

Auch als ich Henry meinen Wunsch vortrug, das verwilderte Areal über den Klippen in einen Ort der Ruhe und des
Friedens zu verwandeln, der seinen Patienten zur Erholung
dienen sollte, gab er sofort sein Einverständnis. Ich pflanzte
dort oben Heilkräuter und exotische Gewächse aus aller
Welt an, und wenn es meine Zeit erlaubt, triffst du mich im
Garten, in dem Azaleen, Rhododendren und Glockenblumen blühen. Ich wünschte mir, du könntest ihn sehen und
du würdest meine Begeisterung teilen. Er ist für mich der
wundervollste Platz auf Erden geworden. Ich verstehe mich
gut auf das Züchten der verschiedenen Rosenarten. Der
Garten ist erfüllt vom Duft von Lavendel und Rosmarin,
und unter meinen Händen gedeihen die schönsten Blumen.
Ich gab mir große Mühe, Henry die Frau zu sein, die er sich
wünschte, und ich empfand in diesem Sommer große Zuneigung, Respekt und Achtung für ihn. Doch zu tieferen Gefühlen war ich nicht in der Lage. So wie ich es versuchte,
sah ich dein Gesicht vor mir. Ich sehnte mich so sehr nach
deiner Nähe, dass es mir das Herz brach und mich zugleich
mein Gewissen plagte, denn es war undankbar gegenüber
Henry. Ich spielte ihm etwas vor, und das hatte er nicht verdient.

Der Herbst brachte wiederum eine Veränderung, denn
Henry brach zu einer Reise durch Cornwall auf, die ihn in
die Armen- und Arbeitshäuser führte. Sie dauerte zehn
Tage.

Den letzten Absatz hatte Margareth in großer Eile
hingeworfen, so als sei sie gestört worden. Hatte Maugham die Briefe abgefangen? Falls es so gewesen war,
musste er befürchtet haben, dass seine Untaten – worin
auch immer sie bestanden hatten – aufgedeckt wurden.

Jennifer faltete den Brief zusammen und legte ihn behutsam in die Schachtel zurück. Sie war sicher, dass
der dritte und letzte Brief Maughams Geheimnis ent-
hüllen würde. Doch bevor sie ihn in die Hand nehmen
konnte, läutete die Funkklingel des Haupthauses. Es
war kurz nach sieben. War Travis früher gekommen,
als er geplant hatte? Jennifers Herzschlag beschleu-
nigte sich. Auch wenn ihr Verstand sich noch dagegen
sträubte, ihr Herz hatte sich längst für ihn entschieden.

Sie lief durch die dämmrige Eingangshalle und öffnete die Tür.

Unter dem überdachten Eingangsbereich stand eine Frau von etwa dreißig Jahren. Sie trug einen dunkelblauen Businessanzug und darunter eine weiße Bluse. Ihr dunkles, schulterlanges Haar war streng zurückgekämmt. Sie starrte eine Sekunde lang auf Jennifers Narbe und gab sich Mühe, ihr Erschrecken zu verbergen.

„Wie kann ich Ihnen helfen?", fragte Jennifer.

„Mein Name ist Mary Taylor. Ich möchte mit Ihnen über Travis Sayer sprechen. Keine Angst, ich bin nicht gekommen, um Ihnen eine Szene zu machen; es geht nicht um Eifersucht oder komplizierte Beziehungen."

„Was wollen Sie dann?"

„Ich will, dass Sie wissen, wer Travis Sayer ist und was er getan hat."

Jennifer dachte an Miro, an die K.-o.-Tropfen, das Feuer und an Jack Sayers Worte.

„Alles war voller Blut. Mörder!"

„Ich habe gehört, dass er Ihnen hilft, das Haus auf Vordermann zu bringen", sagte Taylor.

„Travis ist sehr hilfsbereit. Wir haben uns zufällig getroffen und ..."

„... und zufällig bietet er Ihnen genau das, was Sie suchen."

„Wie meinen Sie das?"

„Darf ich fragen, in welcher Beziehung Sie zu ihm stehen?"

„Ich wüsste nicht, was Sie das angeht."

„Er hat Sie also schon ins Bett gelockt." Taylor fixierte die Narbe. „Nun, es wird ihm ziemlich leichtgefallen sein. Ich gebe zu, er ist ein Typ, den Frauen anziehend finden.“

„Sagen Sie, was Sie loswerden wollen, und dann verschwinden Sie. Woher wissen Sie überhaupt, dass ich mit Travis befreundet bin?“

„Es war nicht schwer, das zu erfahren. In Pennack machen Gerüchte schnell die Runde. Besonders dann, wenn es um die Familie Sayer geht.“

„Sie sprechen von seinem Vater?“

„Der Apfel fällt nicht weit vom Stamm. Warum, glauben Sie, ist Travis Sayer nach Pennack zurückgekommen?“

„Er sucht den Mörder von Susan Prescott.“

Taylor lachte. „Tatsächlich? Dann hat er Ihnen sicher auch erzählt, dass er Garreth Wyne verdächtigt, nicht wahr?“

„Und wenn es so wäre?“

„Garreth Wyne hat Susan nicht ermordet.“

„Woher wollen Sie das wissen?“

„Ich weiß es, weil ich zur Tatzeit mit ihm zusammen war. Hat Ihnen Sayer auch erzählt, wo er die letzten fünf Jahre zugebracht hat?“

„Nicht genau, er ...“

„Travis Sayer wurde wegen Mordes an Susan Prescott verurteilt. Er saß fünf Jahre im Gefängnis von Exeter.“

Jennifer antwortete nicht. Plötzlich ergab alles einen Sinn.

„Das verschlägt Ihnen die Sprache, was?“, sagte Taylor.

„Warum ... erzählen Sie mir das alles?“

„Weil dieser Typ gefährlich ist, Kindchen.“

„Wenn er wirklich schuldig ist, warum wurde er dann nach so kurzer Zeit entlassen?"

„Ich habe gehört, er hat einen neuen Anwalt, irgendeinen windigen Rechtsverdreher aus Plymouth. Sayer wurde aufgrund von Indizien verurteilt. Sein Winkeladvokat hat so lange in den Prozessakten gewühlt, bis er Formfehler bei den Ermittlungen aufgedeckt hat. Die Polizei hat schlampig gearbeitet, allen voran Jenkins, unser dämlicher Constable. Daraufhin mussten sie Sayer freilassen. Das bedeutet aber nicht, dass er unschuldig ist. Jeder in Pennack hält ihn für einen Mörder."

Jennifer dachte an ihren ersten Abend im Ort, an die eisige Ablehnung, die ihnen in Bills Pub entgegengeschlagen war. Das war also der wahre Grund, warum die Leute Travis mieden wie der Teufel das Weihwasser.

„Wenn Sie mich fragen, ist Sayer zurückgekommen, weil er befürchtet, dass die Polizei den Fall wieder aufrollt und Susan Prescotts Leiche doch noch findet – und damit Beweise, die Sayer überführen. Er ist gezwungen zu handeln. Ihnen ist doch klar, dass er sich nur an Sie herangemacht hat, um ungehindert Zutritt zum Maugham-Haus und dem verfluchten Garten zu bekommen?"

Jennifers Gedanken rasten. War dies wirklich die Wahrheit?

„Ich glaube Ihnen nicht", sagte sie.

„Auch nicht, wenn ich Ihnen verrate, dass die Polizei damals die Tatwaffe und ein blutverschmiertes T-Shirt von Susan Prescott im Bootsschuppen der Sayers gefunden hat? Travis lag betrunken auf der Ladefläche seines Pick-ups, als sie ihn verhafteten.“

„Mit’nem Bootshaken hat er sie erschlagen. Alles war voller Blut. Mörder“, murmelte er, „Mörder.“

„Gehen Sie bitte“, sagte sie.

„Ich wollte nur, dass Sie wissen, wen Sie da in Ihr Bett lassen. Ich habe gehört, Ihnen ist Übles widerfahren. Wiederholen Sie Ihren Fehler nicht.“

Die Tür fiel ins Schloss. Jennifer blieb allein zurück. Sie wusste nicht mehr, wem sie glauben sollte.

31

Jasper lag auf einem Lukendeckel und sah zu, wie Travis auf dem Deck der *Eloise* auf und ab lief.

„Ich kann beweisen, dass Garreth am Mordabend im Maugham-Garten war.“

Travis wechselte das Handy in die linke Hand, setzte sich neben den alten Kater und kraulte ihn hinter den Ohren.

„Selbst wenn er dort war, heißt das nicht, dass er auch der Mörder ist“, antwortete O'Sullivan.

„Zusammen mit dem geplatzten Alibi und der Aussage der alten McGornick sollte es ausreichen, die Polizei in Exeter zu neuen Ermittlungen zu bewegen.“

„Können Sie beweisen, dass der blaue Transporter einer der Wagen des Sea Manor war?“

„Noch nicht.“

„Sind Sie sich sicher, dass Mary Taylor ihre Aussage widerrufen wird?“

„Ich habe sie ziemlich unter Druck gesetzt. Sie wird …“

„… sich nicht leichtfertig selbst anzeigen und zugeben, dass sie Wyne geholfen hat, das Finanzamt zu betrügen, und seinem Sohn ein falsches Alibi verschafft hat“, unterbrach ihn der Anwalt.

Travis verließ der Mut. „Aber sie hat zugegeben, gelogen zu haben.“

„Sie haben keinen Zeugen, der das bestätigen kann. Ich habe Sie gewarnt, eigene Ermittlungen anzustellen. Sie sind rehabilitiert und frei, und mein Renommee als Anwalt ist gewaltig gestiegen. Das war unser Deal.“

„Sie haben versprochen, dass ich Sie zu jeder Zeit um Rat fragen kann“, sagte Travis.

„Dazu stehe ich. Sie müssen auch nicht mich überzeugen, sondern die Ermittlungsbehörden. Ich erkläre Ihnen nur, wie das Spiel läuft. Sie können Mary Taylor natürlich damit drohen, dem Finanzamt einen Tipp zu geben, weil sie Wyne geholfen hat, Geld zu waschen, aber das bringt Sie keinen Schritt weiter. Sie wäre ruiniert, könnte sich aber erst recht weigern, mit der Wahrheit herauszurücken. Da sie nun weiß, dass Sie hinter ihr her sind, hat sie außerdem alle Zeit der Welt, jeden Beweis für Steuerbetrug zu vernichten.“

„Wie gut stehen die Chancen, wenn ich zu Detective Tremaine gehe?“

„Schwer zu sagen. Vielleicht wird er aktiv, vielleicht auch nicht. In Anbetracht der Tatsache, dass Sie und Wyne nicht gerade dicke Freunde sind, könnte er Ihre Anschuldigungen als Racheakt auslegen – vor allem, wenn die Steuerfahndung ins Leere läuft und die Taylor schweigt. Reden Sie besser noch mal mit dem Besitzer der Autowerkstatt. Sie müssen beweisen, dass Susan am Mordabend in einen Lieferwagen des Sea Manor gestiegen ist. Damit können Sie Wyne erheblich unter Druck setzen.“

„Ich muss vor allem den Wachmann finden“, sagte Travis. „Er hat für die Sicherheitsfirma gearbeitet, die den Hafen in Pennack überwacht. In der Mordnacht hat er Wynes Wagen vor dem Bootshaus gesehen.“

„Mmh. Ich arbeite oft mit einem Privatdetektiv in Falmouth zusammen“, sagte O'Sullivan, „vielleicht kann er den Mann aufstöbern und zu einer Aussage bewegen.“

„Ich kann mir keinen Detektiv leisten“, seufzte Travis.

„Also gut, ich werde mich mal umhören, aber ich kann nichts versprechen.“

„Danke. Mehr verlange ich nicht.“

Travis verabschiedete sich und steckte sein Handy ein. Missmutig musste er zugeben, dass O'Sullivan recht hatte, er drehte sich im Kreis. Da hatte er jede Menge Indizien zusammengetragen, aber beweisen konnte er gar nichts. Noch nicht einmal, dass es Garreth war, der Jennifer im Garten zu Tode geängstigt hatte. Vielleicht sollte er tatsächlich nach Exeter fahren und Tremaine alle Informationen auf den Tisch legen, die er gesammelt hatte. Der Rest war dann Sache der Mordkommission.

Er verwarf den Gedanken wieder. Seine Erfahrungen hatten sein Vertrauen in Polizei und Justiz zerstört. Erst wenn er beweisen konnte, dass Garreth Susan umgebracht hatte, würde er seine Karten ausspielen.

Travis lehnte sich an die Reling und blickte auf die Bucht hinaus. Manchmal übersah man das Naheliegende, weil es sich zu dicht vor der eigenen Nase verbarg. Hatte der alte Wyne überhaupt dafür gesorgt, dass der Wachmann aus Pennack verschwand? Genau betrachtet, war dies nur eine Vermutung, die Mary Taylor geäußert hatte. Er beschloss, seine Suche in den Docks am Hafen zu beginnen. Mit ein bisschen Glück würde er dort etwas aufschnappen.

Die meisten Fischer, die auf ihren Booten und in den Reparaturwerften arbeiteten, verfolgten Travis mit misstrauischen Blicken, einige zeigten offene Feindseligkeit. Nicht immer waren Vorurteile der Grund, sondern Geld. Sein Vater hatte den ein oder anderen Kollegen angepumpt, um sich über Wasser zu halten, seine Schulden aber nie zurückgezahlt. Da bei Jack Sayer nichts zu holen war, hielten sich die Gläubiger nun an Travis. Die Haftentschädigung, die er inzwischen erhalten hatte, versetzte ihn in die Lage, die meisten von ihnen auszuzahlen. Während er versprach, die Forderungen zu begleichen, versuchte er gleichzeitig etwas über den Wachmann herauszufinden. Über die Mordnacht wollte jedoch niemand mit ihm reden. Zwei Fischer, die den Prescotts nahestanden, drohten ihm Prügel an, wenn er sich in den Docks noch einmal blicken lassen würde.

„He Travis!"

Phil Perry, der in einer der Werften als Schweißer arbeitete, winkte ihn heran. Er saß auf einem der Schlittengerüste, mit denen die Boote aufgeslippt wurden, ließ die Beine baumeln und schraubte den Deckel einer Thermoskanne auf.

„Darfst ihnen das nicht übel nehmen", sagte er, „dein Vater hat sich in den letzten Jahren eine Menge Feinde gemacht."

Travis setzte sich neben ihn. „Hat er das nicht schon immer getan?"

Perry biss in sein Sandwich.

„Ja, hat er. Aber nachdem du fort warst, trieb er es immer wilder, bis er schließlich ganz abstürzte. Seit der Fahrt, auf der deine Mutter verschwand, ist er nicht mehr derselbe." Perry schüttelte bedauernd den Kopf. „Ich weiß nicht, was auf der *Eloise* passiert ist, aber es hat ihn zerbrochen."

„Mein Vater hasst sich selbst und den Rest der Welt."

„Mag sein. Vielleicht gibt er sich auch die Schuld dafür, dass deine Mutter tot ist. Zugeben wird er es nie."

„Was ändert das schon? Sag mal, hast du Burt gesehen? Mein Vater sagt, er sei ihm davongelaufen. Jenkins droht, den Hund zu erschießen, wenn er noch mal die Sommergäste auf der Uferpromenade belästigt."

Der Rest des Sandwiches verschwand zwischen Perrys Zähnen. Er war ein Kerl wie eine cornische Eiche und besaß die größten Hände, die Travis je gesehen hatte.

„Keine Ahnung, wo der Hund steckt. Aber es wundert mich nicht, dass er sich aus dem Staub gemacht hat. Jack hat ihn behandelt wie den letzten Dreck." Er schüttelte den Kopf. „Was deinen Vater betrifft, hab ich ein ganz mieses Gefühl. Es hat sich ʼne Menge in ihm angestaut. Ich will nicht dabei sein, wenn das mal alles explodiert. Wenn du mich fragst, wird er irgendwann ʼne ganz dumme Sache anstellen." Er wischte sich die Hände an den Hosennähten ab. „Warum bist du zurückgekommen, Travis? An deiner Stelle würde ich woanders mein Glück versuchen."

„Ich hab noch was zu erledigen."

„Ach, lass doch die alten Geschichten ruhen. Das macht Susan nicht wieder lebendig."

„Ich suche jemanden. Vielleicht kannst du mir helfen."

Perry seufzte. „Schieß los."

„Erinnerst du dich an die Einbruchserie in den Docks vor fünf Jahren? Damals engagierte die Hafenleitung einen Wachschutz."

Perry nickte. „Der ist immer noch da. Das Büro ist gleich da hinten im alten Lotsenhaus."

„Die haben doch sicher alte Dienstpläne und so 'n Zeug. Wie komme ich da ran?"

„Da kann ich dir nicht helfen. Aber ich weiß, wer in jener Nacht Dienst hatte, falls es das ist, was dich umtreibt. Es war Trevor Torin."

„Woher weißt du das so genau?"

Perry suchte in seiner Brotdose nach einem zweiten Sandwich.

„Jedes Mal, wenn Torin einen über den Durst trinkt, erzählt er, dass er weiß, wer Susan ermordet hat. Ich würde aber nicht allzu viel auf sein Gerede geben. Er ist ein Wichtigtuer, der den Mund zu voll nimmt. Die Leute mögen ihn nicht besonders."

Travis schöpfte Hoffnung. „Dann ist er immer noch in Pennack?"

„Ja, aber lass lieber die Finger von ihm. Das ist ein übler Bursche, der gerne mal ordentlich hinlangt. Hab gehört, dass er früher in Plymouth bei der Polizei gearbeitet hat. Dort ist er rausgeflogen, weil er einem Verdächtigen während eines Verhörs die Nase gebrochen hat."

„Mit dem werde ich schon fertig", sagte Travis, „ich hab fünf Jahre Knast hinter mir."

„Mmh, dann versuch dein Glück. Torin arbeitet immer noch für die Wachgesellschaft. Im Lotsenhaus können sie dir sicher verraten, wo er steckt."

„Danke, Phil. Du hast was gut bei mir."

Perry blinzelte in die Sonne. „Pass auf deinen Vater auf, Travis. Der wird ein böses Ende nehmen."

„Ich habe keinen Einfluss auf ihn. Er macht, was er will. Jeder ist für sich selbst verantwortlich."

Travis verabschiedete sich und machte sich auf den Weg. Er war noch etwa zwanzig Meter vom Büro der Wachgesellschaft entfernt, als einen roten Alfa Romeo sah, der in der Gasse neben dem Lotsenhaus stoppte. Mary Taylor stieg aus. Ein kräftig gebauter Mann in einer blauen Uniform verließ das Gebäude und umarmte sie. Travis überquerte die Harbour St., lief um das Lotsenhaus herum und erreichte die Gasse rechtzeitig von der anderen Seite her, um zu sehen, wie Mary Taylor den Mann in ein aufgeregtes Wortgefecht verwickelte. Hinter einer mannshohen Ligusterhecke näherte er sich den Streitenden.

„Hast du erledigt, was wir besprochen haben?", fragte der Mann, den Travis für Torin hielt.

„Ja. Ich habe ihr erzählt, dass Sayer im Knast war. Sie war geschockt. Ich schätze, sie wird ihn fallen lassen."

„Damit verliert er den einzigen Rückhalt, den er in Pennack hat. Die Deutsche wird jetzt dafür sorgen, dass er sich vom Maugham-Garten fernhält. Vielleicht gibt er dann auf."

„Der Kerl ist verdammt hartnäckig. Er wird nicht aufhören, im Dreck zu wühlen. Du solltest eine Weile aus Pennack verschwinden", sagte Taylor.

„Wie stellst du dir das vor? Ich kann nicht einfach meinen Job hinschmeißen, wie du es getan hast."

„Er wird nach dir suchen."

„Soll er doch. Ich werd ihm eine Abreibung verpassen, die er nicht vergisst."

„Ich habe Angst, Trevor.“

Torin zündete sich eine Zigarette an. „Selbst schuld. Erst bindest du ihm alles brühwarm auf die Nase, und kommst dann zu mir, damit ich es wieder geradebiege. Warum hast du nicht den Mund gehalten?“

„Er hat mich zum Nachdenken gebracht. Mit meiner Aussage habe ich einen Unschuldigen in den Knast gebracht. Vielleicht wär’s besser, wir gehen zur Polizei und machen reinen Tisch.“

„Das wirst du schön bleiben lassen. Mach dir nicht in die Hosen, Mary. Was soll Sayer schon unternehmen? Er hat dir ein bisschen Angst eingejagt, und du hast dich ins Bockshorn jagen lassen. Wenn alle dichthalten, kann uns überhaupt nichts passieren.“

„Und wenn Sayer die Polizei überzeugen kann, dass es sich lohnt, mein Steuerbüro auf den Kopf zu stellen? Dann bin ich erledigt, Trevor. Du weißt genau, dass ich Wynes Bücher frisiert und dafür abkassiert habe. Und du hängst auch mit drin oder hast den Koffer vergessen, den er dir in die Hand gedrückt hat?“

„Außer uns beiden weiß niemand etwas davon. Der Alte steht schon mit einem Bein im Grab, und Garreth wird sich hüten, den Mund aufzumachen.“

„Sayer *muss* aus Pennack verschwinden“, sagte sie.

„Lass das meine Sorge sein.“

Travis spähte durch ein Loch in der Hecke. Mary Taylor blickte sich ängstlich um. Sie war hypernervös.

„Das hast du schon mal gesagt“, antwortete sie, „dein idiotischer Auftritt als Gespenst hat doch auch nicht funktioniert. Die Deutsche hat sich nicht einschüchtern lassen.“

Torin grinste. „Aber Garreth hat gut dafür bezahlt. Für ein paar Mäuse mach ich eben so ziemlich alles."

„Und wenn Sayer nicht aufgibt?", fragte Taylor.

„Das weiß ich noch nicht. Ich muss darüber nachdenken. Am einfachsten wäre es, der Kerl würde wieder im Knast landen."

„Er kann für dieselbe Tat kein zweites Mal verurteilt werden."

„Das nicht, aber vielleicht für ein anderes Verbrechen, das wir ihm in die Schuhe schieben. Wer einmal im Gefängnis war, der steht schnell wieder unter Verdacht. Vielleicht reicht es aus, ein paar Gerüchte in die Welt zu setzen, um ihn zu vertreiben." Er warf die Kippe auf den Boden und trat sie mit dem Absatz aus. „Geh jetzt, meine Schicht fängt gleich an. Behalt die Nerven, und lass dich nicht verrückt machen. Er hat nichts in der Hand, sonst wäre er längst zur Polizei gegangen und hätte uns auffliegen lassen."

„Sehen wir uns heute Abend?", fragte Taylor.

„Um elf habe ich Feierabend."

„Okay. Ich hole dich ab."

Sie küsste ihn flüchtig auf die Wange und ging zu ihrem Wagen zurück. Travis sah dem roten Alfa nach, der mit hohem Tempo die Harbour St. entlangfegte. Er hatte Mary Taylor unterschätzt. Es war ein Fehler gewesen, Jennifer nicht von vorneherein die ganze Wahrheit zu sagen. Nun hatte er nicht nur die Chance verspielt, Susans Leiche zu finden, sondern wahrscheinlich auch die Frau verloren, in die er sich verliebt hatte.

Travis lief zum Bootshaus. Als er an dem heruntergekommenen Fischerhaus seines Vaters vorbeikam, nahm er aus dem Augenwinkel eine Bewegung an einem der Fenster im oberen Stockwerk wahr. Der Alte starrte ihn aus blutunterlaufenen Augen an. Bisher hatte er keinen weiteren Versuch unternommen, ihn von der *Eloise* zu vertreiben. Trotzdem war Travis sicher, dass der verbitterte alte Mann finstere Pläne ausbrütete. Ob er in dem Stadium der Trunksucht, in dem er sich befand, noch in der Lage war, sie auszuführen, stand auf einem anderen Blatt. Travis verschwendete keinen weiteren Gedanken daran, holte den Pick-up aus dem Schuppen und fuhr zum Maugham-Haus.

Es dämmerte bereits, als er die Hochebene erreichte. Er stieg die Stufen zum Haupthaus hinauf und klingelte. Jennifer empfing ihn kühl.

„Hi", sagte er, „ich bin ein bisschen früh dran."

„Nein, Travis", antwortete sie, „du kommst zu spät."

„Es tut mir leid, Jennifer. Ich kann das alles erklären."

„Dazu hattest du Zeit genug."

Er senkte den Kopf und suchte fieberhaft nach Argumenten.

„Ich wollte dir sagen, dass ich im Gefängnis gewesen bin, aber ich befürchtete, du würdet mit einem Ex-Knacki nichts zu tun haben wollen. Welche Frau will schon mit einem Mann befreundet sein, von dem die Leute behaupten, er habe ein Mädchen ermordet?"

Sie wischte sich eine Träne aus dem Augenwinkel. „Du hast mich belogen und benutzt. Alles, was du wolltest, war, dich ungestört im Garten umsehen zu können."

„Was hat Mary Taylor dir erzählt? Dass ich Susan getötet habe? Dass ich an den Ort des Verbrechens zurückgekommen bin, weil das alle Mörder tun?"

„Hast du sie umgebracht?"

„Nein. Ich schwöre bei der Seele meiner Mutter, dass ich Susan kein Haar gekrümmt habe."

„Warum haben Sie dich dann ins Gefängnis gesteckt? Und weshalb haben sie dich so schnell wieder entlassen?"

„Ich habe fünf Jahre gebraucht, um meine Unschuld zu beweisen. Es gab ein Revisionsverfahren, neue Zeugen und Indizien, die mich entlastet haben. Der Mörder läuft frei herum, Jennifer. Ich muss ihn finden, das bin ich Susan schuldig. Ich gebe zu, als ich dich kennenlernte und erfuhr, dass du das Maugham-Haus geerbt hast, sah ich eine Chance, ungestört den Garten absuchen zu können. Garreth hätte alles getan, um das zu verhindern."

„Du hättest mir die Wahrheit sagen müssen."

Travis blickte betroffen zu Boden. „Das wollte ich. Ich konnte doch nicht ahnen, dass ich mich in dich verlieben würde."

Jennifer schwieg eine Weile.

„Kannst du mir verzeihen?", fragte Travis.

„Warum überlässt du die Sache nicht der Polizei?"

„Jennifer, ich habe fünf Jahre im Gefängnis gesessen für einen Mord, den ich nicht begangen habe. Die Polizei hat es nicht interessiert, ob ich unschuldig bin oder nicht. Sie wollten schnell einen Täter, und wer eignete sich besser als der Sohn eines Trinkers aus den Docks von Pennack? Ich habe das Vertrauen in die Justiz verloren."

Travis sah, dass sie hin- und hergerissen war. Er berichtete ihr von allem, was er herausgefunden hatte.

„Ich will nicht, dass diese alte Geschichte zwischen uns steht", sagte er. „Was kann ich tun?"

„Gar nichts. Ich … ich weiß nicht mehr, was oder wem ich glauben soll“, sagte sie. „Geh jetzt. Ich … brauche Zeit … ich muss nachdenken.

Sie schloss die Tür. Travis blickte zum Eingang des verfluchten Gartens hinauf. Er hätte nie zurückkommen sollen. So bald wie möglich würde er seine Habseligkeiten in den Seesack stopfen und Pennack für immer verlassen. Bei allem, was er angefangen hatte, war er gescheitert.

32

Durch den Schleier ihrer Tränen blickte Jennifer auf das Meer hinab, das indigofarben in der Abenddämmerung schimmerte. Am Horizont türmten sich gewaltige Wolkengebirge auf, die von innen heraus zu leuchten schienen. Eine unsichtbare Riesenhand strich über das Wasser. Wo sie das Meer berührte, spritzten kleine weiße Tupfer auf, die sich schnell auf das Land zubewegten. Ein neuer Sturm kündigte sich an.

Dreimal war sie versucht gewesen, Garreth anzurufen und seinen Kaufpreis zu akzeptieren. Vier Millionen Pfund waren mehr als genug, um bis an ihr Lebensende sorgenfrei und nach ihren eigenen Vorstellungen leben zu können. Wozu sollte sie sich mit diesem verfluchten Haus, den dickköpfigen Einheimischen und einem Mann herumschlagen, der sie von Anfang an belogen und ausgenutzt hatte? Doch wenn sie wieder alles hinwarf und davonlief, würde sie nicht noch einmal den Mut finden, etwas aus ihrem Leben zu machen. Die Vorstellung, den Rest ihrer Tage als reiche Müßiggängerin zu vertrödeln, erschreckte sie mehr als ein mögliches Versagen.

Lous Worte kamen ihr in den Sinn: „Jenny, du bist eine wandelnde Katastrophe! Du hast doch noch nie etwas zu Ende gebracht."

Sie sah sich selbst, wie sie mit einem weiteren verrückten und letztlich gescheiterten Plan im Gepäck nach Deutschland zurückkehrte. Nein, so durfte es nicht enden. Sie beschloss, Lou anzurufen. Sie brauchte jemanden, dem sie ihr Herz ausschütten und den sie um Rat fragen konnte. Nach zwei vergeblichen Versuchen erreichte sie ihre Freundin eine Stunde später.

„Jenny! Ich hab ewig nichts von dir gehört. Bist du immer noch in Schottland? Ich dachte schon, du hättest mich vergessen, da du ja jetzt zur High Society gehörst.“

Jennifer seufzte. „Ich bin in Cornwall, Lou, und geadelt hat mich auch noch niemand. Hör zu, ich stecke in der Klemme und weiß nicht, was ich tun soll. Ich brauche deinen Rat.“

„Ich wusste es. Sag nichts. Das Geld ist futsch, und du kannst dir kein Flugticket für die Rückreise leisten.“

„Nein, ich bin immer noch eine reiche Frau. Aber es ist kompliziert.“ Sie hatte einen spontanen Einfall. „Kannst du herkommen? Ich bezahle den Flug und das Hotel.“

„Nichts lieber als das, aber im Augenblick bekomme ich nie und nimmer Urlaub. Sag schon, was hast du diesmal angestellt?“

Jennifer begann zu erzählen, von dem Haus und dem verwilderten Garten, von ihren Vorfahren und von Travis.

„Ich weiß nicht, was ich machen soll.“

„Mmh. Jenny, du hast selbst schon einen Haufen Bockmist gebaut. Gib ihm eine zweite Chance. Die hat jeder verdient. Liebst du ihn?“

„Ich weiß es nicht.“

„Dann warte, bis du dir darüber klar bist. Hör auf dein Herz, es wird dich nicht belügen. Warst du schon mal bei einem Wahrsager?“

„Warum sollte ich?“

„Ich hab's ausprobiert. Es war fantastisch. Er wusste alles über mich, sogar Dinge, von denen ich selbst keine Ahnung hatte.“

„Ein Hellseher? Das kann nicht dein Ernst sein.“

Jennifer verdrehte die Augen. Vielleicht war es doch keine so gute Idee gewesen, Lou um Rat zu fragen. Sie sollte auf ihren Verstand hören, denn ihre Gefühle führten sie regelmäßig in die Irre. Nur die Zeit würde zeigen, was sie wirklich für Travis empfand.

Obwohl Lou anstrengend war, freute sich Jennifer auf die Gesellschaft ihrer einzigen Freundin. Ein bisschen Ablenkung könnte sie gebrauchen, und dafür würde Lou ganz sicher sorgen.

„Ruf mich an, wenn du kommen kannst“, sagte sie. „Es wird Zeit, dass wir gemeinsam Cornwall unsicher machen.“

Lou kicherte. „Mach ich. Ich sag dir Bescheid, sobald ich mich freischaufeln kann.“

Jennifer legte auf. Sie schöpfte neuen Mut. Vor allem wollte sie Lou zeigen, dass sie diesmal nicht scheitern würde. Wenn sie das Haus sah, sollte sie keine Ruine vorfinden, sondern eine Schar fleißiger Handwerker, die ihre Wünsche in die Tat umsetzten.

Sie rief den Architekten aus Truro an, der zugesagt hatte, sich um die Ausarbeitung der Pläne zu kümmern. Er teilte ihr mit, dass die Baumaßnahmen jederzeit losgehen konnten.

Schon am nächsten Tag schallte von früh bis spät der Lärm der Sägen und Hämmer von den Wänden des Maugham-Hauses wider. Miller bombardierte Jennifer mit Fragen und Vorschlägen, und sie war gezwungen, tausend Entscheidungen zu treffen. Anfangs war sie kaum in der Lage, einen Entschluss zu fassen, doch nach kleinen Erfolgen wuchs ihr Selbstvertrauen. Und dann wartete noch die zweite Laserbehandlung auf sie, für die sie ins St.-Clare-Hospital in Penzance fahren musste.

Jennifer hatte erneut Kontakt mit Mother Rachel aufgenommen, die sich von ihrem Projekt begeistert zeigte. Die junge Oberin versprach, sie bei der Realisierung des Waisenhauses zu unterstützen, und nannte ihr Namen und Adressen von Ansprechpartnern und Beratern.

Seit sie Travis abgewiesen hatte, war eine ganze Woche verstrichen. Sie brauchte ihn nicht, um ihre Pläne umzusetzen, doch seine Abwesenheit verursachte eine Art Phantomschmerz, der nicht verging. Jennifer ertrug ihn. Zu oft hatte sie Schutz und Anlehnung bei Männern gesucht, ohne sich zuvor die Zeit zu nehmen, deren Charakter auf Schwächen und dunkle Seiten zu testen. All die überstürzten Affären waren stets auf die gleiche Weise geendet: in Tränen und Enttäuschung. Sie hatte beschlossen, dass diesmal ihr Kopf entscheiden sollte und nicht das Herz, doch das ließ sich nicht zum Schweigen bringen.

Tagsüber war sie zu beschäftigt, um an Travis zu denken, doch wenn sich abends die Stille über das Haus senkte, brachte sie ihre Freundin, die Einsamkeit mit. Jennifer wollte sich nicht eingestehen, dass sie Travis vermisste, aber sie tat es. Je länger die Trennung dauerte, desto mehr quälten sie Zweifel. Hatte sie ihn vorschnell verurteilt? Wie hätte sie wohl reagiert, wenn sie von Anfang an gewusst hätte, dass er wegen Mordes im Gefängnis gesessen hatte? Vermutlich hätte sie tatsächlich einen Bogen um ihn gemacht.

Hatte Mary Taylor recht, und es zog Travis an den Ort seiner Tat zurück? Jennifer wollte glauben, dass er das Opfer unglücklicher Umstände war, aber das allein reichte nicht. Wer war Travis Sayer wirklich? Es war nun kaum mehr möglich, dies unbelastet herauszufinden, der Stachel des Vertrauensmissbrauchs steckte zu tief in ihrer verletzten Seele. Ihre Gefühle für ihn kämpften gegen die bittere Enttäuschung an, wieder einmal belogen worden zu sein.

Jennifer wandte sich vom Zauber der abendlichen See ab und betrachtete das Porträt von Maugham und Margareth, das nun im Wohnzimmer über dem Kamin hing.

Was hätte ihre Ururgroßmutter an ihrer Stelle getan? Jennifer nahm den Deckel der Pappschachtel ab und zog den letzten der drei Briefe aus seinem Umschlag. In den vergangenen Tagen hatte sie keine Zeit gefunden, ihn zu lesen, obwohl es sie drängte, Maughams Geheimnis zu lüften.

Vorsichtig faltete sie das Papier auseinander und überflog die ersten Zeilen. Schnell wurde ihr klar, dass sie Hilfe brauchen würde. Margareth musste den Brief in großer Eile geschrieben haben, denn die Schrift war fahrig und unleserlich. Zudem war die Tinte stärker verblasst als bei den anderen Briefen, die Worte kaum noch zu entziffern.

Außer Travis kannte sie nur Vikar Baines. Warum hatte sie nicht gleich an ihn gedacht? Der rundliche Pfarrer mit den roten Wangen hatte großes Interesse an Margareths Geschichte gezeigt. Wenn sie ihm den Brief brachte, würde er sich mit Feuereifer an die Übersetzung machen.

Sie ging ins Bad und bemühte sich, so gut es ging, die Spuren ihrer Tränen zu beseitigen. Erstaunt bemerkte sie einmal mehr das veränderte Gesicht, das ihr aus dem Spiegel entgegenblickte. Die Laserbehandlungen schlugen an, besser, als sie zu hoffen gewagt hatte. Die wulstigen, vernarbten Striemen waren zu feinen Strichen geschrumpft. Dr. Davies hatte ihr versichert, dass auch sie nach weiteren Behandlungen kaum noch zu sehen sein würden. Jennifer pflegte die schuppige Haut und cremte sie mehrmals am Tag ein. Fast erschien es ihr, als ob ihre Verletzungen in dem Maße heilten, in dem sie das Schicksal ihrer Ahnin ans Tageslicht holte.

Sie kehrte ins Wohnzimmer zurück, nahm die Schachtel und lief zu ihrem Wagen. Vorboten der Sturmfront, die sich weit draußen in der Keltischen See zusammenbraute, fegten über die Hochebene. Die Luft war kühl und feucht und schmeckte nach Seetang und Salz.

Jennifer stieg in den Ford und ließ den Motor an. Der Wagen holperte über den Kies und ließ sich kaum lenken. Sie hielt an und stieg aus. Jemand hatte die Reifen zerstochen. Erschrocken blickte sie sich um. In dem milchigen Zwielicht nahm jeder Baum und jeder Schemen ein unheimliches Eigenleben an. Eine Böe fegte den vom Meer aufsteigenden Nebel auseinander und gab den Blick auf das Haus frei. Hinter einem der

Fenster im Obergeschoss nahm sie aus dem Augenwinkel eine Bewegung wahr. Jemand schien sie zu beobachten und trat hastig zur Seite, als er ihren Blick bemerkte. Sie verharrte reglos und starrte auf das Haus, als könne sie mit ihrem Blick die Wände durchdringen. Strich doch ein ruheloser Geist durch die leeren Zimmer und trieb jeden in den Wahnsinn, der seine irrlichternde Suche nach seiner toten Geliebten störte? Jennifer glaubte beinahe Margareths verzweifelte Hilfeschreie zu hören, eingesperrt in dem Horrorhaus auf den Klippen. Wovor hatte sie sich so sehr gefürchtet?

Nach einer Minute war Jennifer nicht mehr sicher, ob sie sich den Schatten eingebildet hatte oder ob er real gewesen war. Vielleicht war nur der Wind durch die Ritzen des undichten Fensterrahmens gefahren und hatte die Gardine aufgebauscht. Das unwirkliche Sturmlicht spielte ihr Streiche, das war alles.

„Im Maugham-Haus würde nicht mal der Teufel übernachten", hatte Travis gescherzt.

Der Stromausfall, der Fußabdruck in der Kammer, und jetzt die zerstochenen Reifen ... wer steckte hinter all dem? Hatte das alles gar nichts mit Garreths Absichten zu tun, sich das alte Haus unter den Nagel zu reißen? War am Ende Travis dafür verantwortlich, weil er verhindern wollte, dass sie bei den Renovierungsarbeiten zufällig auf Susans Leiche stieß? Vielleicht hatte er sich nur an sie herangemacht, um die Kontrolle über Haus und Garten zu erlangen.

Jennifer sah zur Steinmauer und dem Baldachin aus Weißdornbüschen hinüber. Vom oberen Ende des Gartens führte ein befestigter Weg über das Hochmoor zur anderen Seite der Bucht, weit entfernt von den gefährlichen Felsen. Allerdings lauerten in den sumpfigen Wiesen tückische Senken und Löcher, in denen man sich leicht den Knöchel brechen konnte. Jennifer war mit Travis oft dort oben entlanggewandert und glaubte, sich inzwischen gut genug auszukennen, um nicht vom Weg abzukommen. Über das Moor würde sie das Pfarrhaus in knapp zwanzig Minuten erreichen. Ein Taxi aus Truro zu rufen, würde weit länger dauern. Noch war es hell genug, um den Pfad nicht aus den Augen zu verlieren, aber im Westen hatte der Himmel ein bedrohliches, ins Violette spielendes Schwarz angenommen. Die Gegend bei Dunkelheit zu durchqueren, war nicht ungefährlich. Aber wenn sie sich beeilte, würde sie vor Anbruch der Nacht zurück sein.

Sie nahm Margareths Brief aus der Schachtel und steckte den Umschlag vorsichtig in die Innentasche ihrer Jacke. Dann erklomm sie die Stufen zum Garten, durchquerte ihn der Länge nach und stieg den treppenartigen Pfad zum Moor hinauf.

Auf der Hochebene bogen sich die verkrüppelten Eichen und Zwergkiefern im anschwellenden Wind. Jennifer folgte dem gewundenen Weg zwischen Felsen und sumpfigen Wiesen aus Sauergras hindurch und gelangte nach zehn Minuten auf die Hauptstraße, die nach Pennack hinunterführte. Ihr verstauchter Knöchel schmerzte, aber sie war zu weit gekommen, um noch umkehren zu wollen.

Entlang der Straße lief sie weiter zum nördlichen Ende der Bucht. Bald tauchten die vier stumpfen Spitzen des Glockenturms auf. In der Kirche brannte Licht. Jennifer öffnete die schmale Pforte im Portal des Turms und betrat den Mittelgang. Vikar Baines stand im Altarraum und zündete die Kerzen in einem Kandelaber an.

„Miss Nowak! Ich freue mich, Sie zu sehen.“

Er kam mit ausgebreiteten Armen durch den Mittelgang auf sie zu.

„Oh.“ Sein Lächeln ließ die Falten in seinen Augenwinkeln hell auf der gebräunten Haut leuchten. Aufmerksam studierte er ihr Gesicht. „Ich vermute, Sie waren in Penzance bei Dr. Davies“, sagte er.

„Ist der Unterschied so deutlich zu sehen?“

„Aber ja. Das freut mich sehr für Sie. Was führt Sie zu mir?“

Jennifer erzählte ihm von ihrem Besuch bei den Sisters of Mother Mary in Exeter und berichtete vom Inhalt der beiden Briefe.

„Ich fürchte, ohne Hilfe kann ich den letzten von Margareths Briefen nicht übersetzen“, sagte sie.

„Faszinierend“, sagte Baines. „Kommen Sie, kommen Sie. Wir gehen in mein Archiv. Gleich werden wir wissen, welches Schicksal Margareth Clayton ereilte.“ Seine Wangen glühten vor Eifer. „Auch ich habe Neuigkeiten. Das ungeklärte Schicksal von Elias Clayton hat mir keine Ruhe gelassen. Meine Recherche verlief zunächst ergebnislos, aber dann stieß ich im Internet auf das British Newspaper Archive. Dort sind die Ausgaben des Cornish Telegraph zugänglich, der von 1851 bis 1915 erschien. In der Novemberausgabe des Jahres 1914 wird noch einmal über Maughams Verschwinden berichtet. In dem Artikel wird die Frage aufgeworfen, wer im Falle seines Ablebens sein Vermögen erben wird. Ein halbes Jahr später, im Juni 1915, wurde Maugham dann offiziell für tot erklärt. Wieder berichtete der Telegraph. Hören Sie sich das an!"

Baines faltete einen Computerausdruck auseinander und las laut vor.

„Erbe des Maugham-Vermögens aufgetaucht! Der bekannte Armenarzt Henry Maugham aus Pennack, Cornwall, der vor einem halben Jahr auf mysteriöse Weise verschwand (wir berichteten), wurde von einem Gericht in Truro für tot erklärt. Wie aus gut unterrichteten Kreisen zu vernehmen war, konnte nun ein gesetzlicher Erbe ermittelt werden. Es handelt sich um den Sohn von Maughams erster Frau Margareth, der am 10. Januar 1901 im Workhouse von Exeter zur Welt kam. Elias Clayton verspricht, das Erbe zum allgemeinen Wohl einzusetzen und so in die Fußstapfen seines Stiefvaters zu treten. Bis zum Erreichen seiner Volljährigkeit wird das Vermögen von einer angesehenen Anwaltskanzlei in Falmouth verwaltet."

Der Vikar zog einen zweiten Ausdruck hervor.

„In einer der letzten Ausgaben des Telegraph findet sich eine knappe Meldung, in der von Rechtsstreitigkeiten zwischen Elias Clayton und einem gewissen Richard Turner die Rede ist. Turner war offenbar im Begriff, diesen Streit zu verlieren."

„Turner war Elias' leiblicher Vater", sagte Jennifer, „er wird versucht haben, dem Jungen das Erbe streitig zu machen."

„Was ihm aber offenbar misslungen ist", antwortete Baines, „denn wie wir wissen, konnte Elias sein Versprechen halten." Er schob die vergilbten Papiere auf seinem Schreibtisch hin und her. „Wo hab ich's denn? Ah, hier: Aus der Korrespondenz von Vikar Blackman,

der von 1930 bis 1948 der anglikanischen Gemeinde in
Pennack vorstand, konnte ich entnehmen, dass Margareths Sohn 1933 im Maugham-Haus ein Waisenhaus
einrichtete. Blackman stand in engem Kontakt mit
Elias. Sie verabredeten sich, das Heim auf eine völlig
andere Art zu führen als die berüchtigten Workhouses.“

Obwohl sie fast hundert Jahre von Elias trennte,
fühlte Jennifer sich plötzlich eng mit ihm verbunden.
Er hatte ein ähnliches Schicksal erlitten wie sie und
aufgrund seiner Erlebnisse die gleichen Pläne gefasst,
die auch sie nun verfolgte.

Baines ging zu einem in der Höhe verstellbaren Pult.
„Und nun wollen wir uns Margareths Brief ansehen.“
Er legte das alte Papier vorsichtig unter eine Glasplatte
und schaltete eine starke Lampe ein, die das Papier von
unten beleuchtete. Dann justierte er Helligkeit und Art
des Lichts, bis die verblasste Schrift deutlicher hervor-
trat.

„Was haben wir denn hier?“, murmelte er. Dann begann er laut zu lesen.

15. Januar 1905

Liebster Richard,

*noch immer warte ich sehnsüchtig auf deine Antwort. In-
zwischen befürchte ich, dass dich meine Briefe nicht erreicht haben, auch wenn ich mir nicht erklären kann, aus
welchem Grund. Darum werde ich mich noch heute auf den
Weg nach Pennack machen, um diesen letzten Hilferuf mit
eigenen Händen aufzugeben.*

*Seit Henrys Abreise vor fünf Tagen benimmt sich Godric,
als sei er der Herr im Haus. Er ist mürrisch, erledigt meine*

Aufträge nur widerwillig und untergräbt meine Autorität. Ich hatte ihn schon früher im Verdacht, ein allzu enges Verhältnis zu seinem Herrn zu pflegen. Ist Henry zugegen, ist er von einer schleimigen Unterwürfigkeit erfüllt. Doch bin ich allein mit ihm, scheint es ihm Spaß zu machen, mich herauszufordern. Da ich ihn mit meinen Briefen zum Postamt schickte, hege ich den Verdacht, dass er sie unterschlagen hat – möglicherweise sogar mit Henrys Wissen.
Der Winter ist ungewöhnlich streng, seit Wochenbeginn schneit es fast ununterbrochen, die Wege und Straßen sind schwerlich passierbar. Dennoch werde ich mich unverzüglich auf den Weg nach Pennack begeben, sobald ich meine entsetzlichen Entdeckungen zu Papier gebracht habe. Ich erwarte Henry nicht vor dem 20. Januar zurück, was uns genügend Zeit verschafft, meinen Plan auszuführen.
In meinem letzten Brief kündigte ich zwei Ereignisse an, die mich in Angst versetzten. Da ich nun damit rechnen muss, dass du meine Nachrichten nie erhalten hast, will ich in knappen Worten wiederholen, warum ich Henry Maugham zum Ehemann nahm.

Dankbarkeit nach Pennack gefolgt bin. Wir spielten unsere Rollen und waren mit dem Arrangement zufrieden. Gestern jedoch änderte sich alles, und meine Ahnungen von kommendem Unheil, die bisher keinen rechten Sinn ergaben, fügen sich auf erschreckende Weise zusammen. Ich erhielt einen Besuch, mit dem ich nicht gerechnet hatte.

Henry vertraute mir nicht nur seine Finanzen an, sondern auch die Verwaltung der umfangreichen Spenden, die er in ganz Cornwall sammelt. Ich begann, ihm die zeitaufwendige Korrespondenz abzunehmen, und engagierte mich für karitative Zwecke, was auch mein Ansehen in der Gemeinde und weit darüber hinaus mehrte. Bald nutzte ich meine neu gewonnenen Verbindungen, um Agathes Ablösung als Oberin der Sisters of Mother Mary voranzutreiben. Ich sprach sogar beim Bischof in Exeter vor und erreichte schließlich mein Ziel. Mother Agathe wird abberufen und mit anderen Aufgaben betraut. Ich kann dir gar nicht beschreiben, wie sehr dies mein Herz erleichtert, weiß ich nun, dass sie nie mehr eine solche Einrichtung leiten wird.

Gestern kündigte Godric einen Besucher an und führte ihn auf mein Geheiß herein. Du kannst dir vorstellen, wie überrascht ich war, als Mother Agathe vor mir stand - vordergründig, um sich zu verabschieden. Sie behauptete, sich davon überzeugen zu wollen, dass ihr strenges Regiment am Ende doch noch Früchte getragen und mich zu einem nützlichen Mitglied der Gesellschaft geformt hatte. Doch kaum hatte sie den Salon betreten und war mit mir allein, als sie auch schon ihre wahren Absichten zeigte. Sie beschimpfte mich aufs Übelste und offenbarte mir Henrys Treiben, das sie stillschweigend geduldet, ja sogar unterstützt hatte. Sie glaubte wohl, mich damit zu treffen und meine Liebe zu ihm erschüttern zu können. Ahnte sie doch nicht, dass diese nie existiert hatte.

So erfuhr ich, dass ich nicht das erste Mädchen war, das Henry in sein Haus geholt hatte. Mother Agathe wusste von einem halben Dutzend Frauen, die er in Exeter ausgesucht und nach Pennack gebracht hatte. Als ich erwiderte, mir sei bekannt, dass Henry die Begabungen junger Menschen förderte, die man ohne Schuld in die Arbeitshäuser gepresst hatte, lachte sie schallend. Sie sagte, ich solle mir nicht einbilden, die einzige Frau in seinem Leben zu sein. Ihr Gelächter traf mich wie eine Ohrfeige, war ich doch grenzenlos naiv gewesen.

Getrieben von einem krankhaften Wahn, reist Henry ruhelos durch das Land und sucht nach dem Schwung einer Augenbraue, dem idealen Wangenknochen und der vollendeten Linie eines Nasenrückens. Ja, es treibt ihn hinauf bis nach Birmingham, um der perfekten Schönheit nachzujagen. Immer wieder vergleicht er seine Beute mit dem Idealbild jener Frau, die ihm der Tod in Indien entrissen hat, und wird doch ein ums andere Mal enttäuscht.

Rasch verlor er das Interesse an den Unglücklichen, die er in seinem Haus auf den Klippen einsperrte, und es zog ihn wieder hinaus in die Workhouses, wo er doch nie findet, wonach er sucht.

Nachdem ich Mother Agathe hinausgeworfen hatte, streifte ich verstört durch die Korridore und Zimmerfluchten. Godric schien meine angespannte Stimmung zu spüren, denn er ließ sich nicht blicken. Einzig Percy, mein treuer Beagle, wich nicht von meiner Seite.

Tausend Fragen beschäftigten mich. Warum war Henry meiner nicht überdrüssig geworden? Warum hatte er mich als Einzige sogar geheiratet? Er hatte mich nie in irgendeiner Weise bedrängt oder sich mit Gewalt genommen, was ihm als Ehemann zustand. Stets war da nur diese tiefe Melancholie gewesen, die ihn wie ein Kokon umgab. Hatte er in mir gefunden, wonach er sich sehnte? Es schien mir die einzige Erklärung zu sein. Doch warum begab er sich ein ums andere Mal auf Reisen in die Workhouses? Dienten seine Besuche wirklich nur der Inspektion, oder suchte er noch immer ruhelos nach der Wiedergeburt der Frau, die er verloren hatte? Und wenn er sie fand, was würde dann aus mir werden? Was war aus den anderen Frauen geworden, die er in sein Haus geholt hatte? Ich fragte mich, ob diesen Mann, den ich noch immer kaum kannte, noch weitere Geheimnisse umgaben. Und ich fand sie.

Am frühen Nachmittag begann es wieder zu heftig zu schneien. Ich hörte das Kratzen von Godrics Schneeschaufel auf dem Pflaster vor dem Haus. Da ich verhindern wollte, dass er mir nachschnüffelte, nutzte ich die Gelegenheit und schloss mich in Henrys Arbeitszimmer ein. Irgendwo hier musste er den Schlüssel zu seinem Laboratorium im Keller aufbewahren. Dort unten, so glaubte ich, würden sich die Antworten auf all meine Fragen finden. Henry achtete peinlich darauf, dass niemand außer ihm den Keller betrat. Mit einem Brieföffner gelang es mir, die Schlösser des Schreibtischs zu überwinden. Außer belangloser Korrespondenz mit den Betreibern von Arbeitshäusern und Bittbriefen an vermögende Bürger von Cornwall, die er aus unerfindlichen Gründen nie abgeschickt hatte, fand ich nichts, was meinen Argwohn erweckte.

In der angrenzenden Bibliothek entdeckte ich in einem der Regale ein Fach in der Rückwand, dessen Deckel unter dem Druck meiner Hand nachgab. Darin lag ein in Leder gebundenes Album. Ich nenne es ein Album, denn Henry sammelte in ihm die Fotografien meiner Vorgängerinnen, nur sie konnten es sein. Die meisten von ihnen hatte er in lasziven Posen nackt abgelichtet, viele in einer immer wiederkehrenden Haltung, deren Bedeutung mir schleierhaft blieb. Jedem dieser Akte hatte er eine Porträtaufnahme beigefügt, die mir einen gruseligen Schauer über den Rücken jagte. Zunächst konnte ich nicht sagen, warum mich die leeren Gesichter so ängstigten. Ich schob es auf die Scham und die Furcht der Mädchen, die sich gegen den einflussreichen Arzt nicht zu wehren vermochten.

Wieder fragte ich mich, aus welchem Grund mir dieses Martyrium erspart geblieben war. Die jungen Frauen waren ausnahmslos von großer Schönheit, die Henry – denn nur er konnte die Fotografien angefertigt haben – kunstfertig herausgearbeitet hatte. Sie ähnelten einander wie Schwestern, hatten dunkles Haar und besaßen eine Spur Exotik. Erschreckend wurde mir klar, dass ich vom gleichen Typus war.

In einer Innentasche des ledernen Einbands fand ich einen Schlüssel. Ich legte das Album in das geheime Fach zurück, stellte die Bücher wieder davor und vergewisserte mich, dass Godric noch immer damit beschäftigt war, den Hof von Eis und Schnee zu befreien.

Mit leisen Schritten – obwohl mich ja niemand hören konnte, denn ich war allein im Haus – schlich ich in den Keller und steckte den Schlüssel in das Schloss der Tür zum Laboratorium. Und tatsächlich, er passte.

Meine Enttäuschung war groß. Ich wusste nicht, was ich zu finden gehofft hatte, aber ich entdeckte nichts, was nicht mit der Arbeit eines Apothekers oder Arztes zu vereinbaren gewesen wäre. Henry beschäftigt sich mit der Herstellung verschiedener Tinkturen und Salben, ganz so, wie er es mir erklärt hat. Ich fand Heilpflanzen, die ich auf meinen Wanderungen mit Percy selbst gesammelt hatte. Henry hatte sie getrocknet, inMörsern zerstoßen und zu Medizin verarbeitet.

Was ich mir hingegen nicht erklären konnte, waren die großen Mengen chemischer Substanzen, die er in Glasflaschen aufbewahrte, darunter Glycerin, Salicylsäure, Formaldehyd und Natron. Die Lösung des Rätsels kam mir, als ich ins Erdgeschoss zurückkehrte und die Halle durchquerte. Die toten Augen der ausgestopften Füchse, Keiler und Habichte starrten mich im Halbdunkel des Wintertages an. Ich erinnerte mich an Henrys Begeisterung für die Anmut alles Lebendigen, das doch vergehen muss. Nur durch eine perfekte Konservierung der Körper könne man ihre Schönheit erhalten, hatte er stets behauptet.

Eine Ahnung durchzuckte mich, zu schrecklich, um den Gedanken zuzulassen, aber er ließ sich nicht mehr vertreiben. Ich lief in die Bibliothek, öffnete das verborgene Fach und holte das seltsame Album hervor.

Was ich befürchtet hatte, wurde mir nun zur Gewissheit. Die starren, leeren Augen und die teilnahmslosen Blicke der Mädchen rührten nicht von ihrer Scham her. Sie waren tot! Keine dieser Frauen hat das Haus lebend verlassen, dessen bin ich nun sicher. Da es unwahrscheinlich ist, dass sie alle in der Blüte ihrer Jugend eines natürlichen Todes starben, bleibt nur die Erklärung, dass Henry sie ermordet hat. Er tötete sie, um ihre Schönheit für alle Zeiten zu bewahren. Dies beweisen auch die großen Mengen Chemikalien im Labor, die man, wie ich inzwischen weiß, zur Konservierung nutzt.

Oh, Richard, er hat sie umgebracht! Ich muss dieses Haus verlassen, denn ich lebe mit den Toten unter einem Dach. In welcher Gruft er die präparierten Leichen aufbewahrt, konnte ich bislang nicht herausfinden. Das Haus mit seinen tausend Zimmern, Gängen und Ebenen bietet Verstecke genug. Ob Godric in Henrys Geheimnis eingeweiht ist, weiß ich ebenso wenig. Möglich ist es.

Ich befürchte, dass mich das gleiche schreckliche Schicksal erwartet, wenn meine Jugend verblüht und Henry meiner überdrüssig wird. Richard, dieser Teufel ist wahnsinnig! Noch heute mache ich mich auf den Weg zum Postamt in Pennack, damit dich dieser Brief erreicht. Misslingt mir das, bin ich verloren.

In Liebe, Margareth

33

„Henry Maugham war alles andere als ein Wohltäter", sagte Jennifer.

Baines nickte sichtlich erschüttert. „Er behandelte die Mädchen in den Workhouses nur deshalb unentgeltlich, um nach Opfern für seine wahnhaften Fantasien suchen zu können."

„Ob er Margareth umgebracht hat, weil sie ihm auf die Schliche kam?"

„Es steht zu befürchten. Nun erklären sich auch die Ungereimtheiten im Prozess gegen Alexander Deacon, der angeblich Maughams zweite Frau Holly Robertson erschlagen hat. Aus den Gerichtsakten geht hervor, dass sie von ganz anderem Charakter war als Margareth. Nach dem, was wir nun wissen, halte ich es für möglich, dass auch sie sein Geheimnis entdeckte. Aber sie reagierte anders als Margareth und erpresste Maugham mit ihrem Wissen. Er hat sie getötet und Deacon die Schuld in die Schuhe geschoben."

Nachdenklich betrachtete Jennifer den Brief. Sie hatte das Gefühl, dass nur noch ein kleiner Schritt fehlte, um auch das Rätsel um Susan Prescotts Verschwinden zu lösen.

„Ich habe den Seziertisch im Keller des Hauses gesehen. Nun wird mir klar, wozu Maugham ihn benutzt hat", sagte sie.

Baines schüttelte den Kopf. „Er muss wahrhaftig krank gewesen sein."

„Aber was hat er mit den Toten gemacht? Wenn es stimmt, was Margareth behauptet, dann hat er sie sicher nicht konserviert, um sie anschließend zu begraben."

„Sie meinen, er richtete eine Art Mausoleum ein?", überlegte Baines, „einen Ort, an dem er ihre für die Ewigkeit erhaltene Schönheit jederzeit bewundern konnte?"

„Genau das meine ich. Travis und ich haben das Haus vom Keller bis zum Dach durchsucht und nichts gefunden, keine geheimen Gänge oder Kammern, keine versteckten Hohlräume, rein gar nichts."

Baines blickte sie forschend an. „Ich habe gehört, dass er Pennack verlassen will."

Jennifer zuckte mit den Schultern. „Das ist wohl für alle besser so."

„Das überrascht mich. Ich dachte, Sie und Travis hätten sich angefreundet."

„Er hat mir bei den Arbeiten am Haus geholfen, das ist alles."

„Dann wollen Sie sich nicht von ihm verabschieden?", fragte Baines nach.

„Von mir aus kann er sich zum Teufel scheren. Er hat mich angelogen und für seine Absichten benutzt."

„Das hört sich aber gar nicht nach dem Travis Sayer an, den ich kenne."

„Er hat mir verschwiegen, dass er wegen Mord im Gefängnis saß. Ich habe es erst von Mary Taylor erfahren."

Baines stöhnte. „Daher weht der Wind. Ja, es stimmt, Travis wurde verurteilt. Aber hat sie Ihnen auch erzählt, dass er in einem Revisionsverfahren freigesprochen wurde?“ Baines schüttelte energisch den Kopf. „Ich habe nie an seine Schuld geglaubt.“

„Dann halten auch Sie Garreth für den Mörder?“

„Es ist ja nicht einmal erwiesen, dass Susan überhaupt einem Verbrechen zum Opfer fiel.“

„Und das blutverschmierte T-Shirt und die Mordwaffe, die die Polizei im Bootsschuppen der Sayers fand?“

„Wenn Sie mich fragen, hatte der alte Wyne seine Finger im Spiel“, beharrte Baines. „Niemanden hat interessiert, ob Travis schuldig war oder nicht. Die Indizien sprachen gegen ihn, und er hatte ein Motiv. Alle haben ihn verurteilt, ohne sich die Mühe zu machen, nach der Wahrheit zu suchen. Sein Vater ist ein stadtbekannter Trunkenbold und Unruhestifter, und sie gingen davon aus, dass sein Sohn keine Spur besser ist. Ich zolle Travis hohen Respekt, dass er den Mut aufbrachte, in dieses Schlangennest zurückzukehren, um den wahren Mörder zu finden.“

Jennifer kämpfte mit den Tränen. Hatte sie Travis falsch eingeschätzt? Ja, es stimmte. Wenn sie von Anfang an gewusst hätte, dass er wegen Mordes im Gefängnis gesessen hatte, hätte sie ihn gemieden.

Baines blickte sie forschend an. „Sie empfinden viel für ihn nicht, wahr?“

„Er hat mich belogen.“

„Das schmerzt Sie, aber glauben Sie mir, er hatte einen guten Grund dafür. Man rügt andere Menschen, die ihre Vorurteile nicht ablegen wollen“, sagte Baines,

„und ist selbst nicht frei davon. Gehen Sie zu ihm. Zeigen Sie Travis, dass Sie ihm erneut Ihr Vertrauen schenken. Sie werden es nicht bereuen. Er ist ein guter Junge, davon bin ich überzeugt. Wenn er Ihnen nicht die ganze Wahrheit gesagt hat, dann nur, weil ihn die Umstände dazu gezwungen haben.“

„Wenn er überhaupt noch in Pennack ist“, seufzte sie.

„Ich glaube nicht, dass er fortgeht, ohne sich von Ihnen zu verabschieden.“

Jennifer faltete vorsichtig Margareths Brief zusammen. Ihr Gefühl, einer Verbindung zu Susan Prescott auf der Spur zu sein, verdichtete sich zu einer klaren Einsicht.

„Und wenn wir nicht die Einzigen sind, die von Maughams Verbrechen wissen?“, fragte sie.

„Wie meinen Sie das?“

„Mein Großvater besaß detaillierte Pläne. Er sammelte alles, was er über das Haus in die Finger bekommen konnte. Garreth ging bei ihm ein und aus. Vielleicht ist er auf etwas gestoßen, was wir übersehen haben.“

„Sie meinen, er könnte zufällig über das Versteck gestolpert sein, in dem Maugham die Leichen seiner Opfer aufbewahrte?“, überlegte Baines.

„Wir müssen diese Gruft finden. Ich bin sicher, dass der Mörder Susans Leiche dorthin gebracht hat.“

„Wo sind diese Pläne jetzt?“

„Ich weiß nicht, was aus dem Besitz meines Großvaters geworden ist“, antwortete Jennifer. „Garreth hat erwähnt, dass er einige der Zeichnungen an sich genommen hat, weil er den Umbau des Hauses plante. Ich könnte ihn danach fragen.“

„Das halte ich für keine gute Idee. Wenn er etwas zu verheimlichen hat, werden Sie ihn damit warnen. Versöhnen Sie sich lieber mit Travis. Vielleicht kommen Sie dem Geheimnis gemeinsam auf die Spur. Susans ungewisses Schicksal quält ihn. Er wird erst Frieden finden, wenn ihr irdischer Körper in einem christlichen Grab ruht und ihr Mörder gefasst ist. Er behauptet, es sei ihm egal, was die Menschen in Pennack über ihn denken, doch das nehme ich ihm nicht ab. Er will den Makel der Schuld loswerden, und das wird er erst erreichen, wenn das Verbrechen restlos aufgeklärt ist."

„Eine Frage beschäftigt mich noch immer", sagte Jennifer, „warum kam Maugham in der Nacht, als er verschwand, zum Pfarrhaus und verlangte die Beichte?"

„Aber das liegt doch auf der Hand. Er suchte den Tod und wollte zuvor sein Gewissen erleichtern. Maugham wollte mit der Schuld seiner Taten nicht mehr leben."

„Was für ein seltsamer Zufall, dass er nur die Haushälterin des Pfarrers antraf, finden Sie nicht?"

„Die Wege des Herrn sind unergründlich. Wir werden es nie erfahren."

„Halten Sie es für möglich, dass er etwas Schriftliches hinterlassen hat?"

„Eine Art Testament oder Geständnis, meinen Sie?" Baines überlegte. „Davon ist mir nichts bekannt. Wenn er eines verfasst hat, dann müsste es sich bei den Unterlagen im Archiv befinden. Ich kann mich allerdings nicht an ein solches Schriftstück erinnern."

Jennifer zuckte mit den Schultern. „Es war nur so ein Gedanke. Darin könnte er das Versteck verraten haben."

„Ich werde danach suchen“, versprach Baines. Er geleitete sie zum Ausgang. „Soll ich Sie nicht lieber mit dem Wagen nach Hause bringen? Es wird Sturm geben.“

„Nein danke, es ist ja nicht weit. Ich nehme den Pfad über das Moor. Inzwischen finde ich mich dort oben gut zurecht.“

„Sie hinken ein wenig. Haben Sie sich verletzt?“

„Nur ein verstauchter Knöchel, nicht der Rede wert.“

Baines warf einen skeptischen Blick in den sturmgrauen Himmel. „Sie sollten sich beeilen, in einer halbe Stunde sieht man die Hand nicht mehr vor Augen. Das Moor birgt viele Gefahren, vor allem, wenn man glaubt, es zu kennen. Mir wäre wohler, Sie nähmen mein Angebot an.“

„Ich möchte Ihnen keine Umstände bereiten.“

„Weichen Sie nicht vom befestigten Weg ab, und nehmen Sie sich vor sumpfigen Stellen in Acht“, sagte der Vikar zum Abschied, „und besuchen Sie mich bald wieder.“

„Auf Wiedersehen.“

Jennifer ging eilig zwischen den Grabsteinen hindurch und schlug den Weg zur Straße oberhalb von Pennack ein. Zehn Minuten später erreichte sie auf dem höchsten Punkt der westlichen Landspitze den Pfad, der über das Hochmoor führte. Der Sturm hatte die Küstenlinie erreicht und machte schlagartig den Tag zur Nacht. Bald bereute sie, Baines Rat nicht befolgt zu haben. Sie erwog, umzukehren, doch sie schätzte, dass sie bereits die halbe Strecke über das Moor zurückgelegt hatte.

Schiefergraue Wolkengebirge türmten sich am Horizont auf und jagten so tief über den Himmel, dass Jennifer beinahe glaubte, danach greifen zu können. Es begann zu regnen. Ihre Sneakers lösten sich schmatzend aus dem zähen, durchweichten Boden. Jennifer suchte nach dem auffälligen Felsen, den die Einheimischen die *Meerjungfrau* nannten, doch sie entdeckte ihn nicht. Die Landmarken, die sie sich eingeprägt hatte, schienen auf verhexte Weise ihre Plätze zu tauschen oder sich in Luft aufzulösen.

Dann hörte sie zum ersten Mal den Hund. Ein tiefes, kehliges Grollen durchdrang das Dunkel, angestachelt von einer rauen Stimme, die Kommandos zischte. Die Quelle der Geräusche mochte einen Kilometer entfernt sein, vielleicht aber auch nur einige Meter. Jennifer hörte ein Hecheln und das Tappen schwerer Pfoten auf dem nassen Erdreich. Sie drehte sich um und rannte in die Richtung, in der sie den Garten vermutete.

34

Travis stand an der Reling der *Eloise* und betrachtete den Gold-Sovereign in seiner Hand. Jasper strich unruhig umher, seine Katzenaugen leuchteten grün in der Dunkelheit. Der alte Kater spürte die sich anbahnende Veränderung.

In der Kabine unter Deck lag der gepackte Seesack, morgen früh würde Travis Pennack für immer verlassen. Entgegen seiner ursprünglichen Absicht hatte er seine Abreise um eine Woche hinausgeschoben, weil er die Hoffnung nicht hatte aufgeben wollen, Jennifers Zorn würde sich legen. Inzwischen sah er ein, dass sie ihre Meinung wohl nicht mehr ändern würde. Er streckte den Arm aus und ließ die Münze ins Meer gleiten, wo sie mit einem leisen Platschen versank. Sie war das letzte Andenken an die Vergangenheit gewesen, das er noch besaß. Nun war der Faden zwischen ihm und Pennack endgültig zerschnitten.

Er hätte niemals zurückkommen dürfen. Er hatte geglaubt, wenn die Wahrheit für jeden offenlag, würde er Frieden mit der Vergangenheit schließen können. Doch je länger er blieb, desto größer war der zerstörende Einfluss, den diese Stadt auf ihn ausübte. Sie versuchte, ihn festzuhalten, als besäße sie einen eigenen Willen. Irgendwann würde er die Rolle seines Vaters übernehmen und mit Pennack verschmelzen, ohne es zu bemerken. Er konnte weder Vergangenes ungeschehen machen noch die Menschen ändern, doch dort draußen gab es tausend Orte, an denen ein Neuanfang möglich war. Vielleicht sollte er das Starthilfeprogramm für entlassene Strafgefangene annehmen, dass O'Sullivan ihm angeboten hatte – ein neuer Job, ein neues Leben. Irgendwo, nur nicht in Cornwall.

Sein Plan sah vor, auf dem Weg nach Norden durch Exeter zu fahren und Detective Chief Inspector Tremaine über alles zu informieren, was er herausgefunden hatte. Sollte der damit machen, was er für richtig hielt. Die Zukunft, die danach auf Travis wartete, war so undurchdringlich wie der cornische Nebel.

Die *Eloise* schwoite unruhig an ihren Haltetauen. Weit draußen in der Bucht schallte das Tuckern eines Schiffsdiesels über die See. Ein unvorsichtiger Fischer beeilte sich, seinen Trawler rechtzeitig in den schützenden Hafen zu steuern. Travis schmeckte das Salz des Meeres auf den Lippen und kniff in dem feinen Sprühregen die Augen zusammen. Wenn ihn nicht alles täuschte, zog einer der heftigsten Stürme auf, die Pennack jemals erlebt hatte. Der Wetterdienst sprach stündlich Warnungen aus. Fast schien es, als ob sich die Natur für den letzten Akt eines Dramas vorbereitete.

Ein schwaches Zittern lief durch den Rumpf, jemand kam den Laufsteg herauf. Travis ballte die Fäuste. Falls der Alte seine Meinung geändert hatte und versuchen sollte, ihn hier festzuhalten, würde er die Prügel beziehen, die er schon längst verdient hatte. Er stieß sich von der Reling ab und ging zur Landseite hinüber.

„Ich werde Pennack verlassen, und du wirst es nicht verhindern", rief er.

„Hab nichts dagegen. Von mir aus kannst du auf direktem Weg in die Hölle fahren.“

Überrascht blieb Travis stehen.

„Garreth! Was willst du hier?“

„Hab gehört, dass du fortgehst.“

„In diesem Nest ändert sich niemals etwas, man kann nicht das Geringste vor den Leuten verbergen. Aber du kannst jetzt tief durchatmen, Garreth. Dein blutiges Geheimnis bleibt bewahrt. Wie kommst du eigentlich damit klar? Erscheint dir Susan ab zu in deinen Albträumen?“

„Jede Nacht höre ich ihre Schreie und muss hilflos mitansehen, wie sie sich vergeblich zur Wehr setzt. Und jedes Mal erlebe ich, wie sich ihr Mörder feige davonstiehlt, ohne dass ich ihn aufhalten kann. Er hat dein Gesicht, Travis.“

Sie standen sich eine Weile schweigend gegenüber.

„Warum bist du gekommen?“, fragte Travis.

„Mein Vater will uns sehen.“

„Uns *beide*?“

„Er liegt im Sterben. Es ist sein letzter Wunsch. Wirst du ihn erfüllen?“

Travis war verblüfft. Hatte der alte Despot im Angesicht des Todes sein Gewissen entdeckt? Vielleicht bot sich ihm unerwartet doch noch eine Chance, die Wahrheit ans Licht zu bringen.

„Okay, lass uns fahren“, sagte er.

Sie brauchten eine halbe Stunde, um das West Cornwall Hospital in Penzance zu erreichen. Zweimal mussten sie umkehren und auf schlecht befestigte Nebenstrecken ausweichen. Der Sturm hatte die Küstenstraße unpassierbar gemacht.

Travis betrat hinter Garreth das Krankenzimmer. Ian Wyne lag still in seinem Bett, die Augen waren geschlossen. Eine einzelne Leuchte erhellte sein wachsbleiches, eingefallenes Gesicht. Von dem einstmals harten Mann mit dem eisernen Willen war nur eine verwelkte Hülle geblieben.

Garreth berührte seinen Vater sanft an der Schulter. Der Sterbende schlug die Augen auf, erfasste seinen Sohn, dann wanderte sein Blick weiter zu Travis.

„Ihr seid gekommen", flüsterte er kaum hörbar, „das ist gut. Ja, das ist gut so."

Er schien sich eine Weile von diesen wenigen Worten erholen zu müssen und atmete schwer.

„Ich habe dir unrecht getan, Travis, und bereue es", sagte er dann.

„Vater …", mischte sich Garreth ein.

Der Alte hob schwach die Hand. „Lass mich reden, ich habe viel zu lange geschwiegen."

Wyne wiederholte, was Mary Taylor zugegeben hatte, und wandte sich an Travis.

„Mein Sohn ist ein Hitzkopf, aber er ist kein Mörder. Ich war überzeugt davon, dass du Susan umgebracht hattest. Der Bootshaken konnte nur von der *Eloise* stammen. Garreth wusste, dass du Susan oft im Maugham-Garten getroffen hast. Er hat sie in der Mordnacht dort gesucht und stolperte über das blutverschmierte T-Shirt und das Mordwerkzeug. Unbedacht, wie er ist, fasste er beides an und beschmierte sich mit Susans Blut. Nach seinem Streit mit ihr war mir klar, dass der Verdacht sofort auf ihn fallen würde, also mussten die Sachen verschwinden. Ich fuhr in den Garten, holte den Haken und das Shirt und brach in euren

Bootsschuppen ein. Du lagst betrunken auf der Ladefläche des Pick-ups. Das war für mich der letzte Beweis. Ich war sicher, dass du Susan erschlagen und dich hattest volllaufen lassen, um dein Gewissen auszuschalten. Ich wollte … wollte für Gerechtigkeit sorgen … und ich tat es für Garreth. Er ist ein Narr, aber immer noch mein Sohn. Und er ist kein Mörder."

Garreth zuckte zurück, als hätte der Alte ihn geschlagen.

„Ich bin es auch nicht", sagte Travis.

„Das weiß ich … jetzt weiß ich es. Als ich von der Entlassung hörte, wandte ich mich empört an die Ermittler in Exeter. Du kannst Susan nicht ermordet haben, sagten sie."

Er schloss die Augen. Einen Moment lang war Travis überzeugt, dass Wyne gestorben war, doch es gab noch mehr Schuld, von der er sich befreien musste.

„Manchmal handelt man in guter Absicht und macht dennoch Fehler", fuhr er fort. „Bei allem, was ich tat, hatte ich stets nur das Wohl meiner Familie und meines Unternehmens im Sinn. Dabei sind Freunde auf der Strecke geblieben, was ich bedauere. Aber ich hatte keine Wahl und würde wieder genauso handeln. Es gibt Menschen, deren schlechter Charakter andere mit in den Abgrund reißt. Dein Vater, Travis, ist ein Nichtsnutz, und er wird sich niemals ändern. Halte dich fern von ihm."

Wyne streckte die Hand nach Garreth aus.

„Ich will, dass ihr euch versöhnt. Ihr habt lange genug unter dem Zwist eurer Väter gelitten. Reicht euch die Hand. Keiner von euch ist ein Mörder."

„Wenn es keiner von uns war“, sagte Travis, „wer hat Susan dann ermordet? Wer hatte einen Grund dazu?“

„Das werdet ihr nur gemeinsam herausfinden“, antwortete der alte Wyne. „Erst wenn ihr eure Feindschaft überwindet, wird auch Susans Seele Frieden finden.“

Sie blickten sich schweigend an. Aus diesem Blickwinkel hatte Travis die Sache noch nie betrachtet. Auch wenn es schwer zu akzeptieren war, Susan hatte sie wohl beide geliebt - zumindest eine Zeit lang. Er sah die endlosen, hoffnungslosen Tage im Gefängnis von Exeter an sich vorüberziehen. Jeder Einzelne von ihnen hatte seinen Hass auf Garreth gesteigert. Hatte er, ohne es zu bemerken, den gleichen Fehler begangen wie Jenkins und die Einwohner von Pennack? Hatte er Garreth für eine Bluttat verantwortlich gemacht, die er nicht begangen hatte? Er dachte an Jennifer. Auch wenn sie ihm seine Lüge verzieh, würden sie nur eine gemeinsame Zukunft haben, wenn er die alte Geschichte in Ordnung brachte. Er ballte die Faust und öffnete sie wieder. Dann streckte er den Arm aus und bot Garreth seine offene Hand an. Er musste dem Hass ein Ende bereiten.

Garreth hob langsam den Arm. Travis wusste, dass es ihm genauso schwerfiel wie ihm selbst, ab er reichte ihm schließlich die Hand.

Der alte Wyne lächelte. „Gut so. Und nun ... lasst mich ein Weilchen ausruhen.“

Sie verließen die Klinik, niemand sprach ein Wort.

„Erinnerst du dich noch an die Mutprobe im Maugham-Haus?“, fragte Garreth.

Travis nickte. „Ich hatte die Hosen gestrichen voll.“

Garreth lächelte zum ersten Mal. „Hast du wenigstens ein Gespenst gesehen?"

„Nein, du etwa?

„Nur die, die ich mit hineingenommen habe", antwortete Garreth.

„Ob wir die Geister der Vergangenheit jemals wieder loswerden?", fragte Travis.

„Wir könnten es versuchen."

„Es ist so vieles geschehen, was wir nicht mehr ändern können. Es bleibt für immer in unserem Gedächtnis. Daran ändert auch der Wunsch eines Sterbenden nichts."

„Niemand behauptet, dass ein Handschlag alles ungeschehen macht. Es wird Zeit brauchen, um neues Vertrauen aufzubauen", sagte Garreth.

Travis sah seinen Freund aus Kindertagen lange an. Er dachte an Jennifer. Auch er hatte einen Menschen, den er aufrichtig liebte, belogen.

„Es ist so verflucht schwer, erneut zu vertrauen, wenn man einmal betrogen wurde", gab er zu. „Dein Vater hat recht. Wenn wir Susans Mörder gemeinsam finden, könnte es dazu beitragen, die Vergangenheit endlich hinter uns lassen.

Garreth bot ihm eine Zigarette an. Sie rauchten schweigend.

„Ich habe all die Jahre nicht gewusst, was mein Vater getan hat", sagte Garreth. „Er sagte in jener Nacht, er würde sich um alles kümmern, und befahl Mary und mir, auf keinen Fall das Sea Manor zu verlassen."

„Hast du ihn je gefragt, wo er in der Mordnacht gewesen ist?"

Garreth schüttelte den Kopf. „Ich wollte es nicht wissen."

„Weil du Angst vor der Wahrheit hattest."

„Ja. Mit dieser Schuld muss ich leben. Ich war ein Feigling."

„Du hättest mir fünf Jahre Knast ersparen können."

„Und mein Vater wäre ins Gefängnis gegangen, weil er dir den Mord in die Schuhe geschoben hat", sagte Garreth.

„Ich habe für seine Lüge einen hohen Preis bezahlt."

„Verdammt, ich habe wirklich geglaubt, dass du Susan umgebracht hast", erwiderte Garreth. „Alle haben das geglaubt."

„Hab ich aber nicht."

„Ich auch nicht."

Sie sahen sich an. „Wer hat es dann getan?", fragte Travis. „Wer sonst hatte ein Motiv?"

Garreth zuckte mit den Schultern. „Ich weiß es nicht. Glaubst du, sie hat nicht nur mit uns ein falsches Spiel getrieben?"

„Die McGormick hat gesehen, wie Susan in einen blauen Lieferwagen gestiegen ist. Zu diesem Zeitpunkt war ich bei Jenkins. Nur deshalb haben sie mich schließlich laufen lassen."

„Du meinst, es war einer von unseren Wagen?"

Travis berichtete, was Hugh ihm verraten hatte. „Wenn wir den Fahrer finden, haben wir auch den Mörder."

Garreth trat die Kippe aus. „Lass uns nach Pennack fahren. Vielleicht erinnert sich einer der Angestellten daran, wer an jenem Abend einen der Transporter benutzt hat."

Die Küstenstraße war noch immer wegen Überflutungsgefahr gesperrt. Garreth fuhr auf Umwegen zurück und stellte den Wagen auf dem Hinterhof des Sea Manor ab. Drei blaue Kastenwagen und ein Kleinbus standen vor den Garagen. Wassertropfen perlten auf dem Lack, sie waren offenbar gerade gewaschen worden. Ein grauhaariger Mann stieg aus dem Bus. Er trug einen Kittel mit dem Emblem des Hotels und grüne Gummistiefel.

„Lass uns Keith O'Brien fragen", sagte Garreth, „er betreut unseren Fahrzeugpark. Wenn jemand etwas weiß, dann er."

Sie stiegen aus dem Wagen. Eine Böe riss Travis fast die Tür aus der Hand, Regentropfen klatschten schwer auf das Pflaster.

„Guten Abend, Mr Wyne. Wie geht es Ihrem Vater?", fragte O'Brien.

„Wir können nur abwarten, ob er sich erholt", antwortete Garreth. „Sagen Sie, Keith ... wie lange sind Sie eigentlich schon bei uns?"

„Im September sind's ganze zwanzig Jahre, Mr Wyne."

„Erinnern Sie sich an die Nacht vor fünf Jahren, in der Susan Prescott verschwand?"

„Das hat wohl niemand in Pennack vergessen."

„Hat an diesem Abend jemand einen unserer Lieferwagen gefahren?"

O'Brien musterte Travis misstrauisch.

„Sie können ganz offen reden", sagte Garreth.

„Jetzt, wo Sie mich danach fragen, kommt es mir wieder in den Sinn. In all der Aufregung hatte ich das glatt vergessen. Jenkins hatte mich einer der Suchmannschaften zugeteilt. Wir ..."

„Woran erinnern Sie sich?", unterbrach Travis ihn, „es ist sehr wichtig."

O'Brien wandte sich an Garreth. „Hugh Harris rief gegen sechs Uhr an. Einer unserer Wagen war ein paar Tage zuvor in einen Unfall verwickelt gewesen. Harris hatte den Auftrag, die Karosserie auszubessern und zu lackieren. Er sagte, der Wagen sei fertig. Ich habe dann einen unserer Leute angewiesen, ihn abzuholen."

„Wer hat den Wagen abgeholt?", fragte Travis.

„Das war Ihr Vater, Mr Sayer."

„Sind Sie sicher?"

„Klar bin ich das. Ich erinnere mich genau, weil er wieder betrunken war. Als er auf den Hof fuhr und den Wagen zurücksetzte, streifte er den Bordstein und beschädigte den Auspuff. Ich geriet deshalb in Streit mit ihm – Sie wissen ja, wie er ist. Er brüllte, er habe es eilig, weil er Fisch vom Kutter holen müsse. Ich versuchte, ihn daran zu hindern loszufahren, und er hätte mich über den Haufen gefahren, wäre ich nicht zur Seite gesprungen."

„Warum haben Sie das meinem Vater oder mir nicht gesagt?", fragte Garreth.

O'Brien kratzte sich verlegen am Kopf. „Wie ich schon sagte, kurz darauf suchte jeder im Ort nach Susan Prescott. Ich hab's in dem Durcheinander wohl vergessen. Sayers Benehmen war ja auch nicht neu. Er war ständig betrunken."

Travis sah die Szene deutlich vor sich, die die alte McGornick beschrieben hatte. Susan hatte sich mit dem Fahrer des Lieferwagens gestritten, war dann aber doch eingestiegen.

Sie wäre niemals zu einem Fremden ins Auto gestiegen.

Das war sie auch nicht, sie hatte Jack Sayer gut gekannt.

„Welchen Grund sollte dein Vater gehabt haben, Susan zu töten?", fragte Garreth.

Travis sah plötzlich klar, alles fügte sich zusammen. Er dachte an die vielen Versuche seines Vaters, ihn in Pennack festzuhalten.

„Es regnete stark in der Mordnacht", sagte er. „Die Polizei hat später Susans Wagen am Ortseingang gefunden. Die Benzinpumpe war defekt. Sie muss das letzte Stück nach Pennack gelaufen sein. In der King's Road ist sie dann meinem Vater begegnet. Vielleicht wollte er sie nur mitnehmen, aber dann muss sie ihm von ihrem Vorhaben erzählt haben, mit mir fortzugehen. Das konnte er nicht zulassen. Er war längst nicht mehr in der Lage, sein Geld mit der *Eloise* allein zu verdienen. Er brauchte mich."

„Susan wäre niemals mit dir gegangen", sagte Garreth.

„Okay, ich trage dir die fünf Jahre Exeter nicht nach", antwortete Travis, „aber wenn dir wirklich an unserer Freundschaft etwas liegt, muss jetzt alles ans Licht. Ich weiß, dass du dich an jenem Abend mit Susan gestritten hast. Susan wollte dich verlassen. Nur deshalb bist du in den Maugham-Garten gegangen. Sie hat dir gesagt, dass sie sich mit mir treffen wollte, und du wolltest ein letztes Mal versuchen, sie umzustimmen.

Garreth schwieg.

„War es so?", fragte Travis.

„Ja, verdammt. Bist du nun zufrieden?“

„Ich bin erst zufrieden, wenn wir ihre Leiche gefunden haben und ihr Mörder seine gerechte Strafe erhält.

„Auch wenn es dein Vater war?“, fragte Garreth.

„Auch dann.“

„Und warum ist er mit ihr in den Garten gefahren?“

„Weil Susan mich dort treffen wollte und meinen Vater gebeten hat, sie dort abzusetzen“, antwortete Travis.

„Wir müssen Jenkins informieren.“

Travis nickte. Was er von Garreth verlangt hatte, würde er nun selbst tun müssen.

35

Ein schemenhaftes Glühen wanderte über die Hochebene, erlosch und flammte wieder auf. Spukgeschichten von Geisterhunden, Sumpfgas und Irrlichtern, die unvorsichtige Wanderer ins Verderben lockten, kamen Jennifer in den Sinn. Spielte ihre Einbildung ihr Streiche, oder war sie nicht allein? Das Knurren, das vorhin das Heulen des Sturms übertönt hatte, drang erneut an ihre Ohren. Ein massiger Schatten löste sich aus dem Zwielicht und hetzte auf sie zu.

Instinktiv ergriff sie die Flucht. Die Gefahr, sich zu verirren, erschien ihr plötzlich weniger tödlich als der Höllenhund, der sich auf ihre Fersen geheftet hatte. Der Grund war uneben und wechselte ständig. Mal war er felsig und trocken, mal mit losen Steinen und Geröll bedeckt, dann wieder gab der Boden unter ihren Füßen nach wie Treibsand. Mehr als einmal brauchte sie alle Kraft, um sich aus dem zähen Morast zu befreien.

Das Patschen und Kratzen krallenbewehrter Pfoten holte auf, verstummte dann aber unversehens. Sie glaubte, eine menschliche Stimme zu hören, doch der Sturmwind riss das heisere Flüstern fort, bevor sie die Richtung bestimmen konnte, aus der es heranwehte. Wieder flackerte das diffuse Licht durch die Dunkelheit und versickerte in den Nebelschwaden, die wie flüchtige Gespenster vorbeischwebten.

Jennifer hielt den Atem an und lauschte. In ihr angestrengtes Keuchen mischte sich das Donnern der Brandung. War sie im Kreis gelaufen und näherte sich den Klippen? Sie dachte an Travis' Warnung vor den Erdspalten und Löchern, die sich unerwartet auftaten. Auch der Hund schien wie vom Erdboden verschluckt. Hatte ihn das Moor geholt?

Sie griff nach einem dürren Ast, zog sich aus dem schlüpfrigen Boden und stapfte weiter – langsamer diesmal, denn jeder Schritt schickte Schmerzwellen durch ihren verstauchten Fuß.

Als sie sich in sicherer Entfernung glaubte, versuchte sie herauszufinden, in welcher Richtung der Garten lag. Das Rauschen des Meeres kam von links, ebenso wie der Wind. Sie wandte sich nach rechts, fort von den tückischen Klippen, und setzte vorsichtig einen Fuß vor den anderen. Der Boden wurde bald wieder fester, sie fasste Mut und kam jetzt schneller voran.

Dann sah sie ihn. Es war ein hellbrauner Hund, massig und kräftig gebaut. Er ähnelte einer Mischung aus Mastiff und Bulldogge und war keine zehn Meter von ihr entfernt und hechelte von der kräftezehrenden Jagd. Schaumfetzen flogen von seinen Lefzen, als er sich schüttelte. Er kam langsam näher, als hätte er alle Zeit der Welt, weil er wusste, dass sein Opfer ihm nicht entkommen konnte. Sie hatte diesen Hund schon einmal gesehen; an dem Tag, als der alte Sayer sie belästigt hatte.

Jennifer erklomm eine kleine Felsformation und hoffte, dass der Hund nicht in der Lage war, ihr dorthin zu folgen. Er schien zu ahnen, was sie vorhatte, und beeilte sich, sie rechtzeitig zu erreichen. Wütend lief er am Fuß der Felsen auf und ab und kläffte enttäuscht.

Sie kletterte weiter die mit Moos und Flechten überzogenen Steinbrocken hinauf und sah sich nach einem Fluchtweg um. Der Regen fiel jetzt in dichten Bahnen aus dem milchigen Himmel, löste langsam den Nebel auf und verwandelte das Gestein unter ihren Füßen in eine glitschige Rutschbahn. Jennifer glitt aus und blieb mit dem verletzten Knöchel in einer Felsspalte hängen. Sie suchte vergeblich nach Halt und schlitterte kopfüber einen grasbewachsenen Abhang hinab. Der Boden gab unter ihr nach, als ob sich eine Falltür öffnete. Prasselnd rutschten Steine und lockere Erde in die Tiefe. Mit einem Schrei auf den Lippen stürzte Jennifer in die Finsternis.

Gegen 19:45 Uhr stoppte Garreths Jaguar vor der Polizeiwache von Pennack. Travis stieg als Erster aus dem Wagen und lief zum Eingang. Der anschwellende Sturm riss ihm die Tür aus der Hand und schleuderte sie donnernd gegen die Wand.

Jenkins saß auf einem Stuhl hinter dem Tresen und las in der *Sun*. Er sah gelangweilt auf und widmete sich dann dem Sportteil.

„Na, Sayer. Willst du wieder jemanden als vermisst melden?“

„Ich will, dass Sie meinen Vater verhaften.“

Der Constable blätterte die Zeitung um und studierte die Fußballergebnisse. „Würde ich ihn jedes Mal festnehmen, wenn er betrunken randaliert, müsste ich noch jemanden einstellen, weil ich nicht mehr dazu käme, meinen Job zu erledigen.“

„Es geht nicht um seine Sauferei, sondern um Mord. Jack Sayer hat Susan Prescott getötet.”

Beim Klang von Garreths Stimme blickte Jenkins erstaunt auf.

„Was soll dieses Theater?“, fragte er.

Sie erklärten es ihm. Der Constable hörte mit versteinerter Miene zu. Schließlich schien er überzeugt zu sein.

„Das reicht für eine vorläufige Festnahme“, sagte er, „um alles Weitere soll sich die Mordkommission in Exeter kümmern. Vor morgen früh kann ich dort allerdings niemanden erreichen.“

„Sperren Sie ihn ein, bevor er noch mehr Unheil anrichtet“, sagte Travis.

„Er ist dein Vater, Junge.“

„Er hat mir das Liebste genommen, was ich jemals besaß. Und ich gehe jede Wette ein, dass er auch meine Mutter auf dem Gewissen hat.“

„Also gut.“

Jenkins nahm seine Jacke vom Haken und setzte die Dienstmütze auf, dann verließen sie zu dritt die Wache. Travis blickte sorgenvoll in den stürmischen Himmel.

Der Aufprall trieb Jennifer die Luft aus den Lungen. Sie stöhnte vor Schmerz und bewegte probeweise Arme und Beine. Gebrochen schien nichts zu sein. Sie kroch an den Rand der Grube, in die sie gestürzt war, und verfolgte entsetzt, wie sich die Erde zu einem Trichter formte und durch ein Loch im Zentrum rutschte wie der Sand in einer Eieruhr. Sie warf einen Blick auf den kreisförmigen Ausschnitt des Himmels, über den schiefergraue Sturmwolken jagten. Als hätte dort oben jemand einen riesigen Eimer umgestoßen, begann es sintflutartig zu regnen.

Jennifer krallte ihre Hände in die feuchte Erde und versuchte, sich an überhängenden Wurzeln nach oben zu ziehen. Sie tastete in den Ritzen und Spalten zwischen lehmverschmierten Felsbrocken nach Halt und schob sich langsam nach oben. Als sie ihren Kopf über den Rand der Grube streckte, sah sie den Hund. Er reagierte sofort, kam auf sie zu und fletschte die Zähne. Erschrocken rutschte sie ab und fiel in den Trichter zurück, in dessen Mitte inzwischen ein großes Loch gähnte. Sie stemmte die Füße in die lockere Erde und bremste ihren Fall ab. In letzter Sekunde konnte sie verhindern, dass sie in die bodenlose Tiefe stürzte. Über ihr kläffte und knurrte der Hund. Er lief um die Grube herum und schnappte nach Jennifer, sobald sie versuchte, hinauszuklettern.

„Burt!“

Kaum hörte der Hund die Stimme, duckte er sich auf den Boden und winselte. Das Licht einer Taschenlampe zuckte durch die Dämmerung. Kurz darauf tauchte das zerfurchte Gesicht von Jack Sayer über dem Rand der Grube auf. Der Regen klatschte das spärliche graue Haar an den kantigen Schädel, Wasser troff von seinen Schultern und rann an seinem Bootsmantel herab.

„Is gefährlich hier oben“, sagte er, „hier und da gibt die Erde nach, weil se den Berg ausgehöhlt haben wie ’nen Kürbis an Halloween.“

Jennifer ergriff zögernd seine ausgestreckte Hand. Der hagere alte Mann zog sie mit erstaunlicher Kraft aus der Grube. Er warf ein Blick hinein und spuckte aus. „Da drunter liegt die alte Zinnmine. Wenn Se da reinfallen, findet Se keiner in hundert Jahren nich.“

Jennifer wich unwillkürlich vor Sayer zurück. Beinahe wäre sie wieder in die Grube gestürzt. Er packte sie grob am Arm.

„Nich so hastig.“

„Lassen Sie mich los“, keuchte sie.

Er stierte sie aus blutunterlaufenen Augen an, dann lockerte er seinen Griff.

„Schon gut. Ich wollt nur helfen.“

Jennifers Herz hämmerte gegen ihre Rippen. In diese Augen hatte sie schon einmal geblickt, in einem Moment, in dem sich die Welt auflöste und neu zusammensetzte. In einem Augenblick, in dem all ihre Sinne in einem Feuerwerk reiner Lust explodierten. Es waren Travis‘ Augen, in die sie gerade geblickt hatte.

Zutiefst erschrocken und verwirrt stolperte sie von dem alten Mann fort in das Zwielicht des Sturms hinein. Sayer stieß einen Pfiff aus. Der Hund sprang auf und trottete ergeben neben seinem Herrn her. Der Alte legte seinen Arm um Jennifers Schulter und presste sie an sich. „Da geht's lang.“

„Ich kenne den Weg.“

„Du findest im Dunkeln deinen eigenen Hintern nich. Schön brav sein, Mädchen. Sonst macht Burt Hackfleisch aus dir. Dann muss ich wieder die Reste aufsammeln und über die Klippen schmeißen.“

Er lachte, als wäre das ein Riesenspaß.

Jennifer entwand sich entschieden seinem Griff, rutschte auf dem regennassen Gras aus und fiel auf Hände und Knie. Der Hund knurrte und schnappte nach ihrem Fuß. Sayer schlug ihm klatschend eine

Leine über den Rücken. Burt jaulte auf und rannte auf eine Lücke zwischen den Felsen zu. Sayer zog Jennifer hoch und zerrte sie vorwärts.

„Hören Sie schlecht? Sie sollen mich loslassen!", sagte sie.

„Besser nich. Am Ende verläufst de dich noch, und dann heißt es wieder, der alte Sayer is schuld."

Nach wenigen Dutzend Metern tauchte der treppenartige Pfad auf, der zum Maugham-Garten hinunterführte. So nah war sie ihrem Ziel gewesen, ohne es zu ahnen!

Auf der Wiese in der Nähe des Kenotaphs tobte ein Inferno. Der Regen stürzte in wütenden Kaskaden herab und vermischte sich mit dem Gischt, den der Sturm die Klippen hinaufpeitschte. Er wirbelte in einem verrückten Tanz Nebelschleier, Blätter und abgerissene Äste umher. Unbeeindruckt von der Kraft des Orkans, trieb Sayer Jennifer die Wiese hinab bis zu den Felsen, über die sie zwei Nächte zuvor gestürzt war.

„Da hat sie gelegen", schrie er mit heiserer Stimme, um das Brüllen des Sturmwinds zu übertönen. Er beugte sich über den Rand, ohne seinen Griff zu lockern. Seine Augen flackerten irre.

„Sie wollt mir meinen Jungen nehmen. Das konnt ich nicht zulassen. Ich wollt ihr nur ein bisschen Angst einjagen, dachte, dann haut se mit dem anderen ab."

„Sie ... Sie meinen Susan ... und Garreth."

Der Alte nickte. „Aber sie wollt nicht hören. Da hab ich sie gepackt und hab mit ihr getanzt. Getanzt ...", wiederholte er, „... wie die Sturmtänzer."

„Sie waren es, der mich aus dem Haus gelockt hat! Dachten Sie wirklich, Sie können mich mit Ihrer billigen Maskerade verjagen?"

Er lachte. „Nee, war ich nich. Aber ich war da und hab's gesehen." Er verpasste dem Hund einen Tritt. „Burt war mir abgehauen. Das Vieh gehorcht nich mehr so wie früher. Macht, was es will. Ich hab nach ihm gesucht und ihn im Garten gefunden."

Er begann, sich in einem langsamen Rhythmus zu wiegen, griff nach Jennifers Händen und zwang sie zu einer torkelnden Pirouette.

„Hab sie festgehalten, aber sie hat sich gewehrt ... und dann is se da runtergefallen." Er stoppte seine Drehung, nahm Jennifers Gesicht in beide Hände und schüttelte sie. „Da musst ich doch was machen, oder? Ich musst doch was machen!"

„Hören Sie auf! Sie tun mir weh!"

Jennifer bohrte ihre Fingernägel in seine Unterarme, aber Sayer schien den Schmerz nicht zu spüren.

„Konnt ich doch nich zulassen, dass sie mir Travis wegnimmt. Ich brauch ihn doch."

Er kniff die Augen zusammen und hauchte ihr seinen fauligen Atem ins Gesicht. Einen schrecklichen Augenblick lang glaubte Jennifer, er würde versuchen sie zu küssen.

„Sie wollt mit ihm durchbrennen, das Flittchen. Genau wie du! Aber der Junge bleibt hier in Pennack. Solang ich lebe!"

„*Sie* haben die Reifen meines Wagens zerstochen und mich vom Haus aus beobachtet."

Sie hatte sich also doch nicht getäuscht. Es war Sayer gewesen, den sie am Fenster gesehen hatte. Er hatte gewusst, dass sie die Abkürzung über das Moor nehmen würde.

„Bist ja ein ganz schlaues Kind."

Ohne Vorwarnung stieß er sie von sich und schlug ihr ins Gesicht. Benommen brach sie in die Knie. Bevor sie auch nur den Versuch unternehmen konnte, sich zu wehren, zog Sayer sie an sich und zwang sie erneut, mit ihm zu tanzen. Sie schmeckte Blut in ihrem Mund und spürte, wie es an ihrem Kinn herunterlief. Der alte Bastard hatte ihr die Lippe aufgeschlagen.

Wütend wand sie sich in seinem eisenharten Griff, aber er zwang sie in einen todbringenden Reigen. In einer grotesken Nachahmung des verzweifelten Tanzes der Liebenden, die sich in den Tod stürzten, weil sie keinen anderen Ausweg sahen, drängte Sayer sie immer weiter auf den Abgrund zu. Der Hund umkreiste sie, kläffte aufgeregt und lieferte die schaurige Musik dazu. Jennifer wehrte sich mit aller Kraft, aber sie war nicht stark genug, um Sayers Umarmung zu entkommen.

Plötzlich hielt er inne und starrte auf zwei Lichtpunkte, die sich langsam die Serpentinenstraße hinaufbewegten. Ein Wagen näherte sich der Hochebene.

Jennifer nutzte den Augenblick und riss sich los. Sie drehte sich um und wollte zum Haus fliehen, doch der Hund versperrte ihr den Weg.

„Rufen Sie den verdammten Köter zurück!"

„Ich denk nicht dran."

„Was haben Sie vor? Wollen Sie mich auch umbringen, so wie Sie Susan getötet haben?"

„Wirst schon sehen", rief Sayer, „wirst schon sehen."

„Wo haben Sie ihre Leiche versteckt?", fragte Jennifer.

Sayer grinste. „Ich zeig's dir. Ja, ich zeig's dir. Komm mit."

Er packte ihren Arm und zerrte sie durch den Garten auf das Haus zu.

„Sie lag unter mir auf den Felsen", sagte er, „ich musst was machen, sie musste verschwinden. Hatt sie doch angefasst, die Bullen finden das raus, sag ich mir. Die finden heute alles raus. Aber ich kam nich an sie ran. Da hab ich einen Bootshaken von der *Eloise* geholt und sie damit hochgeangelt wie'n fetten Fisch, bis ich sie packen konnte."

„*Sie* haben die Mordwaffe in den Bootsschuppen gebracht und dafür gesorgt, dass Travis an ihrer Stelle ins Gefängnis gehen musste. Aber warum? Sie wollten doch, dass er bei Ihnen in Pennack bleibt."

Er schüttelte heftig den Kopf. „Das war ich nich. Hab die Leiche fortgeschafft und bin dann zurück zum Garten, um den Bootshaken und das T-Shirt zu holen. Als ich sie über den Rand der Felsen gezogen hatte, war's ihr über ihre Schultern gerutscht, es is zerrissen und an nem Ast hängen geblieben. Das hatt ich liegen lassen und glatt vergessen, genau wie den Haken. War ein bisschen durcheinander. Aber als ich zurückkam, war alles weg. Weiß der Teufel, wer das Zeug mitgenommen hat!"

„Lassen Sie mich gehen. Sie machen alles nur noch schlimmer."

Er verstärkte den Druck seiner Hand. „Nee. Du nimmst mir meinen Jungen nich. Du nich. Ich pack dich zu den anderen."

„Welchen anderen?"

Er gluckste und schob sie die Stufen zum Eingang hoch. „Wirste schon sehen. Na los, schließ auf."

„Wollen Sie wirklich noch einen Mord begehen?"

„Se ham mich nich geschnappt, nie nich. Nich, als ich Eloise vom Kutter gestoßen hab, und auch nich, als ich die Precott totgemacht hab. Die kriegen mich nich."

Sayer suchte in der aufkommenden Dunkelheit nach den Lichtern auf der Serpentinenstraße. Sie waren noch etwa zweihundert Meter entfernt. Jennifer nutzte die Ablenkung und befreite sich aus seinem Griff. Sayer fuhr herum und schlug ihr ins Gesicht. Burt knurrte drohend und schnappte nach ihrem Bein.

„Versuch das nich noch mal. Los, mach auf."

Sie zog den Schlüssel aus der Tasche ihrer Jeans und öffnete zitternd die Eingangstür. Irgendwie musste es ihr gelingen, ihn hinzuhalten. Hilfe war unterwegs, wahrscheinlich war es Travis, und er würde in ein paar Minuten hier sein.

Sayer schleifte sie durch die Eingangshalle auf die Treppe zum Keller zu. Er schien sich auch im Dunkeln zurechtzufinden und brachte sie zu Henry Maughams Kellerlabor. Mit dem Ellenbogen stieß er die Tür auf und zerrte Jennifer zur hinteren Wand. Der Hund folgte ihnen wie ein wachsamer Schatten.

Sayer murmelte vor sich hin und tastete mit der linken Hand über die wandhohen Regale, ohne seinen Griff um ihren Oberarm zu lockern. Plötzlich klickte es scharf, ein Teil der Eichenwand sprang einen Spalt auf. Sayer zwängte die Finger hinein und zog eine verborgene Tür auf.

„Hab's entdeckt, als ich zwölf war", sagte Sayer, „und keinem nie was davon erzählt."

Jennifer dachte an Travis' Erwähnung der Mutprobe, zu der seit Generationen alle Jungen von Pennack herausgefordert worden waren.

Das Licht der Taschenlampe enthüllte einen grob aus dem Felsen gehauenen Stollen, der in den Berg hineinführte. Decke und Wände waren mit uralten Holzbalken abgestützt.

„Gehört wohl zur alten Zinnmine." Sayers Stimme hallte hohl von den feuchten Wänden wider. „Maugham muss ihn entdeckt haben, als er das Haus baute."

Er schwenkte die Lampe herum und betrachtete neugierig die Narben in Jennifers Gesicht. Sie kniff geblendet die Augen zusammen.

„Was findet der Junge bloß an dir? Bist doch ein hässliches Entlein. Wie ist'n das passiert?"

„Glauben Sie wirklich, Sie könnten Travis an sich ketten, indem Sie zerstören, war er liebt?", entgegnete sie.

„Er macht, was ich sage, kapiert?"

Sayer versetzte ihr einen Stoß und trieb sie in den Stollen hinein.

„Na los, rein da. Das wird dir gefallen. Suchst doch schon die ganze Zeit nach ihr."

Jennifer spannte jeden Muskel an und wartete auf ihre Chance. Mit Sayer würde sie vielleicht fertigwerden, der Hund dagegen stellte ein größeres Problem dar. Sobald sie seinen Herrn angriff, würde er ihr an die Kehle springen.

Es war feucht und kalt in dem leicht abfallenden Gang, der sich nach drei Metern zu einer natürlichen Kaverne erweiterte. Im Licht der Lampe tauchten Schemen und kantige Umrisse in der Dunkelheit auf. Der scharf abgegrenzte Lichtkreis wanderte zitternd zu einem schmalen Sims. Zwei Stufen führten hinauf und erweckten den Eindruck eines Altars. Sayer entzündete sieben armdicke Kerzen mit einem Feuerzeug.

„Damit du's gemütlich hast", sagte er kichernd.

Das flackernde Kerzenlicht überzog die Felswände mit einem blassgoldenen Schimmer. Die Kaverne war annähernd quadratisch mit einer Seitenlänge von etwa fünf Metern. Auf einem Podest in der Mitte stand ein wuchtiger, reich verzierter Sarg.

„Was ist das?", fragte Jennifer.

„Das ist ein Grab", sagte Sayer, „dein Grab!"

Er stieß sie zu Boden, hastete den Gang entlang und stieß einen Pfiff aus. Der Hund wich nicht von seiner Seite und beobachtete jede von Jennifers Bewegungen, bereit, sie jederzeit anzugreifen. Bevor sie Sayer folgen konnte, scheuchte er den Hund hinaus und schlug die verborgene Tür in der Regalwand zu. Jennifer stemmte sich gegen das massive Eichenholz und hämmerte mit den Fäusten darauf ein.

„Lassen Sie mich raus, Sayer!"

Panisch suchte sie nach einem Riegel, einem Schloss oder einer Klinke, doch da war nur glattes, fugenloses Holz.

Etwas zerbrach klirrend auf der anderen Seite. Ein rötlicher Schein glomm unter der Tür auf, Rauch quoll in die Gruft. Jennifer überfiel ein schreckliches Déjà-vu. Hastig nahm sie eine der Kerzen und begann, nach einem zweiten Ausgang zu suchen. Entsetzt wurde ihr klar, dass sie nicht allein war. Sie stieß einen gellenden Schrei aus. In einem Winkel der Kaverne saßen fünf mumifizierte Leichen. Sie trugen noch die Kleider, die Maugham ihnen angezogen hatte, nachdem er sie für

die Ewigkeit präpariert hatte, und hielten Totenwache
für Margareth Clayton.

36

Travis öffnete die Haustür seines Elternhauses und ließ dem Constable den Vortritt. Weder in dem leer stehenden Ladenlokal im Parterre noch in der Wohnung im Obergeschoss fanden sie eine Spur von Jack Sayer.

„Ausgeflogen", brummte Jenkins.

Auch der Bootsschuppen und die *Eloise* waren verwaist, der Alte war ebenso unauffindbar wie sein Hund.

„Ich fahre zum Maugham-Haus hinauf", sagte Travis, „sucht ihr die Pubs am Hafen ab."

Jenkins nickte. „Wer etwas entdeckt, meldet sich bei den anderen."

Sie tauschten ihre Handynummern aus, dann fuhr Travis die Serpentinenstraße hinauf. Tief unterhalb der Klippen kochte das Meer wie Wasser in einem riesigen Topf. Der Orkan trieb die Wellen mit solcher Kraft gegen die Felsen, dass der Gischt bis zur Hochebene hinaufflog.

Travis hatte die Hälfte der Kehren hinter sich gebracht, als er mit aller Kraft auf die Bremse trat und der Pick-up schlitternd zum Stehen kam. Der Sturm hatte einen Erdrutsch ausgelöst und mehrere Bäume entwurzelt, eine mächtige Eiche lag quer über der Straße. Ein Weiterkommen war unmöglich. Auf der engen Fahrbahn zu wenden, war lebensgefährlich, die

Klippen fielen hier über dreißig Meter senkrecht zum Meer ab. Nach Pennack hinunterzulaufen, Jenkins zu informieren und mit dem Streifenwagen über die Straße oberhalb der Bucht zum Maugham-Haus zu fahren, würde mindestens eine halbe Stunde dauern. Travis beschlich eine düstere Ahnung, dass Jennifer seine Hilfe brauchte und dass jede Minute zählte.

Er holte die Stabtaschenlampe unter dem Sitz hervor, kletterte durch das Gewirr der Äste des Baumriesen und bahnte sich einen Weg über Felsbrocken und herabgestürztes Erdreich. Ein unwirklicher, orangeroter Schimmer spiegelte sich in den tief dahinjagenden Sturmwolken. Travis sog prüfend die Luft ein, es roch nach Feuer und Rauch. Er schlitterte das Hindernis auf der bergwärts gelegenen Seite hinab und rannte weiter, bis er das Hochplateau erreicht hatte. Dann sah er das Feuer. Das Maugham-Haus brannte wie eine riesige Fackel.

Travis lief auf den Haupteingang zu und schirmte das Gesicht mit den Armen ab. Die enorme Hitze ließ Fensterscheiben und Steine platzen und versengte ihm die Haut. Die Flammen fraßen das zundertrockene Holz rasend schnell auf, der Sturmwind heizte das Feuer an und wehte Glut und Funken über das Plateau. Travis lief um das Haus herum und näherte sich über den Hinterhof dem Nebeneingang der Dienstbotenwohnung, gab sein Vorhaben aber schnell auf. Wenn sich noch jemand im Haus befand, konnte er dieses Inferno unmöglich überlebt haben. Er schrie immer wieder Jennifers Namen, aber der Sturmwind riss ihm die Worte aus dem Mund.

Er lief zurück auf die Hochebene, wo er auf Hughs Leihwagen stieß. Jemand hatte beide Vorderreifen aufgeschlitzt. Hatte Jennifer versucht, dem Feuer zu entkommen, und war in den Garten geflohen? Er musste sie suchen, auch wenn kaum Hoffnung bestand, dass sie noch lebte. Er rief Jenkins an und alarmierte die Feuerwehr, obwohl ihm klar war, dass sie das Haus nicht mehr würde retten können. Bis Hilfe aus Penzance oder Truro eintraf, würde es bis auf die Grundmauern niedergebrannt sein.

Travis erklomm die Stufen zum Garten, dichter Qualm erschwerte ihm die Sicht.

„Jennifer!"

Er lief zum Kenotaph und weiter zu der Wiese oberhalb der Klippen. Eine Sturmbö fegte über die Lichtung und trieb die Rauchschwaden auseinander. Im blutroten Feuerschein sah er eine Gestalt über die Felsen tänzeln. Es war sein Vater. Travis kam ein furchtbarer Verdacht.

„Wo ist sie? Wo ist Jennifer?", schrie er.

Jack Sayer hielt inne und schwankte.

„Wo sie hingehört."

Wutentbrannt lief er auf seinen Vater zu und packte ihn am Kragen.

„Was hast du mit ihr gemacht?"

Burt tauchte aus dem Dunkel auf und knurrte Travis an. Er zögerte verwirrt und schien nicht zu wissen, wem er beistehen sollte.

„Jetzt is alles gut. Es wird wie früher werden", sagte der Alte. „Wir fahren mit der *Eloise* raus bis zu den Eastern Isles und fischen. Nur wir beide, das Meer und der Himmel."

Travis stieß ihn angewidert von sich. „Glaubst du wirklich, nach all dem, was du getan hast, kommst du ungeschoren davon? Ich werde dafür sorgen, dass du den Rest deines Lebens in einer Zelle in Exeter verbringst. Was hast du mit Jennifer gemacht?"

„Was willste denn mit der? Die Weiber machen nur Ärger, sag ich dir. Wie deine Mutter. Nur wir beide … das ist es, was zählt. Eloise wollte weg aus Pennack … und sie wollte dich mitnehmen. Konnt ich doch nicht zulassen."

Jack Sayer starrte abwesend in die Dunkelheit, offenbar ganz in die Vergangenheit versunken. Der Schein des Feuers vertiefte jede Falte und jede Runzel in seinem Gesicht, er schien hundert Jahre alt zu sein. Es war nicht nur der Alkohol, der ihn vorzeitig hatte altern lassen, sondern auch die Last seiner Untaten.

„Da hab ich sie über Bord geschmissen", sagte er, „wir waren schon fast in der Pennack Bay." Jack Sayer weinte. „Aber jetzt wird alles anders werden, so wie früher."

Travis packte seinen Vater an den Schultern und schüttelte ihn. „Vater! Wo ist Jennifer?"

Burt hatte eine Entscheidung getroffen. Er grub seine Zähne in Travis' Hosenbein und zerrte wütend daran. Travis löste sich von seinem Vater und versuchte, den Hund abzuschütteln. Seine Schreie weckten Jack Sayer aus seiner Lethargie. Er bückte sich, riss Burt am Halsband zurück und begann, ihn wie von Sinnen mit der Leine zu peitschen.

„Ihr gehorcht *mir!* Alle! Kein Widerwort will ich nich mehr hören!"

„Vater! Hör auf!"

Burt jaulte auf, als ihn Sayers Stiefel an der Schnauze traf. Er duckte sich und steckte die Schläge ein, aber der Alte trat immer wieder zu, ohnmächtig vor Wut. Travis versuchte, ihn von dem Hund wegzuziehen, aber Burt hatte endlich genug. Er sprang an Sayer hoch und verbiss sich in seinem Arm. Überrascht von dem Angriff, stolperte der alte Mann zurück. Das Gewicht der Bulldogge brachte ihn aus dem Gleichgewicht. Er ruderte mit dem freien Arm und öffnete den Mund zu einem lautlosen Schrei. Dann stürzte er rücklings über die Klippen und riss Burt mit in die Tiefe.

Travis starrte entsetzt in die Dunkelheit. Wo sein Vater noch vor einem Augenblick gestanden hatte, waren nur Leere und Schuld geblieben.

Jennifer wich von der versteckten Tür zurück. Deutlich spürte sie die Hitze durch das Holz. Rauch quoll durch die Ritzen, grellroter Flammenschein leuchtete durch den Türspalt. Der verrückte alte Mann hatte das Haus angezündet, um die Spuren seiner Taten zu vernichten. Jennifer lief durch den Gang zurück in die Gruft. Wenn sie keinen zweiten Ausgang fand, würde sie ersticken, noch bevor die Flammen ihr Werk vollendeten.

Noch einmal untersuchte sie das unheimliche Mausoleum und tastete die Wände ab. Was sie befürchtet hatte, bestätigte sich: Aus diesem Grab gab es kein Entrinnen.

Obwohl die mumifizierten Gesichter der ermordeten Frauen im Dunkeln lagen, schauderte Jennifer bei dem Gedanken, dass sie die ganze Zeit mit den Toten unter einem Dach gelebt hatte. Sie dachte an die Chemikalien im Labor, den steinernen Seziertisch und Maughams Versuche, die perfekte Schönheit für die Ewigkeit zu bewahren.

Von morbider Neugier erfasst, näherte sie sich dem Sarg und stieg die beiden Stufen des Podests hinauf. In den Deckel war eine Glasplatte eingelassen. Jennifer blickte in das Antlitz von Margareth Clayton. Sie war im Tod genauso schön wie auf dem Porträt. Es war Maugham tatsächlich gelungen, ihr Aussehen zu bewahren. Nach über hundert Jahren war die Leiche nahezu unversehrt.

Einen Moment lang vergaß Jennifer beinahe die Gefahr, in der sie schwebte. Doch dann entdeckte sie etwas, was ihr das Blut gefrieren ließ. Margareth lag nicht allein in ihrem Sarg. Knochige Finger klammerten sich an ihre Brust, ein grinsender Totenschädel schmiegte sich an ihre Wange. Sie hatte Susans Prescotts Leiche gefunden!

37

Travis trat an den Rand der Klippen und blickte in die Tiefe. Der Sturm zerrte an ihm und verschmolz Himmel und Meer, Tag und Nacht zu einem sich immer schneller drehenden Wirbel aus grauschwarzem Nebel. In der Dunkelheit am Fuß der Steilküste leuchteten weiße Gischtfetzen auf, wo die Brandung auf die Felsen stieß. Niemand überlebte einen solchen Sturz. Nun war Jack Sayer wieder mit der Frau vereint, die er geliebt und dennoch ermordet hatte, weil er es nicht ertrug, von ihr verlassen zu werden.

Das Jaulen einer Sirene riss Travis aus seiner Betäubung. Für die Toten konnte er nichts mehr tun, aber vielleicht für die Lebenden. Er kehrte zum Haus zurück. Drei Löschzüge stoppten auf der Hochebene, Feuerwehrleute rollten Schläuche aus und suchten nach einem Hydranten. Travis ging zu Jenkins hinüber, der zusammen mit Garreth aus dem Streifenwagen stieg. Stockend berichtete er, was passiert war.

Garreth schüttelte den Kopf. „Wenn sie noch im Haus ist …" Er beendete den Satz nicht.

Travis starrte in die Flammen und spürte weder die Hitze noch den eiskalten Regen. Er suchte nach Hoffnung, wo es keine Hoffnung mehr gab.

„Sie ist da, wo die anderen sind", hatte sein Vater gesagt.

Was hatte er damit gemeint? Hatte er nicht nur Susan, sondern noch mehr Menschen umgebracht? Jennifer war überzeugt gewesen, dass es eine Verbindung zwischen dem Verschwinden von Margareth Clayton und Susan gab. Hatte sie zufällig den Ort entdeckt, an dem die beiden Leichen verborgen waren? Hatte sein Vater sie dorthin gebracht, nachdem er auf das Versteck gestoßen war? Wenn es so war, lebte Jennifer noch? Oder hatte er sie getötet und das Haus angezündet, um den Mord zu vertuschen? Was auch geschehen war, der alte Mann hatte sein Geheimnis mit in sein nasses Grab genommen.

Travis rieb sich die vom beißenden Qualm tränenden Augen. Wenn nur die geringste Aussicht bestand, dass Jennifer lebte, musste er sie suchen. Noch gab er nicht auf.

„Es wird Stunden, vielleicht mehrere Tage dauern, bevor man die Ruine absuchen kann", sagte Jenkins. „Ob man nach der enormen Hitze überhaupt noch Überreste finden wird ..." Er zuckte mit den Schultern. „Tut mir ehrlich leid, Travis. Aber wenn sie im Haus war, befürchte ich, dass sie tot ist."

Travis blickte zum Garten hinauf. „Vielleicht ist sie ins Moor geflüchtet und hat sich verirrt. Wir müssen sie suchen."

„Travis ..."

„Wollen Sie Ihren Fehler wiederholen?", fuhr er Jenkins an. „Nehmen Sie eine Handvoll der Leute dort mit, die sich die Augen aus dem Kopf gaffen, und beschäftigen Sie sie."

Am Rand des Plateaus hatte sich eine kleine Menschenmenge versammelt. Aufgeregt diskutierten sie die Ursache des Brandes.

„Also gut, stellen wir einen Suchtrupp zusammen", sagte Jenkins.

„Ich helfe Ihnen."

Garreth ging zu den Männern hinüber und redete mit ihnen. Travis sah ihm nach.

„Jennifer muss ganz in der Nähe sein", sagte Travis zu Jenkins. „Mein Vater hatte gar nicht die Zeit, sie wegzuschleppen."

„Es gibt nur einen Ort, an den er sie gebracht haben kann", sagte Jenkins. „Vielleicht hat sie etwas entdeckt und ist ihm auf die Schliche gekommen. Ich sag's nicht gerne, Travis, aber dein Vater hat das Haus angezündet, um die Spuren seiner Verbrechen zu verwischen."

„Jennifer und ich haben das Haus vom Keller bis zum Dach abgesucht und nichts gefunden", entgegnete Travis.

Jenkins blieb skeptisch. „Wohin soll er sie sonst gebracht haben? Du weißt so gut wie ich, dass wir damals die ganze Gegend durchkämmt und nicht die geringste Spur von Susan entdeckt haben."

„Dann haben Sie etwas übersehen. Sie muss hier sein, genau wie Jennifer."

Über die Höhenstraße näherte sich ein alter schwarzer Rover und hielt in sicherer Entfernung. Vikar Baines stieg aus dem Wagen. Er entdeckte Travis und eilte auf ihn zu.

„Um Gottes willen, was ist passiert?", fragte er. „Ich sah den Feuerschein und ahnte Schreckliches. Nun finde ich meine schlimmsten Befürchtungen bestätigt."

„Der alte Sayer hat den Brand gelegt", sagte Jenkins.

„Und Jennifer?"

„Wir wissen nicht, ob sie noch lebt. Mein Vater könnte sie aus dem gleichen Grund umgebracht haben wie Susan", erklärte Travis. „Weil er hoffte, mich dadurch in Pennack festhalten zu können. ‚Sie ist jetzt dort, wo die anderen sind', sagte er."

„Benutzte er diese Worte?", fragte Baines.

„Ja."

„Dann besteht noch Hoffnung."

Der Vikar zog einen Umschlag aus der Innenseite seines Sakkos.

„Was ist das?", fragte Travis.

„Es ist die Lösung des Rätsels, nach der Jennifer gesucht hat."

In knappen Worten erzählte er von Margareths letztem Brief. „Maugham wollte seine Untaten beichten, bevor er in den Freitod ging, aber er traf den Priester nicht an", sagte Baines. „Wir gingen bisher davon aus, dass er unverrichteter Dinge umkehrte, aber das war ein Irrtum. Er schrieb im Pfarrhaus ein Geständnis nieder, in dem er die Morde an Margareth Clayton, Holly Robertson und fünf weiteren jungen Frauen aus den Workhouses zugab."

„Die alten Geschichten helfen uns nicht, Jennifer zu finden", sagte Travis.

Baines fuhr unbeirrt fort. „Die Haushälterin des Pfarrers war niemand anderes als die Oberin der Sisters of Mother Mary aus Exeter. Nachdem Margareth erreicht hatte, dass Mother Agathe der Leitung des Armenhauses enthoben worden war, verließ sie freiwillig den Orden und nahm eine Stellung als Haushälterin in der

Pfarrei von Pennack an. Maugham überließ ihr sein Geständnis, aber sie leitete es nicht an die Polizei weiter, sondern ließ es verschwinden. Ich vermute, dass sie von Maughams Obsession wusste und schwieg. Wahrscheinlich hat sie ihm die Mädchen aus dem Workhouse sogar zugespielt und ihm geholfen, ihr Verschwinden zu vertuschen. So oder so, sie machte sich mitschuldig. Jennifer ahnte, dass es ein solches Geständnis geben könnte. Ich habe danach gesucht und es tatsächlich in den alten Unterlagen und Briefen im Kirchenarchiv gefunden."

„Und was nützt uns das?", fragte Jenkins.

„Maugham beschreibt darin eine Gruft, in der er Margareths Leichnam bestattet hat. Sie muss ganz in der Nähe des Hauses liegen. Er behauptete, dass er seine geliebte Frau jeden Tag besuchte."

Wo die anderen sind ... alle Jungen in Pennack müssen eine Mutprobe bestehen ...

„Mein Vater muss davon gewusst haben", sagte Travis. „Dort hat er vor fünf Jahren Susans Leiche versteckt, und darum wurde sie niemals gefunden. Und nun hat er Jennifer dorthin gebracht. Vielleicht lebt sie noch."

Baines blickte sich um. „Wenn wir nur wüssten, wo wir suchen sollen."

„Wenn der Eingang zur Gruft im Keller des Hauses liegt, können wir ihn erst öffnen, nachdem die Feuerwehr den Brand gelöscht hat", sagte Garreth. „Es kann Tage dauern, bis die Trümmer weit genug abgekühlt sind."

Travis schüttelte heftig den Kopf. „Die Gruft kann sich nicht im Haus befinden, wie wären auf sie gestoßen.“

„Und wenn doch? Wir brauchen Chapmans Pläne!“ Baines wandte sich an Garreth. „Jennifer erzählte mir, dass ihr Großvater vom Maugham-Haus geradezu besessen war. Er hat sich sein ganzes Leben lang mit seiner Architektur beschäftigt und alles gesammelt, was er über die Geschichte des Hauses in die Finger kriegen konnte.“

„Nach Plymouth zu fahren, die Unterlagen zu holen und zu sichten, dauert einen ganzen Tag“, warf Garreth ein, „so viel Zeit haben wir nicht.“

„Jennifer behauptete, *du* hättest die Pläne nach Chapmans Tod an dich genommen“, sagte Travis.

„Die Grundrisse, Schnitte und Lagepläne – alles, was ich brauchte, um einen Umbau zu planen. Ich habe allerdings keine Hinweise auf eine Gruft gefunden. Großvater besaß noch weitere Unterlagen, in denen vielleicht etwas verzeichnet ist.“

Travis beobachtete Garreth. Warum war er nicht von selbst mit den Grundrissen herausgerückt? Seine Erklärung kam zu schnell und war fadenscheinig. Travis durchfuhr ein schrecklicher Verdacht. Zögerte Garreth, weil ihm Jennifers Tod gelegen kam? Wer erbte eigentlich das Maugham-Vermögen, wenn sie in den Flammen den Tod fand?

„Wir sollten uns auf jeden Fall die Zeichnungen ansehen, vielleicht fällt uns etwas auf, was Garreth entgangen ist“, sagte Baines.

„Es ist unsere einzige Chance“, stimmte Travis ihm nachdenklich zu.

Jennifer wandte sich entsetzt von den beiden Leichen ab. Warum hatte Sayer sich die Mühe gemacht, Susan zu Margareth in den Sarg zu legen? Den Grund würde sie wohl nie erfahren.

Sie blickte zur Tür hinüber, unter der die rot glühende Feuersbrunst loderte. Es war nur eine Frage der Zeit, bis sich die Flammen durch das dicke Eichenholz fraßen. Wenn sie nicht an den Rauchgasen erstickte, würde sie bei lebendigem Leib verbrennen, und es gab nichts, was sie dagegen unternehmen konnte. Natürlich würden sie nach ihr suchen, aber niemand wusste von der Existenz der Gruft, nicht einmal Baines. Alles, was ihr blieb, war, auf den Tod zu warten, in welcher Form auch immer er zu ihr kommen würde. Aber damit würde sie sich nicht abfinden, noch nicht.

Die Gruft füllte sich nicht so schnell mit Rauch, wie sie zunächst befürchtet hatte. Noch einmal untersuchte sie die Rückwand mit dem Altar. Die Kerzen, die Sayer entzündet hatte, flackerten in einem schwachen Luftstrom. Der beißende Qualm sammelte sich unter der Decke und zog langsam, aber stetig ab. Sie schöpfte neue Hoffnung und entdeckte in einer Ecke des Felsgewölbes Spalten und Risse, die offenbar die Wirkung eines Kamins entwickelten. Jennifer fuhr mit den Fingern über die glatte Altarwand. Sie unterschied sich in ihrer Struktur und Beschaffenheit von den grob behauenen Stollenwänden des Ganges und der Kaverne. Wenn die Wand nachträglich eingefügt worden war, musste sich dahinter ein Hohlraum befinden, in den der Rauch abzog.

Jennifer hob einen der Kerzenständer von dem Altarsockel. Er war schwer und bestand aus massivem Messing. Sie fasste ihn mit beiden Händen und begann, auf die gemauerte Wand einzuschlagen.

38

Travis, Garreth und Vikar Baines beugten sich über den großen Tisch im Konferenzraum des Sea Manor. Dutzende vergilbte Grundrisse, Schnitte und Pläne des Maugham-Hauses lagen durcheinander. Sie suchten seit einer halben Stunde nach verborgenen Räumen oder Kammern, gefunden hatten sie bisher nichts.

„Dieses verfluchte Haus hat der Teufel gebaut", schimpfte Baines.

Garreth zündete sich eine Zigarette an. „Ich hab's euch doch gesagt."

Travis schüttelte ungeduldig den Kopf. „Wir konzentrieren uns zu sehr auf das Hauptgebäude."

Er zog einen Übersichtsplan aus dem Chaos, auf dem auch der Garten eingezeichnet war. Die Angst um Jennifer, die ihn vorhin noch gelähmt hatte, schärfte nun seine Sinne. Er klammerte sich an eine letzte, irrationale Hoffnung und schöpfte seine Kraft aus der Gewissheit, dass er sie retten konnte, wenn er nur scharf genug nachdachte. Alles hing von ihm ab.

Garreth rollte einen Plan zusammen, den er seit zehn Minuten zu enträtseln versuchte. „Es ist sinnlos. Wir suchen nach etwas, was nicht existiert."

Travis schlug mit der flachen Hand auf den Tisch. „Nein! Sie lebt. Maugham hat die Existenz der Gruft bestätigt. Sie ist da, direkt vor unseren Augen. Wir müssen sie nur finden!"

Jenkins betrat den Saal und brachte den bitteren Geruch von Feuer und Asche mit.

„Wir haben den Garten und das Moor abgesucht." Er ließ sich schwer auf einen Stuhl fallen. „Keine Spur von ihr."

Travis weigerte sich zu glauben, dass Jennifer tot war. „Hat Maugham in seinem Geständnis keine Hinweise hinterlassen, wo sich diese Gruft befindet?", fragte er.

„Nein", antwortete Baines, „er schrieb nur, dass Margareth ihm ganz nahe sei und er sie jeden Tag besuche. Ob er das im übertragenen Sinn meinte und von seinem eigenen baldigen Tod sprach oder ob es wörtlich zu nehmen ist, kann niemand sagen."

„Wenn es die Gruft gibt, muss sie im Haus oder in unmittelbarer Nähe liegen", überlegte Travis, „sonst hätte mein Vater sie nicht als Kind entdeckt."

Travis nahm sich noch einmal den Lageplan vor. Oberhalb des Gartens begann das Moor, angedeutet durch entsprechende Landschaftssymbole. Das Gelände war von unterbrochenen, parallelen Strichen durchzogen.

„Was bedeuten diese Linien?", fragte er.

Baines beugte sich über die Karte. „Ich schätze, das sind die Stollen der alten Zinnmine. Sie wurde aufgegeben, noch bevor das Maugham-Haus errichtet wurde."

Travis folgte einer der Linien mit dem Zeigefinger.

„Wenn das ein Gang ist, dann endet er im Garten." Er tippte auf ein kleines Rechteck. „Was ist das hier?"

„Das könnte das Gewächshaus in der Nähe des Kenotaphs sein", überlegte Jenkins.

Travis blickte konzentriert auf den Plan. Eine verblichene Linie führte vom Gewächshaus unter dem Hochplateau hindurch und endete im Haus.

„Die Mine", murmelte er, „das muss es sein."

„Die Zugänge wurden schon vor Jahrzehnten zugemauert", sagte Jenkins.

Travis streifte seine Jacke über. „Wir haben nichts zu verlieren. Lasst uns zum Garten fahren und das alte Gewächshaus untersuchen."

Hilfskräfte hatten die Serpentinenstraße geräumt und wieder passierbar gemacht. Der Sturm tobte mit unverminderter Heftigkeit und erschwerte die Löscharbeiten. Das Dach des Maugham-Hauses war zusammengebrochen, aus den unteren Geschossen schlugen noch immer gewaltige Flammenzungen. Jenkins sprach mit dem Einsatzleiter, der ihnen zwei erfahrene Feuerwehrmänner zur Seite stellte. Mit starken Taschenlampen versorgt, stiegen sie in den verwilderten Garten hinauf.

Die verrosteten Eisenträger des alten Gewächshauses ragten aus dem Boden wie die verblichenen Knochen eines urzeitlichen Skeletts. Es bestand aus einem einzigen, großen Raum, in dem noch die Pflanzgestelle standen, in denen Margareth Clayton einst Rosen und Orchideen gezüchtet hatte. Die Lichtstrahlen der Taschenlampen rissen verrostete Gartengeräte, Hacken und Schaufeln aus dem Dunkel. Travis suchte den Boden ab, der aus massiven Eichenbrettern bestand. Dort, wo es durch das löchrige Dach regnete, waren die Dielen verfault und teilweise eingebrochen. Darunter verbarg sich ein Hohlraum.

„Kommt hierher!", rief er.

Travis leuchtete auf ein Loch im Boden. Regenwasser lief über den Rand und verschwand in der Tiefe.

„Chapmans Pläne sind korrekt", sagte Baines aufgeregt, „das muss ein alter Minenschacht sein."

Binnen weniger Minuten hatten die Feuerwehrmänner zwei Halogenstrahler installiert und begannen, die Bodenbretter aufzubrechen. Darunter gähnte ein etwa zwei Meter tiefes Loch. Jemand schob eine Leiter hinab, Travis schnappte sich eine Taschenlampe und kletterte in die Tiefe.

„He, warten Sie!", rief einer der Feuerwehrleute, „der Stollen muss erst gesichert werden."

„Dazu haben wir keine Zeit."

Er leuchtete in den Gang hinein, der sich auf beiden Seiten in der Finsternis verlor. Da das Maugham-Haus tiefer als der Garten lag, entschied Travis sich, dem abwärtsführenden Stollen zu folgen.

Jennifer starrte mit weit aufgerissenen Augen in die Dunkelheit. Sie hatte aufgehört zu zählen, wie oft sie auf die Wand eingeschlagen hatte, und war am Ende ihrer Kraft. Außer einigen Stücken feuchtem Verputz, die sich gelöst hatten, war das Mauerwerk unversehrt. Vier der sieben Kerzenleuchter lagen verbogen und zerbrochen am Boden.

Mittlerweile war es unerträglich heiß und stickig in der Grabkammer. Jennifer hatte ihr T-Shirt ausgezogen und um Mund und Nase gewickelt. Sie versuchte, flach zu atmen, aber sie wusste, dass sie keine Chance hatte. Der Sauerstoff war fast vollständig verbraucht. Sie dachte an die Nacht in der Hütte. Damals hatte sie in größter Not einen Fluchtweg gefunden, doch diesmal saß sie in der Falle. Diese Gruft war ihr Grab, ebenso wie das von Margareth Clayton und Susan Prescott.

Am meisten bedauerte sie, dass sie Travis nicht würde sagen können, dass es ihr leidtat, ihm nicht verziehen zu haben. Sie würde alles dafür geben, ihn noch einmal wiederzusehen.

In dem dicken Eichenholz der versteckten Regalwandtür erschien ein feuriger Riss, der sich rasch verbreiterte. Gierig leckten die Flammen an dem trockenen Holz und streckten ihre glutheißen Finger nach neuer Nahrung aus. Es würde bald vorbei sein, dann hatte wenigstens das schreckliche Warten ein Ende.

Travis hastete gebückt durch den niedrigen Tunnel, in dem er kaum aufrecht stehen konnte. An mehreren Stellen waren die Stützbalken zusammengebrochen, Erde und Felsbrocken blockierten den Gang. Mehr als einmal musste er über Schutt und Geröll kriechen, stets darauf bedacht, keine Erschütterung auszulösen, die den jahrhundertealten Stollen vollends zum Einsturz bringen würde.

Er schätzte, dass er etwa vierzig Meter zurückgelegt hatte, als der Gestank verbrannten Holzes in seine Nase kroch. Travis leuchtete in die undurchdringliche Finsternis hinein. Etwa zehn Meter vor ihm endete der Stollen vor einer gemauerten Wand. Er schätzte die Entfernung zwischen Garten und Haus ab und kam zu dem Schluss, dass er auf die Fundamente des Maugham-Hauses gestoßen sein musste. Je näher er der Mauer kam, desto dichter wurde der Qualm. Travis zog sein T-Shirt über Nase und Mund. Er sah, wie sich jegliche

Hoffnung zerschlug. Der Stollen endete blind und war vermutlich beim Bau des Hauses zugemauert worden. In hilfloser Wut begann Travis, Steine gegen die Mauer zu schleudern.

Die Flammen fraßen sich durch die Tür und erfassten das Stützgebälk der Kaverne. Jennifer erwog in ihrer Verzweiflung, sich in den Sarg zu flüchten, aber auch dort würde sie unweigerlich ersticken oder verbrennen. Ein steinerner Sarkophag hätte sie vielleicht retten können, doch das knochentrockene Holz des Sargs würde wie Zunder brennen.

Ein Poltern, das nicht das Feuer verursachte haben konnte, ließ sie aufschrecken. Sie richtete sich auf und lauschte. Nein, sie täuschte sich nicht. Das Klopfen kam aus der Wand hinter ihr. Sie griff nach dem letzten Kerzenständer. Das Metall war so heiß, dass sie es kaum anfassen konnte, ohne sich zu verbrennen. Sie schwang den Ständer wie eine Keule, schlug dreimal auf die Mauer ein und wartete voll banger Hoffnung. Jemand erwiderte von der anderen Seite her ihr Hämmern. Dann hörte sie, wie er ihren Namen rief. Jennifer weinte vor Erleichterung. Es war Travis' Stimme.

„Jennifer!“

„Travis, ich bin hier drin!“

Travis suchte fieberhaft nach einer Schwachstelle in der Mauer. Weit hinter ihm tanzte ein winziges Licht über die Stollenwände. So schnell er konnte, lief, kroch und kletterte er zurück und stieß auf einen der Feuerwehrleute.

„Wir brauchen Hämmer und Brecheisen“, schrie er.

Der Mann leuchtete skeptisch die Mauer ab. „Das könnte den ganzen Stollen zum Einsturz bringen."

„Wenn wir es nicht versuchen, stirbt Jennifer. Beeilen Sie sich!"

Obwohl nur fünf oder sechs Minuten vergingen, bis der Feuerwehrmann in Begleitung seiner Kollegen zurückkehrte, kam die verstrichene Zeit Travis wie eine Ewigkeit vor. Der Gang war zu schmal, um nebeneinander arbeiten zu können, daher lösten sie sich ab. Es dauerte nicht lange, bis sie ein kopfgroßes Loch in die Wand geschlagen hatten. Beißender Qualm zog in den Tunnel hinein. In rasender Eile erweiterten sie den Durchbruch. Auf dem Boden der Gruft lag ein lebloser Körper.

„Jennifer!"

Sie antwortete nicht. In der Gruft war kaum noch Sauerstoff vorhanden, auf der gegenüberliegenden Seite brannte eine Holztür wie eine Fackel. Die Flammen drohten auf einen großen Sarg überzugreifen, der in der Mitte der Gruft auf einem Podest stand.

Travis stülpte sich eine Atemschutzmaske über und kroch durch das Loch in der Mauer. Jennifer war bewusstlos, aber sie lebte. Während er sie behutsam hochhob, stürzte die restliche Mauer hinter ihm unter den Schlägen der Rettungshämmer ein. Er übergab Jennifer den Feuerwehrmännern. Sie versorgten sie mit Sauerstoff und organisierten eine Trage.

„Raus hier!", warnte der Einsatzleiter. „Der Stollen kann jeden Moment einbrechen!"

Travis zögerte. Der Sarg zog ihn magisch an. Er näherte sich dem Podest und stieg die beiden Stufen hinauf. In den Deckel des Sarges war eine Glasplatte eingelassen, die in der Hitze gesprungen war. Er blickte in das nahezu unversehrte Antlitz von Margareth Clayton. Dann fiel sein Blick auf eine zweite Leiche. Jennifer hatte sich nicht geirrt, sie hatte beide Rätsel gelöst. Ihre Ahnin hatte sie zu Susan geführt.

39

Der Sturm hatte seine Kraft erschöpft, eine seichte Dünung rollte in einem gleichmäßigen Rhythmus an den Strand unterhalb des Sea Manor. Jennifer stand auf dem Balkon ihres Zimmers und blickte auf die Bucht hinaus. Sie füllte ihre Lungen mit der kühlen Seeluft, die allmählich den Gestank von Rauch, Asche und Tod vertrieb. Im Osten stieg die Sonne über die Hügelkämme und überzog die Küstenlinie mit einem goldenen Schimmer. Auf der spiegelglatten See glitzerten Millionen Lichtreflexe wie Wunderkerzen.

Jennifer schloss die Augen, spürte die Wärme auf ihrer Haut und das leise Streicheln des Windes. Sie war dankbar, dass sie leben durfte. Zweimal war sie dem Tod begegnet und ihm um Haaresbreite entkommen. Sie wollte das Schicksal auf keinen Fall ein drittes Mal auf die Probe stellen und sehnte sich nach dem Licht – und natürlich nach Travis.

Der hasserfüllte alte Sayer, die Gruft und das Feuer - das alles schien meilenweit entfernt, obwohl die schrecklichen Ereignisse erst wenige Stunden zurücklagen. Travis hatte darauf bestanden, sie in das Krankenhaus in Penzance zu bringen. Erst weit nach Mitternacht waren sie nach Pennack zurückgekehrt, erleichtert, dass Jennifer den Mordanschlag seines Vaters schadlos überstanden hatte.

Noch immer war sie erstaunt über Garreths wundersame Wandlung. Er hatte ihr, ohne zu zögern, ein Zimmer im Sea Manor angeboten und ihr versichert, sie könne so lange im Hotel wohnen, bis sie entschieden hatte, wie es weitergehen sollte. Nachdem Travis ihr von dem Geständnis des alten Wyne erzählt hatte, klang ihr Misstrauen gegenüber Garreth allmählich ab. Sein Vater war noch in der Nacht gestorben, und sein Tod nahm ihm offensichtlich eine erdrückende Last von den Schultern. Ganz unbefangen konnte sie ihm trotzdem nicht gegenübertreten. Dazu würde sie Zeit brauchen, vielleicht würde sie ihm auch nie ganz vertrauen können.

Nachdem Garreth sie im Sea Manor untergebracht hatte, war Jennifer in einen tiefen, traumlosen Schlaf gefallen, der ihr neue Kraft geschenkt hatte. Es kam ihr vor, als hätte der Sturm, der in der Nacht über das Land gefegt war, die Schatten der Vergangenheit mit sich fortgerissen und sie alle befreit – Margareth und Susan, Garreth, Travis und sie selbst. Das Rätsel der verschwundenen Frauen war geklärt, die Schuld der Täter war offenbar geworden und gesühnt und ließ Raum für einen Neubeginn, auch wenn dieser nicht leicht werden würde.

Es klopfte an der Zimmertür. Sie löste sich vom Anblick des anbrechenden Tages, durchquerte den Raum und öffnete die Tür. Sie hatte Travis erwartet, aber zu ihrer Überraschung stand Garreth vor ihr.

„Guten Morgen. Wie geht's?"

„Besser, als ich zu hoffen gewagt hatte. Eine Mütze voll Schlaf kann Wunder wirken", antwortete sie.

„Ich wollte mich nur erkundigen, ob alles okay ist. Gefällt dir das Zimmer?"

In alter Gewohnheit strich sie die Haarsträhne über die Wange. „Ja, danke. Ich habe geschlafen wie ein Baby."

„Ich werde dir das Frühstück aufs Zimmer bringen lassen", sagte Garreth.

Ein betretenes Schweigen setzte ein. Jennifer entschied, dass sie offen sein musste, wenn sich ihr Verhältnis je normalisieren sollte. Immerhin war Garreth ihr Cousin, seine Familie war jetzt auch die ihre.

„Warum bietest du mir deine Hilfe an?", fragte sie frei heraus. „Du trägst keine Schuld an dem Brand."

„Ich will die Fehler meines Vaters nicht wiederholen und vieles anders machen als er. Hätte ich dich besser unterstützt, wäre das alles nicht passiert. Vielleicht … nun, ich fühle mich vor allem Travis gegenüber verpflichtet. Ich möchte seine Freundschaft zurückgewinnen. Und außerdem gehörst du ja jetzt zur Familie, nicht wahr? Wir sollten zusammenhalten."

Sie nickte. „Ja, das sollten wir. Aber wir müssen über das Haus reden."

Er zuckte mit den Schultern. „Nun, das existiert nicht mehr. Wir werden beide unsere Pläne ändern müssen." Garreth zögerte, dann fragte er: „Weißt du schon, ob du trotzdem bleiben wirst?"

„Ich habe noch nicht darüber nachgedacht."

„Falls du dich gut genug fühlst, würde ich gerne mit dir nach Plymouth fahren. Wir sollten versuchen herauszufinden, ob Großvater eine Versicherung abgeschlossen hat. Außerdem befinden sich in seinem Nachlass jede Menge Familienfotos und

Erinnerungsstücke. Er hat sogar einen Familienstammbaum erstellt. Ich dachte, das würde dich interessieren."

„Oh, das ist wirklich nett von dir."

„Dann hole ich dich heute Abend ab? So gegen sechs? Wir könnten in knapp zwei Stunden in Plymouth sein."

„Hast du nicht zu viel um die Ohren? Jetzt, wo dein Vater tot ist, musst du doch euer Unternehmen allein führen."

„Die Leitung habe ich in den letzten Monaten ohnehin übernehmen müssen. Mein Vater war schon länger krank. Ich werde das Angenehme mit dem Nützlichen verbinden und in unserem Büro in Plymouth einige Dinge erledigen, die sich nicht aufschieben lassen. In der Zwischenzeit kannst du dich in aller Ruhe in Großvaters Haus umschauen. Es wird dir gefallen – ein wunderschönes Cottage am Meer, nicht so düster und verstaubt wie das Maugham-Haus."

„Okay, ich freue mich, also ... bis heute Abend."

„Bis dann."

Garreth hielt Wort. Eine Viertelstunde später servierte ihr ein Zimmerkellner ein englisches Frühstück. Der Toast war knusprig, der Speck kross und die Eier auf den Punkt, der Kaffee duftete verführerisch.

Den restlichen Vormittag verbrachte sie im Bett, telefonierte mit Lou, die sich jedes Detail von Jennifers *traumatischem* Abenteuer genauestens schildern ließ, und verabredete sich für den Nachmittag mit Travis. Sie unternahmen einen langen Strandspaziergang, redeten, schmiedeten tagträumerische Zukunftspläne und faulenzten in der Sonne. Gegen vier meldete sich Jenkins. Von Jack Sayer fehlte nach wie vor jede Spur.

Travis schloss sich einer Suchmannschaft an, die das Meer unterhalb des Maugham-Gartens absuchten wollte.

Gegen 18 Uhr fuhr Jennifer mit Garreth nach Plymouth.

„Wir besitzen eine Reihe von Cottages und Pensionen entlang der Küste", erklärte er, „mein Vater wollte um jeden Preis das Maugham-Haus zu einem weiteren Hotel umbauen, obwohl Großvater dagegen war, wie du ja inzwischen weißt. Ich war von Anfang an der Meinung, dass ein Umbau uns viel zu teuer gekommen wäre, aber wenn mein Vater sich etwas in den Kopf gesetzt hatte, konnte ihn niemand davon abbringen. Das alles spielt jetzt keine Rolle mehr und soll nicht zwischen uns stehen. Der Trend geht sowieso in eine andere Richtung. Die meisten Leute wollen ihren Urlaub nicht in einer Bettenburg am Meer verbringen, sondern in Ferienanlagen oder Cottages, die mehr Privatsphäre und Platz für Individualität bieten."

Je weiter sie nach Süden kamen, desto mehr ähnelte die Landschaft der Gegend um Pennack. Wiesen und Felder wechselten sich mit kleinen Baumgruppen ab. Nachdem sie die Hälfte der Strecke zurückgelegt hatten, kam das graublaue Wasser der Whitsand Bay in Sicht. Die Straße beschrieb einen Bogen nach Südosten und folgte oberhalb der Klippen der Küstenlinie – ein fast identisches Gegenstück zur Serpentinenstraße zum Maugham-Haus hinauf. Am höchsten Punkt der Straße verengten Warnbaken und Absperrungen einer Baustelle die Fahrbahn. In der durchgezogenen Leitplanke, die vor Unfällen schützen sollte, klaffte eine Lücke. Bauarbeiter erneuerten die

Sicherungseinrichtungen. Garreth bremste ab, fuhr langsam durch den Engpass und ließ den Jaguar hinter der Baustelle in einer Parkbucht ausrollen.

„Warum halten wir?", fragte Jennifer.

„Ich wollte dir diesen Ort zeigen. Lass uns ein paar Schritte gehen."

Sie stieg aus dem Wagen und blickte sich um. Die Straße folgte in einer Haarnadelkurve dem Verlauf der Küste. Die Parkbucht, in der Garreth den Jaguar abgestellt hatte, mündete in einem Aussichtspunkt hoch über den Steilklippen. Einige Touristen beugten sich über das Geländer, ein kleines Mädchen kreischte, als die Brandung bis zu ihr hinaufspritzte und ein kalter Schauer über ihr herabregnete.

Garreth schlenderte auf das Geländer zu und blickte auf das Meer hinaus. Jennifer ging zögernd näher, schreckte aber vor dem schwindelerregenden Abgrund zurück. Tief unter ihr ragten zerklüftete, grauschwarze Felsen auf, an denen die Wellen nagten. Ein unheimliches Déjà-vu überkam sie. Die Hütte, das Feuer, Miro. Ob sie jemals erfahren würde, warum er in der Schlucht im Schwarzwald umgekommen war? So viele Fragen blieben unbeantwortet – der seltsame Anruf aus dem Gasthof, das Schlafmittel, das man bei Miro gefunden hatte, die Lücke, die noch immer in ihren Erinnerungen klaffte.

Es ist nur ein kleiner Schritt zwischen Leben und Tod.

Der Wind zerrte an Garreths Sakko und zerzauste sein rötliches Haar. Unwillkürlich fragte sich Jennifer, woher seine plötzliche Wandlung rührte. Sicher, er hatte Schuldgefühle gegenüber Travis. Durch den Tod seines Vaters, der ihn offenbar kaltließ, mochte er sich befreit fühlen und konnte seine eigenen Entscheidungen treffen. Dass er seine Pläne allerdings so bereitwillig änderte, weckte in ihr neues Misstrauen, auch wenn er plausible Gründe dafür nannte. Vielleicht waren sie zu einleuchtend, um glaubhaft zu sein.

„Was willst du mir denn zeigen?", fragte sie.

„Dein Vater ist hier verunglückt. Er war viel zu schnell und kam von der Straße ab. Damals gab es noch keine Leitplanken." Er drehte sich zu ihr um. „Ich dachte, es könnte dich ihm ein bisschen näherbringen, wenn du die Stelle siehst, an der er starb." Er zuckte mit den Schultern. „Es war wohl 'ne dumme Idee."

Sie strich sich das Haar aus der Stirn. „Nein, es ist okay. Danke, dass du mir den Platz gezeigt hast."

Sie trat an das Geländer, schloss die Augen und ließ die Aura des Ortes auf sich wirken. Sie spürte das warme Eisenrohr unter ihren Händen, den Wind im Haar und hörte das Rauschen der Brandung. Baines Erklärung der bedrückenden Atmosphäre im Maugham-Haus kam ihr in den Sinn. Ob es wirklich Plätze gab, an denen Erinnerungen an schreckliche Ereignisse erhalten blieben? Sosehr sie sich auch bemühte, sie empfing keine verschütteten Botschaften aus der Vergangenheit. Da waren nur der Himmel und das Meer, der Wind und die Schreie der Möwen. Enttäuscht wandte sie sich ab. Vielleicht lag es daran, dass sie ihren Vater nicht gekannt hatte. Sie hoffte, dass der Nachlass ihres Großvaters ihr mehr über Robert Chapman verriet.

„Lass uns weiterfahren", sagte sie.

Eine Stunde später durchquerten sie einen kleinen Ort, dessen Bewohner zumeist vom Tourismus lebten, wie Garreth erklärte. Es gab einen Campingplatz, eine

Ferienanlage, die aus zwei Dutzend Bungalows bestand, und eine kleine Pension unmittelbar am Meer. Sowohl die Feriensiedlung als auch das Gasthaus gehörten den Wynes.

Garreth hielt am Ende einer Sackgasse vor einem Landhaus aus grauem Stein mit einem überdachten Eingang. An jedem Giebel zog sich ein Schornstein aus gebrannten Ziegeln zu einem flach abfallenden, schindelgedeckten Dach empor. An der Front des Hauses wuchs wilder Wein, im Garten blühten Fingerhut und Grasnelken. Garreth öffnete ein weiß gestrichenes Tor und parkte den Jaguar in einem Carport. Jennifer folgte ihm über einen Kiesweg zum Haus. Der Briefkasten quoll über.

„Es scheint sich noch nicht herumgesprochen zu haben, dass Großvater tot ist.“

Er nahm die Post heraus – ein Dutzend Umschläge, Zeitschriften, ein Katalog für Anglerbedarf und Werbung, die ihm aus den Händen glitt. Jennifer sammelte die Sachen auf und folgte ihm ins Haus.

Das Innere war vollgestopft mit unmodernen, schweren Eichenmöbeln. In der Diele befand sich eine mächtige Standuhr, deren metallisches Ticken man durch das ganze Haus hörte. Es roch nach kalter Zigarrenasche und Staub, wahrscheinlich war seit Chapmans Tod niemand hier gewesen, um sauber zu machen und zu lüften.

Das Arbeitszimmer entsprach Garreths Beschreibungen. Überall lagen und standen Aktenordner, Fotoalben und Kartons mit Zeitungsausschnitten und Fotokopien. Jeder Quadratzentimeter der Wände war mit Plänen, Grundrissen und Bildern des Maugham-

Hauses bedeckt. Auf einem Schreibtisch lagen Berge von Papierstapeln, Nachschlagewerke und aufgeschlagene Bücher, als würde Chapman jeden Augenblick zurückkommen. Garreth zog die dunkelgrünen Vorhänge auf und öffnete das Fenster. Das schwindende Tageslicht vermochte die düstere Stimmung kaum zu vertreiben. Jennifer legte die Post auf dem Schreibtisch ab und stöhnte.

„Eher findet man eine Nadel in einem Heuhaufen als in diesem Durcheinander eine Versicherungspolice.“

Garreth klopfte mit dem Fingerknöchel gegen eine vergilbte Papptafel, die an der Wand gegenüber dem Schreibtisch hing.

„So schlimm, wie es aussieht, ist es nicht. Ich schätze, das hier wird dich interessieren. Es ist der Stammbaum, den Lloyd erstellt hat.“ Er schaute auf seine Armbanduhr. „Lass dir Zeit. Ich muss ins Büro. In spätestens zwei Stunden bin ich zurück.“

Sie wartete, bis er das Haus verlassen hatte, ging umher und blieb dann neugierig vor der handgeschriebenen Ahnentafel stehen. Mühsam entzifferte sie die schwungvolle Schrift ihres Großvaters. Er hatte jeden Zweig des Stammbaums sorgfältig ausgeführt und mit Querverweisen und Bemerkungen versehen.

Margareths Sohn Elias hatte 1935 Jane Thomson geheiratet. Jane hatte 1939 eine Tochter namens Emily zur Welt gebracht, war aber zwei Jahre später gestorben. Chapman hatte „Bomb attack, damned Nazis“ danebengekritzelt.

Emily Clayton hatte 1957 Lloyd Chapman zum Ehemann genommen. Chapman hatte mit ihr zwei Kinder: Robert und Rose. Rose Chapman hatte Ian Wyne geheiratet und war demnach Garreths Mutter. Von Robert führte ein Pfeil ins Nirgendwo und endete mit einem Fragezeichen. Darunter stand: Germany - Butler. Wer war damit gemeint? Die Berufsbezeichnung oder ein Name? Hatte ihr Großvater nach möglichen Kindern von Robert gesucht? Schließlich musste er sie, Jennifer, ja irgendwie gefunden haben, sonst hätte sie nicht erben können.

Sie ging zum Schreibtisch hinüber, setzte sich in den abgewetzten braunen Ledersessel und schaltete die Tischlampe an. Der Schirm aus Pergament dämpfte das Licht der Glühbirne, der massive Fuß aus angelaufenem Messing schimmerte matt. Ratlos schob Jennifer Papiere hin und her, versuchte Ordnung zu schaffen und merkte kaum, wie die Zeit verflog. Sie sah die Post durch und stieß auf ein Schreiben mit dem Absender *Private detective agency Smith & Butler, Torquay.*

In einer Schublade fand sie einen Brieföffner und schlitzte den Umschlag auf. Es war eine Rechnung. Ihr Großvater war offensichtlich nicht mehr dazu gekommen, sie zu begleichen. Die aufgelisteten Leistungen enthielten neben Aufwendungen für Recherchen und Personenüberwachung auch Reisekosten für einen mehrtägigen Aufenthalt in Deutschland. Chapman musste gewusst, zumindest geahnt haben, dass sein Sohn Robert eine Tochter hatte. Er hatte offenbar eine Detektei beauftragt, um sie ausfindig zu machen.

Der Rechnung war ein detaillierter Observierungsbericht beigeheftet. Smith & Butler hatten sie tagelang beobachtet. Sie fand ihren Namen und ihre Adresse sowie einen lückenlosen Lebenslauf. Dazu waren Kreditwürdigkeit, Berufsausbildung und ihre Kontakte aufgelistet. Lou war ebenso aufgeführt wie Miro. Die Detektei hatte gründlich gearbeitet. Jennifer erfuhr in einer Minute mehr über Miro als in den kurzen drei Monaten ihrer Beziehung. Er hatte mit geliehenem Geld hochriskante Anlagegeschäfte abgeschlossen und war völlig überschuldet gewesen, als er starb. Hatte er eine letzte verzweifelte Liebesnacht mit ihr verbringen wollen und dann in einem erweiterten Suizidversuch die Berghütte angezündet, um sie mit in den Tod zu reißen? Der Bericht war etwa zwei Wochen vor dem Brand abgefasst worden und musste Chapman noch erreicht haben. War er der wahre Grund für den Streit zwischen ihm und Garreth?

Jennifer ließ das Schreiben sinken und dachte angestrengt nach. Hatte Garreth gelogen, als er behauptete, erst am Tag der Testamentseröffnung von der Existenz einer unbekannten Cousine erfahren zu haben? Sie wusste, dass sie das fehlende Stück des Puzzles kannte. Es war tief in ihrem Gedächtnis abgespeichert, sie musste es nur finden. Plötzlich fiel es ihr ein: Kamps! Der Kommissar hatte erwähnt, dass Miro in der Brandnacht einen Anruf aus dem Gasthaus erhalten hatte, weil ein Gast erkrankt war – ein Engländer! Ein schrecklicher Verdacht keimte in ihr auf.

„Er erholte sich überraschend schnell. Ihm fehlte wohl nichts Ernstes. Er ist wieder nach England abgereist.“

Wer hatte in dem Gasthof unterhalb des Schluchsees übernachtet? Ein Mitarbeiter von Smith & Butler? Oder war es Garreth gewesen?

Chapman hatte gar nicht daran gedacht, ihn als Erben einzusetzen, denn er hatte nach verschollenen oder unbekannten Nachkommen gesucht. Was aber, wenn

Garreth den Bericht der Detektei und somit auch die Absicht seines Großvaters gekannt hatte? Dann musste er gewusst haben, dass in Deutschland eine Rivalin lebte, die ihm vier Millionen Pfund vor der Nase wegschnappen könnte. War es möglich, dass das Feuer in der Hütte kein Unglück, sondern ein Mordanschlag gewesen war? Wenn sie kein Testament hinterließ, trat die natürliche Erbfolge in Kraft. Demnach würde Garreths Mutter das Maugham-Vermögen zufallen - sie war Chapmans Tochter. Dann würde Garreth unweigerlich in den Genuss des Vermögens kommen.

Jennifer dachte an den Abend auf den Klippen, an Garreths Hand auf ihrer Schulter, an seine wundersame Wandlung.

Es ist nur ein kleiner Schritt zwischen Leben und Tod.

Verdankte sie ihr Leben nur dem Zufall, dass Travis im entscheidenden Moment aufgetaucht war?

Die Standuhr in der Diele schlug zehn Mal. Es war ein trüber Tag gewesen, die Dämmerung brach früh herein, draußen war es fast dunkel. War sie wirklich schon zwei Stunden hier?

Jennifer suchte im Internetbrowser ihres Smartphones nach der Telefonnummer des Gasthofs im Schwarzwald und erkundigte sich nach dem Mann aus England, der am 13. April in dem Gasthof übernachtet und angeblich einen Herzanfall erlitten hatte.

„Ich darf Ihnen über meine Gäste keine Auskunft geben", antwortete die Wirtin.

Jennifer erfand aus dem Stehgreif die Geschichte eines vermissten Cousins, den sie suchte. Die Wirtin reagierte ablehnend.

„Bitte, ich will nicht auch noch meinen Cousin verlieren. Ich habe sonst niemanden mehr“, sagte Jennifer.

Sie gab sich als Lebensgefährtin des Arztes zu erkennen, der auf tragische Weise bei dem Brand in der Berghütte ums Leben gekommen war. Endlich lenkte die Wirtin ein.

„Ich erinnere mich, dass das Zimmer wurde von einem jungen Mann aus Cornwall gebucht wurde“, sagte sie. „Ich weiß noch genau, dass wir uns über die Gegend unterhielten. Ich habe meinen letzten Urlaub dort verbracht.“

„Sind Sie sicher, dass er aus Cornwall stammte?“

„Aber ja. Wir haben hier selten Gäste aus England.“

„Welchen Namen hat er angegeben?“

Jennifer hoffte, dass die Wirtin sich an die Vorschriften gehalten und die Personalien des Gastes notiert hatte.

„Da müsste ich in der Gästeliste nachsehen“, antwortete sie. „Das wird etwas Zeit in Anspruch nehmen. Wie kann ich Sie erreichen?“

„Rufen Sie mich bitte unter dieser Nummer zurück“, bat Jennifer. „Wie lange werden Sie brauchen?“

„Eine Viertelstunde müssen Sie mir schon geben.“

„Danke. Sie haben mir sehr geholfen.“

Jennifer legte auf. Das Haus mit seinen niedrigen, dunkel getäfelten Decken und dem muffigen Geruch von jahrzehntealten Dokumenten schien sie plötzlich zu erdrücken. Bei dem mysteriösen Gast aus Cornwall konnte es sich nur um Garreth handeln. Er hatte Miro zum Mord an ihr angestiftet, aber der clever ersonnene Plan war fehlgeschlagen, weil sie rechtzeitig aufgewacht war, um den Flammen zu entkommen. Während in der Hütte das Feuer ausbrach, hätte sich Miro im Gasthof um den Notfall gekümmert. Garreth wäre sein Alibi gewesen. Doch durch einen teuflischen Zufall war Miro niemals im Ort angelangt. Er war in der Dunkelheit vom Weg abgekommen und ein Opfer seiner Habgier geworden. Wie viel von dem Erbe hatte Garreth ihm versprochen? Es musste genug gewesen sein, um ihn zu einem Mordversuch zu bewegen. Garreths plötzlicher Sinneswandel erschien ihr immer fragwürdiger. Hatte er seinen Plan überhaupt fallen gelassen? Er würde niemals freiwillig auf vier Millionen Pfund verzichten. Sie rief Travis an.

„Hey, Jennifer. Wo steckst du? Ich war im Sea Manor, dort sagte man mir, du wärst mit Garreth unterwegs."

„Ich bin in Plymouth, im Haus meines Großvaters." Hastig sprudelte sie ihren Verdacht heraus. „Ich habe Angst, Travis. Ich glaube, Garreth hat versucht, mich umzubringen, und er wird es wieder versuchen."

„Ich informiere Jenkins und die Polizei in Plymouth", sagte Travis rasch. „Verlass das Haus und nimm den Bericht der Detektei mit. Ich komme so schnell wie möglich."

Jennifer hörte, wie die Außentür ins Schloss fiel.

„Er kommt zurück", flüsterte sie.

„Du weißt, was er vorhat. Sei vorsichtig, Hilfe ist unterwegs."

„Hi. Ich bin wieder da. Hast du etwas Interessantes gefunden?", rief Garreth aus der Diele.

Jennifer schaltete das Handy aus und legte es hastig auf den Schreibtisch. Als sie aufblickte, stand er in der Tür zum Arbeitszimmer. Sie bezwang ihren rasenden Herzschlag und lächelte. Auf keinen Fall durfte er eine

Veränderung in ihrem Verhalten ihm gegenüber bemerken. Sie musste ihn ablenken und hinhalten, bis die Polizei eintraf. Ob er wirklich plante, seinen Mordversuch zu wiederholen? Aber wie und wann würde er zuschlagen?

„Ich weiß immer noch nicht, warum Großvater sich so exzessiv mit dem Haus beschäftigt hat", sagte sie, „kannst du mir bei der Suche nach der Versicherungspolice helfen?"

„Klar." Er streckte sich und gähnte. „Ich werde uns einen Tee kochen."

Er verschwand in der Küche. Jennifer hörte, wie er mit Geschirr klapperte und den Wasserhahn öffnete. Sie starrte auf die Flut von Rechnungen, Artikeln und Dokumenten und zog wahllos einen Ordner aus einem Stapel. Der verstaubte Turm aus Akten wankte, kippte zur Seite und wischte das Handy von der Tischplatte. Die Papiere landeten in einem wilden Durcheinander auf dem Fußboden. Sie schob den Sessel zurück, kroch auf den Teppich umher und suchte hektisch nach dem Telefon.

„Du kniest dich ja voll rein."

Jennifer sah erschrocken auf. Garreth ragte über ihr auf und stellte zwei Tassen auf dem Schreibtisch ab. Er durfte ihre Panik nicht spüren, denn das würde sein Misstrauen entfachen.

„Wie ungeschickt von mir", scherzte sie. „Ich will Ordnung in das Chaos bringen und vergrößere es noch."

Sie lachte über ihren Witz, raffte den Papierstapel zusammen und legte ihn zusammen mit dem Handy auf den Schreibtisch.

Garreth setzte sich auf die Kante des Schreibtischs und hob seine Tasse. „Auf den alten Lloyd. Du verdankst ihm ein Vermögen."

Jennifer kniete noch immer auf dem Boden und blickte auf die zweite Tasse. Kamps Worte kamen ihr in den Sinn: „Wir fanden dieses Medikament bei Miro Arendt. Es ist ein starkes Schlafmittel und enthält Gammahydroxybutyrat. Ein Wirkstoff, der auch als K-o.-Tropfen bekannt ist."

Sicher hatten sie ihren Plan in allen Einzelheiten ausgearbeitet, damit nichts schiefging. Hatte Miro vorgeschlagen, die K.-o.-Tropfen zu benutzen? Als Arzt war es für ihn leicht gewesen, an ein wirksames Medikament zu gelangen. Besaß Garreth noch eine Dosis des Mittels? Auf keinen Fall würde sie ein zweites Mal auf den gleichen Trick hereinfallen.

Sie blickte sich kopfschüttelnd im Zimmer um. „Es wird wohl Tage dauern, um Ordnung in dieses Durcheinander zu bringen."

Garreth nickte. „Großvater war ein Sonderling, wie er im Buche steht."

Jennifers Gedanken drehten sich unablässig um die furchtbare Erkenntnis, dass Garreth Miro zum Mord an ihr angestiftet hatte. Er nahm das oberste Blatt Papier von dem unordentlichen Stapel und überflog es. Entsetzt erkannte Jennifer, dass es der Bericht von Smith & Butler war.

„Trink deinen Tee", sagte Garreth, „wenn er kalt wird, entwickelt er einen bitteren Geschmack."

Worauf du dich verlassen kannst, dachte Jennifer. Sie gab vor, sich am Schreibtisch aufzurichten, und stieß die Tasse um. Sie fiel auf den Boden und zerbrach.

„Oh, wie dumm von mir. Warte, ich hebe die Scherben auf.“

Ihr Handy klingelte, die Nummer der Wirtin erschien auf dem Display. Ob Garreth sich an die Nummer des Gasthofs in Deutschland erinnerte? Seine Blicke wanderten zwischen dem Display und Jennifer hin und her.

„Willst du nicht rangehen?“, fragte er.

„Ist nicht so wichtig. Ich kann später zurückrufen“, antwortete sie.

Die Mailbox sprang an, die Stimme der Wirtin drang aus dem Lautsprecher.

„Hallo Frau Nowak. Hier ist nochmal Getrud Hollenbeck. Der Name des Gastes war Garreth Wyne. Ich wünsche Ihnen viel Glück bei der Suche nach Ihrem Cousin.“

Es klickte in der Leitung. Garreth zerknüllte das Schreiben der Detektei und warf es in den Papierkorb.

„Na ein Glück, dass du deinen *Cousin* gefunden hast.“ Er blickte mit kalten Augen auf sie herab. „Warum hast du mich nicht einfach gefragt? Ja, ich war im schönen Schwarzwald. Smith & Butler haben wirklich hervorragende Arbeit geleistet. Wenn du mich fragst, Miro war ein Versager, ein Dummkopf, der dein Erbe in wenigen Monaten in einen Haufen Schulden verwandelt hätte.“

Jennifer ließ die Scherben fallen und zog sich am Schreibtisch hoch. Garreth stieß sie zurück auf den Boden.

„Es war nicht besonders schwer, ihn zu überzeugen“, fuhr er fort, „der Idiot stand mit dem Rücken zur Wand. Mein Plan war narrensicher. Miro mietete die Hütte, gab sich als Arzt zu erkennen, und ich spielte den herzkranken Touristen. Er sorgte dafür, dass die Berghütte in Flammen aufging, und ich verschaffte ihm ein Alibi. Anschließend hätte ich vier Millionen Pfund geerbt und seine Schulden beglichen. Leider war dieser Trottel noch nicht mal in der Lage, ein Schlafmittel richtig zu dosieren. Du kannst dir vorstellen, wie überrascht ich war, als ich dich quicklebendig in der Anwaltskanzlei in Exter sah."

„Warum hast du ihn umgebracht?"

„Das habe ich nicht." Garreth zuckte mit den Schultern. „Vermutlich kam er vom Weg ab und stürzte in die Schlucht. Ein bedauerlicher Unfall, der aber hervorragend in meinen Plan passte. So musste ich nicht teilen. Ich hätte dich schon an deinem ersten Abend in Pennack aus dem Weg geräumt, wenn Travis nicht dazwischengekommen wäre. Sein Vater war mir dann ein nützliches Werkzeug und nahm mir gewissermaßen die Arbeit ab. Ich brauchte nur abzuwarten." Er lächelte kalt. „Ich muss zugeben, du hast mehr Leben als eine Katze, Jennifer. Aber damit ist jetzt Schluss. Ich kann nicht zulassen, dass du mir das Maugham-Erbe stiehlst. Aber sei unbesorgt, es wird wie ein Unfall aussehen. Darum habe ich dir die Stelle gezeigt, an der dein Vater verunglückte - wie der Vater, so die Tochter. Ich stelle es mir so vor: Leider hielten mich wichtige Geschäfte in Plymouth fest. Also lieh ich dir meinen Wagen, weil du nach Pennack zurückwolltest. Zu dumm, dass du dich noch immer nicht an den Linksverkehr in England gewöhnt hattest und viel zu schnell unterwegs warst. Schade nur um den Jaguar. Man wird ihn am Fuß der Klippen finden. Tragischerweise dort, wo auch dein Vater ums Leben kam. Ich habe nun mal einen

Hang zur Dramatik. Keine Angst, es wird ganz schnell gehen.“

In einer fließenden Bewegung packte er die schwere Schreibtischlampe und schlug zu. Jennifer konnte dem Hieb nicht ausweichen. Die Dunkelheit kam schnell und war tief und schwarz.

40

Jennifer erwachte von einem dumpfen Krachen und dem Klirren von zerbrechendem Glas. Einen schrecklichen Augenblick lang glaubte sie, die Nacht in der Berghütte noch einmal zu durchleben, aber dann wurde ihr klar, dass es kein Feuer war, das sie bedrohte. Durch einen roten Schleier sah sie Warnbaken davonwirbeln. Ein Verkehrsschild raste auf sie zu und verwandelte einen Teil der Windschutzscheibe in ein Netz aus milchigen Bruchstücken. Sie saß auf dem Beifahrersitz von Garreths Jaguar, der mit halsbrecherischem Tempo durch die Absperrungen der Baustelle auf der Küstenstraße raste.

Die unmittelbare Todesgefahr jagte Adrenalin durch ihre Adern und vertrieb den hämmernden Schmerz in ihrem Kopf. Im letzten Augenblick, bevor sie über die Klippen stürzten, stoppte Garreth den Wagen, stieß die Fahrertür auf und stieg aus. Benommen sah sie ihn um das Heck herumlaufen. Bevor sie reagieren konnte, hatte er die Beifahrertür geöffnet und schob seine Hände unter Jennifers Achseln.

„Lass mich los, Garreth!"

Sie kämpfte darum, sich aus seinem Griff zu lösen, kam aber gegen seine Kraft nicht an. Er zerrte sie ins Freie, schleifte sie um den Wagen herum und versuchte, sie auf den Fahrersitz zu drücken. Jennifer wehrte sich verzweifelt, trat um sich und landete einen Treffer. Garreth schrie vor Schmerz auf und verstärkte seine Anstrengungen. Die Zeit arbeitete gegen ihn, jeden Augenblick konnte ein Wagen die Stelle passieren.

„Verfluchtes Miststück!", brüllte er. „Du wirst mich nicht bestehlen. Das Erbe gehört mir!"

Jennifer stützte sich mit den Händen am Dachholm ab, Garreth schaffte es nicht, sie in den Wagen zu zwängen. Schließlich änderte er seine Taktik. Er stieß sie von sich, packte sie an der Schulter und riss sie herum. Dann schlug er ihr ins Gesicht. Jennifer prallte mit dem Hinterkopf gegen die offene Autotür. Sie sackte zusammen und verlor für zwei, drei Sekunden das Bewusstsein. Als sie die Augen wieder öffnete, saß sie hinter dem Lenkrad. Garreth beugte sich über sie, um den Gang herauszunehmen. Jennifer tastete nach der Handbremse, ein stummes Handgemenge entstand. Der Jaguar setzte sich langsam in Bewegung und rollte auf den Abgrund zu.

Garreth fluchte. Seine Füße schleiften über den Asphalt, während er darum kämpfte, sich aus dem schneller werdenden Wagen zu befreien. Jennifer schlug um sich und riss ihm mit den Fingernägeln die Wange auf. Blut tropfte auf ihr Gesicht.

Plötzlich griffen die Vorderräder ins Leere. Der Wagenboden schrammte über Geröll und Felsen und setzte auf. Die Schnauze des Jaguars ragte in die Finsternis, Garreth verlor den Boden unter den Füßen und suchte panisch nach Halt. Der Wagen knirschte und begann sich nach vorn zu neigen.

Jennifer grub ihre Zähne in Garreths Handrücken. Er schrie auf, lockerte seinen Griff und rutschte aus dem

Wagen. Bevor er in der Finsternis verschwand, klammerte er sich an Jennifer und zog sie vom Sitz. Sie landete nur wenige Zentimeter vom Rand der Klippen entfernt auf dem Boden, befreite sich von ihm und hetzte auf die Straße zu. Garreth hielt sich dicht hinter ihr, noch gab er nicht auf. Sie stolperte in der Dunkelheit über eine zertrümmerte Absperrbake und strauchelte. Garreth holte auf und schlang seinen Arm um ihre Kehle. Wenn nur Travis rechtzeitig käme! Sie wusste nicht, wie lange sie bewusstlos gewesen war, aber die Baustelle über den Klippen lag ungefähr auf halber Strecke zwischen Pennack und Plymouth. Wenn er unmittelbar nach ihrem Anruf losgefahren war, musste er jeden Augenblick eintreffen. Sie glaubte das Geräusch eines Automotors zu hören, und aus der Hoffnung wurde Gewissheit. Ein Wagen näherte sich und stoppte. Blaulicht zerriss die Dunkelheit.

Garreth geriet in Panik, schlang seinen Arm um ihre Kehle und wich mit ihr zu den Klippen zurück.

„Lass sie los, Garreth! Es ist vorbei." Travis' Stimme übertönte das Rauschen der Brandung. Jennifer sah Jenkins aus dem Streifenwagen steigen. Er näherte sich mit gezogener Waffe.

„Gib auf. Noch hast du niemanden umgebracht", rief er.

„Halt die Klappe, Jenkins!"

Garreth verstärkte den Druck auf Jennifers Kehle. Sie spürte seinen gehetzten Atem im Nacken, er war in Panik und stand vor einer Kurzschlussreaktion.

„Bleibt stehen! Keinen Schritt weiter, oder ich springe", schrie er.

„Warum zerstörst du alles?", rief Travis.

„Zerstören? Ich ordne die Dinge so, wie sie sein sollten. Ich bin der rechtmäßige Erbe.“

„Warum, Garreth?“, fragte Jenkins.

„Der Alte ist schuld“, schrie Garreth wutentbrannt, „er wollte um jeden Preis das Maugham-Vermögen und zwang mich, Großvater dazu zu bringen, mich als Erben einzusetzen. Lloyd behandelte mich wie den letzten Dreck, ich war nichts weiter als sein Lakai und Laufbursche. Er prügelte mich mit seinem verfluchten Stock wie einen Hund. Ich ließ alles über mich ergehen, weil mein Vater mich sonst davongejagt hätte. Als er erfuhr, dass meine Bemühungen fehlgeschlagen waren und eine unbekannte Verwandte aus Deutschland aufgetaucht war, hatte ich genug. Nach all den Demütigungen um meinen Lohn betrogen zu werden, war mehr, als ich ertragen konnte.“

Während sich Garreth auf Jenkins konzentrierte, hatte sich Travis unbemerkt genähert.

„Willst du jeden umbringen, der deinen Plänen im Weg steht?“, fragte er.

Jennifer kam ein schrecklicher Verdacht.

„Du hast Großvater umgebracht, damit er sein Testament nicht ändern konnte“, sagte sie. „Aber es war zu spät, er hatte dich längst durchschaut.“

„Der alte Geizhals hat es nicht besser verdient. Er wollte sein Vermögen an eine Fremde verschleudern.“

„Gib auf, Garreth“, sagte Travis. „Es hat keinen Sinn, wenn noch jemand stirbt.“

Er war jetzt so nahe, dass er sie mit ausgestrecktem Arm berühren könnte. Jennifer noch immer an sich gepresst, fuhr Garreth herum, rutschte auf dem abschüssigen Gelände aus und strauchelte. Wenn er nur einen

Meter weiter zurückwich, würden sie beide ins Bodenlose stürzen. Sie ließ seinen Unterarm los und stieß ihm den Ellenbogen in die Rippen. Garreth keuchte überrascht auf, für den Bruchteil einer Sekunde lockerte sich sein Griff. Travis reagierte blitzschnell und zog Jennifer in seine Arme. Garreth taumelte und drohte das Gleichgewicht zu verlieren. Bevor er in die Tiefe stürzte, war Jenkins bei ihm. Mit geübten Griffen zwang er ihn auf den Boden, legte ihm Handschellen an und stellte ihn auf die Füße.

„Der Apfel fällt nicht weit vom Stamm, Garreth. Du bist genauso verdorben wie dein Vater", sagte der Constable. „Besser, wir entfernen dich aus Pennack, bevor du den ganzen Ort vergiftest."

Travis blickte traurig auf den Freund hinab, den er neu gewonnen und schon wieder verloren hatte. Jennifer sah in seinen Augen, was er dachte. Jenkins hatte sich geirrt. Nicht Travis war der faule Apfel im Fass, sondern Garreth. Die Herrschaft der Wynes über Pennack war unwiderruflich vorbei.

41

Es regnete bis zum späten Vormittag, doch dann schob sich die Sonne zwischen den Wolken hervor. Die Grabsteine auf dem Friedhof von Pennack glänzten wie poliertes Eisen. Jennifer trug ein schwarzes Kostüm und folgte den Sargträgern, die Margareth Claytons sterbliche Überreste zu Grabe trugen. Susan Prescott war bereits am Vortag beerdigt worden.

Sie hatte damit gerechnet, dass außer Travis niemand zu Margareths Begräbnis erscheinen würde, doch sie hatte sich geirrt. Die Trauergäste fanden kaum Platz auf dem kleinen Gottesacker, ganz Pennack erwies ihrer Ahnin die Ehre des letzten Geleits.

Nachdem Vikar Baines den Segen gesprochen hatte, zerstreute sich die Menge. Jennifer ging neben Travis zu ihrem Wagen.

„Was wirst du nun anfangen?", fragte er.

„Ich weiß es nicht. Aus meinen Plänen wird ja nun mal wieder nichts werden. Das Haus ist bis auf die Grundmauern abgebrannt."

„Du kannst es wieder aufbauen."

„Ich denke darüber nach."

Er strich zärtlich ihre Haarsträhne zurück und fuhr sanft an der Narbe entlang. Sie würde niemals ganz verschwinden, war aber unter dem Make-up fast nicht mehr zu sehen.

„Die Zeit heilt alle Wunden", sagte er, „auch in Pennack ist das so."

„Ich glaube nicht, dass die Leute mich hier jemals als eine der ihren akzeptieren werden."

Travis lächelte. „Ich nehme an, sie haben ihre Lektion gelernt. Zumindest, was mich betrifft. Gestern Abend war ich in Bills Pub – wie in den alten Zeiten. Bill gab eine Runde aus. Ich schätze, das Eis ist gebrochen."

„Und Garreth?"

„Er wird sich vor Gericht verantworten müssen", sagte Travis, „er hat alles gestanden, den Mord an eurem Großvater und die Anstiftung zu dem Brandanschlag. Die Hauptschuld lag bei unseren Vätern, und die sind nun beide tot. Die Leiche meines Vaters wird wohl nie gefunden werden. Das Meer hat ihn behalten. Seltsam, dass er sich das immer gewünscht hat und es in Erfüllung ging."

„Und Mary Taylor?"

„Sie muss mit einer Anklage wegen Falschaussage rechnen. Ihr die Erpressung nachzuweisen, wird schwierig werden."

„Dann ist jetzt alles vorbei?", fragte Jennifer. „Wir haben alle Rätsel gelöst."

Eine Frage beschäftigt mich immer noch", sagte Travis. „Warum wollte Lloyd Chapman unbedingt, dass am Maugham-Haus nichts verändert wird?"

„Auch dieses Geheimnis konnte ich aufdecken", antwortete Jennifer. „Er versuchte Margareths Schicksal zu klären, genau wie ich. Bei seinen Nachforschungen stieß er auf die Gruft. Ich fand in seinen Unterlagen einen Plan, in dem sie eingezeichnet ist. Mein Großvater wollte verhindern, dass Margareths Totenruhe gestört wird. Er befürchtete, dass die gut erhaltene Mumie zu einer Touristenattraktion werden könnte – das geht aus seinen Bemerkungen auf der Rückseite des Plans hervor.“

„Dann bleibt nur noch eins zu klären“, sagte Travis.

Sie zog fragend die Augenbraue hoch. Er legte seine Arme um ihre Hüften und zog sie an sich.

„Was wird aus uns?“, fragte er.

„Wolltest du nicht so schnell wie möglich aus Pennack verschwinden?“

„Ich kann doch Jasper nicht alleinlassen“, sagte Travis augenzwinkernd.

„Nun, ich mag Katzen. Er könnte die Mäuse im Garten fangen.“

„Und was soll ich tun?“

„Da fällt mir bestimmt etwas ein. Du könntest das Geschirr abwaschen, den Hausmeister spielen und mein Bett wärmen.“

Sie streifte seine Wange mit den Lippen und küsste ihn. Ein Mann und ein Kater waren ja fast schon eine Familie. Genau das hatte sie sich immer gewünscht.

ENDE

Danksagung

Vielen herzlichen Dank an das Team vom dp Verlag, vor allem wieder an meine Lektorin Birgit Förster und – last but not least – an meine Agentin Anna Mechler von der Literaturagentur Lesen & Hören, Berlin.